D1869372

Ilona Maria Hilliges

Die kleine Göttin

Ilona Maria Hilliges

Die kleine Göttin

Ein Afrikaroman

Wunderlich

1. Auflage Januar 2012

Satz Swift PostScript (InDesign)
bei Pinkuin Satz und Datentechnik, Berlin
Druck und Bindung CPI – Clausen und Bosse, Leck
Printed in Germany
ISBN 978 3 8052 5005 4

Die kleine Göttin

Prolog

Ein seltsamer Traum

Wie oft ich diesen Traum hatte? Ich weiß es nicht. Er kam immer wieder, jahrelang, vielleicht Jahrzehnte. Nach dem Aufwachen war der Traum jedes Mal vergessen. Es dauerte sehr lange, bis ich merkte: Das habe ich doch schon x-mal geträumt! Der Traum wurde mir so vertraut, dass ich irgendwann aufhörte, mich darüber zu wundern, dass er immer wiederkam. Mein Traum ging so:

Ein Mann und eine Frau besteigen einen Berg, sie sind vollbepackt mit schweren Rucksäcken, an denen Gurte hängen und seltsame Lampen. Auch ihre Kleidung ist eigenartig altmodisch. Die beiden quälen sich furchtbar, denn der Boden ist rutschig, es hat geregnet. Sie kämpfen sich durch dichtes Grün, überall wächst Farn. Nicht normaler Farn, sondern mannshoher. Und da sind Lianen, die von hohen Bäumen herabhängen. Die beiden schlagen nach dem Ungeziefer, das sich auf ihre schweißnassen Gesichter setzen will. Der Mann geht voraus, mit einem langen Messer zerteilt er das Gestrüpp, die Frau folgt ihm, sie keucht, kann kaum mit ihm Schritt halten.

Während ich den beiden bei ihrem beschwerlichen Weg zusehe, bin ich mir nicht ganz sicher, ob ich selbst diese

Frau bin. Denn ich bin dort und gleichzeitig auch nicht. Es ist ein seltsames Gefühl. Eigentlich wäre ich gern woanders, aber das geht nicht. Also marschiere ich weiter. Die Vegetation wird immer dichter. Plötzlich bleibt der Mann stehen.

«Wir sind da», sagt er. «Hier ist es.» Leider kann ich sein Gesicht nicht erkennen, ich spüre mehr, als dass ich sehe, wie er sich freut. Aber ich freue mich nicht mit ihm. Ich habe Angst, eine ganz unerklärliche Angst.

Manchmal wachte ich an dieser Stelle auf und dachte, dass ich unbedingt wissen wollte, wohin die beiden unterwegs sind. In anderen Nächten legt der Mann seine Ausrüstung ab und beginnt, mit einer Spitzhacke auf eine Felswand einzuschlagen. Ich sehe ihm zu, reiche ihm aus einer Feldflasche Wasser zum Trinken. Schließlich tut sich in der Wand ein großes dunkles Loch auf. Eiskalte Luft dringt daraus hervor, ich fröstele und spüre, wie die Angst in mir noch größer wird.

«Hilfst du mir mal?», fragt der Mann.

Die Frau verknotet die Gurte, die an seinem Rucksack befestigt waren, um seinen Bauch. Das andere Ende schlingt er um einen Felsbrocken.

«Ich steige jetzt ab», sagt der Mann.

«Es ist zu gefährlich!», ruft die Frau.

«Aber du weißt doch: Es muss sein. Ich tue das für uns», beharrt er, und die Frau sieht ihm zu, wie er in dem dunklen Loch verschwindet.

Dann höre ich den Schrei, der mich jedes Mal aus diesem Traum reißt. In meinen Augen stehen Tränen, weil ich weiß, dass der Mann gerade gestorben ist. Der Mann, dessen Gesicht ich niemals sehen kann.

Ich habe diesen Traum nie jemandem erzählt. Er hat

nichts mit meinem Leben zu tun. Ich kenne keine Bergsteiger und war nie auf einem Berg. Doch inzwischen weiß ich, dass es nicht nur ein Traum war. Sondern wirklich passiert ist. Und das Verrückte daran ist: Ich war dabei.

1. Kapitel

31,4 Jahre

Am Mittag des Tages, an dem mein Leben den ersten Schritt in eine neue Richtung nahm, schälte ich gerade Kartoffeln. Oft hatte mir dazu die Zeit gefehlt, aber nun hatte ich davon ja genug. Ich fühlte mich ganz gut, denn ich war am Vormittag beim Friseur gewesen. Innerhalb von drei Stunden hatte ich die Haarfarbe zurückbekommen, die ich in den vorangegangenen fünf Jahren verloren hatte. Ein wenig mehr Rot war jetzt in meinem Kastanienbraun, aber das war okay. Viele Frauen meines Alters tragen die Haare so. Vielleicht denken die Friseure, wir würden sonst im Großstadtgrau übersehen.

Meine Tochter, die an jenem tristen Februarmittag in die Küche kam, bemerkte jedoch nichts. Stattdessen rief sie sofort: «Kartoffelbrei? Oh, Mama! Muss das sein?»

«Du weißt doch. Wegen Oma. Fällt dir denn an mir nichts auf?»

«Doch, du gehst allmählich aus dem Leim.»

Waage und Spiegel sagten mir schon lange dasselbe: An diesem Morgen hatte ich 14,8 Kilo zu viel, eine Woche zuvor waren es noch 13,9 gewesen.

«Nun übertreib mal nicht», sagte ich.

«Mama, du bist eins zweiundsechzig. Was wiegst du?»

Ich sagte die Wahrheit, tue ich meistens, das ist einer meiner Fehler.

Auf Jasmins Nasenwurzel bildete sich eine steile Falte, so sieht sie immer aus, wenn sie scharf nachdenkt. Oder rechnet. Das können wir beide gut. Bis vor 14 Tagen gehörte es zu meinem Beruf.

«Dein Body-Mass-Index beträgt 29,3», erklärte sie. «Weißt du, was das heißt?»

«Du jobbst als Fitnesstrainerin, Schatz.»

«Mama, du bist an der obersten Grenze von Präadipositas!»

«Klingt doch irgendwie positiv.»

«Mama, mit 30 hat man Adipositas!»

«Und ich bin 52. Also bin ich dafür zu alt.»

«Das ist gar nicht witzig. Heute nehme ich dich mit zum Sport.»

Ich drehte mich zu meiner zwanzig Jahre jungen Tochter um. War das dieselbe Person, die noch vor fünf Jahren gesagt hatte: «Mama, halt nicht direkt vor der Schule. Ich gehe die letzten paar hundert Meter lieber zu Fuß.» Natürlich hatte ich ihr den Gefallen getan. Sie gab mir nicht mal einen Abschiedskuss und ging nicht etwa nur davon, nein, sie floh. «Ihr verwöhnt sie zu sehr», hatte meine Mutter gemeint. Und mein Mann hatte erklärt: «Es ist ihr peinlich, gebracht zu werden.»

«Ist es dir denn nicht peinlich, wenn ich dich ins Fitnessstudio begleite?», fragte ich Jasmin nun.

«Nee, wieso?»

«In meinem Alter kann ich doch nicht plötzlich anfangen, Hanteln zu stemmen!»

Sie sah mich mit einem Blick an, der amüsiert und mitleidig zugleich war, holte das Telefon und machte einen Termin für mich. «Du bekommst einen persönlichen Trainer. Heute Nachmittag um vier geht es los!»

«Jetzt mal langsam! Ich habe seit Jahren keinen Sport mehr gemacht. Ich habe nicht mal etwas anzuziehen!»

«Gleich um die Ecke ist ein Kaufhaus mit einer Sportabteilung, da bekommen wir alles.»

«Und was ist mit Oma?», fragte ich noch. «Es geht ihr wirklich nicht gut.»

Jasmin ließ das nicht gelten: «Oma wird dich schon noch genügend herumkommandieren. Du musst auch mal an dich denken, Mama. Seit du nicht mehr arbeitest, hängst du nur noch zu Hause rum.»

Wenig später brachte ich meiner Mutter das Mittagessen ans Bett. Ich stellte das Tablett auf den Nachttisch und half ihr, sich aufzusetzen. «Ich muss nachher kurz weg. Brauchst du noch irgendetwas?», fragte ich so beiläufig wie möglich.

Ich hatte ein schlechtes Gewissen. Das hatte ich schon immer gehabt, wenn ich meine Mutter einmal um etwas Freiraum gebeten hatte. Mutti war 82. Gut, der Oberschenkelhalsbruch, den sie sich zu Beginn des Winters zugezogen hatte, war bestens verheilt, aber sie war seitdem geschwächt und lag am liebsten im Bett.

Mutti warf einen mürrischen Blick auf den Kartoffelbrei, das Hacksteak und die grünen Bohnen. «Wohin gehst du denn?»

«Och, ein bisschen Fitness mit Jasmin machen. Mal sehen, ob das was für mich ist.»

«Da sind doch nur junge Kerle, die werden dich auslachen.»

Ich wusste nicht, was ich antworten sollte. Ich dachte

ja dasselbe. «Probier den Kartoffelbrei, ich habe ihn mal wieder selbst gemacht. Schmeckt so wie deiner früher.»

«Hast du Muskatnuss reingetan?»

«Mag Jasmin nicht, weißt du doch, Mutti.»

«Dann sag nicht, es schmeckt so wie früher.»

«Du solltest aufstehen. Du liegst schon viel zu lange im Bett. Sagt auch der Doktor.»

«Vergiss nicht, das Tablett nachher zu holen. Ich mag den Essensgeruch im Schlafzimmer nicht.»

«Du könntest ja mit uns essen.»

«Musst du immer das letzte Wort haben?»

Wir gingen erst mal Sportkleidung einkaufen. Eine dreiviertellange schwarze Hose – auf meine Oberschenkel bin ich nicht gerade stolz. Ein weites T-Shirt hatte ich, die alten Sportschuhe, mit denen ich zuletzt vor zehn Jahren mal mit Reinhold beim Joggen war, waren auch noch okay. Die Hose kostete nur 29,99. Ein Schnäppchen, und das Training war umsonst. Was hatte ich also zu verlieren? Mein Selbstbewusstsein sowieso nicht, das war schon im Keller. Ein paar Pfunde hier und da weniger allerdings waren eine gute Idee. Man spart schließlich, wenn man nicht ständig neue Kleidung kaufen muss. So bin ich nun mal, das Leben ist auch eine Kosten-Nutzen-Rechnung.

Das Fitnessstudio befand sich im fünften Stock. Und der Aufzug war kaputt. Ich keuchte, als ich oben ankam, der Schweiß stand mir auf Stirn und Oberlippe. Jasmin öffnete mit ihrem Mitgliedsausweis das Drehkreuz am Eingang, federte zum Tresen, und sofort eilte ein junger Angestellter zu ihr.

«Lass mal meine Mam rein», sagte Jasmin.

«Drück gegen das Drehkreuz», meinte der Junge, der locker mein Sohn hätte sein können. Er streckte mir seine Hand hin. «Hi, ich bin Daniel. Wir sagen alle du.»

Wie ein Bodybuilder sah er nicht aus, seine Schultern waren schmal, sein blauer Trainingsanzug schien ihm eine Nummer zu groß zu sein. Als müsste er noch ordentlich trainieren, bis er ihm richtig passte. Was mich ein wenig ermutigte. «Ich bin Victoria.»

«Das erste Mal, dass du im Fitnessstudio bist?»

Ich nickte. «Sind Sie mein Trainer?» Scheiße, dachte ich, das war uncool, ich hätte ihn doch duzen müssen. Aber irgendwie kam ich mir dumm dabei vor.

«Ich kümmere mich um dich, Victoria. Ich nehme mir so viel Zeit, wie du brauchst. Zieh dich erst mal um, und dann treffen wir uns dahinten am Beratungstisch, und du erzählst erst mal von dir.»

Zum Umziehen mussten wir eine Freitreppe hinaufsteigen. Im Hinaufgehen sah ich das Studio aus der Vogelperspektive und atmete auf: Jasmin hatte mich nicht in einen Jugendtempel geschleift. Es sah eher so aus, als ob sich die Generation 55 plus noch mal für den Endspurt fit machte. Graues Haar, weiches Fleisch und schwammige Hüften. Viele sahen so aus wie ich. Na gut, nicht alle. Hinten, in den Ecken, da, wo die Wände mit Spiegeln tapeziert waren, stemmten ein paar echte Kerle Gewichte. In der Umkleidekabine traf ich allerdings nur auf junge, durchtrainierte Frauen und Fast-Mädchen, und alle kannten Jasmin. Dass sie hier waren, weil sie bei ihr trainieren wollten, wusste ich noch nicht. Und auch nicht, dass das in einem Tempo ablief, bei dem wir sogenannte Best Ager nicht mehr mithalten konnten. Machte nichts, ich hatte ja den schmächtigen Daniel, der mir den Unterschied zwischen einem Abduktor und einem Adduktor erklärte.

Als ich zwei Stunden später an der Seite meiner Tochter im Lift nach unten stand – zum Glück funktionierte er wieder, runter hätte man mich tragen müssen –, sagte Jasmin: «Daniel findet, du hast dich ganz toll gemacht. Du bekommst ein Vierteljahr Mitgliedschaft umsonst, weil ich Mitarbeiterin bin. Was sagst du?»

«Daniel meint, ich müsse zweimal die Woche trainieren. Wie soll ich das denn Oma beibringen?»

«Vergiss mal Oma. Was willst *du*, Mama?»

Ich wusste beim besten Willen nicht, was ich antworten sollte. Und das war der entscheidende Augenblick, in dem mir bewusst wurde, dass ich wie ein Wanderer mitten im Wald stand. Ich schaute mich um und sah ringsum nur Bäume. Aber der Weg, den ich nehmen wollte, war plötzlich zu Ende. Klassischer Fall von Holzweg, diente nur dem Abtransport geschlagener Bäume. Bis sie abtransportiert werden. Damit Kaminholz draus wird. Oder Billy-Regale, wenn sie Glück haben.

Ich sagte nur: «Ich fürchte, ich werde einen mordsmäßigen Muskelkater bekommen.»

Durch die geschlossene Tür von Muttis Schlafzimmer konnte ich hören, dass sie sich in ihrem Fernseher eine Dokumentation ansah. Sie liebte alles über exotische Tiere und hasste es, wenn ich nicht genau aufpasste, was sie mir davon weitererzählte. Wehe, wenn ich mir nicht merken konnte, dass ein Lungenfisch monatelang ohne Nahrung im Schlamm ausharren kann. Oder warum irgendwelche Flusspferde über Gnus herfallen, die einen Fluss in Afrika durchqueren. «Seit ich in diesem Bett liegen muss, weiß ich erst, wie bunt die Welt da draußen ist», sagte sie. Nur ein einziges Mal hatte ich eingewandt: «Du wolltest ja nie verreisen.» Sie war mir über den Mund gefahren: «Na, mit deinem Reinhold warst du auch nur in Spanien und der Türkei, da kann man ebenso gut zu Hause bleiben.»

Ich warf die verschwitzten Sachen in die Waschmaschine, trank, wie Jasmin es mir eingeschärft hatte, einen halben Liter Wasser und machte nebenbei Abendbrot für Mutti. Ich wollte gerade klopfen, als von drinnen ein seltsames Geräusch zu hören war.

«Mutti», rief ich, «ist alles okay? Ich bring dir 'ne Stulle mit Leberwurst und Gurke. Ich komme rein.»

Normalerweise grummelte sie dann, dass ich nicht so ein Theater machen solle, wäre doch nicht Weihnachten. Aber ich fand, es gehörte sich nicht, einfach reinzuplatzen. Schließlich achtete sie darauf, dass ihre Tür geschlossen blieb.

Aus ihrem Zimmer kam wieder dieses Geräusch, es war deutlich leiser als der Fernseher. Aber ich war mir ziemlich sicher, «O mein Gott!» gehört zu haben.

Wieder eine Sendung über Afrika. Da kann man schon mal in Entsetzensschreie ausbrechen, dachte ich und öffnete entschlossen die Tür. Meine Mutter starrte mit weit aufgerissenen Augen auf den Fernseher und griff sich gleichzeitig ans Herz. Ich stand hilflos mit meinen Leberwurstbroten da.

«Mutti?»

Nach einer Schrecksekunde begriff ich: Herzanfall. Ordentlich, wie ich bin, stellte ich das Tablett auf den alten Fernsehapparat, aber weil es in meinen Oberarmen bereits mächtig zog und ich in Panik war, erwischte ich einen ungünstigen Winkel. Alles fiel scheppernd zu Boden.

Erst mal knipste ich den laut plärrenden Kasten aus und warf dabei einen Blick auf den Bildschirm: Dort war eine weißhaarige Missionarin mit ihren schwarzen Schützlingen zu sehen.

Vierzehn Tage später starrte ich auf ein Loch, inmitten von künstlichem, unnatürlich grünem Rasen. Ein Mann vom Beerdigungsinstitut trug ein silbernes Ding, das wie ein Schnellkochtopf ohne Griff aussah und im Bestattungsinstitut irgendwie edler gewirkt hatte. Die Urne wurde ins Erdreich hinabgelassen. Weil Mutti nicht gewollt hatte, dass ein Pfarrer, der sie gar nicht kannte, etwas über sie sagte, sprach jemand vom Institut ein Gedicht. Und meine Seele spannte ihre Flügel aus, als flöge sie davon. Oder so.

Ich konnte nicht weinen. Ich war nicht mal richtig traurig. Stattdessen hörte ich immer wieder Jasmins Frage: Was willst *du*, Mama?

Wie viele Jahre blieben mir noch, bis ich in einem solchen Topf landete? Ich kannte die Antwort genau, das hatte ja zu meinem Beruf gehört: der günstigsten Statistik zufolge 31,4 Jahre. So alt war ich gewesen, als ich Jasmin bekommen hatte. Seither waren gut zwei Jahrzehnte vergangen wie im Flug. Und im Alter, heißt es, vergeht die Zeit noch schneller. Aber ich hatte nicht den Eindruck, dass das stimmte. Seit mein Arbeitgeber sich zu meinem Arbeitwegnehmer gewandelt hatte, zogen sich meine Tage wie Kartoffelbrei.

31,4 weitere Jahre Kartoffelbrei? Mich schauderte so stark, dass Jasmin mich am Arm packte.

«Arme Mama, du hast Oma schon irgendwie lieb gehabt, nicht?» Sie streichelte meinen Rücken. «Ich auch.»

Ich schenkte ihr einen schiefen Blick.

«Na ja, meistens schon. Oma war eben, wie sie war», räumte Jasmin ein. Vielleicht erinnerte sie sich gerade an eine der Ohrfeigen, die sie von ihrer Großmutter bekommen hatte.

Alle drückten meine Hand, und da musste ich dann doch weinen. Irgendwie hatte ich das Gefühl, man bemitleidete mich nicht, weil meine Mutter gestorben war. Sondern ich. Irgendwie war ich das auch, schon lange Monate zuvor. Lauter mittelgroße Tode. Erst Reinhold. Dann der Job. Wenigstens hatte Reinhold nicht seine Neue mitgebracht. Der Anblick ihres schwangeren Bauchs hätte mich zwar nicht ins Grab gebracht, aber man soll's auch nicht übertreiben.

Überhaupt ungerecht, das Leben. Männer gründen mit 54 eine neue Familie. Und ich war nicht mal mehr beim Fitness. Fast eine Woche lang nach meinem ersten Versuch hatte ich kaum einen Schritt tun können. Wie eine alte Frau war ich durch die Gegend geschlichen. Die Nachbarn hatten vermutet, Muttis Tod hätte mich so mitgenommen. Anstelle eines erneuten Anlaufs hatte ich lieber eine Schokotorte gebacken, die ich lieber vor Jasmin versteckte. Ich war nun mal ein Kalorien-Junkie. Ich gönnte mir ja sonst nichts.

«Tut mir leid wegen Oma», sagte Reinhold und hielt meine Hand.

Ich nickte, wischte mir mit der anderen die Tränen fort und musste erkennen, dass er im letzten halben Jahr jünger geworden war. Um gefühlte zehn Jahre, er hatte erheblich abgenommen.

«Jasmin sagt, Oma ist im Bett gestorben, beim Fernsehen. Ist doch ein schöner Tod, wenn man's so nimmt. Noch dazu etwas über Afrika. Was war's denn?»

«Sag mal, Reinhold, gehst du etwa auch zum Fitness?»

Er sah mich an, als hätte ich den Verstand verloren, murmelte aber: «Machen doch jetzt alle.»

Ich blickte zu Jasmin. «Hast du etwa …?»

Sie hob die Schultern. «Papa fand's okay, wenn ich ihn vermittle.»

«Jasmins Provision ist indirekt bezahltes Taschengeld», meinte Reinhold. «Sie zieht ja bald mit Sven zusammen …»

«Er heißt Felix, Papa. Mit Sven war vor über einem Jahr Schluss!»

«… mit Felix zusammen, da müssen wir was zur Miete zuschießen. Und überhaupt, du weißt schon, unser Termin nächste Woche. Vicki, wir müssen alles mal in Ruhe besprechen. Stehen ja einige Veränderungen an.»

Reinhold löste den Knoten seiner Krawatte. War überhaupt ein Wunder, dass er sie umgebunden hatte. Meine Mutter hatte sie ihm damals geschenkt, als wir in die Deutsche Oper gehen wollten, wie lang war das her? Jasmin war gerade in die Schule gekommen. Oh mein Gott.

«Die Krawatte steht dir überhaupt nicht, Papa. Woher hast du die?», fragte Jasmin.

«Nicole findet sie auch hässlich. Aber ich dachte, Oma zuliebe trage ich sie noch einmal.» Er zog sie durch den Hemdkragen.

«Passt überhaupt nicht zu deinem neuen Style, Papa», sagte Jasmin und nahm ihm den Schlips aus der Hand. Ich erwartete, sie würde ihn ins noch offene Grab legen, tat sie aber doch nicht. Sie wartete, bis wir an einem Papierkorb vorbeikamen.

«Wir sind schon eine ganz schön kleine Familie. Darüber habe ich lange nicht mehr nachgedacht.»

Das war sozusagen Jasmins Nachwort zum Leichenschmaus. Wir saßen zu dritt bei dem Italiener, zu dem wir in besseren Zeiten gelegentlich sonntags essen gegangen waren.

«Exfamilie», verbesserte ich.

Jasmin schlug die Augen nieder. «Tut mir leid, dass ich nun auch noch ausziehe. Arme kleine Mama.»

Meine Mutter hatte noch gelebt, als sie und Felix sich zum Zusammenziehen entschlossen hatten. Ich hatte keine Einwände gehabt. Im Gegenteil, ich hatte sogar eine Bürgschaft für die Miete unterschrieben. Es war richtig, dass die beiden ihr eigenes Leben führen wollten. Das hätten Reinhold und ich auch tun sollen, als wir heirateten. Aber ich hatte meine Mutter nicht allein lassen wollen in dem großen Haus. Ein Fehler, einer von vielen. Damit musste ich nun leben.

«Willst du jetzt allein in dem Haus wohnen bleiben?», fragte Reinhold.

«Du kannst ja mit deiner Nicole einziehen. Endlich wieder ein Kind im Haus.» Ich hasste meinen Sarkasmus, aber manchmal konnte ich nicht anders.

Reinhold lächelte gequält, und Jasmin versuchte zu schlichten: «Bitte nicht streiten.»

Wir schwiegen und starrten in unsere winzigen Espressotassen.

«Hat der Anwalt dich noch mal angerufen?», fragte Reinhold schließlich, um das eigentliche Thema endlich anzusprechen.

«Ich habe ihm gesagt, ich bin einverstanden. Der Termin nächste Woche ist nur noch Formsache.» Das klang wie die übliche Floskel, wenn es um Verträge ging. Nur sprach ich in diesem Fall davon, dass 24 Jahre Ehe – und somit knapp fünfzig Prozent meines Lebens – für nicht wert befunden wurden, weitergeführt zu werden. Leider hatte ich nicht

Jasmins Unbefangenheit, wegzuschmeißen, was nichts taugte. Aber wenigstens war ich in diesem Moment cool rübergekommen. Hoffte ich zumindest.

Als Jasmin und ich zum Auto gingen, fragte sie: «Jetzt mal im Ernst, Mama: Willst du wirklich allein wohnen? Das Haus ist doch viel zu groß.» Sie setzte sich auf den Beifahrersitz, zog die Tür wie üblich krachend ins Schloss. «Und schön war es noch nie. Verkauf's und such dir etwas Neues. Du hast doch die Abfindung bekommen.»

Der viel zu geringe Trost für meine verlorene Arbeit lag auf dem Konto. Festgeld, miserabel verzinst, ich ärgerte mich jeden Tag. Ein Notgroschen für schlechte Tage, wie man so sagt.

«Ehrliche Antwort? Abreißen!»

Ich geleitete den Makler hinaus. Der nächste stellte seinen Geländewagen in die Einfahrt, schaute sich fünf Minuten lang um und befand: «Das Grundstück ist nicht schlecht, auch die Lage stimmt so halbwegs. Aber die Bausubstanz ist hoffnungslos.» Der dritte war ein gesetzter Herr, also in meinem Alter. Er besah sich mein Elternhaus gründlich, stieg schnaufend die Klappleiter ins Dach hinauf, stieß sich im Keller an den Heizungsrohren den Kopf und sagte freundlich: «Enormer Reparaturstau. Das Dach, die Fenster, die Heizung, der Keller. Eine Renovierung übersteigt den derzeitigen Wert. Wenn Sie selbst abreißen lassen, erzielen Sie einen höheren Verkaufspreis.» Ein Hauch von Mitgefühl zeigte sich auf seinem Gesicht: «Der Markt ist voller Objekte wie dem Ihrigen. Ihre Frau Mutter gehörte zu einer Generation, der es vor allem darum ging zu sparen. Leider am falschen Ende.» Er klang, als wüsste er, wovon er sprach.

Zeige mir, wie du wohnst, und ich sage dir, wer du bist.

Demnach war ich ein reparaturbedürftiges Haus mit einer Inneneinrichtung, die man entsorgen konnte.

Ich streifte durchs Haus. Was würde ich bei einem Auszug mitnehmen? Schließlich hielt ich nur die silbern gerahmten Bilder von Jasmin in den Händen. Eine erschütternde Bilanz. Immerhin war sie in diesem Haus zu einem Menschen geworden, der in der Welt zurechtkam. Es war wohl folgerichtig, dass sie sich entschlossen hatte, Design zu studieren. Die Welt in einen ansehnlicheren Ort zu verwandeln – wo, wenn nicht hier, konnte man diesen Entschluss fassen?

Und ich? Ich hatte Lebensversicherungen berechnet, statt dafür zu sorgen, dass ich selbst noch lebte. Und war von einem Computerprogramm ersetzt worden, in das ich alle Zahlen selbst eingepflegt hatte. Geniale Strategie. Ich hatte mich selbst überflüssig gemacht. Mit diesem Haus verhielt es sich ähnlich: Wir hatten es so lange bewohnt, bis es unbewohnbar war. Nicht ganz, aber ich war so schlecht drauf, dass ich den Mottenpalast am liebsten in die Luft gesprengt hätte.

Im selben Moment läutete das Telefon. «Hast du Zeit, heute Abend ins Fitnessstudio zu kommen?», fragte Jasmin. «Ich trainiere diesmal selbst mit dir. Einverstanden?»

Später standen wir Seite an Seite auf den Laufbändern. Stufe eins für mich, zehn für sie. Zum Aufwärmen. Ein Display zeigte mit rot leuchtenden Ziffern links meine Herzfrequenz an, rechts die verbrauchte Kalorienzahl. Anfangs schielte ich noch hinüber auf Jasmins Werte, ließ es aber bald sein und sah den anderen Gefangenen zu, die mit verkniffenen Gesichtern Übungen vollführten, die mich an mittelalterliches Foltern erinnerten. Das Studio war wie das Sinnbild meiner Existenz: Man quält sich für nichts. Und hat erst sechzig Kalorien verbraucht.

Ein aufmunterndes Lächeln von Jasmin und der Hinweis, die Laufgeschwindigkeit höher zu stellen.

«Dann falle ich tot um.»

«Was hast du gesagt?»

Sie hatte die Ohrstöpsel ihres iPods in den Ohren.

Ich winkte ab und trabte weiter. 64 Kalorien.

Ich war bei 72 Kalorien, als mein persönlicher Extrainer Daniel einen neuen Kunden direkt zu dem freien Band neben mir führte. Mit meinem neuen Fitnessstudioblick auf Bauch und Schultern sah ich, dass Daniels Opfertier es bitter nötig hatte. Es hatte wohl mein Alter.

«Hallo, Victoria, alles gut? Hey, du machst dich super!»

Ich verzog mein Gesicht zu einem Lächeln. Ja, ja, immer positiv denken. 79 Kalorien. Ich versuchte mich an Stufe 4, laut Display legte ich nun dreieinhalb Kilometer pro Stunde zurück. Und schnaufte. Wann war ich zuletzt so weit gelaufen?

«Du gehst es erst mal ganz langsam an, Moritz. Dein Körper muss sich an die neue Herausforderung gewöhnen», sagte Daniel zu seinem Opfer. Er ließ ihn allein. Moritz kam genauso schwer in Schwung wie ich. Aber er hatte Ehrgeiz, ich hörte es am Piepen, mit dem das Heraufsetzen der Laufgeschwindigkeit bestätigt wurde. Ich legte auch noch eins drauf, 4,5 Stundenkilometer. Dann wieder er, dann ich. Inzwischen keuchten wir beide. Plötzlich trafen sich unsere Blicke. Mein Herz setzte fast aus.

Da setzte er bereits zu einer Begrüßung an: «Ach, Frau Sommerberg, Sie auch …»

Ich lief mit dem Buchhändler meines Vertrauens um die Wette! In einem Fitnessstudio. Wie hieß er eigentlich? Das

Geschäft hieß Mayer'sche Buchhandlung, da kaufte ich seit Jahrzehnten. Vermutlich war er somit Herr Mayer.

«Hallo, Herr ...» Für den Rest fehlte mir ohnehin die Puste. Egal, er wusste ja selbst, wie er hieß.

Der Mann neben mir kannte mein ganzes Leben. Nicht das, was darin geschah, er sah gewissermaßen immer nur die Titel.

«Liebesromane? Bisschen was mit Anspruch?»

«Ratgeber Babys? Oh, da gibt es viel. Ich zeige Ihnen mal die praxisorientierten ...»

«Sie ärgern sich über Ihren Chef? Hm. Wollen Sie drüber lachen oder wissen, warum er so ist, wie er ist?»

«Ja, eine Ehe ist manchmal wie ein Marterpfahl. Ich habe da etwas sehr Kluges und dennoch Lustiges ...»

«Kündigungsrecht? Da haben wir wunderbare Sachen, ganz leicht zu verstehen. Erspart den Anwalt. Hier, sehen Sie mal.»

«Scheidungsrecht? Oh, du meine Güte, aber ...»

Seitdem war ich nicht mehr in der Mayer'schen. Was hätte mir noch helfen können? Liebesromane? Mit dem Thema war ich durch. Ein Mann kam mir nie wieder ins Haus.

Welches Haus eigentlich?

Ich blickte auf meine Füße, die sich in einem für meine Verhältnisse atemberaubenden Tempo verselbständigt hatten und dennoch auf der Stelle traten. Was tat ich hier eigentlich? Ich drückte den Stoppknopf, der abrupte Stillstand überforderte meine Beine, ich prallte gegen den Laufbandrahmen und kullerte auf den Boden.

Im selben Moment hörte ich Herrn Mayer rufen: «O mein Gott, Frau ...!» Dann folgte ein ebenso unschönes Poltern, und Herr Mayer rasselte aufs Parkett. Jasmin schaffte es, von hundert auf null abzubremsen, ohne zu stolpern.

«Mama, hast du dir wehgetan? Ich habe dir doch gesagt, du musst auf *cool down* drücken, wenn du aufhören willst! Bleib bitte liegen, wir tragen dich rüber zu den Matten. Und du da auch», sagte meine Tochter in Richtung von Herrn Mayer, der ziemlich verblüfft aus der Wäsche sah.

Wenn man sich schon so dumm anstellte wie ich, war ein Fitnessstudio voller Muskelmänner zumindest nicht der schlechteste Ort dafür. Die Herren konnten gleich mal beweisen, wofür sie Gewichte stemmten. Ein Hüne hob mich hoch wie eine Feder und trug mich behutsam fort, um mich ein paar Meter weiter auf einer Trainingsmatte abzulegen. Herr Mayer erfuhr eine weniger freundliche Behandlung. Ihn packte man an den Füßen und unter den Achseln und legte ihn gleich neben mich. Wir guckten uns an – und prusteten im selben Moment los.

«Wir sind Fallobst», sagte Herr Mayer.

«Bei uns ist eben der Wurm drin», setzte ich einen drauf.

«Vielleicht taugen wir noch für Marmelade», meinte er.

«Bestenfalls», sagte ich. Wir lachten Tränen.

«Na, euch scheint's ja gutzugehen», kommentierte Jasmin. Wie erwachsen sie wirkte! Und wie kindisch ich mir vorkam.

Ein Mann in Sportkleidung kniete sich nun neben mich und befühlte meine Knochen. «Tut's hier weh? Oder hier? Kannst du den Arm beugen?»

«Das ist Andy, er studiert Medizin», erklärte Jasmin.

Nachdem Andy zu dem Schluss kam, dass ich mir nichts gebrochen hatte, nahm er sich Herrn Mayer vor. Da dem

Buchhändler meines Vertrauens offensichtlich auch nichts Ernstes widerfahren war, wurden wir dazu verdonnert, mindestens eine Stunde ruhig liegen zu bleiben.

«Ich hole euch Energy-Drinks», sagte Jasmin und verschwand.

Irgendwie war mir die Situation nun doch peinlich. Ich starrte an die Decke, nicht mal zu Herrn Mayer traute ich mich mehr hinüberzulinsen.

«Warum haben Sie eigentlich so abrupt gestoppt?», fragte er plötzlich.

«Weiß nicht. Und Sie?»

«Ich konnte doch nicht einfach weiterrennen.»

«Nett von Ihnen.»

«Und ganz schön dumm.»

«Finde ich nicht. Ich hätte dasselbe getan.»

«Wirklich?»

«Klar, geteiltes Leid ist halbes Leid», sagte ich.

Herr Mayer lächelte verlegen. Ob er früher auch schon so gelächelt hatte? Aber da war er eben nur mein Buchhändler gewesen. Und wer achtet schon auf das nette Lächeln seines Buchhändlers?

«Ich habe einen Mordshunger! Sie auch?», fragte Herr Mayer, als wir auf der nächtlichen Straße standen.

«Tut mir leid, Mama, ich bin mit Felix verabredet. Aber geht ihr beiden doch noch einen Happen essen.» Jasmin gab mir einen Kuss auf die Wange: «Eine Gehirnerschütterung hast du zwar nicht, aber trotzdem: Pass auf dich auf. Tschüs, Moritz!» Sie federte in Richtung U-Bahn davon, und ich guckte ihr hilflos nach.

Herr Mayer räusperte sich. «Sie ist sehr unkompliziert, Ihre Tochter. Und irgendwie hat sie doch recht. Gleich um die Ecke ist ein kleines Thai-Restaurant. Da bekommt man was Leckeres, das nicht so schwer im Magen liegt.»

«Seniorenteller», witzelte ich.

«So schlimm ist es noch nicht. Wir sind nur aus der Übung.»

«Welcher Übung?»

Herr Mayer senkte den Blick. «War nur so dahingesagt.»

«Ich hab's nicht so gemeint. Also, gehen wir zum Thai. Isst man da mit Stäbchen? Dann muss ich vorm Teller verhungern.»

«Sie waren noch nie beim Thai? Da ist Ihnen aber etwas entgangen!»

Er hatte recht. Die Reispapier-Frühlingsrollen waren köstlich, ebenso die Shrimps mit Reis. Und der Weißwein, der meine Zunge löste, als hätte sie nur darauf gewartet, endlich über die Eckdaten der Krise zu sprechen, in der ich mich befand.

«Lassen Sie Ihr altes Leben hinter sich und fangen Sie ein neues an!», rief er.

«Sie hören sich an, als wäre das so einfach wie in den Büchern, die in Ihrem Laden herumstehen.»

«Zumindest wollen müssen Sie es, Frau Sommerberg.» Er dachte nach. «Da fällt mir ein: In meinem Haus ist gerade eine Wohnung frei geworden. Vielleicht gefällt sie Ihnen.»

«Wo ist das denn?» Plötzlich war ich wieder hellwach. Das ging alles ganz schön schnell.

«Sie kennen es doch. Unten ist mein Laden.»

«Und wieso sollte ich die Wohnung bekommen können?»

«Na, das Haus gehört mir. Ich habe es von meiner Mutter geerbt. Sonst könnte ich mir den Laden doch gar nicht leisten.» Er drehte sein Glas in den Händen. «Ich will ehrlich sein: Von den Büchern kann ich nicht leben. Das ist inzwischen mehr eine Leidenschaft als ein Beruf. Diese ganzen Internethändler! Die graben unsereinem das Wasser ab.» Er zwinkerte mir zu. «Sie waren auch schon lange nicht mehr da.»

«Ich habe noch nie etwas im Internet bestellt. Wir haben nicht mal Internet. Jasmin sagt, ich lebe in der Steinzeit.»

«Von mir aus könnten noch mehr Menschen in der Steinzeit leben ...»

«Dann hätten Sie allerdings ein echtes Problem, Herr Mayer.»

«Wieso?» Er stutzte, schlug sich mit der flachen Hand an die Stirn, lachte: «Stimmt, da gab's keine Buchhändler.»

«Und auch keine Versicherungskauffrauen», pflichtete ich bei.

«Wir sind ganz schön degeneriert. In der Steinzeit würden wir verhungern. Also machen wir das Beste aus dem Heute. Wollen Sie sich morgen mal die Wohnung ansehen? Gegen Mittag mache ich den Laden zu, da kommt ohnehin keiner von den fünf Kunden, die im Laufe eines Tages reinschneien.»

Ich hatte gerade die Haustür aufgesperrt, als Jasmin anrief. «Was macht dein Kopf, Mama? Ist dir schwindlig, hast du das Gefühl, dich übergeben zu müssen?»

Ich wusste im ersten Moment nicht, was sie meinte. Es ging mir prächtig. Zum ersten Mal seit Monaten.

«Na, dein Sturz!»

«Ach, das. Alles bestens. Stell dir vor, Herr Mayer hat mir eine Wohnung angeboten! Morgen sehe ich sie mir an.»

«Wer ist Herr Mayer?»

«Na, unser Buchhändler. Der, der mit mir Fallobst gespielt hat.»

«Ich hätte in Moritz nie und nimmer den von der Mayer'schen erkannt», antwortete sie.

«Ich eigentlich auch nicht», gab ich zu.

«Wie findest du ihn denn?»

Das war nun mal eine kluge Frage. Was sollte ich antworten? «Keine Ahnung, Schatz.»

«Ach, Mama!»

«Gute Nacht, lieb, dass du noch mal angerufen hast.»

Während des ganzen Gesprächs hatte mich das Blinken des Anrufbeantworters genervt. Es war der dritte Makler, der gesetzte Herr meines Alters: «Frau Sommerberg, ich glaube, ich habe eine Lösung für Sie. Darf ich morgen Vormittag mit einem Interessenten vorbeikommen?»

Am Mittag des nächsten Tags stand ich in der Mayer'schen. Der Laden erschien mir kleiner als in meiner Erinnerung. Ich war eben schon lange nicht mehr da gewesen. Auch Herrn Mayer erkannte ich kaum wieder. Das heißt: Ich erkannte ihn schon wieder. Er war genau der Mann, der mich all die Jahrzehnte hier bedient hatte. Ein gewissermaßen altersloser Herr in Unscheinbarkeitskleidung – gestreiftes Hemd und Lammwollstrickweste. Das schien nicht derselbe Mann zu sein, der lachend neben mir auf dem Boden gelegen hatte und der mir ganz locker geraten hatte, mein altes Leben hinter mir zu lassen. Als er jedoch auf mich zukam, mir lächelnd die Hand entgegenstreckte und sagte: «Hallo, Sie sehen aus wie jemand, der einen richtig guten Morgen hatte!», da wurde er doch wieder zu jenem Mann, mit dem ich einen netten Abend gehabt hatte.

«Es war wirklich ein guter Morgen», antwortete ich. «Ich

habe mein Haus zu neunzig Prozent verkauft. In vierzehn Tagen ist Notartermin.»

Er nahm seine Lesebrille ab und sah mich überrascht an. «Donnerwetter. Wie ist das so schnell möglich gewesen?»

«Einer der Makler, die da waren, hat einen Sohn. Und der besitzt ein Bauunternehmen, das Fertighäuser baut. Doppelhäuser für junge Familien. Der war ganz begeistert vom Grundstück.»

«Und das Haus?»

«Das muss weg. Und zwar ziemlich flott.»

«Aber das ist doch Ihr Elternhaus! Tut Ihnen das nicht weh?»

«Ich hatte noch keine Zeit, darüber nachzudenken.»

«Wollen Sie einen Espresso? Oder einen Latte macchiato?»

«Haben Sie denn so etwas?», rutschte es mir raus.

Er führte mich in eine Ecke mit vier Kaffeehausstühlen, einem Bistrotisch und einer Kaffeemaschine. Zwar nichts, was mit den Polsterlandschaften der großen Buchketten mithalten konnte, aber ganz gemütlich.

«Nett haben Sie's hier. Das ist neu, oder?», fragte ich, während er mir einen Latte macchiato zubereitete.

«Ich muss den Laden völlig neu gestalten, wenn er überleben soll. Das hier ist erst der Anfang. Aber das geht eben zu Lasten des Sortiments, man kann weniger Bücher vorrätig haben. Ist eine Zwickmühle. Solange meine Mutter noch lebte, durfte darüber nie diskutiert werden. Dabei war mir klar, dass es so nicht ewig weitergehen kann. Aber für Mutter musste immer alles bleiben, wie es war.»

«Das kenne ich», sagte ich und sah, wie sein Blick über die Regalreihen schweifte, deren oberste nur mit einer Leiter zu erreichen waren. Angesichts der vielen Bücher wirkte er plötzlich wie erschlagen. So, als wäre die Vergangenheit größer als er selbst.

«Das tut mir leid mit Ihrer Mutter», sagte ich.

«Ist schon drei Jahre her. Aber seitdem hat sich der gesamte Buchhandel rasend schnell verändert. Vor allem, nachdem vierhundert Meter weiter die Filiale dieser Kette eröffnet hat. Die schöpfen die ganze Sahne ab, bieten nur Bestseller an. Ich musste deshalb schon den Laden verkleinern. Haben Sie's gesehen? Nebenan habe ich an einen Telefonshop vermietet. Die zahlen mehr Miete, als ich hier Umsatz mache.»

Er stellte einen ziemlich gut gelungenen Latte auf die Marmorplatte und seufzte: «Mit dem Kaffee habe ich mir ein Ei gelegt. Es gibt Kunden, die tun so, als wollten sie ein Buch, trinken ihren Kaffee und gehen, ohne zu kaufen.»

«Sie sollten es machen wie diese Kaffeeläden: Kaffee verkaufen und Bücher dazu. Ach was: ein Teeladen mit Buchverkauf. Tee passt besser zum Buch.» Das war eigentlich als Scherz gemeint.

Aber Herr Mayer sah mich auf eine Weise an, dass mir ganz anders wurde. «Ja, natürlich! Das ist es! Das sollten wir machen!»

Ich verstand nicht sofort: «Wie meinen Sie das: wir?»

«Na, Sie haben doch gesagt, Sie suchen nach einer neuen Aufgabe.»

Ich in einem Buchladen? Was verstand ich von Büchern? Wenn ich Mutters Haus ausräumte, könnte ich maximal zwei Kisten damit füllen. Und ein Großteil davon waren Kochbücher, nach denen ich nie gekocht hatte, weil Mutti alles Neue abgelehnt hatte.

«Das meinen Sie doch nicht im Ernst, Herr Mayer!»

Er rieb sich das Kinn, sagte «Au!» und deutete auf seine

Schürfwunde. «Tut weh, ist von gestern. Und wissen Sie, ich finde es jetzt gut, dass es weh tut. Sie haben ganz spontan den Stoppknopf gedrückt, warum auch immer. Aber genau diese Spontanität ist es, die uns in unserem Alter abgeht. Meistens rennen wir doch immer weiter im alten Trott und treten nur auf der Stelle. Da stimmt doch was nicht, oder?»

«Wir sind ganz schön auf die Schn… Nase geflogen!»

«Wer was Neues macht, macht auch mal Fehler. Wer nur das Alte macht, macht immer nur die alten Fehler.»

Ich blickte mich um und sah den Buchladen plötzlich mit anderen Augen. «So viele Bücher! Was machen Sie mit denen, für die der Platz nicht ausreichen würde?», fragte ich.

«Die stelle ich ins Internet.»

«Ich denke, Sie haben was gegen das Internet.»

«Nur, wenn es meinen Interessen zuwiderläuft.» Er grinste schelmisch. «Gucken Sie mal um die Ecke.»

Dort lag neben einem Computer ein Stapel mit verpackten Büchern.

«Übers Internet habe ich heute schon mehr Bücher verkauft als hier im Laden. Muss ich am Abend zur Post bringen. Also: Ich wäre bereit. Was ist mit Ihnen? Wollen wir ein Konzept machen?»

«Heutzutage heißt das Marktanalyse, Herr Mayer.»

«Nur, wenn man die Banken für die Finanzierung braucht. Wir stemmen das selbst. Wie viel verstehen Sie denn von Tee?»

«Na ja, ich trinke gern welchen. Rotbusch, weil Magnesium drin ist. Mit Zimt wärmt er obendrein, ich friere nämlich leicht. Grüner Tee ist auch gut und … und … schwarzer Tee natürlich …» Ich gab's auf. «Ich habe wahrscheinlich von Tee so viel Ahnung wie von Büchern.» Ich fühlte mich plötzlich wieder ganz mickrig. «Herr Mayer, vergessen Sie's. Ich bin eine Versicherungskauffrau, die sich selbst überflüssig gerechnet hat. Und überhaupt: Warum fragen Sie nicht Ihre Frau?»

Damit war's endlich raus. Ich konnte mir nicht vorstellen, dass er nicht seit mindestens zwanzig Jahren verheiratet war.

«Oder Ihre Kinder», schob ich noch nach.

«Ich war nie verheiratet.» Er lächelte schief.

«Aber Sie sehen so, nehmen Sie's mir nicht übel, verheiratet aus.»

«Bin ich auch, mit dem Laden.»

Er errötete! Ich fasste es nicht, ein Mann seines Alters – 50? – konnte rot werden.

«Meine Mutter hat jede Frau vergrault», sagte er. «Nun ja, so richtig sexy ist ein Bücherwurm sowieso nicht.»

Das allerdings stimmte uneingeschränkt. «Ich kenne Sie nur mit dieser Weste und dem Hemd. Probieren Sie doch mal etwas anderes. Kleider machen Leute», versuchte ich, ihn zu trösten.

«Ich habe 22 solcher Westen und 22 gestreifte Hemden. Meine Mutter. Jedes Weihnachten und jeder Geburtstag.»

«Dann müssten Sie ja elf Jahre alt sein.»

Wir lachten beide.

«Ein paar habe ich weggeworfen, weil sie zu eng waren.»

Wir lachten noch mehr.

«Geben Sie den Rest in die Kleidersammlung!»

«Und was ziehe ich dann an?», fragte er ganz ernsthaft.

«Gestern Abend hatten Sie ein hübsches Polohemd an, und die Jeans war auch nicht schlecht.»

«Ach, haben Sie die bemerkt? Die hatte ich zum ersten Mal an. War ein Schnäppchen.» Er richtete sich auf. «Jetzt mache ich Fitness, da werden die Polohemden auch besser aussehen.»

«Wollen Sie wirklich weitermachen?»

«Sie nicht? Wir könnten gemeinsam gehen.» Er wurde wieder rot. «Also, wenn Sie nichts dagegen haben, Frau Sommerberg.»

«Wissen Sie, warum ich den Stoppknopf gedrückt habe? Weil ich mich wie ein Hamster im Rad gefühlt habe. Es erschien mir so wie …»

«Wie ein Sinnbild Ihres Lebens.»

«Genau!»

«Man kann auch Rad fahren zum Aufwärmen.»

«Ich muss das Haus leer machen. Das verbrennt genug Kalorien.»

«Stimmt! Ich bin so ein Trottel, rede über meinen Laden, dabei sind Sie wegen der Wohnung gekommen. Gehen wir?»

Die Wohnung war hübsch, drei Zimmer, viel Licht, frisch gemalert, bereit zum Einzug. Und im drittem Stock. Gut, um beim Treppensteigen abzunehmen, dachte ich, als mir die Luft knapp wurde. Ich erbat mir Bedenkzeit, ich hasste schnelle Entschlüsse. Noch dazu in einem solchen Fall. Seit ich denken konnte, hatte ich in meinem Elternhaus gewohnt, niemals in einer Etagenwohnung. Auf die Gartenarbeit konnte ich zwar gut verzichten, die hatte nicht mal geholfen, um meine Figur zu halten. Aber ein Leben mit Nachbarn bedeutete durchaus eine Umstellung. Das war nur die eine Seite.

Die andere hieß Herr Mayer. Er war ein netter Kerl,

aber irgendwie wurde ich den Eindruck nicht los, dass ich so etwas wie ein Schwimmreifen werden könnte, den er brauchte, um nicht zu ertrinken. Mir ging das alles viel zu schnell. Und dann auch noch «Buch und Tee», wie er meine spontane Idee nannte. Das klang alles sehr nach Ehepaar. Ich hatte zwar nicht wirklich vor, meine verbleibenden 31,4 Lebensjahre als Single zu verbringen. Aber ich hatte auch nicht beschlossen, es nicht zu sein. Genau genommen wusste ich nur, dass ich nicht wusste, was ich wollte.

«So übel ist Moritz nun auch wieder nicht», meinte Jasmin, als ich sie in die neuen Entwicklungen einweihte. Bei einer Tasse Tee übrigens. Ich war extra in einen Teeladen gegangen, um dort festzustellen, dass es tausend Teesorten gab – von denen ich allenfalls ein Dutzend dem Namen nach kannte. Kurzum: Ich hatte das deutliche Gefühl, mich in eine Gegend zu verirren, in der ich mich überhaupt nicht auskannte. Ich mag es aber, wenn Risiken berechenbar bleiben.

«Warum nennst du ihn eigentlich hartnäckig Moritz? Wir sind doch nicht im Fitnessstudio, Jasmin.»

«Was sagst du denn zu ihm?»

«Na, Herr Mayer, was denn sonst?»

«Ach, du liebe Güte! Mama, du bist echt …» Sie legte die Hand auf meinen Unterarm. «Ich hab dich ganz doll lieb.»

Das klang wie: Du bist ein alter Esel, aber das Gnadenbrot sei dir vergönnt. Gut, ich wusste selbst, dass das mit «Herr Mayer» und «Frau Sommerberg» schrecklich altmodisch war. Wie zu Omas Zeiten. Aber konnte ich zu einem Mann in Strickweste, gestreiftem Hemd und Lesebrille, den ich kaum kannte, Moritz sagen? Eben.

«Er ist schon ein feiner Kerl», räumte ich ein. «Morgen

kommt er, und wir gucken mal, welche von Muttis Sachen noch zu Geld zu machen sind. Er sagt, er kennt sich mit Antiquitäten aus. Willst du eigentlich irgendetwas haben?», fragte ich.

«Die Deckenlampen, die mag ich.»

«Die hässlichen Dinger?»

«Mama, das ist Retro, fünfziger Jahre. Die sind echt was wert.»

«Klingt, als ob unser Haus ein Museum wäre.»

«So direkt würde ich das nicht sagen. Auch, wenn es wahr ist.» Sie deutete auf die Teekanne. «Der Tee ist gut, was ist das eigentlich?»

«Zitronengras mit Ingwer. Der Mann im Teeladen riet mir, ich solle noch frische Minze dazugeben. Ich habe das versucht und fand, etwas Zitronensaft würde gut passen. Erfrischend, nicht?»

«Das ist richtig klasse. Und das hat Moritz, sorry: Herr Mayer, bewirkt?»

«Bewirkt? Wieso bewirkt?»

2. Kapitel

Eine kleine dicke Frau

Die Guten ins Töpfchen, die Schlechten ins Kröpfchen: So einfach hatte ich es mir vorgestellt. Und nun hatte ich die halbe Nacht und die ersten Morgenstunden damit verbracht, im Baumarkt gekaufte Umzugskisten aufzustellen. Um überall ein wenig hineinzutun. Dort eine Akte, einen Kochtopf hier, dort eine alte Puppe von Jasmin. Immer wieder war mir etwas in die Hände gefallen, das ich unschlüssig betrachtete. Was sollte mit dem ganzen Kram werden? Ich war am Rande einer Überforderung.

Jasmin kam schon morgens um zehn, guckte in die Akte, besah den Kochtopf, befühlte die Puppe. Und sie sagte immer dasselbe: «Wegschmeißen, Mama!»

«Das brauche ich vielleicht noch, Schatz! Da hängen Erinnerungen dran.»

«Wann hast du den alten Topf zuletzt benutzt?»

«Keine Ahnung.»

«Liegt das länger als zwei Jahre zurück?»

«Wahrscheinlich schon.»

«Also wegschmeißen, Mama.»

«Aber dann muss ich praktisch alles wegwerfen. Das geht doch nicht. Das ist mein Leben!»

Jasmin stemmte die Hände in die Hüften. «Pack das ein, was dein wahres Leben ist. Die Regel dafür lautet so: Das habe ich seit zwei Jahren nicht mehr benutzt, also gehört es nicht mehr zu meinem Leben.»

Ich sah mein tatendurstiges Kind an. Die dichten, leicht lockigen schwarzen Haare hatte sie mit einem roten, weiß gepunkteten Tuch aus dem Gesicht gebunden, die Pulliärmel hochgeschoben. Der menschgewordene Putzteufel. Sehr süß, aber das durfte ich nicht sagen. Sie hasste es, wenn ich sie «süß» fand. Und überhaupt: Wer von uns beiden war hier die Erwachsene? Ich etwa? Ich seufzte und sank auf den Boden zwischen die Kisten. Am liebsten hätte ich mich in eine davon gelegt. Sollte man mich doch in den Müll werfen …

Jasmin zog mich hoch. «Du musst nicht verzweifeln, Mama. Wir schaffen das. Ist doch nur eine Übergangsphase. Sieh es positiv: Du bist eine Raupe und wirst ein Schmetterling. Da musst du erst mal den Raupenanzug abstreifen.»

«Schatz, in Biologie warst du nie gut. Da kommt zuerst die Verpuppungsphase. In der befinde ich mich gerade.»

«Ich will aber nicht, dass meine Mutter so ein scheußliches Verpuppungsdings ist! Ich will eine Mutter, die sich nicht von ihrem Leben unterkriegen lässt, sondern es lebt. Hörst du, Mama? Spann deine verdammten Flügel auf, fliege! Du bist schon viel zu lange in diesem Haus, das du nie gemocht hast. Es ist ein Geschenk, dass es dir einer abkauft. Nutze deine Freiheit und verzweifle nicht daran.»

Das Bild von ihr wurde eigentümlich unscharf, bis ich merkte, dass ich weinte. Da beugte sie sich zu mir runter und nahm mich in die Arme.

«Arme Mama, ich habe dich doch lieb.»

«Weiß ich doch, Schatz. Ich weine ja auch gar nicht, weil ich traurig bin. Ich weine, weil ich so glücklich bin. So glücklich, dass ich dich habe. Du hast mit jedem Wort recht. Ja, ich hasse dieses Haus. Ja, ich will es loswerden. Ja, ich will neu anfangen. Aber verdammt: Es ist so verteufelt schwer, frei zu sein!»

«Wann kommt dein Herr Mayer?»

«Um drei, wenn er den Laden zugesperrt hat.» Es war Samstag, und Herr Mayer war gegen erweiterte Ladenöffnungszeiten.

«Bis dahin wirst du zum Schmetterling, Mama!»

Das klappte natürlich nicht, aber wir waren auf einem guten Weg, als es an der Tür läutete. Gemeinsam hatten wir es wirklich geschafft, ein Dutzend Kisten mit den Sachen zu packen, die ich behalten wollte. Ich war wirklich nach der K.-o.-Methode vorgegangen: Was mir nicht auf Anhieb gefiel oder für mein Weiterleben unerlässlich war, flog in die Müllecke jedes einzelnen Zimmers.

Herr Mayer, im locker über der Hose getragenen Polo-Shirt, blickte sich um: «Na, Sie gehen es aber gründlich an, Frau Sommerberg!»

Bevor ich etwas erwidern konnte, kam Jasmin aus ihrem eigenen Zimmer, das sie sich für den Nachmittag vorgenommen hatte. «Hallo, Moritz! Ich fürchte, du wirst nur Plunder und keine Schätze finden.»

«Die wahren Schätze sind die Menschen», sagte Herr Mayer, erschrak wohl selbst über seine Kühnheit und wurde rot.

Ich sah es Jasmin an der Nasenspitze an, dass ihr eine Frechheit auf der Zunge lag. Also kam ich ihr zuvor: «Kannten Sie eigentlich meine Mutter?»

«Die war wirklich ein Schatz!» Jasmin grinste.

Herr Mayer nickte bedächtig: «Alte Damen haben für gewöhnlich so ihre Eigenarten.»

«Du kanntest Oma wirklich?», fragte Jasmin.

«O ja, sie war eine, hm, besondere Kundin. Sie war zwei- oder dreimal im Laden. Nein, viermal. Das erste Mal kaufte sie, das zweite Mal brachte sie das Buch zurück. Sie sagte, auf dem Buchrücken würde ein anderer Inhalt versprochen als das, was im Buch drinstünde. Das wäre Betrug. Beim dritten Mal kaufte sie, und beim vierten Mal brachte sie das Buch wieder zurück. Aber ich habe das Buch nicht zurückgenommen. Ich seh's von hier aus im Regal stehen.»

Es war ein Buch über Afrika. Dafür hatte ich mich noch nie interessiert. «Das kann in die Kiste der Bücher, die wegkommen», sagte ich.

«Ist aber kein schlechtes Buch. Längst vergriffen. Dafür bekommt man im Internet an die zehn Euro. Ich werde eine Liste anlegen, den Erlös bekommen natürlich Sie, Frau Sommerberg.»

«Nee, Herr Mayer. Wenn, dann müssen wir das teilen. Sie müssen das doch einstellen. Das ist Arbeit. So viele Bücher!»

«Ich mache das gern für Sie, Frau Sommerberg.»

«Trotzdem. Geteiltes Leid ist halbes Leid. Das ist unsere Devise, Herr Mayer.»

Ich hatte schon längst bemerkt, dass Jasmin kicherte. Nun platzte sie los: «Herr Mayer, Frau Sommerberg! Wie sich das anhört! Wie im Seniorenheim! Könnt ihr euch nicht mit den Vornamen anreden? Moritz, darf ich vorstellen: Meine Mama heißt Victoria. Mama, das ist Moritz.» Sie hob die Schultern und zog eine Schnute. «Keine Ahnung, ob das jetzt in der richtigen Reihenfolge war. Aber ihr könnt euch jetzt die Hand geben. Oder so.»

Ich war sprachlos, als Herr Mayer tatsächlich seine Hand ausstreckte. Als wäre er ein Automat und jemand hätte einen Knopf gedrückt.

«Wenn wir schon dabei sind», hörte ich mich sagen, «können wir das mit dem Sie auch gleich abschaffen. Bist du einverstanden?»

«Ja, Victoria.» Er wurde knallrot. «Das ist ein wunderbarer Name. Deine Mutter mag zwar ein eigenwilliger Charakter gewesen sein, aber deinen Namen hat sie gut gewählt.»

Ich lächelte müde.

«Magst du deinen Namen nicht?», fragte Moritz, der nun nur noch in zweiter Linie Herr Mayer war.

«Mama hasst ihren Vornamen», assistierte meine Tochter.

«Aber warum denn? Denk nur an Victoria, die Königin von England», sagte Moritz.

«Ja, ich weiß, war sie 63 Jahre lang. Aber ich schätze, mit der kann ich nicht ganz mithalten.»

«Mütter denken sich doch etwas, wenn sie ihren Kindern einen Namen geben. Also meine mochte Wilhelm Busch.»

Ich hatte schon gehofft, das Thema wäre damit erledigt, aber Moritz ließ nicht locker: «Hast du deine Mutter mal gefragt, warum sie dir einen solch anspruchsvollen Namen gegeben hat?»

«Nein», sagte ich. Das war nicht ganz die Wahrheit, aber ich fand, vor allem Jasmin musste nicht alles wissen, zumindest nicht ausgerechnet zwischen den Umzugskartons. Für so etwas braucht man einen würdevolleren Rahmen.

Genau in diesem Moment sagte Jasmin: «Mama, was ist eigentlich mit dem Dachboden? Da ist doch auch lauter Gerümpel. Sollten wir den nicht ausräumen?» Wahrscheinlich sagte sie es, um das mir unangenehme Namensthema zu beenden.

«Da oben ist es nicht so schlimm», meinte ich. Ich war ja erst ein paar Tage zuvor mit den Maklern oben gewesen, um das Dach zu inspizieren.

«Ich schau trotzdem mal nach.» Jasmin holte die Stange hervor, mit der sich der Deckel für die Ausziehleiter öffnen ließ.

Zum vierten Mal innerhalb einer Woche diese steile Leiter hinaufzuklettern – nein, dazu hatte ich keine Lust. Noch dazu unter den Augen von Moritz. Ich hatte mir sowieso unsere Bücherregale, in denen nicht gerade Gedränge herrschte, für sein Kommen aufgehoben.

«Ganz schön viel über Afrika habt ihr. Hast du denn gar nichts davon gelesen?», fragte Moritz.

Ich schüttelte den Kopf. «Mutti hatte einen Afrikatick.»

Moritz nickte verstehend: «Ist für viele Leute ein Kontinent der Sehnsüchte. Die Weite, der Himmel, keine Ahnung. Ich habe kaum eines dieser Bücher gelesen. Ich glaube, das meiste hat mit der Realität wenig zu tun.»

«Warst du schon mal dort?», fragte ich.

«Ich!?» Er legte ein halbes Dutzend Bücher mit geübter Hand in eine Kiste. «Ob du es glaubst oder nicht», sagte er, «ich habe noch nie Urlaub gemacht.»

«Das glaube ich nicht! Man muss doch mal raus.»

Er schrieb auf die Kiste «Victorias Bücher, Internet» und räumte zielstrebig weiter, während er sagte: «Meine Reisen finden im Kopf statt. Darum lese ich gern. Und natürlich wegen des Ladens und des Hauses. Und früher wegen Mutter.»

«Sie hätte doch auf Haus und Laden aufpassen können.»

«Vor zwanzig Jahren hatte ich mal einen Flug nach Marokko gebucht. Am Tag vor dem Abflug wurde sie krank. Ich versuchte es noch zweimal, es war jedes Mal dasselbe. Und du, reist du gern?»

«Ich hasse es, in ein Land zu reisen, in dem die Menschen nicht meine Sprache sprechen. Darum sind Reinhold und ich höchstens nach Spanien und in die Türkei gefahren.»

«Und da sprechen die Leute deutsch?»

«Sie haben es für mich gelernt.»

Moritz stutzte, dann lachte er. «Du willst wohl immer den Stoppknopf drücken können.»

«Ja», sagte ich ernsthaft, «genau darum geht es mir im Grunde wirklich. Um den Stoppknopf.»

«Du bist also ein Kontrollfreak?»

Ich wischte Staub von Büchern und dachte nach. War ich das? Ja, vermutlich. Lehrer sind Besserwisser, Ärzte Halbgötter und Versicherungskauffrauen Computer. Wenn Klischees nicht zu leugnen sind, ist es leichter, sie als Wahrheit zu akzeptieren.

«Wenn man stets versucht, alles zu kontrollieren, wird man krank», wandte Moritz ein. Er hatte bereits ein Regal leer geräumt. Es war eine Freude zu sehen, wie leicht es ihm von der Hand ging. «Das haben mir meine Mieter beigebracht. Wenn man will, dass alles nach dem eigenen Kopf geht, holt man sich bloß eine blutige Nase. Man muss die Leute leben lassen, wie sie wollen.» Er verschloss eine Kiste und richtete sich auf. «Da fällt mir ein: Hast du über mein Wohnungsangebot nachgedacht?»

In Wahrheit hatte ich diese Frage verdrängt. Ich überlegte gerade, wie es mir gelänge, Moritz nicht vor den Kopf zu stoßen, als ich Jasmins rettenden Hilferuf hörte.

«Mama, ich glaube, du solltest wirklich hier raufkommen. Ich habe etwas echt Seltsames gefunden.»

Als Erstes fiel mir auf, dass Jasmins heller Pulli jetzt schwarz und ihre fast schwarzen Haare weiß waren. Das eine kam vom Dreck, das andere von den Spinnweben. «Du siehst aus wie ein Gespenst», sagte ich. «In welchen Ecken bist du denn herumgekrabbelt?»

«In Ecken, in denen wahrscheinlich schon seit Jahren kein Mensch mehr gewesen ist. Das hier oben ist das reinste Grab.» Sie rieb sich die Hände, um den Schmutz abzustreifen. «Aber ich habe eine seltsame Kiste gefunden. Hier, guck mal. Die stand ganz dahinten neben der alten Nähmaschine, die übrigens echt was wert ist. Fünfziger Jahre. Wird das Schmuckstück im Wohnzimmer von Felix und mir. Klasse Design.»

Ich hörte schon kaum mehr zu, denn auf der Seite der Holzkiste stand zwar kaum mehr lesbar, aber sorgfältig gemalt, der Name «Hannelore». Den Deckel hatte Jasmin bereits aufgeklappt. Obenauf lag ein Fotoalbum, so eines, wie man es früher hatte, mit Ringheftung und schwarz. Die Holzwolle darunter hatte Jasmin schon ein wenig zur Seite geschoben. Ich schlug das Fotoalbum auf und blätterte weiter, bis ich durch war. Ich konnte nicht mehr atmen. Als drückte mir jemand den Hals zu. Mir wurde schwindlig und übel. Ich musste mich irgendwo festhalten. Ich glaube, in diesen Momenten fiel mir wieder der seltsame Traum ein, den ich so oft gehabt hatte. Und das machte alles noch schlimmer. Denn die Bilder in dem Album waren wie ein Déjà-vu.

«Mama, was ist denn? O Gott, was hast du? Mama, du bist ja kreidebleich. Wer sind diese Leute?»

Ich schluckte, wollte sprechen, konnte aber kein Wort

hervorbringen. Mein Mund war ausgetrocknet und mein Kopf voller Fragen.

«Mama, bitte sage doch etwas. Du machst mir Angst.»

«Ist alles in Ordnung?», rief Moritz von unten. «Kann ich euch helfen?»

«Nein», krächzte ich.

«Sagt einfach Bescheid, wenn ihr den Hausschatz gefunden habt. Ich kenne mich auch mit alten Münzen aus. Und mit Briefmarken», rief Moritz vom Fuß der Treppe aus.

Ich zwang mich durchzuatmen, obwohl mir immer noch schwindlig war. «Was ist denn noch in der Kiste?», fragte ich Jasmin.

«Bist du wirklich okay, Mama? Soll ich dir einen Tee machen?»

«Nein, Schatz. Nimm bitte die Holzwolle weg.»

Sie beugte sich über die aus rauen Brettern zusammengenagelte Kiste und legte die Holzwolle behutsam zur Seite. Sie förderte ein eigentümliches Ding zutage: vorne ein großer Filter, hinten Gurte. Ich hielt es für eine altertümliche Tauchermaske.

«Ich glaube, das ist eine Gasmaske. Vielleicht aus dem Krieg», widersprach Jasmin.

Sie grub noch mehr Holzwolle aus und zog an einem Gurt.

«Das ist schwer.»

Ich hielt es nicht mehr aus zuzusehen. «Lass mich mal.»

Mit beiden Händen griff ich zu und hielt einen altmodischen, sandfarbenen Rucksack aus Segeltuch in den Händen. Voller Stockflecken, an einigen Stellen eingerissen und von Motten angefressen, mit Riemen und Schnallen verschlossen. Meine Finger zitterten, als ich sie öffnete. Im Rucksack lag, eingewickelt in ein buntes Tuch, eine Figur aus Ton. Sie war eigentümlich geformt, mit Zacken auf dem Kopf und Glubschaugen. Ihr Bauch war enorm groß, offenbar eine Frau, eine kleine dicke Frau. Vielleicht auch schwanger. Insgesamt wohl dreißig Zentimeter groß.

«Was ist das, Mama? Wem gehört das?»

Vorsichtig legte ich die Figur auf die Holzwolle und schlug noch einmal das Album auf der drittletzten Seite auf. Ich hatte mich nicht geirrt: Der Mann auf der leicht unscharfen Schwarz-Weiß-Fotografie trug genau den Rucksack, den wir gerade aus der Kiste geholt hatten. Ich strich mit den Fingern über das Bild, als könnte ich ihn streicheln. Aber das letzte Foto des Albums sagte mir, dass er die Zärtlichkeit nie mehr würde spüren können, die ich für ihn mit einer Intensität fühlte, dass es mein Herz zerreißen wollte. Ich hatte ihn zu spät wiedergefunden. Mindestens ein halbes Jahrhundert zu spät.

Ich setzte mich auf den Boden des Speichers und drückte das Album an mich. Es war mir egal, ob ich mich dabei dreckig machte. Alles war plötzlich egal. Ich wusste nur eines: Ich hatte die Kontrolle verloren. Nicht nur über meine Gefühle, sondern über das, was ich für mein Leben gehalten hatte.

Moritz machte Tee, und ich schaufelte zwei Teelöffel Zucker hinein, das brauchte ich jetzt. Wer zählt schon in einer Schicksalsstunde Kalorien? Wir setzten uns um den Küchentisch, in der Mitte stand die Tonfigur, vor mir lagen das Album und die Taucherbrille oder was auch immer das war. Zwei Paar Augen musterten mich erwartungsvoll.

Jasmin tippte auf das dunkelgraue Büchlein. «‹Lore und Eberhard› steht da», sagte sie. «Wer war das, Mama?»

«Hannelore war meine Mutter, meine leibliche Mutter.

Mutti hat mich nur adoptiert, habe ich dir das nie erzählt, Schatz?»

Natürlich hatte ich ihr das nie erzählt. Meine Herkunft war so etwas wie ein dunkler Wald, in den man nicht freiwillig hineingeht.

«Nein!» In Jasmins Stimme lag Fassungslosigkeit. Sie starrte mich mit weit aufgerissenen Augen an.

«Ich war ganz klein, ein Baby. Ich selbst habe es erst erfahren, als ich konfirmiert wurde, mit 14. Da sagte Mutti: Ich muss dir was erzählen, Victoria. Das kam so überraschend und irgendwie auch so spät in meinem Leben, dass ich es verdrängt habe. Unangenehme Sachen verdränge ich gern, kennst mich ja.»

«Wie hat Oma das gesagt: Du bist nicht meine Tochter?»

«Nein. Irgendwie anders. Ich weiß es nicht mehr.»

«Kannte Oma denn deine Mutter?»

«Mutti war genau genommen meine Tante. Lore und sie waren Schwestern. Mutti sagte, Lore war ein paar Jahre jünger als sie. Wie viele … ich weiß es nicht mehr. Es war nur ein Gespräch, und es hat mich als Vierzehnjährige völlig überfordert. Der Schock, nicht Muttis Tochter zu sein, hat alles andere verdrängt.»

Jasmin griff nach meiner Hand und drückte sie fest. Moritz schlug die letzte Seite auf. In der Mitte des Blatts klebte ein kleines Foto, das einen grobbehauenen Stein zeigte, ohne Zweifel der Grabstein der beiden. Moritz setzte seine Lesebrille auf. Denn man musste sehr genau hinsehen, um die Inschrift erkennen zu können: Hannelore & Eberhard von Gollnitz. In einer sehr sorgfältigen, steilen Handschrift, die nicht Muttis war, hatte jemand auf den schwarzen Fotokarton geschrieben: «Ihr Weg endete in Tiameh.»

Moritz schaute mich über das Halbrund seiner Brillengläser an: «Wo ist Tiameh?»

«Und wer war Eberhard?», fragte Jasmin.

«Er muss mein Vater gewesen sein», erwiderte ich, denn alles andere hätte keinen Sinn ergeben.

«Hat Oma denn nie von ihm gesprochen?»

Ich schüttelte den Kopf. «Sie hat immer gesagt, sie hätte meinen Vater nie kennengelernt.»

Jasmin schüttelte den Kopf. «Das ist ja der Wahnsinn! Sie muss es gewusst haben! Sie wird doch wohl einmal ihren Schwager getroffen haben.»

Es war ihr anzusehen, dass ihr tausend Fragen durch den Kopf gingen.

Moritz hatte sein Handy hervorgeholt, ein schickes Ding mit Riesenbildschirm. «Kein W-LAN», stellte er fest. «Wo ist eigentlich dein PC, Victoria?»

«Ich habe keinen, weil ich ja einen in der Arbeit hatte. Und Jasmin hat ihren schon zu ihrem Freund geschafft. Aber wozu brauchst du einen Computer?», fragte ich.

«Ich will nachsehen, wo Tiameh liegt.»

«Das kann ich dir so sagen. In Nigeria.»

«Woher weißt du das, Mama?»

«Es steht in meinem Ausweis.»

«Du bist da geboren, wo deine Eltern gestorben sind? In Afrika?» Moritz betrachtete mich wie ein Weltwunder.

«Ach du Scheiße! Das wird ja immer verrückter!», entfuhr es Jasmin. «Wieso weiß ich das alles nicht?»

«Weil es keine Bedeutung hatte. Ich hatte nie etwas mit Afrika zu tun.»

«Weiß Papa das?», fragte meine Tochter.

«Natürlich, wir mussten ja das Aufgebot bestellen.»

«Und Papa hat sich nicht gewundert?»

«Doch, schon. Aber Mutti hat nur gesagt: Man soll die Toten ruhen lassen. Ich habe immer geglaubt, dass sie es mir nicht schwermachen wollte. Oder sich selbst, weil ich nicht ihre leibliche Tochter war. Es war wie eine offene Wunde, in der man besser nicht herumstochert. Und irgendwie geriet alles wieder in Vergessenheit. Das Leben geht weiter, man soll nicht zurückschauen, hat Mutti immer gesagt.»

«Zeig mal deinen Ausweis!», rief Jasmin.

Ich stand auf und holte ihn aus meiner Handtasche.

«Der ist ja ganz neu», sagte Jasmin. «Stimmt, ich habe ihn letztes Jahr für dich abgeholt. Ich fand das Foto so schrecklich.»

«Und meinen Geburtsort hast du auch nicht gesehen, obwohl er direkt neben dem Foto steht», stellte ich fest.

Moritz nahm den Ausweis zur Hand. Er stutzte, setzte seine Lesebrille auf und sagte: «Da ist ein n zu viel. Da steht Victorina!»

«Wirklich?» Jasmin nahm ihm den Ausweis aus der Hand. «Tatsächlich. So eine Schlamperei. Ist der dann überhaupt gültig?»

«Nein, das stimmt. Das ist wirklich mein Name. Das n habe ich immer unterschlagen, auch Mutti hat mich nie Victorina genannt. Und wenn ich den Ausweis irgendwo vorzeigen muss, lesen die Leute Victoria. Du bist der Erste, dem das sofort auffällt», sagte ich zu Moritz.

Er war in Gedanken schon woanders, wie sein nächster Satz zeigte: «Wenn das Schicksal es anders gewollt hätte, wärest du eine Victorina von Gollnitz.»

«Wow, wie das klingt!» Jasmin blickte mich versonnen an. «Mama, das ist wie im Märchen. Vielleicht bist du in Wirklichkeit eine Prinzessin, die nach der Geburt vertauscht wurde.»

Leider bin ich überhaupt kein romantischer Mensch. Sonst hätte ich diese Idee wohl auch gehabt. Vor allem, wenn ich früher geahnt hätte, dass … Ja, was eigentlich?

«Ich bin mir nicht einmal sicher, ob Eberhard mein leiblicher Vater ist», sagte ich.

«Zu dumm, dass wir kein Internet haben. Von Gollnitz ist gewiss ein seltener Name», befand Moritz und stellte sich die Tonfigur so hin, dass er sie mit seinem Hightech-Handy fotografieren konnte. Als er meinen skeptischen Blick bemerkte, erklärte er: «Wird spannend sein, herauszufinden, was es mit dieser Dame auf sich hat.» Er stand auf. «Bitte entschuldigt mich, das lässt mir keine Ruhe. Ich muss nach Hause.» In der Tür drehte er sich noch einmal um, kratzte sich am Kopf und sagte: «Unglaublich. Ich habe so ein Gefühl, als ob wir auf eine ganz große Sache gestoßen sind.»

Jasmin hatte Moritz' überstürzten Aufbruch kaum wahrgenommen. Sie blätterte das Fotoalbum durch, betrachtete alle Fotos ganz genau. «Das erzählt eine Liebesgeschichte, Mama, sieh mal her.»

Das Büchlein begann mit einem Hochzeitsfoto, das vor einem Kirchenportal aufgenommen worden war. Darunter stand in der sorgfältigen steilen Schrift geschrieben: «Ein glückliches Paar». Dazu die Jahreszahl 1956. Das nächste Foto hieß «Auf großer Fahrt» und zeigte die beiden an der Reling eines Schiffs, dann folgten weitere ohne Bildunterschrift. Mal saßen die beiden in einem eleganten Speisesaal, der wohl zum Schiff gehörte. Dann standen sie irgendwo unter Palmen, ein andermal saßen sie in einem Ruderboot oder posierten vor Ruinen.

«Sie war so hübsch, deine Mama», sagte Jasmin mit verklärtem Blick. «Ganz zart, und sie muss sehr blass gewesen sein. Und sieh nur, auf jedem Foto ist sie perfekt geschminkt.»

Schließlich war da ein Bild, das beide mit Rucksäcken zeigte. Darunter: «Das Abenteuer Afrika beginnt». Auf den folgenden Seiten kämpften sich Lore und Eberhard durch den Dschungel, standen an reißenden Flüssen oder neben Afrikanern. Schließlich lag Lore in einer Hängematte, die Sonne schien in ihr Gesicht, Eberhard im Hintergrund, beide wirkten glücklich. Dann ein Foto, auf dem eine dritte Person zu sehen war. Es war nicht zu erkennen, ob es eine Frau oder ein Mann war. Die Person trug einen Safarianzug, ihr Gesicht wurde von einem großen Safarihelm verschattet. Und zum Schluss das Grab.

Jasmin blätterte wieder zurück, legte die Stirn in Falten. «Komisch», sagte sie und schlug das Hängemattenbild auf. «Sieh dir mal dieses Foto an. Hier wirkt Lore anders als auf allen anderen Bildern. Irgendwie weicher. Es ist auch das einzige Bild, auf dem sie kein Make-up zu tragen scheint. Ob sie da schon schwanger ist?»

Ich starrte auf Lores Bauch, als könnte ich mich mit Röntgenblick darin entdecken. Und je länger ich hinsah, umso mehr hatte ich den Eindruck, als wäre Lore wirklich schwanger.

«Wieso gibt es kein Foto von dir als Baby? Kurz danach kommt schon das Grabfoto.»

«Vielleicht hatten sie keine Kamera oder keinen Film. Sie waren ja in Afrika. In den Fünfzigern. Es war bestimmt nicht einfach in der Wildnis.» Aber ich glaubte selbst nicht, dass das der Grund gewesen war. Wenn hier jemand das Glück eines Paares hätte protokollieren wollen, hätte er auch zeigen wollen, wie dieses Glück vollkommen wurde.

Jasmin nickte. «Ja, wahrscheinlich. Und überhaupt: Wer hat die Fotos geschossen?» Sie zeigte auf das einzige Bild, auf dem noch eine dritte Person zu sehen war. «Ob die das war?»

«Dann wäre sie ja nicht auf dem Foto.»

«Selbstauslöser? Oder gab es das noch nicht?»

«Ich weiß es nicht, Schatz. Ich bin ohnehin schon völlig durcheinander.»

«Und wer hat das Album angelegt? Oma?»

«Das sieht nicht nach ihrer Schrift aus», widersprach ich.

«Weißt du, was seltsam ist?», fragte Jasmin. «Wie nüchtern dieses Album angelegt ist. Ich meine, es beginnt mit einer Hochzeit, zeigt, wie die beiden glücklich reisen, und endet mit dem Tod des Paares. Die beiden hatten so viel vor! Das ist doch ganz schrecklich, dass ihre Liebe so endete.»

«Vielleicht wollte die Person ihre Gefühle für sich behalten», vermutete ich. «Es wirkt wie ein Protokoll, findest du nicht?»

«Irgendwie macht es mir Angst, Mama. Wie können Menschen so lieblos mit dem Andenken an andere umgehen?»

Es lag mir auf der Zunge, die Frau zu verteidigen, zu der ich fünfzig Jahre lang «Mutti» gesagt hatte. Zu sagen: Vielleicht hat Oma den Tod ihrer Schwester nicht verkraftet. Aber tief in meinem Inneren wusste ich, dass sie das Album nicht angelegt hatte. Und dann spürte ich plötzlich ein anderes Gefühl: Wut. Ich fühlte mich um meine Vergangenheit betrogen.

Jasmin sprach es aus: «Oma wollte nicht, dass du von deinen Eltern erfährst, Mama. Was hat sie nur gegen die beiden gehabt? Warum hat sie das alles ...» – sie meinte den Inhalt der Kiste – «... im hintersten Winkel des Hauses versteckt?»

Eine gute Frage. Aber weder Jasmin noch Mutti hatten sie zu Ende gedacht, fiel mir jetzt auf. «Wenn man die Kontrolle über die Vergangenheit gewollt hätte», sagte ich, «dann dürfte es die Kiste gar nicht mehr geben.»

«Wie meinst du das, Mama?»

«Wenn Mutti wirklich gewollt hätte, dass ich niemals etwas über meine Eltern erfahre – warum hat sie diese Kiste dann aufgehoben?»

Jasmin starrte schweigend vor sich hin. «Vielleicht war sie sentimental.» Ein Leuchten der Erkenntnis huschte über ihr Gesicht. «Klar, das war sie! Denk doch nur an die vielen Bücher über Afrika. Du hast selbst gesagt, sie hatte einen Afrikatick. Wir haben bloß nie verstanden, warum.» Sie sah mich schräg von der Seite an. «Du hättest es durchaus wissen können. Aber du hast ja selbst verdrängt, dass du in Afrika zur Welt gekommen bist.» Sie nahm mich in die Arme. «Ach, kleine Mama, wenn diese beiden Abenteurer deine Eltern gewesen sein sollten, dann schlägst du aber ganz und gar nicht nach ihnen.»

«Du bist gemein», schmollte ich.

Von Moritz hörte ich den ganzen Nachmittag nichts mehr, er rief erst gegen Abend an. Im ersten Moment erkannte ich seine Stimme nicht; er klang gar nicht mehr wie ein bedächtiger Buchhändler: «Was ich herausgefunden habe, ist eine Sensation! Kannst du bitte alles stehen und liegen lassen und sofort herkommen, Victorina?»

«Bitte nicht!»

«Was meinst du?»

«Victorina ist kein Name, das ist ein Unfall.»

Ich hörte Moritz lachen, ein seltsames Lachen: «Das war kein Unfall. Ich werde es dir gleich beweisen. Du wirst dich wundern. Und bring die Statuette bitte mit. Aber behandle sie wie ein rohes Ei.»

Als ich aufgelegt hatte, blickte ich in Jasmins fragende Augen.

«Das war Moritz. Er sagt, er habe eine Sensation entdeckt.»

«Eigentlich bin ich mit Felix verabredet.» Jasmin blickte auf die Uhr. «Mist! Fürs Kino bin ich ohnehin zu spät dran. Darf ich mitkommen, Mama?» Sie lächelte schelmisch. «Deine Vergangenheit ist ohnehin kinoreif.»

Seit sie Felix vor einem halben Jahr kennengelernt hatte, waren die beiden unzertrennlich. Die große Liebe. Ich gönnte sie ihr von Herzen. Trotzdem waren die sieben Monate zwischen Felix' Vorgänger Sven und ihm für unser Mutter-Tochter-Verhältnis die schönste Zeit gewesen. Nicht, dass ich eifersüchtig gewesen wäre, aber die Nähe zu ihr fehlte mir sehr. Wenn ich Jasmin um mich hatte, war ich gezwungen, das Leben mit anderen Augen zu sehen, mit denen eines jungen Menschen. Sonst konnte ich nicht verstehen, was sie bewegte. Und das zeigte mir, wie verkrustet mein Denken manchmal war. Vielleicht war es Reinhold ebenso ergangen, dachte ich oft in den langen Nächten, in denen ich über ihn und seine Nicole grübelte. Leider hatte er die Konsequenzen so radikal gezogen.

Aber das spielte alles keine Rolle mehr, man muss nach vorn gucken, das hatte Mutti mir immer eingebläut. Was vielleicht auch nicht immer richtig war, wie ich an diesem Tag erfahren hatte. Richtig, falsch ... Ich würde noch den Verstand verlieren, wenn ich darüber ständig nachdachte.

Wahrscheinlich gab es gar kein Richtig und kein Falsch. Mein Leben wurde gerade zum Irrenhaus, was sollte ich mich da mit solchen Gedanken belasten?

Jasmin hatte einen Einkaufskorb mit Holzwolle gepolstert und die dicke kleine Figur wie eine Puppe zum Schlafen hineingelegt.

Moritz öffnete und fragte sofort: «Ist sie dadrin?» Schon nahm er ihr den Korb ab und hob die Figur heraus. Er berührte sie so ehrfürchtig, als wäre sie Moses. «O mein Gott», flüsterte er. «Ich habe noch nie etwas in Händen gehalten, das dreitausend Jahre alt ist. Sie ist so wunderschön.»

Jasmin und ich sahen uns an. Moritz schien unter Geschmacksverirrung zu leiden. Denn wenn diese Figur eines nicht war, dann *wunderschön*. Der Ton, aus dem sie bestand, hatte eine Farbe wie die mittlere Schicht eines gelungenen Latte macchiato. Aber das Material war nicht glatt, sondern grob, winzig kleine Steinchen und Körner, die bei Licht glitzerten. Das ließ sie lebendig wirken, so, als hätte ihre «Haut» große offene Poren. Die leicht schräg stehenden Augen waren riesig, die Pupillen knopfartige Vertiefungen. Als starrte die Figur den Betrachter hypnotisierend an. Die Nase sah aus wie eine Kartoffel, der Mund war riesig, die kräftigen Lippen leicht geöffnet und ein wenig gespitzt, als ob sie gerade etwas sagen wollte. Die Haare waren wie breite Zacken geformt, die vom Kopf abstanden. Arme und Beine waren viel zu kurz im Vergleich zum Kopf, Busen hatte sie kaum, dafür war der Bauch wiederum zu dick. Insgesamt also kein echtes Schmuckstück, das man sich in die Vitrine stellte. Aber auch nicht so hässlich, dass man die Figur auf den Dachboden verbannen musste.

Dann aber begriffen Jasmin und ich gleichzeitig, was Moritz gerade gesagt hatte. «Was?!», riefen wir wie aus einem Mund. «Dreitausend Jahre ist das Ding alt?»

«Das hier ist etwas Unvergleichliches.» Moritz flüsterte, als wäre er in der Kirche. «Es ist wie ein Stück ... eingefrorene Zeit. Diese kleine Figur gab es schon, als Julius Cäsar, Jesus Christus oder Mohammed noch nicht einmal geboren waren. Von ihnen existiert nicht mal mehr die Asche, und sie hier sieht noch so aus wie damals. Und ich, ich halte sie in Händen. Das ist ein echtes Wunder!»

«Die hat sich ja auch schonen können», meinte Jasmin trocken und erntete einen tadelnden Blick von Moritz.

«Wie alt ist dein Elternhaus? Siebzig Jahre? Wo war die Kleine in den 2930 Jahren davor?», fragte er.

Seine Bemerkung machte mir die Dimension der Zeit schlagartig klar. Ein Mitteleuropäer wird heutzutage etwa achtzig Jahre alt. Bedeutete: Mindestens 37 erfüllte Menschenleben nacheinander waren vergangen. In dieser langen Zeit hatte es jedoch unzählige Kriege und Hungersnöte gegeben, die Menschen hatten unglaublich hart gearbeitet und waren mit vierzig schon alt gewesen. Setzte man jedoch eine Generation mit fünfzehn Jahren an, so ergaben dreitausend Jahre sogar zweihundert Generationen!

«Lass sie bloß nicht fallen!», rief ich so spontan, dass Moritz zusammenzuckte.

In Gegenwart der kleinen Dicken war es besser, sich würdevoll zu verhalten ...

«Wir sollten sie Julia nennen», schlug Jasmin vor.

«Wieso Julia?»

«Moritz sagte gerade, sie ist älter als Cäsar, Christus und Mohammed. Und Cäsar hieß Julius. Deshalb.»

Ich hatte keine bessere Idee, und von Moritz war diesbezüglich sowieso nichts zu erwarten. Folglich blieb es bei Julia.

Wir standen immer noch im geräumigen Flur von Moritz' Wohnung – wobei Moritz eher der Untermieter seiner Bücher war. Sie reihten sich sorgfältig Rücken neben Rücken und bedeckten alle Wände. Wozu brauchte er überhaupt noch einen Laden? Er hätte ebenso gut im Laden wohnen oder hier Bücher verkaufen können. Solch eine Bemerkung verkniff ich mir natürlich.

Wir folgten ihm ins Wohnzimmer. Auch hier stand alles im Zeichen der Bücher. Sie lagen auf der Couch, dem Tisch, den Stühlen, aber keines am Boden. Immerhin hatte er hier eine gemütliche Leseecke mit Ohrensessel und Stehlampe eingerichtet. Eine breite Verbindungstür führte in einen kleineren Nebenraum, der über eine Chaiselongue verfügte – für den Fall, dass der Hausherr es sich beim Lesen mal bequem machen wollte. Was allerdings unmöglich war, weil es sich dort schon Bücher gemütlich machten.

Moritz steuerte mit Julia auf dem Arm eine Ecke an, in der vor einer Schrankwand voller Aktenordner gleich zwei Computer nebeneinanderstanden. Auf beiden liefen Bildschirmschoner.

«Gleich zwei PCs», murmelte Jasmin.

«Einer fürs Geschäft und die Vermietungen, der andere ist privat», erklärte Moritz zerstreut. Er blickte sich suchend um und fand einen Beistelltisch, auf dem nur ein Kaffeebecher stand. Dorthin stellte er Julia und tippte die Tastatur eines der Computer an. Es erschien eine englische Homepage, kleinteilig gestaltet, ein echter Augenkiller. Als verbargen sich darin Geheimnisse, die nur Eingeweihte sehen durften.

«Seht euch das an», sagte Moritz und setzte sich. «Diese

Auktion hier fand vor drei Monaten in London statt. *Treasures of a forgotten world*. Schätze einer vergessenen Welt», übersetzte er. Was mir ganz recht war, mein Englisch war nicht so umwerfend. «Ausschließlich Stücke aus Westafrika. Ghana, Elfenbeinküste, Benin, Nigeria. Völlig unterschiedliche Sachen.»

Er scrollte nach unten. Seltsame Gestalten blitzten auf und verschwanden. Plumpe Köpfe ohne Unterleib, altertümlich anmutende Werkzeuge, unzählige Masken. Daneben Zahlen im vier-, teilweise im unteren fünfstelligen Bereich.

«Alles nur Preise, zu denen die Sachen aufgerufen wurden», erklärte Moritz. «Die tatsächlichen Erlöse betrugen teilweise ein Vielfaches.»

So eine Art Marktplatz für die Fans von Indiana Jones, dachte ich.

«Und jetzt kommt es», raunte Moritz geheimnisvoll.

Auf dem Bildschirm erschien eine ebenso grobporige, unfertig wirkende Gestalt wie unsere Julia – nur dass ein Arm und der Kopf fehlten. Als ich den Preis dieses Torsos sah, verschlug es mir die Sprache.

«Was, dafür wollen die zwölftausend Euro?», rief Jasmin.

Moritz klickte ein weiteres Fenster auf, das eine Tabelle enthielt. Jedes Versteigerungsobjekt tauchte hier nur mit einer Nummer auf, und daneben stand der tatsächliche Erlös. Der Torso hatte die Nummer 37, und daneben stand: siebenundzwanzigtausend.

«Wieso?», war alles, was ich hervorbrachte.

Moritz drehte sich zu uns um, Jasmin und ich zuckten zurück, als wären wir aus einem Traum erwacht. Er nahm seine Lesebrille ab und sah zu uns auf. «Weil der Markt leer ist. Es gibt nichts aus Tiameh. Die Veranstalter schreiben in der Ankündigung, dass diese Auktion die einzige der letzten drei Jahre ist, auf der ein Exponat der Tiameh-Kultur verkauft wird. Weltweit.» Er deutete mit seiner Brille auf Julia. «Ich habe keine Ahnung, was die Figur wert ist. Aber es dürfte ein Vermögen sein, wenn schon der Londoner Torso so kostbar war. Und der war nur 18 Zentimeter groß.»

Das erschien mir so weit noch nachvollziehbar. Jeder Markt richtet sich nach Angebot und Nachfrage; im Juli kosten Erdbeeren eins fünfzig pro Schale, im Winter vier Euro.

Mutti hatte also tatsächlich einen Schatz auf dem Dachboden versteckt. Dennoch verschlug mir diese Erkenntnis nicht den Atem. Ich war nicht einmal richtig davon beeindruckt, dass die dicke kleine Julia vermutlich so viel wert war wie ein schickes Auto. Denn ich bin ein Mensch, der Werte irgendwie zuordnen muss. Sonst bleiben sie abstrakt. Wie die Summen in meinen Lebensversicherungen: Warum ist das Leben eines Menschen zehntausend Euro wert und das eines anderen eine halbe Million? Darüber hatte ich nie nachdenken dürfen.

Ebenso erging es mir jetzt: Mit dem Begriff «Tiameh-Kultur» konnte ich beim besten Willen nichts anfangen. Tiameh hatte ich mein Leben lang versteckt und es sich vor mir. Von dort sollte etwas Kostbares stammen? Unvorstellbar!

«Was meinst du eigentlich mit Tiameh-Kultur?», fragte Jasmin.

Moritz hatte in den letzten Stunden offensichtlich unzählige Lesezeichen gesetzt, die er jetzt nacheinander öffnete. «Ich fass es mal zusammen», sagte er. «Zu der Zeit, als du geboren wurdest, war Tiameh ein eigenständiger kleiner Ort, etwa achtzig Kilometer von der heutigen nigerianischen Hauptstadt Abuja entfernt. Also mitten im Land gelegen. Inzwischen ist der Ort aufgegangen in einem größeren und auf heutigen Karten nicht mehr verzeichnet. Wie das oft ist in der Geschichte, werden einst bedeutungsvolle Orte irgendwann und aus unterschiedlichen Gründen belanglos.»

Das klang wie ein Geschichtsreferat, aber ich dachte mir: Lass ihn reden, wird schon noch interessant.

«Und Tiameh», fuhr Moritz fort, «war in der Tat vor dreitausend Jahren eine Art Metropole. Tausende von Menschen müssen dort gelebt und eine Hochkultur entwickelt haben. Allerdings kannten sie höchstwahrscheinlich keine Schrift. Das macht es Wissenschaftlern nahezu unmöglich zu sagen, wie diese Zivilisation aussah und warum sie verschwand. In den vierziger Jahren des 20. Jahrhunderts tauchten alte Schüsseln auf, seltsame kleine Figuren. Es waren reine Zufallsfunde in Flüssen oder auf Äckern. Vieles war wohl noch intakt, und manches wurde absichtlich zerstört. Denn die ersten Artefakte, die den europäischen Kunstmarkt erreichten, waren Figurenköpfe. Die erzielten gutes Geld. Das sprach sich in Afrika herum. Die Folge war, dass manche Finder von noch intakten Figuren die Köpfe abtrennten, weil sie annahmen, dass sie sich auf dem europäischen Antiquitätenmarkt besser verkaufen würden.»

«Kamen denn niemals Archäologen nach Tiameh?», fragte ich.

Moritz' Antwort verblüffte mich: «Afrika ist – von Ägypten abgesehen – der von Altertumsforschern am wenigsten erkundete Kontinent. Es ist noch gar nicht lange her, dass sich das geändert hat. Nämlich als man in Benin kunstfertig geformte Bronzen fand, die aus dem 16. Jahrhundert stammen. Oder die Skelette von Urmenschen in Kenia. Die Forscher fanden so heraus, dass in Afrika die ersten Menschen lebten und von dort aus den Rest der Welt besiedelten. Man fand auch Dinosaurierknochen, aber dazu kommen wir gleich im spannenden Teil. Grundsätzlich gilt heute noch: Die frühen Kulturen in Afrika waren primitiv. Wen scheren schon Bauern, wenn es anderswo Königsgräber voller Gold gibt?»

Ich schaute auf die kleine dicke Julia herab und fragte: «Wann hat eigentlich Nofretete gelebt?»

«Ach, jetzt bist du aber unfair!» Moritz guckte mich mit gespielter Verärgerung an.

«Wirklich, Mama!»

Moritz und Jasmin nahmen an, ich wollte die etwas plumpe Julia mit der eleganten Pharaonin vergleichen. Aber so hatte ich es gar nicht gemeint, mir ging es eher um die zeitliche Zuordnung. Ich wusste wirklich nicht, dass die schöne Ägypterin sogar vier Jahrhunderte älter war als unsere Julia, also 1400 vor Christus gelebt hatte. Und zwar auf demselben Kontinent, nur eben ein paar tausend Kilometer nordöstlich.

Moritz ließ sein geballtes Wissen auf mich niedergehen: «Die Abbilder der Pharaonen sollten das normale Volk beeindrucken. Diese Figur jedoch wurde nicht geschaffen, um als Kunstwerk bestaunt zu werden. Sie war gewissermaßen für den Hausgebrauch bestimmt, sollte vielleicht zum Schutz dienen. Oder man brachte ihr Opfer. Entsprechend ist sie geformt. Zum Beispiel der Kopf. Das sind keine Haare, sondern Zacken.»

«Könnte eine Krone sein. Oder Strahlen, die vom Kopf ausgehen. Wie eine Sonne», bemerkte Jasmin.

«Dann die Hände: geöffnet und leer, auf Bauchhöhe.

Wartet sie auf eine Gabe? Oder ist sie es, die beschenkt? Und der dicke Bauch ...»

«Sie ist eindeutig schwanger!», rief meine Tochter.

Moritz wiegte abwägend den Kopf hin und her: «Kann sein. Aber wieso ist ihr Busen nur angedeutet, und warum hat sie kein Geschlecht? Bei vielen dieser afrikanischen Figuren sind die Geschlechtsmerkmale übertrieben vergrößert dargestellt, um die Fruchtbarkeit zu symbolisieren.» Er verdrehte belustigt die Augen. «Der ewige Kampf des Menschen gegen die Vergänglichkeit.» Er hob Julia hoch und sah sie bewundernd an. «Seht ihr, sie lässt sich nicht so eindeutig beurteilen, wie es den Anschein hat.» Nach einer nachdenklichen Pause sagte er: «Wisst ihr, was ich mir vorstellen könnte? In Afrika gibt es heute noch Naturreligionen, und damals gewiss erst recht. Vielleicht war dies hier eine Art Hausgottheit.»

«Du meinst, sie ist so etwas wie eine Göttin?», fragte Jasmin und lachte. «Dann hätte Oma eine kleine Göttin auf dem Speicher versteckt gehabt!»

Moritz' Finger glitten vorsichtig über den Ton, zeichneten haarfeine Linien nach, die uns bislang verborgen geblieben waren. Vorsichtig klopfte er gegen die kleine Figur, es gab einen hohlen Ton.

«Sie muss irgendwann einmal zerbrochen sein», sagte er. «Vielleicht wurde sie auch schon zerstört gefunden, das ist noch wahrscheinlicher. Aber jemand hat sie ausgesprochen geschickt wieder zusammengesetzt. Man sieht die Risse so gut wie gar nicht. Zur Restaurierung wurde auch kein Füllmaterial benötigt. Das heißt: Es ging nie ein Stück von ihr verloren. Bemerkenswert.»

«Wieso?», fragte ich.

«So etwas können nur Fachleute, aber die würden solch

eine Kostbarkeit nicht auf einem Speicher verstecken, sondern sie ins Museum stellen. Und damit ...», er stellte Julia fort und hob beide Zeigefinger wie ein Dirigent in die Höhe, «... bin ich bei dem richtig spannenden Teil meiner Recherche! Bei deiner Familie, Victoria.»

«Ist auch meine», warf Jasmin ein.

«'tschuldigung: eurer.»

Er öffnete ein weiteres Lesezeichen auf dem Computer. Jasmin und ich reckten die Hälse, um besser lesen zu können: Es hatte sogar mal einen Ort Gollnitz gegeben, aber der lag im heutigen Polen und hieß inzwischen ganz anders. Irgendwann hatte dort auch eine Burg gestanden, auf denen die von Gollnitz residiert hatten, aber die war bereits im Dreißigjährigen Krieg zerstört worden. Was mit der Familie dann geschah, verschwindet im Dunkel der Geschichte. Erst zu Beginn des 20. Jahrhunderts machte wieder ein Gollnitz von sich reden.

«Hier, Guntram von Gollnitz», sagte Moritz. «Der dürfte dein Großvater gewesen sein. Und damit kommen wir zu den Dinosauriern.»

Wieder eine neue Seite, diesmal ein kurzer Artikel in Wikipedia. Er handelte von Ausgrabungen, die zwischen 1909 und 1913 im heutigen Tansania stattgefunden hatten. Guntram von Gollnitz war es in einem Ort mit dem hübschen Namen Lindi gelungen, mindestens 140 Millionen Jahre alte Knochen von Dinosauriern zu finden, in jener Zeit eine Sensation.

«Damals gehörte diese Gegend zum deutschen Kaiserreich», erklärte Moritz. «Heute würde man sagen, es war eine Kolonie. Damals sprach man beschönigend vom ‹Schutzgebiet Deutsch-Ostafrika›. Gollnitz gelang es, einen kompletten Brachiosaurus auszubuddeln. Die Knochen schaffte er nach Berlin und baute sie zusammen. Das Skelett steht noch heute im Naturkundemuseum. Auf der ganzen Welt gibt es bis jetzt kein größeres.»

«Wow, da hat er sich sein eigenes Denkmal geschaffen», sagte Jasmin. «Der Mann, der den größten Dino fand!»

Wir sahen uns alle ergriffen an. Doch was hatte das mit der kleinen Julia zu tun? Sie war vielleicht so groß wie ein Dino-Zahn.

Guntram war 1945 in Berlin bei einem Luftangriff gestorben. Somit sah es so aus, als gäbe es keine Verbindung zu meinen Vorfahren. Ich befürchtete schon, dass Moritz' Recherche direkt ins Leere lief: «Guntram war also Archäologe ...»

«Paläontologe», verbesserte Moritz.

«Meinetwegen. Und Eberhard, der mein Vater sein könnte, steht in irgendeiner Verbindung zu dieser kleinen Göttin. Dino und Tonfigur – beide waren irgendwann im Erdreich vergraben. Konstruierst du daraus einen familiären Zusammenhang zwischen Guntram von Gollnitz, Jasmin und mir?»

«Ich habe noch einen Joker. Hier!»

Eine Seite mit Wappen und Stammbäumen tauchte vor unseren Augen auf. Der Cursor glitt im Geäst eines Stammbaums auf Guntram von Gollnitz. Er war verheiratet gewesen mit einer, ich fasste es nicht, Victorina!

«Eberhard hat dich nach seiner Mutter benannt. Daher stammt das n in deinem Namen, Mama!», rief Jasmin.

Moritz sah von schräg unten zu mir auf und sagte lächelnd: «Soll ich ehrlich sein? Ich habe meine Suche mit Victorina angefangen. So selten, wie du denkst, ist der Name nicht. Allerdings nennen sich deine Namensvetterinnen meistens nur Ina.»

Ina? Passte das zu mir? Darüber wollte ich bei Gelegenheit nachdenken.

«Auf jeden Fall», fuhr Moritz fort, «hatten Guntram und Victorina drei Söhne.»

Der erstgeborene war noch 1910 in Lindi gestorben, der mittlere wie sein Vater 1945 in Berlin. Aber der jüngste war 1928 auf die Welt gekommen. Und hieß Eberhard. Als sein Sterbedatum war Dezember 1957 eingetragen.

«Habt ihr das Fotoalbum mitgebracht?», fragte Moritz.

Ich holte es aus meiner Handtasche hervor, und er beugte sich mit der riesigen Leselupe seiner Mutter über das Grabsteinfoto.

«Es steht wirklich da! Guckt nur!», rief er.

Jasmin war schneller als ich. «Tatsächlich. Moritz, du hättest Detektiv werden sollen.»

Ich nahm ihr die Lupe ab und blickte angestrengt hindurch. Es war kaum zu erkennen, aber doch lesbar: Unter dem Namen von Eberhard waren die Lebensdaten 1928–1957 in den Stein gemeißelt. Unter Hannelores Namen stand: 1934–1958.

«Er ist ein verschollener Forscher und Abenteurer.» Jasmin flüsterte es andächtig.

Das Herz schlug mir bis zum Hals, aber ein wichtiges Detail war noch ungeklärt: «Was haben Eberhard und Lore Mitte der fünfziger Jahre in Tiameh gesucht?», fragte ich. «Wollten sie Tiameh finden? Waren sie Archäologen? Hast du das auch herausgefunden, Moritz?»

Er schüttelte bedauernd den Kopf. «Nein, bislang habe ich dazu nichts Stichhaltiges gefunden. Nur zwei kleine Notizen, die ins Bild passen. Ich zeige sie euch.»

Aus der Sammlung seiner Lesezeichen zauberte er diesmal ein eingescanntes altes, englisches Buch hervor. Da er meine Englisch-Kenntnisse inzwischen richtig einschätzte, fasste er zusammen, was da stand: «In den vierziger Jahren wurden in Tiameh die ersten Grabungen nach Bodenschätzen durchgeführt. Man fand vor allem Zinn. Anfangs waren die Minen ertragreich, viele Menschen zogen in die Gegend. Das war zu der Zeit, als auch die ersten Artefakte auftauchten. Entweder beim Bergbau oder weil verstärkt Landwirtschaft betrieben wurde, um viele Menschen zu ernähren. Denkbar wäre, dass Eberhard Archäologe war, was dem Beruf seines Vaters nahegekommen wäre. Oder er war Geologe, vielleicht auch nur Landvermesser. Oder er war ein Bergbauingenieur, der für die Minen arbeitete.» Moritz machte eine bedeutungsvolle Pause. «Also, ich tippe auf Bergbauingenieur.»

«Warum?»

«Diese Maske, die in der Kiste war.» Er angelte sie aus dem Weidenkorb, den wir mitgebracht hatten. «Es könnte sein, dass das eine Sauerstoffmaske aus jener Zeit ist.»

Mir waren das zu viele Vermutungen auf einmal; ich bevorzuge nun mal überprüfbare Tatsachen.

Moritz fuhr fort: «Auf jeden Fall war um 1958 herum schlagartig Schluss mit dem Bergbau. Alle drei Minen wurden geschlossen.»

«Das war zu der Zeit, als meine Eltern starben», sagte ich nachdenklich. «Steht da nicht, warum der Bergbau eingestellt wurde? War er vielleicht nicht mehr rentabel?»

«Dachte ich auch. Aber dann fand ich dies.»

Es war die Homepage eines deutschen Fernsehsenders. Der Beitrag, den Moritz entdeckt hatte, trug die Überschrift «Geheime Kulte in Afrika» und passte auf den ersten Blick überhaupt nicht zu den anderen Erkenntnissen und Vermutungen.

Es war ein recht langes Textstück mit ein paar Fotos. Dennoch fand Moritz den Absatz sofort, den ihm der Suchbegriff Tiameh geliefert hatte. Ich musste nichts lesen, ich brauchte nur das Bild anzusehen, das neben dem Text eingeklinkt war.

«O mein Gott!», rief ich. «Das kann doch nicht wahr sein!»

Eine Viertelstunde später saßen wir fernab aller Computer in Moritz' Wohnküche. Zur Beruhigung hatte er eine Flasche Rotwein aufgemacht und uns eingeschenkt.

«Du hast sie doch gewiss nur ein paar Sekunden lang gesehen, Mama. Bist du sicher, dass es dieselbe Frau war?», fragte Jasmin mich noch einmal.

«Absolut», sagte ich. «Ich wollte Muttis Fernseher ausschalten und sah genau diese Frau. Es war sogar dieselbe Szene wie auf dem Foto. Das hat sich mir auf ewig eingebrannt. Muttis weit aufgerissene Augen, ihre Hand auf dem Herzen. Wie sie auf den Fernseher starrt. Wer war diese Frau? Was stand da im Text?»

Moritz schüttelte den Kopf, nippte am Wein. «Nichts, Victoria. Sie wird nicht erwähnt. Mit keinem Wort. Es geht um Tiameh und einen alten Kult, der vor Jahrtausenden Teil einer Hochkultur gewesen sein soll. Dann werden die Minen erwähnt. Angeblich hatte Hexerei dazu geführt, dass sie geschlossen wurden. Es heißt, dass die Nachkommen von Sklaven, die nach Brasilien verschleppt worden waren, den Kult wieder haben aufleben lassen.»

Er sah uns an, dass wir ihm nicht ganz folgen konnten. «Voodoo stammt ursprünglich aus Westafrika. Von dort wurden Millionen Menschen als Sklaven verschleppt. Unter anderem nach Brasilien.»

«Oder nach Haiti», warf Jasmin ein.

«Haiti ist bekannter, stimmt», gab er zu. «Ich weiß darüber nur so viel: Eine Gruppe ehemaliger Sklaven kam aus Brasilien zurück und ließ sich ausgerechnet in Tiameh nieder. Warum auch immer. Jedenfalls steht in dem Text zu der Sendung: Eine europäische Künstlerin hätte es sich zur Lebensaufgabe gemacht, den Kult heute lebendig zu halten.»

Wir starrten Moritz gebannt an. «Das muss diese Frau sein. Ich dachte, sie wäre Missionarin. Vielleicht arbeitet sie als Lehrerin», sagte ich.

«Indem sie Kindern Voodoo beibringt», scherzte Jasmin.

«Wie heißt sie? Woher stammt sie?», fragte ich.

Moritz hob nur die Schultern. «Wie gesagt: Steht nicht da. Und die Sendung kann man nicht streamen.»

«Streamen?»

«Vom Server des Senders runterladen. Mama, du musst dich über so etwas wirklich mehr informieren.»

Ich winkte ab. Als ob das meine Sorgen waren! «Und, was nun? Wie kommen wir dadran?»

«Dem Sender eine Mail schicken», schlug Jasmin vor. «Eine DVD des Films bestellen. Irgend so was.»

«Ich frage mich nur», sagte Moritz, «was eine Künstlerin, die so unbekannt ist, dass nicht mal ihr Name erwähnt wird, mit deiner Familiengeschichte zu tun haben kann.»

Jetzt war ich überrascht, er kombinierte doch sonst so schnell. «Mutti hat diese Frau wiedererkannt! Und in dem Moment traf sie der Schlag.»

«Ist das nicht arg konstruiert?», murrte Moritz.

«Nein, weibliche Intuition», widersprach ich.

Moritz zog skeptisch die Augenbrauen hoch.

Jasmin drückte meine Hand ganz fest. «Mama, immerhin weißt du jetzt, warum du in Afrika geboren wurdest und warum du so einen ausgefallenen Namen hast.»

Ich blickte in das Glas, auf dessen Boden sich etwas Weinstein abgesetzt hatte. «Eigentlich wissen wir immer noch gar nichts. Wir haben lauter lose Enden. Es ist wie Kaffeesatzleserei.»

Und dann stellte Moritz eine Reihe von Fragen: «Wann bist du geboren, Victoria?»

«Im August 1958.»

«Dein Vater starb laut Grabstein 1957. Also spätestens im Dezember. Deine Mutter folgte ihm 1958. Wann hat deine Mutti dich adoptiert?»

«Als Baby, hat sie immer gesagt. Worauf willst du hinaus?»

«Du warst eine Waise, beide Eltern blieben in Afrika. Wer hat …»

«… mich dann nach Deutschland gebracht?», vollendete ich seinen Satz.

Jasmin blickte mich aus großen Augen an. «Ob Oma das war?»

«Puh», machte ich, «das kann ich mir nicht vorstellen.»

Moritz schenkte uns allen Wein nach, und dann sagte er ganz leise: «Und wenn … ich meine, wenn deine weibliche Intuition richtig ist … also, rein hypothetisch: Wenn das diese sogenannte Künstlerin war?»

«Mama», sagte Jasmin, «wenn das so wäre, dann müsste sie dich kennen.»

«Und deine Eltern», setzte Moritz hinzu.

Ich spürte, wie meine Hände vor Aufregung feucht wurden.

3. Kapitel

Ausgerechnet Afrika!

Hätte Moritz an jenem Abend in seiner Wohnküche nicht gesagt, dass es da irgendwo in Afrika vielleicht eine etwas seltsame Frau gab, die meine Eltern kannte, wäre alles anders gekommen. Möglicherweise hätte ich die ganze Sache nicht so persönlich genommen. Nun, da ich zwar noch keinen Beweis hatte, aber zumindest Indizien dafür, dass ich die Tochter von Abenteurern war, fand ich, dass ich unbedingt an meinem Stil arbeiten musste. Ich verwandelte mich zwar in keine Abenteurerin, aber ich ging zumindest gern ins Fitnessstudio. Nicht ein- oder zweimal die Woche, sondern dreimal. Und ich backte keine Schokotorte mehr, kaufte keine Sahne, aß Reis statt Kartoffeln und verzichtete auf Chips zum Fernsehen. Was mir leichtfiel, denn ich kam nicht mehr zum Fernsehen. Meine Tage waren plötzlich voll. Voll mit Afrika.

In der Nacht nach dem besagten Abend bei Moritz war mir schlagartig klar geworden, dass in mir selbst eine große Leere geherrscht hatte. Ich hatte keine Ahnung, wer ich war. Das heißt, ich wusste es schon, aber die, die ich glaubte zu sein, war eine andere. Es war so, wie Jasmin gesagt hatte, als ich am Boden zwischen den Kisten saß: Ich musste von der Raupe zum Schmetterling werden. Bis dahin war es zwar immer noch ein unvorstellbar weiter Weg, aber ich hatte plötzlich eine Vorstellung davon, wie ich sein könnte. Daran wollte ich arbeiten, das war mein Ziel.

Zunächst ließ ich mir von Moritz einen Stapel Bücher geben. Es waren viel zu viele, um alle mit nach Hause zu nehmen.

«Hier in der Wohnung ist doch Platz genug. Niemand stört dich, und du störst niemanden», sagte Moritz. «Mach es dir bequem. Hier ist ein Wohnungsschlüssel. Damit kannst du kommen und gehen. Wenn du mich brauchst, ich bin unten im Laden. Essen wir nachher zusammen Mittag?»

«Gern», sagte ich zerstreut und linste schon zur gemütlichen Leseecke, in die ich mich mit Bildbänden zurückziehen wollte.

Aber da sagte Moritz noch: «Du kannst auch gern den Computer benutzen. Bis später und viel Spaß!»

Ich betrachtete die bunten Bildbände. Womit sollte ich anfangen? Ich setzte mich an den Computer, durch Wikipedia erfuhr ich, dass Afrika 53 Staaten und eine Milliarde Einwohner hatte. Ich musste meine Suche auf Nigeria beschränken, das Land, in dem meine Eltern begraben waren.

140 Millionen Einwohner. Jeder zehnte Afrikaner war demnach Nigerianer. Platz genug gab es für alle – fast dreimal so viel wie in Deutschland bei nicht mal der doppelten Einwohnerzahl. Bei näherer Betrachtung stimmte das nicht ganz. Das Land lag am Äquator, mit riesigen Wüsten, Steppen und Regenwäldern. Regionen, die gewiss dünnbesiedelt waren oder gar nicht. Und dann der erste Schreck: Die Lebenserwartung für Frauen betrug 51,3 Jahre. Du meine Güte, als statistische Durchschnitts-Nigerianerin wäre ich

gar nicht mehr am Leben! Dann die nächste Hiobsbotschaft: Es gab 434 Sprachen. Deutsch war leider nicht darunter. Zumindest sprach man in «den meisten» Bundesstaaten Nigerias Englisch. Was mir auch nicht weiterhalf. Es wurde nicht besser: Mehr als die Hälfte der Bevölkerung hatte gerade mal einen Dollar am Tag zum Leben, und die Korruption war eine der ärgsten weltweit. Als ich dann auch noch las, dass in zwölf nördlichen Bundesstaaten das islamische Gesetz der Scharia sogar die Todesstrafe durch Steinigung erlaubte – oder eher vorschrieb –, da war mein Wissensdurst abrupt gestillt.

Wieso hatte ich das nicht gewusst? Und was, zum Kuckuck, hatte das verliebte Paar aus dem Fotoalbum vom Dachboden dort zu suchen gehabt? Hätten sie nicht in ein freundlicheres Land reisen können, um mich zu zeugen? Irgendwie verstand ich Mutti ein wenig: So richtig stolz auf das Land meiner Geburt hätte sie mich wohl nicht machen können. Andererseits hätte sie es mir getrost zutrauen dürfen, mir meine eigene Meinung zu bilden.

Da kam mir ein Gedanke. Ich guckte noch mal im Internet-Lexikon nach. Nigeria war erst 1960 von England unabhängig geworden. Hatten meine Eltern dasselbe Nigeria kennengelernt, von dem ich nach oberflächlicher Beschäftigung einen solch negativen Eindruck hatte? Aber hatten sie dann nicht andererseits im Dienste britischer Kolonialherren gestanden?

Ich immer mit meinem «Einerseits-andererseits»! Das nervte mich langsam selbst.

Sie hatten ihr Leben gehabt, verstehen würde ich es ohnehin nicht, sagte ich mir. Ich beschäftigte mich lieber mit jener Region, in der meine Eltern gewesen waren. Immer wieder fand ich Fotos von einem kahlen grauen, rundgeschliffenen Felsen, dem Wahrzeichen der Hauptstadt Abuja. Ich fand, er sah aus wie die erste Zeichnung in «Der kleine Prinz», die einen Hut zu zeigen scheint. Aber es war kein Hut, sondern eine Riesenschlange, die einen Elefanten verdaut.

«Verstehst du», sagte ich zu Moritz, als der in seiner Mittagspause zu mir heraufkam, «so wirkt Nigeria auf mich: unheimlich und rätselhaft.»

Obwohl Moritz über unzählige Bücher verfügte, hatte er aus der Riesenmenge in Blitzesschnelle das von Antoine de Saint-Exupéry herausgefischt. Er schlug das Büchlein auf, betrachtete das kleine Bild und sah mich mit einem Lächeln an, das ich noch nie an ihm gesehen hatte. «Du bist ja doch eine heimliche Romantikerin», sagte er.

«Ach, Unsinn. Ich bin ein Kontrollfreak. Darum will ich wissen, was unter der Oberfläche verborgen ist.»

«Und wenn du es nicht wissen kannst, nimmst du die Phantasie zu Hilfe. Exupéry war Pilot, was ja wirklich ein ernsthafter Beruf ist, aber er schrieb diese phantastische kleine Geschichte, die völlig unrealistisch ist. Vielleicht täte es dir auch mal ganz gut, den Boden unter den Füßen zu verlieren. Ich fürchte, du bist jemand, der kaum laufen kann, weil er ganz fest im Matsch des Alltags steckt. Aber deine Phantasie könnte dir Schwingen geben, die dich fliegen lassen. Und du hast diese Phantasie, sonst würdest du den Zuma Rock in Abuja nicht für einen Elefanten in einer Schlange halten.»

«Du hast zu viele Bücher gelesen, Moritz. Du redest wie ein Dichter.»

«Ich bin eben Gedankenreisender. Findest du das schlimm?» Er gab mir den «Kleinen Prinzen». «Ich schenke ihn dir.»

«Danke.»

Moritz wirkte ganz anders, gelöster. Was nicht nur daran lag, dass er nicht mehr seine altbackene Kleidung trug. Aber ich hatte nicht die Absicht, mich verwirren zu lassen.

«Ist es dir gelungen, mit diesem Fernsehsender zu telefonieren?», fragte ich.

«Die wollen mir keine DVD verkaufen», sagte er. «Irgendwas mit Copyright. Aber ich habe die Telefonnummer der Produktionsgesellschaft bekommen, die den Film gedreht hat. Leider war da nur der Anrufbeantworter. Übrigens in Paris. So doll ist mein Französisch auch nicht.» Er verdrehte die Augen. «Ich habe vom Asia-Imbiss unten Reisnudeln mitgebracht. Stehen auf dem Esstisch. Magst du?»

«Aber heute Abend Fitness.»

«Einverstanden.»

Am nächsten Tag versuchte ich mich an Moritz' PC selbst als Rechercheurin. Es musste doch möglich sein, die Spur dieser ungewöhnlichen Frau zu finden, die als Weiße einem Voodoo-Kult von Schwarzafrikanern angehörte. In der Tat fand ich jede Menge Missionarinnen in Vergangenheit und Gegenwart, die in Nigeria Gutes taten und tun. Sogar eine Künstlerin entdeckte ich, die als Bildhauerin in Nigeria gewirkt hatte, aber die war zum einen Österreicherin und zum anderen längst verstorben, als der TV-Film entstand. Doch von der mysteriösen Unbekannten fand ich nichts. Je länger ich nach ihr suchte, umso mehr erschien sie mir wie ein Phantom, dem ich nachjagte.

In den nächsten Tagen musste ich mich um anderes kümmern. Um meinen Scheidungstermin zum Beispiel. Der war zwar blitzschnell vorüber, machte mich aber nicht gerade froh. Ich versuchte, mich mit dem Aufräumen meines Elternhauses abzulenken. Am Abend, als ich ins Fitnessstudio kam, wurde ein Boxkurs angeboten. Eigentlich hielt ich Boxen für eine Sportart, die eher ins Mittelalter gehörte. Aber an diesem Abend verlangte mein Gefühlshaushalt nach Boxen!

«Und? Wie war der Faustkampf?», fragte Moritz hinterher.

«Genau richtig, wenn man sich gerade hat scheiden lassen.»

«Du hältst deine Schulter irgendwie seltsam.»

«Ein Boxkampf ist wie die Ehe», sinnierte ich. «Man kassiert böse Treffer.»

«Versuchst du es trotzdem wieder?»

«Auf keinen Fall. Einmal reicht mir!»

Moritz guckte mich etwas seltsam an, und mir wurde erst später bewusst, dass dieser Teil unseres Gesprächs ziemlich doppeldeutig gewesen war.

Wir schlenderten durch die nächtlich leeren, hell erleuchteten Straßen zu seinem Auto, aus den Schaufenstern sahen uns die Puppen zu, und Moritz sagte: «Ich habe den französischen Filmemacher erreicht.» Er räusperte sich. «Ich bin ehrlich: Ich habe ziemlich rumgestottert. Denn ich hatte gehofft, er könnte Englisch. Wo er doch im englischsprachigen Nigeria gedreht hat. Kann er aber nicht, er hatte einen Übersetzer. Aber ein wenig habe ich dennoch herausgefunden. Der Mann kann sich an die Künstlerin zwar erinnern, aber er kennt ihren Namen nicht. Ich habe mehrfach nachgefragt. Sie hat ihn ihm nicht genannt.»

«Aber er muss sie doch irgendwie angesprochen haben.»

«Er sagte, sie würde Modasabi genannt. Das ist Pidgin-Englisch, eine Mischung aus lokaler Sprache und Englisch, und bedeutet wohl so viel wie kluge alte Frau.» Moritz blieb stehen und sah mich mit einem verschmitzten Lächeln an. «Aber in einem Punkt ist er sich sicher: Sie ist Deutsche.»

«Na und?» Ich konnte nicht nachvollziehen, was ihn daran so fröhlich stimmte.

«Denk doch mal praktisch, Victoria. Wenn sie Deutsche ist, kannst du mit ihr reden.»

«Na klar! Die wird im Dschungel sicher Telefon haben.» Wir standen ausgerechnet vor einem der vielen Mobilfunkshops.

«Es gibt nicht nur Telefone.»

Der Shop bot auch Internet mit Telefon zur Flatrate an. «Über einen Internetanschluss wird sie wohl auch nicht verfügen», sagte ich und wollte weitergehen.

Moritz schüttelte den Kopf. «Ich dachte an etwas anderes: hinfliegen.»

Ich lachte laut los. «Na klar! Ich fliege einfach mal so nach Afrika! Ausgerechnet nach Afrika! Soll ich mir eine Trommel um den Bauch binden und lostrommeln, damit die mich verstehen?»

«Ich kann Englisch. Das versteht man dort besser als deine Trommelei. Ich komme mit.»

Das war eine der Merkwürdigkeiten jener Wochen: Es geschah immer alles gleichzeitig. Ich gehe das erste Mal ins Fitnessstudio, und Mutti stirbt. Ich drücke beim Laufband auf Stopp und liege mit meinem Buchhändler am Boden. Ich räume den Speicher leer und finde heraus, dass ich um meine Vergangenheit betrogen wurde. Ich werde geschieden, gehe boxen, und am selben Tag will ein Mann mit mir nach Afrika fliegen. Wie soll man das im Kopf sortiert bekommen?

Ich drückte wieder auf Stopp: «Sag das noch mal.»

«Ich komme mit.»

«Du spinnst.»

Das hatte ich gesagt! Ich erschrak, entschuldigte mich x-mal und hatte das dringende Bedürfnis, eine Erklärung für die Entgleisung meiner Worte nachschieben zu müssen. Wir gingen langsam weiter, und ich sagte: «Mein Bis-heute-Ehemann Reinhold hatte eine Assistentin. Nicole. Zwei Jahre lang passierte nichts, gestand er mir später. Und dann wurde die Firma von einem Konzern aus Toronto übernommen. Reinhold war nie in Kanada gewesen. Aber in Kanada passierte es. Nein, Moritz, ich bin gewissermaßen noch traumatisiert.»

«Wir wollen doch gar nicht nach Kanada.»

«Jetzt hör schon auf! Du weißt selbst, wie das ist.»

«Du bist nicht meine Assistentin.»

«Du hast gesagt, du kannst den Laden und das Haus nicht alleinlassen.»

«Ich sperr den Laden zu, große Umsatzeinbußen wird das nicht geben. Und die Mieter werden das Haus schon nicht abfackeln, sie müssen schließlich drin wohnen. Lange wären wir ja nicht weg. Zehn Tage vielleicht. In der Zeit dürften wir die große Unbekannte gefunden haben.»

«Und die ist wahrscheinlich eine Voodoo-Zauberin!»

«So jemanden trifft man nicht alle Tage.»

«Was, wenn die echt etwas draufhat?»

«Genau: Du wirst zur Prinzessin und ich zum Frosch.»

«Das würde dir wohl gefallen!»

«Klar. Jeder weiß, was Prinzessinnen mit Fröschen machen müssen.» Er grinste viel zu frech.

Plötzlich spürte ich eine weiche warme Welle, die durch meinen Bauch schwappte. Moritz wirkte gar nicht mehr wie mein Buchhändler, sondern wie ein Bärchen, das man knuddeln musste. Im selben Augenblick meldete sich mein Kontroll-Ich und rief laut: Stopp!

Und dann sagte ich es auch schon: «Hör mal, ich habe diese Frau wirklich nur sekundenlang auf dem Bildschirm gesehen. Vielleicht irre ich mich auch, und sie ist gar nicht die, für die ich sie halte.»

«Sie ist es.»

«Warum?»

«Männliche Intuition.»

«Das ist jetzt unfair, Moritz!»

Inzwischen standen wir vor einem Reisebüro, dessen Schaufenster mit Angeboten für Last-Minute-Flüge tapeziert war. Moritz tippte auf einen der Zettel. Der Flug nach Abuja war viel günstiger, als ich gedacht hatte. Falls ich je darüber nachgedacht hätte, was solch ein Flug kosten würde.

«Ich habe schon angerufen. Wir kriegen den Preis. Ich meine, das ist fast geschenkt, wenn du bedenkst, dass du dafür etwas über deine Vergangenheit erfährst.» Moritz hatte immer noch ein Lächeln im Gesicht. «Du weißt, dass du diese Reise machen musst. Du kannst sie auch allein machen. Aber zu zweit wird es mehr Spaß machen.» Er zwinkerte mir zu. «Und vergiss nicht: Du brauchst einen Übersetzer.» Wir lachten beide.

Er setzte mich vor meiner Haustür ab, stieg aus, reichte mir zum Abschied die Hand und sagte: «Die Welt ist voller Überraschungen. Leider haben wir beide uns zu wenig überraschen lassen. Schlaf gut.»

Er stieg in seinen Wagen, und ich sah ihm nach. Worüber würde ich mehr erfahren, wenn ich mit Moritz nach Afrika flog? Über meine Vergangenheit oder über meine Zukunft?

Es wurde wieder Samstag. Vor dem Haus stand einer dieser hässlichen, halboffenen Müllcontainer, die man tageweise mieten kann. Jasmin und ich schleppten alles, was sich an Wegwerfenswertem angesammelt hatte, zur Tür hinaus und schleuderten es hinein. Es war wie eine Befreiung, und ich fragte mich, wie ich es all die langen Jahre mit so viel unnützem, altem Zeug im Haus ausgehalten hatte.

Ich hielt es für eine gute Gelegenheit, um meine Tochter über meine Reisepläne ins Bild zu setzen, und zwar möglichst beiläufig. Sie lief gerade mit einer Kiste voller alter Töpfe an mir vorbei, als ich es ihr sagte.

«Moritz und du nach Afrika? Mensch, Mama, ihr seid ja flott unterwegs! Wie lang kennt ihr euch jetzt?» Sie setzte die schwere Kiste ab.

«Moritz spricht Englisch», erwiderte ich, und Jasmin brach in Lachen aus.

«Also ehrlich, Mama, das ist die verrückteste Begründung, um mit einem fast fremden Mann in die afrikanische Wildnis aufzubrechen.»

«Ich weiß, dass es verrückt ist.»

«Warum tust du's dann?»

Wir leerten die Kiste draußen aus. Mir gefiel der Lärm, wenn die Sachen in den Container purzelten. Das klang so endgültig.

«Weil ich es mir nicht verzeihen würde, nicht zumindest der einzigen Spur nachgegangen zu sein, die ich habe.»

Wir gingen zurück ins Wohnzimmer, das wie nach einem Erdbeben aussah.

«Das ist ein Argument. Aber was ist, wenn ihr beiden nicht miteinander zurechtkommt?»

«Glaube ich nicht, Schatz. Moritz ist ein feiner Kerl.» Mir

fiel eine Menge ein, was ich an ihm mochte. Aber ich sagte nur: «Ich kann mit ihm lachen.»

Jasmin sagte einen Moment lang nichts. Dann meinte sie nur: «Okay.»

Da wusste ich, dass sie erwachsen geworden war. Sie hätte auch anders reagieren und ihn mit ihrem Vater vergleichen können. Aber das tat sie nicht, jedenfalls sagte sie nichts dergleichen. Auch ich verglich Moritz nicht mit Reinhold. Denn dann hätte ich mich mit der Frau vergleichen müssen, die ich gewesen war, als ich Reinhold kennengelernt hatte. Und an diese Frau konnte ich mich kaum noch erinnern. Ich fand, man sollte den Frühling nicht mit dem Herbst vergleichen. Beides sind schöne Jahreszeiten, aber eben unterschiedlich.

Wir nahmen uns schweigend in die Arme und hielten uns fest. In Jasmins Augenwinkel glitzerte eine Träne. «Ich freue mich für dich, Mama», sagte sie, und dann deutete sie auf unser Sideboard. «Lass uns das hässliche Ding raustragen.»

«Ich glaube, ich habe einen zu kleinen Container bestellt.»

Sie holte ihr Handy hervor. «Ich rufe Felix an. Der kann mit einer Axt alles kurz und klein schlagen. Dann passt es wieder.»

Es war ein längliches Möbel, typische fünfziger Jahre. Trotzdem hatte es bei unserer Bestandsaufnahme keine Gnade vor Jasmins Designer-Blick gefunden: «Massenware, schlecht verarbeitet. Schau mal, das billige Furnier.»

«Puh, ist das schwer», stöhnte ich. «Ist das wirklich leer?»

«Hast du es nicht ausgeräumt?»

Ich öffnete die Türen, Papierkram fiel mir entgegen.

«Das ist alles von Mutti. Das kann ich nicht einfach wegschmeißen.»

Es waren alte Versicherungs- und Steuerunterlagen, Dokumente, die längst belanglos geworden waren. Mutti hatte offensichtlich nie etwas wegwerfen können. Schließlich hielt ich einen schmalen alten Aktenordner in Händen und schlug ihn auf. Zunächst waren da Baupläne und alte Skizzen zum Hausbau aus den frühen dreißiger Jahren. Dann ein Trennblatt, das mit «Vater» überschrieben war und sich auf Muttis Vater bezog. Opa Otto, so hatte Mutti ihn genannt, hatte einen kleinen Malerbetrieb gehabt. Eine Urkunde belegte, dass er ihn 1958 an Muttis Mann Paul überschrieben hatte. Gleich dahinter Papiere, aus denen hervorging, dass der Betrieb mit dem Tod meines Ziehvaters 1963 liquidiert worden war.

Ich versuchte, mich an das Gesicht jenes Mannes zu erinnern, den ich «Papa» genannt hatte. Aber es blieb seltsam unscharf. Als er starb, war ich erst fünf ... Soweit ich mich erinnerte, hatte Mutti einmal erwähnt, «Papa» wäre an einem Herzinfarkt gestorben. Nun fand ich ein Deckblatt mit der Aufschrift «Paul», dahinter auch einige Arztberichte. Ich überflog sie und entdeckte, dass er an Leberzirrhose gestorben war. Hatte er viel getrunken? Die Zeit hatte die Erinnerung an ihn gelöscht. Und Mutti hatte ein Übriges getan. Im ganzen Haus fand sich kein einziges Foto von ihrem Mann. Mutti hatte es wirklich übertrieben mit ihrem Bestreben, nicht zurückzublicken. Vielleicht hatte es einfach zu wenig Schönes gegeben. Im Grunde hatte sie nur mich gehabt. Ich rechnete nach: Mutti war erst 35 gewesen, als sie Witwe wurde. Warum hatte sie nie einen Neuanfang gewagt? Ich konnte mich nicht erinnern, dass da jemals ein anderer Mann gewesen war.

Schon seltsam, dachte ich, da lebt man jahrzehntelang Seite an Seite und weiß eigentlich nicht, was in der Frau vor sich geht, die man «Mutti» nennt. Ob nur mir das so ging? Was wusste eigentlich Jasmin von mir? In jener schönen Zeit zwischen Sven und Felix hatte sie mal gesagt, dass es toll wäre, wenn wir Freundinnen sein könnten. Ich fand das wunderbar, aber gleichzeitig wusste ich, dass Mutter und Tochter nie wirkliche Freundinnen sein können. Denn eine Mutter hat Sorgen, mit denen sie ihre Tochter nicht belasten sollte. Damals war es die Zerrüttung der Beziehung zwischen Reinhold und mir. Ich hatte nie gewollt, dass Jasmin schlecht über ihren Vater denkt.

Ich blätterte zurück zu jenem Teil der Unterlagen, die sich mit Opa Otto beschäftigten. Ich hatte zuvor ein Testament gesehen, das ich mir noch eingehender anschauen wollte.

Opa Ottos «Letzter Wille», in ungelenker, schwer lesbarer Schrift verfasst, war nur wenige Zeilen lang und in Form eines Briefs verfasst:

An meine Töchter. Magdalena, dir als meiner ältesten Tochter vermache ich mein Haus. Unseren Familienbetrieb habe ich deinem Mann Paul überschrieben. Achte darauf, dass er sorgsam damit umgeht. Theodora, meine Zweitgeborene, du sollst alles erhalten, was sich an Barmitteln auf meinen Konten befindet. Es ist kein Vermögen, aber es möge dir helfen, das unabhängige Leben zu führen, das du so liebst. Magdalena, da du nun die Älteste der Familie sein wirst, bitte ich dich darum, Theodora das Geld zu geben, sobald sie aus Afrika zurück ist. Verzeiht mir, dass ich euch verlasse. Aber nach dem plötzlichen Tod eurer Mutter vor zwei Wochen und der heutigen Nachricht, dass unser Sonnenschein Lore ebenfalls nicht mehr lebt, fehlt mir die Kraft. Euer Vater.

Dann das Datum: 30. August 1958.

Ich weiß nicht, wie lange ich diesen erschütternden Brief anstarrte.

«Hey, Mama, träumst du?» Jasmin kniete sich neben mich. «Mami, du weinst ja! Was ist denn los? Was hast du da gefunden?»

Ich reichte den Brief wortlos an sie weiter.

«Oma hatte zwei Schwestern», sagte Jasmin. «Das hast du auch nicht gewusst, oder?»

Ich schüttelte den Kopf. «Mir hat ja nie einer was gesagt.»

«Unser Sonnenschein Lore ...», flüsterte Jasmin. «Ihr Tod hat ihm das Herz gebrochen. Gott, ist das traurig. Er muss sie sehr geliebt haben, deine Mama.»

Ich tippte auf das Datum. «Sieh nur, da war ich noch nicht einmal drei Wochen alt.»

«Sie sind alle kurz nacheinander gestorben. Deine Großeltern und deine Eltern. Das ist ja furchtbar. Ach, Mama, das tut mir so leid.»

Sie drückte mich und hielt mich fest, als wäre alles erst gestern geschehen. Irgendwie war es das ja auch. Kaum, dass ich von ihrer Existenz erfahren hatte, wurden sie mir wieder genommen.

«Mama!» Jasmin rüttelte mich. «Da steht: sobald Theodora aus Afrika zurück ist.»

«Ja, habe ich gelesen.» Mein Kopf war leer, ich war unfähig, vernünftig zu denken.

«Verstehst du nicht! Sie war dabei. Sie war in Afrika! Diese Theodora muss alles wissen. Alles über deine Eltern. Vielleicht war sie es, die dich nach Deutschland gebracht hat! Wo ist dieses Fotoalbum?»

«Habe ich bei Moritz gelassen.»

«Auf dem einen Foto war doch diese Person mit dem

großen Safarihelm. Die, deren Gesicht man nicht erkennt. Vielleicht war das Theodora. Theodora, die große Unbekannte.» Jasmin rüttelte mich wieder. Ich war wie erschlagen. «Das war deine Tante. Oder ist es immer noch.»

«Jasmin, in Nigeria werden Menschen nicht alt. Das Leben dort ist hart. Und selbst wenn, sie müsste eine sehr alte Frau sein.»

«So alt nun auch wieder nicht. Sie ist jünger als Oma. Und Oma war mit ihren 82 Jahren wirklich noch fit im Kopf.»

Ganz langsam begann mein eigener Kopf wieder zu arbeiten. Ich rechnete nach. Magdalena war 1928 geboren, Hannelore, die jüngste der drei Schwestern, 1934. Theodora, die mittlere, irgendwo dazwischen. Sie war also maximal 81 und mindestens 77 Jahre alt.

Ich stand auf und suchte nach meinem Handy. «Moritz, was schätzt du, wie alt diese Frau ist, diese Voodoo-Künstlerin?»

Er saß gerade am Computer und verkaufte Bücher, wechselte aber flink zu seinem Privat-PC und sagte: «Schwer zu sagen. Sechzig, fünfundsechzig.»

«Kannst du mir einen Gefallen tun? Ruf den französischen Filmemacher bitte noch mal an und frage ihn, was er meint, wie alt sie ist. Frag ihn, ob er glaubt, sie könnte Ende siebzig sein.»

«Das ist aber ein seltsamer Auftrag.»

Im selben Moment sah ich einen Mann breitbeinig im Flur stehen. Er hielt eine Axt in beiden Händen. Ich kreischte entsetzt los.

«Was ist denn bei euch los?», fragte Moritz.

«Entschuldige, Victoria», sagte Felix. «Ich wollte nur einen Scherz machen.»

Ich atmete tief durch. «Das ist dir wirklich gelungen.»

Ich deutete auf das Sideboard. «An dem Ding da kannst du dich austoben. Und dann die Schrankwand. Die hat's bitter nötig.»

«Mit Vergnügen.»

Jasmins Freund war ein breitschultriger junger Mann. Vor allem gefiel mir an ihm, dass er nicht nur nett anzusehen war, sondern obendrein Betriebswirtschaft studierte. Das ist was Handfestes, für alles zu gebrauchen. So wie Felix.

Im Handy gab Moritz' Stimme keine Ruhe: «Victoria, ist alles in Ordnung? Brauchst du Hilfe?»

«Sehen wir uns heute Abend? Ich muss dir viel erzählen.»

«Soll ich uns etwas kochen?»

Ich hätte fast gefragt, ob er das könne. Aber ich fand, dass es besser wäre, das selbst herauszufinden.

«Wie lange ich nach Mutters Tod gewartet habe? Ein Jahr ist bestimmt vergangen. Aber dann habe ich genau hier angefangen, hier in der Küche. Die habe ich als Erstes rausreißen lassen. Dann kam das Bad dran», sagte Moritz.

Er hatte Spaghetti gekocht. Mit frischen Tomaten und Scampi, etwas Knoblauch und Frühlingszwiebeln. Es schmeckte gut, er konnte das.

«Aber so ein Umbau macht furchtbar Dreck, oder?»

«Alles hat seinen Preis.» Er blickte mich fragend an. «Willst du dein Haus doch nicht verkaufen?»

«Auf jeden Fall, es bleibt dabei. Aber ich habe den Notartermin verschoben.»

«Warum? Fehlt noch der Erbschein?», fragte Moritz.

«Mutti hat mir das Haus damals überschrieben, als die Diskussion über die Erbschaftssteuer aufkam. Sie war in solchen Dingen wirklich auf Zack. Diese superpragmatische Lebenseinstellung habe ich von ihr gelernt. Nein», sagte ich, «der Grund ist ein anderer.»

Moritz sah mich aufmerksam an, aß aber weiter. Es schien ihn nicht zu beunruhigen, dass ich mal wieder die Stopptaste gedrückt hatte.

«Die Reise und der Umzug … mir ist unwohl dabei. Das ist zu viel auf einmal. Ich räume das Haus weiter aus, aber den Verkauf will ich erst abwickeln, wenn ich zurück bin. Eins nach dem anderen.»

«Das ist sehr vernünftig», erwiderte er zu meiner Überraschung. «Was sagt denn der Käufer dazu?»

«Den habe ich noch nicht erreicht.» Was nur zur Hälfte stimmte; ich hatte nicht einmal auf seinen Anrufbeantworter gesprochen.

«Ich würde es verstehen, wenn du das Haus behalten wolltest, Victoria. Gerade jetzt, wo du alles ausräumst, wirst du wahrscheinlich merken, dass du damit verwachsen bist. Niemand kappt so einfach seine Wurzeln. Wenn du willst, schauen wir uns noch mal an, ob eine Renovierung wirklich keinen Sinn ergibt. Ich verstehe inzwischen etwas von alten Häusern.»

«Du verstehst überhaupt viel.» Ich griff nach seiner Hand. «Danke.»

«Wofür denn, Victoria? Das Gute am Älterwerden ist doch, dass man verstanden hat, dass das Leben kein Experiment ist. Sagst du das einem jungen Menschen, dann antwortet der dir: Mensch, Alter, sei nicht so unflexibel. Aber wir wissen, dass es ein langer Weg hin zu einem eigenen Platz im Leben ist. Vielleicht ist der nicht immer das, wovon wir geträumt haben, aber … es ist unser Platz.»

Während ich ihm zuhörte, dachte ich daran, dass ich kurzzeitig angenommen hatte, Moritz Mayer würde in mir so etwas wie einen Schwimmreifen sehen. Nun sah ich ein, dass ich mich getäuscht hatte. Er konnte durchaus allein schwimmen, sehr gut sogar.

«Übrigens», fuhr er fort, «habe ich das mit Tee & Buch noch mal durchdacht. Es geht. Und es rechnet sich. Wenn wir uns in Afrika langweilen, stelle ich dir mein Konzept vor.»

«Du hast recht», sagte ich, «man muss aus dem, was man hat, das Beste machen.»

«Und nicht das Zweitbeste. Das habe ich selbst lange nicht verstanden.»

«Dann müssen wir morgen früh zum Fitness, wir hätten heute Abend schon gehen sollen.»

«Da fällt mir ein: Ich habe einen interessanten Artikel gelesen. Biochemiker haben herausgefunden, dass der Körper bei Dauerbelastung Serotonin ausschüttet. Dieses Hormon beugt Depressionen vor. Die beste Medizin sind in unserem Alter deshalb Laufband und Rad.»

«In Afrika werden wir am laufenden Band Probleme haben! Wir werden so was von fit sein», scherzte ich.

Lachen tat nach diesem Tag so gut.

«Diese Theodora, von der du mir erzählt hast ...», begann Moritz. «Victoria, ich fürchte, da habe ich schlechte Nachrichten. Der Filmemacher schätzt Modasabi auf allerhöchstens Anfang sechzig.»

Ich hatte es geahnt. Plötzlich war meine Lust auf diesen Afrikatrip verflogen. Was sollte ich dort noch?

«Wir jagen einem Phantom nach», sagte ich.

«Das kann sein», antwortete er ernsthaft. «Aber wir werden das Grab deiner Eltern finden. Und außerdem wäre ich nicht so pessimistisch. Sieh mal, diese Künstlerin lebt dort, wo deine Eltern auch gelebt haben. Sie kennt bestimmt die

Minen, und sie weiß etwas über die Vergangenheit. Da bin ich mir sicher.»

«Hast du den Filmemacher gefragt, was sie für ein Typ ist?»

«Sie wollte gar nicht mit ihm reden. Hat nur ein paar Aufnahmen zugelassen von ihren Werkstätten, in denen sie Kinder und Frauen ausbildet. Er sagt, er habe keine drei Minuten von ihr im Film.»

«Oje, das klingt nicht gut.»

«Wir sind keine Filmemacher. Uns wird sie anders behandeln.» Er stand auf. «Lass uns ins Wohnzimmer gehen, ich möchte dir etwas zeigen.»

Mitten auf dem Wohnzimmertisch stand Julia, daneben lag eine Landkarte von Nigeria.

«Ich habe mir von dem Filmfritzen erklären lassen, wo Modasabi wohnt. Ich hab's gefunden. War nicht so schwer. Allerdings geht dort ohne Chauffeur gar nichts.» Er sah sich in dem vollgestopften Raum um. «Wo kann ich denn nur die Karte ausbreiten? Ah, wir stellen die Figur ins Regal. An einen sicheren Ort, wo sie nicht versehentlich zu Bruch gehen kann. Da oben ist ein guter Platz.»

Er holte eine Trittleiter, stellte sie vor eines der Regale und stieg hinauf. Ich wollte gerade warnen, dass es keine gute Idee war, mit Hausschuhen hinaufzusteigen. Aber da war er schon oben.

«Ist doch ein schöner Platz ... Oh, was ist das? Ach, dahinten steht ja ...»

Genau in diesem Augenblick trat Moritz ins Leere, verlor das Gleichgewicht, riss die Figur im Fallen an sich und stürzte zu Boden. Im ersten Moment dachte ich, wenn bloß Julia nicht zu Bruch geht! Aber Moritz hielt sie hoch. Sie war heil geblieben.

«Das war knapp, du hättest Torwart werden sollen», scherzte ich noch. Aber da sah ich Moritz' schmerzverzerrtes Gesicht, nahm ihm Julia ab. Moritz rappelte sich hoch und griff sich an die rechte Schulter.

«Das war nicht gut», stöhnte er und schleppte sich zu seinem Computerstuhl.

«Lass mal sehen.» Ich schob das Polohemd vorsichtig zur Seite. Er schrie vor Schmerzen auf. «Ich bring dich sofort ins Krankenhaus.»

«Wird schon nicht so schlimm sein.» Er versuchte, sich zu bewegen. Aber ich sah, dass es schlimm war. Ziemlich schlimm.

Während Moritz in einen Rollstuhl verfrachtet wurde, saß ich auf einem harten Plastikstuhl im kalten Licht des Warteraums der Notaufnahme. Und hatte Zeit zum Nachdenken. Ob auf der kleinen dicken Göttin ein Fluch lag? Ich hatte mich mit so vielen Geschichten aus und über Nigeria beschäftigt, dass ich es für die Heimat der Hexerei hielt. Aus kleinen Puppen machte man dort Fetische, um damit anderen Menschen Böses anzutun. Vielleicht verhielt es sich mit Julia ebenso. War sie so etwas wie ein Hexending? Hatte es nicht geheißen, dass die Minen wegen schwarzer Magie geschlossen werden mussten? Hatte der Tod meiner Eltern vielleicht auch mit Hexerei zu tun? Und hatte es sich diese Modasabi nicht ebenfalls zum Ziel gesetzt, schwarze Magie am Leben zu halten? War es nicht wirklich besser, die Sache endgültig abzublasen?

Die Flugtickets waren zwar bezahlt, aber wir hatten Reiserücktrittsversicherungen abgeschlossen. Gut, ich würde nichts wiederbekommen, aber Moritz schon, wenn er nicht fliegen konnte. Impfen hatten wir uns zwar schon beide lassen, die Visa hatten wir auch beantragt. Die Impfungen würden noch länger halten, die Visa nicht. Ja, ich würde Geld verlieren, aber war Moritz' Sturz nicht vielleicht so etwas wie ein Omen?

Gerade, als ich mir darüber den Kopf zerbrach, kam ein Mann in der hellgrünen Kleidung eines Krankenhausarztes zu mir in den Warteraum. Seine Miene sprach eine deutliche Sprache. Da wusste ich: Es war mehr als nur schlimm. Armer Moritz, er hatte sich so gefreut. Ich musste an seine Mutter denken, die jedes Mal krank geworden war, wenn er verreisen wollte …

«… Ihr Mann ist sehr tapfer, Frau Mayer. Ja, dann entschuldigen Sie mich, bitte. Sie können ihn morgen besuchen.»

Was? Ich hatte den wesentlichen Teil seiner Rede nicht mitbekommen!

«Entschuldigung», krächzte ich. «Sie müssen das wiederholen. Ich bin völlig neben der Spur.»

Er lächelte und setzte sich neben mich. Irgendwie kam er mir bekannt vor. «Ihr Mann hat mir gesagt, dass Sie eine wichtige Reise nach Afrika machen wollen. Aber daraus wird leider nichts. Tut mir leid. Er hat sich einen komplizierten Schlüsselbeinbruch zugezogen. Wenn die Kollegen ihn operiert haben, werden sie seinen Oberkörper eingipsen. Er wird sich eine Weile ruhig halten müssen.»

«Wie lange?»

«Sicher einige Wochen. In unserem Alter muss man vorsichtig sein mit solchen Sachen.»

Erst jetzt fiel mir auf, dass der Doktor selbst nicht mehr der Jüngste war. Aber er war gertenschlank. Ging wahrscheinlich auch ins Fitnessstudio, taten ja alle.

«Werden Sie ihn operieren?»

«Ich bin nur der Radiologe. Wohin in Afrika wollten Sie denn?»

Wieso kam mir dieser Mann bloß so bekannt vor?

«Nach Nigeria», antwortete ich.

«Ach, du lieber Gott. Warum denn dahin?»

«Meine Eltern haben dort gelebt. Ich wollte mich auf Spurensuche begeben.»

Seine Haltung veränderte sich völlig, er musterte mich aufmerksam. «Ach, tatsächlich? Das ist ja interessant. Was haben sie denn dort gemacht?» Ich erzählte, was ich wusste, und da sagte er: «Ich bin jedes Jahr drei Wochen in Afrika. Statt Urlaub zu machen, arbeite ich bei ‹Ärzte ohne Grenzen›. Vor zwei Jahren war ich in Nigeria. Faszinierendes Land, aber anstrengend. Wenn Sie wirklich hinfliegen, informieren Sie sich vorher gut. Haben Sie sich im Internet schon die Infoseite des Auswärtigen Amts angesehen? Das sollten Sie unbedingt.»

«Das müsste alles Herr ... mein Mann gemacht haben.»

«Ja, sicher.» Er reichte mir die Hand. «Alles Gute.»

Er hatte sich schon zum Gehen gewandt, als ich dachte: Ich muss diese Frage jetzt stellen, sonst stelle ich sie nie.

«Entschuldigung, nur eines noch: Von der Gegend, in die wir reisen wollen, heißt es, dort werde Hexerei betrieben. Das ist doch Unsinn, nicht wahr?»

Er kam zurück und zog sich die dünne sterile Plastikhaube vom Kopf. «Nein, das ist kein Unsinn.»

Jetzt fiel es mir ein: Er sah genauso aus wie George Clooney in «Emergency Room», nur eben so, wie George Clooney heute aussieht.

«Mir hat dort mal jemand einen sehr klugen Satz gesagt: Magie wirkt nur, wenn man an sie glaubt.» Sein Blick war genau wie der von George Clooney, der alle Frauen schwach macht. Ganz intensiv von unten nach oben. «Das ist das wahre Geheimnis der Magie.»

Mir lief eine Gänsehaut über den Rücken.

Als Mutti sich damals den Oberschenkelhals gebrochen hatte, war sie im selben Krankenhaus gelandet. Ich hatte daraus eine wertvolle Lehre gezogen: Niemals Sonntagnachmittag zu Besuch kommen, da kommen alle. Also war ich schon am Vormittag da. Aber ohne großen Blumenstrauß, davon kann man nichts naschen. Und Naschen ist gut gegen Frust. Ich hatte Schokotrüffel mitgebracht.

«Oh, ich liebe die Dinger! Mach sie gleich auf. Gut, dass du keine Blumen mitgebracht hast», sagte Moritz. Er sah mich sorgenvoll an. «Jetzt bist du enttäuscht von mir.»

«Sag doch nicht so etwas. Das darfst du nicht mal denken. Du bist ein Held! Du hast dich für Julia geopfert!»

«Julia? Ach, die Figur ...» Er lachte, ließ es aber gleich wieder, weil es weh tat.

«Wir werden eben einfach erst in ein paar Monaten fliegen.»

«Wenn du jetzt nicht fliegst, fliegst du nie, Victoria. So eine Reise beschließt man spontan. Wenn man darüber Ewigkeiten nachdenkt, tut man es nie.»

«Weil es unvernünftig ist.»

Er seufzte. «Ja, wenn du so willst ...»

«Dein Sturz ist ein ...»

Er unterbrach mich. «Sage bitte nicht, das wäre ein Omen. Magie wirkt nur, wenn ...»

«... man an sie glaubt. Hat George Clooney auch gesagt.»

«Echt? In welchem Film?»

«Im Warteraum, gestern Abend.»

«George Clooney war … Ach, du nimmst mich auf den Arm.»

«Kann ich nicht. Mit dem Gips bist du mir zu schwer. Tut's weh? Sehr, oder?»

«Es geht. Wirklich. Hör zu, Victoria: Bitte mach die Reise trotzdem. Nimm deine Tochter mit. Es ist noch Zeit genug für die Impfungen und das Visum, macht das gleich morgen. Ich buche meinen Flug auf sie um, das wird nicht so teuer sein. Jasmin ist so sehr an eurer Vergangenheit interessiert. Es ist doch auch ihre. Bitte, gib jetzt nicht auf.»

Ich hätte ihn umarmen können, tat es aber lieber nicht, um ihm nicht weh zu tun. Warum war mir solch ein Mann nicht früher begegnet? Er war mir ja begegnet, korrigierte ich mich. Aber ich hatte nur seine Westen und Streifenhemden gesehen. Beurteile ein Buch nie nach dem Umschlag … Offenbar galt das auch für einen Buchhändler.

«Was du sagst, klingt alles ganz schlüssig, Moritz. Aber ich kann's nicht. Bei mir ist die Luft raus», gestand ich. «Es soll einfach nicht sein. Bis vor kurzem habe ich nichts von meinen Eltern gewusst. Und wenn du dich nicht so dahintergeklemmt hättest, die Wahrheit herauszufinden, wäre das auch so geblieben.»

«Aber jetzt weißt du es, Victoria. Und du wirst immer darüber nachdenken.»

Ich schob mir ein schokoladenes Kalorienbömbchen in den Mund und genoss den bittersüßen Geschmack. Es schmeckte nach meinem alten Leben, nach jener Zeit, in der ein Tag wie der andere gewesen war. Es waren keine schlechten Tage gewesen. Ein wenig eintönig vielleicht, aber nicht schlecht. Warum sollte ich aus diesem Leben ausbrechen – und sei's nur für zehn Tage? Was würde mir das bringen? Ausgerechnet Afrika! So eine Schnapsidee.

Plötzlich kam mir ein besserer Gedanke: Julia war viel Geld wert! Ich könnte sie doch verkaufen! «Moritz», sagte ich, «hast du eigentlich mal versucht herauszufinden, was Julia wert ist?»

«Julia?» Er brachte den Namen noch immer nicht mit meinem Dachbodenschatz in Verbindung. «Ach so, du meinst ... ja, habe ich. Leider ist das sehr kompliziert, da es kein Dokument gibt, das ihren Fundort belegt. Ein Gutachter müsste eine Expertise anfertigen, um ihr genaues Alter zu bestimmen.»

«Den Fundort kennen wir doch!»

«Wir schon. Aber bevor jemand eine Riesensumme für die Figur hinblättert, will er schriftlich haben, dass sie echt ist und keine Imitation.»

«Dann ist sie im Moment eigentlich nichts wert», folgerte ich.

Er nickte. «So ist es, Victoria.»

«Und dafür hast du dir die Schulter gebrochen», sagte ich.

Er schüttelte den Kopf. «Du irrst dich, Victoria.» Er grinste wieder so schelmisch, wie ich es an ihm mochte, und sagte: «Julia will, dass du mit Jasmin nach Nigeria fliegst.»

«Magie wirkt nur, wenn man an sie glaubt», parierte ich.

Sein Grinsen wurde noch breiter: «Habe ich gesagt, dass ich nicht an Magie glaube?»

4. Kapitel

Ein verhexter Ort

Der Mann war riesengroß, wahrscheinlich an die zwei Meter. Und er trug ein Gewand, das bei uns als Nachthemd durchgegangen wäre: schneeweiß, bestickt, fast bis auf die Füße, darunter eine enggeschnittene Hose aus dem gleichen Material. Die Füße wiederum steckten in edlen schwarzen Slippern, Krokodilleder vermutlich. Auf seinem schwarzen Kopf thronte eine weiße, eckige Mütze, die an eine Bäckermütze erinnerte. Seine pechschwarzen Augen blickten todernst. Ich verzog mein Gesicht zu einem Lächeln. Da lächelte er zurück, geradezu huldvoll sanft, wie ein König. Mir wurde ganz anders. Ob der Mann vielleicht wirklich ein König war? Und ich nur zu dumm, um es zu erkennen? Irgendwo hatte ich doch gelesen, dass es in Nigeria noch Könige gab.

«Mama, starr den doch nicht so an.» Jasmin stupste mich sanft in die Seite.

«First time you travel to Nigeria?»

Mein Hirn ratterte. Was hatte er gefragt?

Zum Glück rettete mich Jasmin: *«Yes.»*

«Was hat er gesagt?»

«Ob du das erste Mal nach Nigeria fliegst.»

«Dann habe ich es doch richtig verstanden», sagte ich.

«You will like Nigeria.» Der König nickte mir freundlich zu.

Das hatte ich verstanden; ich nickte freundlich zurück. Dabei war ich mir gar nicht so sicher. Ich tat so, als ob ich jemanden suchte, und schaute mich um. Wir warteten auf dem Flughafen London-Heathrow in der Schlange vor der Sicherheitskontrolle. Da stand ja noch ein König! Oh, und dort drüben noch einer. Und noch einer. Bei einem Dutzend hörte ich auf. So viele Könige – und alle auf dem Weg von London nach Abuja! Erstaunlich. Wenn wir früher nach Antalya oder Lanzarote geflogen waren, hatten um uns herum nur Leute gestanden, die so aussahen wie wir. Manche hätte ich nicht unbedingt näher kennenlernen wollen, aber insgesamt hatte ich ihre Anwesenheit immer als sehr beruhigend empfunden. Die vielen Könige hier verunsicherten mich. Und dieses Sprachengemisch, das an meine Ohren drang! Wie um alles in der Welt sollten wir erst in Nigeria zurechtkommen?!

Jasmin hatte eine kleine Konversation mit «meinem» König begonnen. Sie lächelte, nicht zu viel, aber freundlich und aufmerksam. Keine Spur von Unsicherheit. Sie redete, als ob sie ihr Leben lang mit mir um die Welt gereist wäre. Erst versuchte ich noch zu verstehen, um was es bei ihrem Gespräch ging, gab es aber schnell auf. Jasmin würde mir schon alles Wichtige erzählen. Ich war heilfroh, dass sie sich entschlossen hatte mitzukommen.

Im Grunde genommen hatte Moritz uns beide ausgetrickst. Bevor ich überhaupt mit Jasmin über die neue Lage hatte sprechen können, hatte er sie an jenem Sonntag vor drei Wochen schon vom Krankenhaus aus angerufen, sofort, nachdem ich sein Zimmer verlassen hatte; er hatte eine Intrige gesponnen.

Jasmin hatte mich gleich anschließend angerufen: «Mensch, Mama, das ist so lieb von dir! Du, ich freue mich so! Moritz meinte, du wolltest sowieso viel lieber mit mir nach Afrika fliegen, aber ihn nicht vor den Kopf stoßen. Und nun ist er ganz froh, dass wir beide fliegen können. So eine richtig schöne Mutter-Tochter-Kiste. Ich finde das total süß von ihm, er ist echt einfühlsam!»

Hätte ich da noch einen Rückzieher machen können?

Schon am folgenden Montag stellte Jasmin ihren Antrag auf ein Visum und machte Termine für ihre Impfungen. Moritz buchte seinen Flug vom Krankenbett aus auf Jasmin um. Alles mit seinem eleganten Hightech-Handy. Ich konnte mich nur mit meinen hoffnungslos veralteten Methoden bei ihm revanchieren. An seinem Laden brachte ich ein Schild an: «Wegen Krankheit geschlossen». Seine diversen Internet-Verkäufe konnte er selbst stoppen. Aber ich kämpfte bei jedem Besuch im Krankenhaus mit meinem schlechten Gewissen. Immerhin war er wieder draußen, bevor wir nach Afrika flogen, aber er bewegte sich immer noch steif wie ein Roboter. Nur mit Mühe konnte ich verhindern, dass er mir sein Super-Telefon mitgab, das nicht nur GPS, sondern sogar einen Kompass hatte – für den Fall, dass ich mich im Urwald verliefe. Daraufhin packte ich tatsächlich einen Kompass in meine Handtasche, für alle Fälle. Schließlich hatte Mutti immer gesagt: Nimm einen Regenschirm mit, dann regnet es garantiert nicht. Hoffentlich galt das auch für einen Kompass …

Über den Wolken schmiegte sich Jasmin wieder so an mich, wie sie es früher getan hatte, wenn sie Flugangst hatte. Inzwischen war sie mit Sven direkt nach dem Abitur vier Wochen lang durch Australien gereist, was ihrer Weltgewandtheit und ihren Englisch-Kenntnissen sehr förderlich gewesen war. In Melbourne hatten sich die beiden mit einem Mädchen angefreundet, und beide hatten den Kontakt über Facebook aufrechterhalten. Sven offenbar etwas intensiver, denn er war ein halbes Jahr später zu dem Mädchen nach Melbourne geflogen – und dort geblieben. Obwohl es inzwischen Felix gab, war ich mir nicht sicher, ob diese Wunde wirklich verheilt war. Deshalb strich ich liebevoll über Jasmins Wange, und meine Tochter schaute mich glücklich an.

«Ich find's schön, Mama. Jetzt hier mit dir», sagte sie.

«Ja, das ist schon was. In einem Flieger voller Könige zu reisen.»

«Könige?» Ich erklärte ihr, was ich meinte. «Das sind keine Könige», sagte sie lachend. «Das ist deren Tracht, die kommen aus dem Norden von Nigeria. Der, mit dem ich vorhin sprach, ist ein … warte, ich zeige dir seine Visitenkarte.»

Ich las darauf einen islamisch klingenden Namen, vor dem die Bezeichnung *chief* stand und darunter eine ellenlange Beschreibung seiner Funktion in einer Firma, die ihren Sitz in Abuja hatte.

«Er ist total nett», meinte Jasmin. «Wenn wir Probleme haben, kann ich ihn jederzeit anrufen, sagt er.» Sie drückte mich. «Ach, kleine Mama, du musst keine Angst haben. Ich habe ein gutes Gefühl: Das wird ein total schöner Urlaub.»

Urlaub? Nun ja, so konnte man das, was wir vorhatten, auch nennen. Das klang viel unverkrampfter als «Spurensuche».

«Ich dachte gerade an Oma und Opa», sagte Jasmin und verbesserte sich: «Also an Hannelore und Eberhard von Gollnitz. Was die damals für eine beschwerliche Reise unternehmen mussten, um dahin zu kommen, wohin wir jetzt superbequem unterwegs sind.»

Bis wir endlich ankämen, würden auch 24 Stunden vergehen, dachte ich. So lange war ich noch nie gereist.

Normalerweise lief das so: Wir buchten eine Reise, bezahlten pauschal. Am Zielort entschieden wir uns für einen Ausflug. Einen, höchstens. Weil wir fanden, dass ein Hunderter pro Nase für einen Halbtagestrip vielleicht doch etwas viel war. War man dann «draußen», an einem Wasserfall mit angeschlossenem Teppichverkauf zum Beispiel, war's schön. Es sei denn, man bekam Durchfall. Da fand ich mich dann in einer stinkenden Fliegenkammer wieder, über einem Loch im Boden, das als Toilette gelten sollte. Da fand ich schon: So eine Sauerei. Aber weil ich immer versuchte, alles gut abzuwägen, dachte ich auch: Die armen Türken, die wohnen aber nicht so komfortabel wie wir in unserem schicken Hotel.

Daran musste ich denken, als wir in Abuja landeten. Alles fing so gut an. Jasmin, die am Flugzeugfenster saß, rief: «Mama, guck mal, alles ganz grün.» Ich spähte an ihr vorbei und war erleichtert, denn wir waren stundenlang über afrikanische Wüsten geflogen. Der Flughafen der nigerianischen Hauptstadt war supermodern, wie in Europa, hell und weitläufig. Ich machte sofort den Toilettentest und war erleichtert, in doppelter Hinsicht. Das Taxi war nicht übermäßig klapprig, der Fahrer redselig. Was Jasmin genoss und ich eher anstrengend fand. Die Straßen konnten mit unseren Autobahnen durchaus mithalten. Die Infos aus dem Internet schienen also zu stimmen: Abuja war nicht so schlimm wie der Rest von Nigeria.

Doch je länger wir fuhren, desto weniger Vegetation,

dafür Sand, Sand und noch mehr davon. Dazwischen Hütten aus Wellblech und Schrott, Abfall und Plastikplanen. Dort wohnten Menschen, spielten Kinder im Dreck. Was hatte ich erwartet? Das war eben Afrika, da reicht die Miete manchmal nur für den Slum.

Das Bild änderte sich allmählich, je näher wir der Hauptstadt mit ihren anderthalb Millionen Einwohnern kamen. Hochhäuser tauchten auf, die in grünen Parks standen. Elegante Hochhäuser und keine Hütten mehr. Da wohnte anscheinend keine Menschenseele, sondern nur das Geld. Es war ein wenig wie in diesen Hotelgebieten in der Türkei, wo man luxuriöseste Protzbauten mitten in die Wildnis gestellt hatte. Ich starrte aus dem Fenster und bewunderte den zur Schau gestellten Reichtum, den ich vom «armen» Afrika nicht erwartet hatte.

Der Taxifahrer brachte uns zu einem Klotz von Hotel, zu jenem, das wir gebucht hatten. Eigentlich hatte Moritz das gemacht, vom Krankenbett aus. «Kommt erst mal schön an, damit euch der Kulturschock nicht auf leeren Magen trifft», hatte er gemeint.

Das war sehr vorausschauend. Moritz hatte an seinem Computer ja nicht ahnen können, dass mich der Kulturschock umso härter traf, als ich neben Jasmin in der Hotellobby stand. Dagegen waren unsere Touristenhotels in der Türkei Absteigen gewesen! Noch nie hatte ich so viele Kronleuchter, Gold – vielleicht war es auch nur Messing, aber es wirkte wie Gold – und Spiegel gesehen. Dazwischen spazierten die Könige mit ihren Königinnen und die Prinzen mit ihren Prinzessinnen würdevoll herum und zeigten ihre Juwelen und kostbaren Stoffe. Menschen aller Nationen, manche Frau verschleiert, andere im Kostüm, Afrikanerinnen in bunt-schriller Gewandung mit phantastischen

Stoffgebilden auf dem Kopf. Sogar die erstaunlich vielen Chinesen hatten sich rausgeputzt. Und ich mittendrin im bequemen Jogginganzug und Turnschuhen! Ich habe es nun mal gern bequem, wenn ich stundenlang im Flugzeug sitzen muss. Ich fühlte mich, als hätte ich den Dreck aus den Slums vor den Toren der Stadt hereingeschleppt. War das hier Afrika oder eine Szene aus 1001 Nacht? Hatte es in den Reisewarnungen des Auswärtigen Amts nicht geheißen, man solle keinen teuren Schmuck tragen und seine Kamera gut verstecken? Hatten die das geschrieben, damit ich mich bis auf die Knochen blamierte?

«Denk dir nichts dabei, Mama», sagte Jasmin. «Schon allein, weil du hier bist, gehörst du dazu.»

«Meinst du?»

«Klar, wir sind weiß. Und Weiße haben immer Geld.»

«Woher hast du denn diese Erkenntnis?», fragte ich verblüfft.

«Stand in einem der Bücher, die Moritz aus Omas Bücherregal gerettet hat. Eines über eine Deutsche, die sich in Nigeria behauptet. Sehr aufschlussreich, spielt allerdings in den Achtzigern. Hat Moritz dich nicht darauf aufmerksam gemacht?»

Er hatte. Aber seit ich Julia auf dem Speicher gefunden hatte, war meine Abneigung gegen Muttis Bücher noch größer geworden. Weil all das zu dem großen Betrug gehörte, der meine Vergangenheit war.

Ich folgte meiner so erwachsenen Tochter, die beschwingt auf die Rezeption zusteuerte und wirkte, als habe sie nie etwas anderes getan, als in einem Luxushotel einzuchecken.

Ahmed war eine würdevolle Erscheinung von Mann im langen Kaftan, mit einer Art Mützchen auf dem Kopf. Auch er sah aus wie ein Prinz. Und nicht wie der Taxifahrer, der uns nach Tiameh kutschieren sollte. Er verströmte den intensiven Geruch eines Menschen, der selten dazu kommt, seine Kleidung zu wechseln. Doch schon nach der vierten oder fünften Kreuzung passte ich mich ihm an, denn Ahmeds Fahrstil trieb mir den Schweiß aus jeder Pore. Ging der Mann etwa davon aus, die anderen Verkehrsteilnehmer würden automatisch stoppen, sobald wir uns näherten? Gab es hier keine Verkehrsregeln? Meine Knie schmerzten schon, weil ich sie so fest gegen das Armaturenbrett presste, und meine Finger krallten sich in den Sitz.

«Schatz, mir ist schlecht», jammerte ich über die Schulter.

«Autoskooter, Mama. Der fährt wie auf dem Jahrmarkt. Ist doch lustig!»

Mitten auf der Fahrbahn tauchte eine Rinderherde auf – für Ahmed kein Grund abzubremsen. Wozu haben Autos Hupen? Es ging gut; Rinder können bei Gefahr ziemlich schnell laufen. Offenbar aber nicht alle, wie kurz darauf ein totes Exemplar am Fahrbahnrand bewies. Das dazugehörige Auto lag hundert Meter weiter verbeult auf der Seite. Der Wagen war bereits ausgeschlachtet. Für das bedauernswerte Rindvieh galt dasselbe.

Am liebsten hätte ich Jasmin vorgeschlagen, die Plätze zu tauschen. Aber die statistische Lebenserwartung meiner Tochter war eindeutig höher als meine, diese Chance durfte ich ihr nicht vermasseln. Wurde man – im Fall der Fälle – als Ausländer eigentlich automatisch in die hiesige Statistik mit eingerechnet …?

Beruhige dich, Victoria, sagte ich mir. Du willst ein

Schmetterling werden. Schmetterlinge nehmen nie die gerade Linie, die torkeln durch die Luft. Gerade so, wie Ahmed fuhr. Und wenn ich nun – ausgelöst durch einen dummen Zufall, möglicherweise durch den Zusammenstoß mit einer Kuh – hier in Nigeria als Schmetterling wiedergeboren würde? Dabei glaubte ich gar nicht an Wiedergeburt. Oder doch?

Plötzlich wurde mir bewusst, dass ich schon lange kein Schild mehr gesehen hatte, das angezeigt hätte, wohin wir eigentlich fuhren.

«*Way to Tiameh?*», radebrechte ich.

«*Yes, yes, madam!*»

Wir rasten schon längst durch eine Gegend, auf der zu beiden Seiten nur noch Slums waren, als Ahmed aus heiterem Himmel scharf abbremste. Ich traute meinen Augen nicht: Die eben noch sechsspurige Straße ging ohne Vorwarnung in einen Feldweg über. Der war in der flirrend heißen Luft, die sich mit dem von Lastwagen aufgewirbelten Staub vermischte, erst in letzter Sekunde zu erkennen gewesen.

«Na, siehste, Mama, jetzt sind wir wirklich in Afrika», kommentierte Jasmin von der Rücksitzbank aus. «Mach lieber das Fenster zu.»

Ich kurbelte hastig, aber der Staub war bereits drinnen und die Hitze im Auto sofort unerträglich. Ich suchte nach einem Schalter für die Klimaanlage, fand einen Knopf mit den Buchstaben A/C und drückte ihn. Nichts passierte.

«*Broken*», meinte Ahmed lakonisch.

Ich sah ihn ratlos an, und er lächelte. Er hatte kaum noch Zähne. Wie alt mochte er sein? 40? Im Gegensatz zu mir schien er gar nicht zu schwitzen. Wie machte er das nur?

«Heißt *broken* kaputt?», fragte ich nach hinten.

«Du frischst dein Englisch ganz schön schnell auf, Mama.»

«Ich würde lieber etwas anderes lernen.»

Da ich nirgendwo Ortsschilder entdecken konnte, hatte ich das Gefühl, wir spielten Blindekuh. Wie machten die das in diesem riesigen Land nur, wenn sie von A nach B wollten? Nach drei Stunden Fahrt – obwohl unser Ziel doch angeblich nur achtzig Kilometer von der Hauptstadt entfernt war – hatte ich eine Erklärung: Man fuhr im Kreis und zog immer engere Bahnen um den anvisierten Ort. Bis man ihn schließlich hatte. Oder ahnte, dass es gleich so weit wäre. Dann hielt man an, fragte die Fahrgäste, ob sie Durst oder Hunger hätten, und konnte sich so ganz nebenbei nach dem Weg erkundigen. Auf diese Weise kamen Jasmin und ich in den Genuss warmer, pappsüßer Limo. Beim nächsten Stopp nahm Ahmed seine Fußmatte sowie eine verbeulte Thermoskanne mit. Als er sie aufschraubte, dachte ich, jetzt wäre das Rätsel gelöst, wie Ahmed es so lange ohne zu trinken aushielt. Doch er sprenkelte nur ein paar Tropfen Wasser auf seine Hände, rieb sich damit Gesicht und Füße ab. Dann stellte er sich auf die im afrikanischen Staub liegende Fußmatte, hob die Hände, bewegte die Lippen und kniete nieder.

«Islamische Gebete sind eine gute Gymnastik bei langen Fahrten. Wir sollten das auch versuchen», schlug Jasmin vor.

Ahmed ließ sich in seinem Gebetsrhythmus nicht beirren, obwohl es unglaublich heiß war. Ich holte den Fotoapparat aus der Handtasche und knipste ihn.

«Das kannst du doch nicht machen, Mama!»

«Warum denn nicht? Ich finde das richtig schön, wenn Menschen ganz in ihrem Glauben aufgehen. Daran sieht man doch, dass man im Grunde keine Kirchen und keine Moscheen braucht, um seinem Gott nah zu sein.»

Jasmin musterte mich mit gerunzelter Stirn. «Bei dir wirkt Afrika aber schnell.»

Ich blickte mich um. Nicht weit entfernt standen ein paar Lehmhäuschen. Dazwischen riesige Bäume, an einigen hingen Früchte, die ich nicht kannte. Zumindest Bananenstauden und Palmen hatte ich schon mal gesehen. Es gab kaum Dreck, eigentlich wirkte die Ortschaft sogar idyllisch. Mir gefiel es hier besser als in Abuja. Vor allem, weil es so ganz anders roch, würzig und nach Sonne. Genau genommen waren wir erst in diesem Augenblick wirklich in Afrika angekommen, und mich überkam der Wunsch, die Erde anzufassen. Der rötliche Boden war warm und steinhart. Es gelang mir kaum, mehr als ein paar Krumen davon abzukratzen. Ich ließ den Staub durch die Finger rieseln, und eine feine Schicht blieb so fest daran haften, als wäre meine Haut damit gefärbt.

Ein eigenartiger Gedanke schoss mir durch den Kopf: In diesem Land war ich geboren. Ob meine Füße hier die ersten Schritte getan hatten? Unsinn, schalt ich mich, sie werden mich ziemlich bald nach Deutschland geschafft haben, als Säugling noch.

Jasmin riss mich aus meinen Gedanken: «Sag mal, Mama, wo ist eigentlich die Landkarte, die Moritz uns mitgegeben hat?»

Ich erhob mich und drehte mich zu meiner Tochter um, die in einen Lachanfall ausbrach. «Wie siehst du denn aus?»

«Wie sehe ich denn aus?»

«Als wärst du eine Indianerin auf dem Kriegspfad. Du hast lauter rötliche Streifen im Gesicht.»

Instinktiv wischte ich über mein schweißnasses Gesicht und verstand: Ich hatte den roten afrikanischen Staub auf meiner Haut verteilt. So etwas Dummes. Jasmin hatte ihre liebe Mühe, mich mit einem Feuchttuch zu säubern.

Ich holte die Karte aus meiner Handtasche, wir beugten uns darüber, sahen uns um und schließlich ratlos an.

«Die nützt gar nichts. Auf der Karte haben die Orte Namen, im wahren Leben nicht», meinte Jasmin.

«Ich hab's!», rief ich. «Mein Kompass.»

Ahmed staunte nicht schlecht, als wir ihm nach eingehender Beratung zeigten, in welche Richtung er weiterfahren sollte.

«Du hast Gollnitz-Blut in deinen Adern», sagte Jasmin anerkennend.

Sie saß nun doch vorn, damit sie im nächsten Ort das Fenster runterkurbeln und fragen konnte, ob wir auf dem richtigen Weg waren. Mein gutes Gefühl täuschte mich nicht, denn der Ort, in dem das alte Tiameh aufgegangen war, war groß und modern. Aber hässlich. Mehrstöckige Häuser, die so unsolide wirkten, als würde der Wind hindurchpfeifen. Dazwischen kleine bunte Schachtelhäuschen, auf die ihre Besitzer sicher sehr stolz waren. Und mittendrin Pflanzungen, wahrscheinlich Gärten. Direkt daneben rostige Wellblechhütten, die als Autowerkstätten, Schlossereien oder Schmieden dienten. Als Kontrast dazu kunterbunte Stände mit sorgsam aufgeschichtetem Gemüse und Obst. Dann änderte sich das Bild völlig, wir fuhren durch dschungelartig dichte Wälder.

«This Tiameh», freute sich Ahmed.

Aber ich sah kein Tiameh, nur üppige Wildnis. Die Straße, ausgefahren und nicht asphaltiert, schlängelte sich in ein Tal hinab. Und dann sahen wir etwas, das wir nicht erwartet hatten: eine Ortschaft wie aus der Zeit gefallen. Mit alten, verzierten Villen in großen, manchmal verwilderten Gärten, manche mit Palmen und mächtigen, schattenspendenden Bäumen darin. Eine verwunschene Idylle. Die Häuser entpuppten sich zwar bei näherem Hinsehen als verfallen, aber sie mussten einmal stolze Zeiten erlebt haben. Damals, als meine Eltern hier gewesen waren, waren sie vermutlich noch recht neu gewesen. Selbst die schmucklosen neuen Häuser zwischen den alten Villen wirkten recht gepflegt. Leute saßen vor ihren Häusern und guckten uns mäßig interessiert nach. Hier gab es keine Hektik, nur Beschaulichkeit. Frauen spazierten die Straßen entlang, auf ihren Köpfen Körbe mit Waren, Wäsche, Alltagskram.

Jasmin hatte längst ihr Fenster geöffnet und machte mich auf die Schilder an den Fassaden einiger Häuser aufmerksam. In der Hauptstraße gab es Antiquitäten- und Handwerksläden. Schnitzereien standen vor den Geschäften, teilweise sehr große Skulpturen mit abenteuerlichen Formen. Töpfer und Korbflechter hatten ihre Produkte liebevoll auf Matten am Boden ausgebreitet. Hier lebten offenbar auch Maler, zumindest konnte man ihre knallbunten, phantasievollen Gemälde kaufen.

«Mama, das ist ja eine kleine Künstlerkolonie», rief Jasmin.

Ich war ziemlich erleichtert, dass hier nichts auf Hexerei hindeutete. Aber meine persönlichen Bedürfnisse hatten Vorrang vor kultureller Begeisterung: Ich brauchte eine Toilette, eine Dusche und etwas Weiches zum Ausstrecken. Ein Bett zum Beispiel. Endlich entdeckte ich ein Hotelschild an einem Plattenbau von abschreckender Hässlichkeit. Ahmed hielt geradewegs darauf zu.

«No, no. Go on!», sagte Jasmin.

Ahmed protestierte. Offenbar hielt er dies für das beste Haus am Platz. Jasmin hielt ihn gerade noch davon ab, unser Gepäck aus dem Auto zu holen.

Es roch nach Desinfektionsmitteln. Eigentlich ein gutes Zeichen, denn wo es so riecht, wird auch geputzt. Aber Jasmin kam der Geruch bekannt vor.

«Man muss Kakerlaken nur bekämpfen, wenn es sie gibt», befand sie sehr überzeugend.

Ein klappriger alter Mann unter einem riesigen *Reception*-Schild strahlte uns hocherfreut an und nannte einen Preis fürs Doppelzimmer, der halb so hoch war wie der des Luxushotels in Abuja. Dafür bot er ein Doppelbett mit Plastiküberzug auf der Matratze und eine Wasserkanne neben dem Waschbecken. Die Toilette war ein Loch im Boden.

«Ohne mich», platzte es aus mir hervor.

«Ohne uns», verbesserte Jasmin.

Der Alte nahm die Ablehnung seines Plastik-Beton-Bunkers nicht persönlich. Im Gegenteil: Er beschrieb Jasmin den Weg zu einem Hotel mit dem blumigen Namen *Paradise*.

«You will not like. Paradise very old», warnte er.

Inzwischen war es fast vier Uhr nachmittags. Zwei Stunden noch, und es würde dunkel werden. Dann sollte man sich nicht mehr draußen aufhalten, hatte es in den Reisewarnungen geheißen. Zurück nach Abuja würden wir es also auf keinen Fall mehr schaffen.

Das *Paradise* war nur eine Querstraße entfernt und noch viel hübscher als die Häuser, die wir schon gesehen hatten. Es war mehrstöckig und die Front aus geschnitztem Holz. Säulchen, Figuren, Giebelchen – ein Schmuckstück. Jasmin kam gar nicht mehr heraus aus dem Schwärmen. Ich sah vor allem die unzähligen Stromkabel, die unbekümmert am Holz befestigt waren. Aber ich sagte nichts; wer jahrzehntelang in einer Versicherung gearbeitet hat, dem erscheint die ganze Welt unsicher. Innen empfing uns eine plüschige Schummrigkeit, die nach Staub und Vergangenheit aussah und auch so roch. Selbst auf mehrfaches Rufen hin ließ sich niemand blicken.

«Ich schau mal, ob ich jemanden finde», sagte Jasmin gelassen.

Ich hatte Zeit, mich umzusehen, und erschrak zu Tode: Im Halbdunkel stand jemand und starrte mich geradewegs an! Ich wich einen Schritt zurück und brauchte einen Moment, bis ich begriff, dass es nur eine Statue war. Mit handtellergroßen Augen und blitzend weißen Zähnen, die nach großem Hunger aussahen. Vorsichtig näherte ich mich. Das Holz fühlte sich seltsam warm an. Als lebte es. Am dunklen Tresen der Rezeption entdeckte ich die Tafel mit den Zimmerpreisen. Verglichen mit dem anderen Hotel waren die Preise moderat. Aber wollte ich in solch einem Gespensterhaus wohnen?

Plötzlich öffnete sich knarrend eine Tür. Ich fuhr herum und sah eine kleine ältere Frau in einem weiten dunkelbraunen Gewand. Ihre schneeweißen Zähne blitzten, als sie mich überaus freundlich begrüßte. Leider verstand ich nicht viel mehr als *Hello*. Ohne weitere Umstände ging sie zur Treppe in den ersten Stock, und ich folgte ihr. Jasmin saß schon in diesem Raum. Eine nicht mehr junge Frau bezog gerade das Bett. Auch sie trug ein braunes, umhangartiges Kleid und wirkte wie eine Schwester der Frau, die mich heraufgeführt hatte. Beide hatten ihre Haare unter grauen, eng im Nacken verknoteten Tüchern verborgen, vermutlich eine Art Tracht oder die Uniform, die die Angestellten hier zu tragen hatten.

«Ich fand sie hier oben in diesem Zimmer», erzählte Jasmin. «Und sie sagte, sie sei gleich damit fertig, mein Bett zu machen. Ich sagte ihr, dass ich doch noch gar kein Zimmer gebucht hätte. Aber sie hat darauf bestanden, dass dies mein Zimmer sei.»

Wieso machte man ein Bett für Gäste, die man nicht erwartet haben konnte?

Jasmin zuckte die Schultern. «Kann uns doch nur recht sein. Vielleicht hat uns der Typ aus dem anderen Hotel angekündigt.»

Ich bezweifelte das. Aber das Zimmer war genau so, wie ich mir ein herrschaftliches Zimmer vorgestellt hatte. Ein breites Himmelbett, ein Tisch mit Stühlen und eine Badewanne. Es war ein Raum, der mir ein seltsames Gefühl von Geborgenheit vermittelte. So, als wäre ich angekommen.

«Ist das nicht krass, Mama?!»

«Ja, es ist wirklich hübsch.»

«Die Wanne steht mitten im Zimmer. Ist das nicht etwas seltsam?»

Das fiel mir jetzt erst auf. «Früher gab es eben keine Bäder. Da stand die Wanne im Schlafzimmer. Ich lass dir Wasser ein, das wird dir guttun.»

Ich setzte mich auf den Wannenrand und drehte an den Armaturen. Sie quietschten leicht eingerostet. Das war alles.

Die ältere der beiden Afrikanerinnen reagierte mit einem breiten Lächeln: *«Sorry, no water today, madam.»*

Jasmin ging zum Fenster, blickte nach draußen und meldete: «Hübsch hier. Da unten ist auch ein Pool. Sogar ohne Wasser.»

Der Innenhof war schattig mit ein paar Palmen, es gab Plastiktische und -stühle und eine einzige Liege, die nur auf mich und meinen strapazierten Leib zu warten schien.

«Lass uns bitte nach etwas anderem suchen, Mama», bat Jasmin.

Ich wandte mich dem Raum zu. «Mir gefällt es hier», sagte ich und meinte zu den beiden wartenden Frauen: «Okay. *We take the room.*»

Jasmin blickte mich verblüfft an. «Mama? Hallo? Sieh dir mal die Wanne an. Die wasserführenden Rohre sind abgesägt. Hier gibt's kein Wasser. Heute nicht und morgen auch nicht.»

«Wir werden welches finden», antwortete ich.

Meine Tochter staunte mich mit offenem Mund an und sagte schließlich: «Okay.»

Eine der Frauen versprach, uns einen Kanister Wasser und Tee zu bringen, und ich bat Jasmin, das Taxi zu bezahlen. Überzeugt, dass Jasmin gleich nachkäme, legte ich mich im Hof auf die Liege. In jeder Ecke des Hofs standen lebensgroße Holzfiguren, deren Blicke mich zu verfolgen schienen. Wie konnte man so etwas an einem Ort aufstellen, an dem sich die Gäste entspannen sollten? Ein Jammer war es um den Pool, auf dessen Boden eine dicke Blätterschicht lag. Warum unternahm niemand den Versuch, aus diesem hübschen Hotel etwas zu machen? Kein Wunder, dass wir die einzigen Gäste waren.

Ich starrte in die sternenförmigen Kronen der Palmen. Dieser vergessene Ort erschien mir wie ein Sinnbild meiner Vergangenheit. Irgendwann hatte es spannende Zeiten gegeben, aber jetzt war alles alt, verstaubt und funktionsuntüchtig. Eine Nacht würden wir hier sicher aushalten, aber war es nicht besser, dieses Unterfangen abzublasen? Aber durfte ich Jasmin enttäuschen? Sie war so sehr an ihren abenteuerlustigen Vorfahren interessiert. Und was würde Moritz sagen, wenn ich gar nichts in Erfahrung brächte? Wie es ihm hier wohl gefiele? Ich schickte ihm eine SMS mit der Nachricht, dass wir inzwischen am Ziel waren. Aber waren wir das wirklich? Ich schickte die Nachricht ab, beziehungsweise: Ich versuchte es. Denn das Handy teilte mir mit, dass ich kein Netz hatte. Na, das war ja irgendwie zu erwarten gewesen.

Und überhaupt, wo blieb Jasmin?

Als sie eine Stunde später immer noch nicht kam, mein Tee längst getrunken und ihre Tasse kalt war, ging ich ins Zimmer zurück. Unser Gepäck und sogar ein Kanister mit Wasser waren gebracht worden. Doch von Jasmin keine Spur! Von Hexen bis zu Entführern – alles erschien mir möglich. Ich rannte wie von Sinnen durchs Hotel, erschrak über weitere in Nischen versteckte Holzskulpturen und rannte nach draußen. Gerade, als ich in die Hauptstraße einbog, kam sie mir entgegen, die Digitalkamera in der Hand.

«Verdammt, wo hast du gesteckt!», rief ich. Ich dampfte vor Zorn – und Hitze. «Du kannst doch nicht einfach abhauen!»

Jasmin drehte sich langsam um ihre eigene Achse und filmte einen abschließenden Schwenk. «Mama, wir sind genau richtig. Es ist alles so, wie Moritz es recherchiert hatte», sagte sie strahlend. «Freigelassene Sklaven haben hier ihre Häuser erbaut. Die Häuser erzählen ihre Geschichten in Ornamenten: Ketten, gequälte Menschen, Fratzen, seltsame Dämonen.»

«Ich find das unheimlich.»

Jasmin schaute mich liebevoll, aber auch ein wenig

nachsichtig an. «Nein, Mama, deine Geburtsstadt ist etwas ganz Besonderes!», sagte sie und hakte sich bei mir ein.

«Was hat sie gesagt?», fragte ich.

Obwohl ich mir wirklich Mühe gab, verstand ich nicht, wovon die freundliche junge Afrikanerin sprach, die sich am Frühstückstisch des *Paradise* zu uns gesetzt hatte. Sie trug ein faszinierend hübsches, dunkelblau bedrucktes, wie ein Umhang geschneidertes Kleid, dessen Muster erst bei genauem Hinsehen ineinander verschlungene Tierfiguren ergab. Ich versuchte, dem Gespräch zu folgen, und schob meine Rühreier, den fetten Speck und das weiche Toastbrot zur Seite. Das war schon allein der Kalorien wegen sinnvoller.

«Sie bietet uns eine Führung an. Ich habe zugesagt», sagte Jasmin.

Die junge Frau – sie mochte höchstens 18 sein – lächelte mich an.

«Frag sie, ob sie eine Frau namens Modasabi kennt», bat ich.

Viele alte Frauen würden hier so genannt, antwortete die junge Frau.

«Was verlangt sie denn für ihre Dienste?», fragte ich.

«Sie will kein Geld.»

Unwillkürlich musste ich an eine von Muttis Lebensweisheiten denken: Was nichts kostet, taugt auch nichts.

«Wetten, sie führt uns irgendwohin, wo wir etwas kaufen sollen?», sagte ich.

Wenig später steuerte unsere Führerin einen kleinen Platz abseits der Hauptstraße an, an dem sich auch eine Kirche mit einem gedrungenen kurzen Turm befand. Die den Platz säumenden Villen ließen einander Raum, jede wirkte, als hätten die Erbauer ihren besonderen Status betonen wollen. Im Gegensatz zu den alten Häusern entlang der Hauptstraße waren sie alle aus grauen Steinen gebaut. Eine Villa verschwand fast völlig hinter einem üppig wuchernden Baum, der seine beiden Stockwerke überragte. Es schien fast so, als wollte das Haus sich verstecken. Das völlig verwilderte Grundstück war von einem ungewöhnlichen Zaun eingefasst, in dessen Holz Menschenkörper und Tierleiber geschnitzt waren; es wirkte, als spielten sie miteinander. Jasmin war so fasziniert davon, dass sie gar nicht mehr aufhören wollte zu filmen.

Beim Eintreten fiel mir auf, dass über der schmalen Eingangstür ein Zementstein mit der Jahreszahl 1947 eingelassen war. Wir folgten der blau gewandeten Frau ins Innere, aus dem der riesige Baum das Tageslicht verbannt hatte. Überall Kunst und Krempel. Figuren, Masken, Töpferwaren, Gemälde, Batiken, Decken. Jasmin war begeistert und setzte sich in einen Stuhl, der wie eine Hand geformt war, und bat mich zu filmen. Es sah aus, als würden die fünf Finger nach ihr greifen.

«Mama, das ist Design pur. Wirklich gut und perfekt verarbeitet!» Ihre Finger glitten über das glattpolierte Material. «Alles aus einem Stück, eine Wurzel oder Baumkrone. Phantastisch.»

Ich schaute mich vorsichtig nach unserer Führerin um, denn meine Türkei-Erfahrungen hatten mich gelehrt, dass es von Nachteil war, wenn man seine Begeisterung zu offen zeigte: Die Händler erwarteten dann, dass man gleich alles kaufte. Erstaunlicherweise war unsere Führerin verschwunden, und kein Verkäufer erschien.

Es war ein seltsamer Laden. Eher eine Mischung aus Galerie, Museum und Kunstwerkstatt. Da standen neben

Töpferscheiben mit begonnenen Tongebilden fertige Plastiken, die seltsame Wesen darstellten – irgendetwas zwischen Baum und Mensch oder Tier und Blume. Ich verstand es nicht. Daneben Hocker, offensichtlich aus den Blättern einer Pflanze geformt und gehärtet. Dazwischen ein altes Sofa, völlig eingestaubt, darauf lag eine Holzpuppe, die an jene erinnerte, die ich im Hotel gesehen hatte. Nur dass dieser der Kopf fehlte. Und alte Glasvitrinen, voll mit Dingen aus dem Gruselkabinett: getrocknete Affenköpfe, Krokodilschädel, Schildkrötenpanzer, seltsame Amulette aus Muscheln und Tierfell, kunstvoll mit Glasperlen verzierte Elfenbeinstäbe, ein Fußball, aus dem die Luft gewichen war, weil ein Scherzkeks lange Stacheln hineingepikst hatte.

Ich schaute auf und sah in den halbblinden Scheiben, dass hinter mir eine Frau stand, die sich schwach darin spiegelte. Sie stand so still, dass ich im ersten Moment geglaubt hatte, sie sei eine weitere Statue. Ich wandte mich um. Sie war eine nicht besonders große, schmale Frau, die sich sehr aufrecht hielt. Wie die beiden Frauen im Hotel trug sie einen bodenlangen braunen Kaftan, der sie mit der Dämmrigkeit des Raums gewissermaßen verschmelzen ließ. Wenn sie eine Afrikanerin gewesen wäre, hätte ich im Halbdunkel des vollgestellten Raums nicht einmal ihr Gesicht erkennen können.

«Sorry, *I look* nur», brachte ich hervor.

«Sie kommen nach Nigeria und sprechen kein Englisch? Das ist aber mutig von Ihnen», sagte die Unbekannte in perfektem Deutsch, das sich allerdings anhörte, als hätte sie es schon lange nicht mehr gesprochen.

In diesem Moment wusste ich es bereits: Ich hatte sie gefunden.

«Ich weiß nicht, warum, aber ich wollte in der Schule nie

Englisch lernen», sagte ich. Das stimmte und war gleichzeitig völliger Blödsinn, aber das Einzige, was mir einfiel.

«Das hätten Sie aber tun sollen. Denn das Leben führt dich an die seltsamsten Orte, ist es nicht so?»

Ihre Stimme war tief, beinahe wie die eines Mannes, aber warm. Ich bemühte mich, die Frau genauer zu erkennen. Doch das, was ich sah, ließ mich frösteln: Ihre Züge waren seltsam starr, wie bei einer Maske. Sie musterte mich. Mein Hals war plötzlich wie ausgetrocknet, und obwohl ich so viele Fragen hatte, konnte ich kein Wort hervorbringen.

«Kommen Sie, ich führe Sie ein wenig herum», sagte die Frau.

«Ich ... verzeihen Sie ... ich möchte nichts kaufen.»

«Das ist in Ordnung. Kommen Sie nur.»

Plötzlich fiel mir Jasmin ein. «Meine Tochter, sie muss irgendwo sein.»

«Die Schülerinnen kümmern sich schon um sie. Sie sind dort drüben, bei den Werkstätten.»

Die Frau deutete auf eine matte, in viele kleine Fensterscheiben geteilte Wand, durch die ich meine Tochter in Begleitung zweier junger, ebenfalls braun gekleideter, Frauen sah. Jasmin redete gestikulierend. Brauchte sie meinen Beistand?

Die Fremde bemerkte mein Zögern, ihr zu folgen. «Ihre Tochter scheint ein Mensch zu sein, der genau weiß, was er will.»

Ich sah die Frau verwundert an. Sie hatte Jasmin doch nur aus der Ferne gesehen. Wie konnte sie ein so treffendes Urteil abgeben?

«Ihre Tochter studiert?», fragte sie und fasste unkompliziert nach meiner Hand. Es war ein fester, aber nicht zu fester Druck, mit dem sie mich mit sich zog.

«Sie beginnt ihr Studium erst in einem halben Jahr, im Oktober», sagte ich und setzte hinzu: «Sie wird Designerin.»

«Sie klingen, als wären Sie mit der Berufswahl Ihrer Tochter einverstanden.»

Ich war verwundert: «Hört man das?»

«Ja.» Jetzt lächelte sie. «Sie sagten: Sie wird Designerin. Nicht: Sie will es werden.»

Machte das einen so großen Unterschied? Aber es stimmte: Ich hatte Jasmins Berufswahl nie angezweifelt.

Wir hatten einen hellen Nebenraum betreten, offenkundig eine Schreinerei. Es duftete nach Holz, ein weicher, fast süßlicher Geruch, den ich so intensiv noch nie wahrgenommen hatte. Ich war bisher nur einmal in einer Schreinerei gewesen, und dort hatten moderne Maschinen gestanden. Hier wirkte alles altmodisch, aber nicht so wie in einem Museum. Hier wurde gearbeitet, davon zeugten die vielen Holzreste, die sich angesammelt hatten. Auf dem Boden lagen begonnene Schnitzereien. Figuren, deren Umrisse grob gehauen waren, und solche, deren spätere Gestalt schon deutlich war. Gefäße, aus denen eine Schale oder eine Schachtel werden sollte. Stühle, deren Beine noch nicht an der Sitzfläche montiert waren. Alltagskram, nichts, das irgendwie nach «Hexenkunst» aussah. Aber der Raum war menschenleer.

«Wie gefällt es Ihnen hier?», fragte meine Begleiterin.

Welche Rolle spielte es schon, wie mir diese Schreinerei gefiel? «Ich kenne mich mit so etwas nicht aus», antwortete ich ausweichend.

«Was machen Sie? Auch etwas mit Kunst, wie Ihre Tochter?»

«Ich? Um Himmels willen!» Ich musste lachen. «Ich bin … also, ich war bei einer Versicherung.»

«Warum denn das?»

Es war mehr ein Ausruf als eine Frage. Was ging diese Frau meine Berufswahl an? Ich konnte nicht anders, als sie anzustarren.

Sie war klein, fast zierlich, nur ihr weiter brauner Umhang hatte sie im Dämmerlicht größer erscheinen lassen. Erst jetzt war zu erkennen, dass der Stoff mit Mustern bedruckt war. Nicht so kunstvoll wie jenes unserer verschwundenen «Führerin», sondern ganz schlicht mit schwarzen Rauten. Um den Hals trug sie mehrere Ketten übereinander, die meisten aus unterschiedlich großen Holzperlen von hell bis fast schwarz. Die Frau hatte ihr Haar mit einem schlichten grauen Tuch verhüllt, das im Nacken fest verknotet war. Ihr schmales Gesicht war leicht gebräunt, nur wenige Falten zeichneten sich um die Mundpartie und die Augen ab. Im Grunde war sie eher unscheinbar, keinesfalls der Typ Künstlerin, der viel Aufhebens um sich selbst machte. Ich hätte nicht sagen können, ob sie die Frau vom Foto im Internet war oder gar die «Missionarin», die Mutti in der Minute ihres Sterbens auf dem Bildschirm gesehen hatte. Es war auch unmöglich, ihr Alter zu schätzen. Hatte sie mein Alter?

«Stört Sie meine direkte Art?» Sie lächelte, und auf ihren Wangen bildeten sich senkrechte Falten.

Nein, dachte ich, sie ist älter als ich. Vielleicht sechzig oder Mitte sechzig?

«Das ist schon in Ordnung», sagte ich. «Ich habe meine Arbeit aufgegeben. Nein, das stimmt nicht. Ich habe mich selbst überflüssig gemacht. In Deutschland wird alles von Computern bestimmt», ergänzte ich, weil ich mir dachte: Sie weiß bestimmt nicht viel über das, was bei uns so geschieht. «Aber im Grunde», gestand ich, «habe ich meine Arbeit wohl nie wirklich gemocht.»

Meine Güte, was redete ich da? Was gingen diese Fremde meine inneren Qualen an?

«Warum haben Sie sie dann ausgeübt?»

Ich seufzte. Obwohl ich eigentlich nichts mehr über mich verraten wollte, antwortete ich. «Ich weiß nicht, vielleicht hatte ich mich einfach daran gewöhnt.»

Sie sah mich aus klaren blauen Augen an, und ich hatte das Gefühl, sie könne bis auf den Grund meines Herzens blicken. Gerade wollte sie etwas sagen, als eine Gruppe von etwa zehn jungen Mädchen eintrat. Wie meine Gesprächspartnerin trugen sie braune Kleider. Sie schwatzten in einer mir fremden Sprache fröhlich durcheinander. Sobald sie uns sahen, verstummten sie schlagartig, lächelten uns an, grüßten und nahmen ihre Gespräche etwas leiser wieder auf. Zwei von ihnen kamen auf uns zu und richteten das Wort an meine Begleiterin. Ich verstand nichts, nur, dass sie ihre Lehrerin als Modasabi ansprachen.

«Entschuldigen Sie mich. Ich muss helfen», sagte Modasabi.

Sie gab den Mädchen Ratschläge, wartete ab, ob ihre Tipps auf fruchtbaren Boden fielen, und sagte erst dann etwas. Aber sie nahm niemandem ein Werkzeug oder ein Holzstück aus der Hand, sie dirigierte nur mit wenigen Worten. Sie wirkte wirklich so, wie sie gesagt hatte: Sie half. Von einer Lehrerin wie ihr unterwiesen zu werden, stellte ich mir als angenehm vor. Bedeutete Modasabi tatsächlich «kluge alte Frau», dann war die Anrede in ihrem Fall passend.

Sie kam zu mir zurück und nahm den Gesprächsfaden genau dort auf, wo wir unterbrochen worden waren: «Sie hatten sich an Ihre Arbeit gewöhnt. Was meinen Sie: Lebt man für die Arbeit?»

«Gute Frage. Früher, als ich anfing, war das sicher noch so. Aber heute nicht mehr. Man hat einen Job, und jeder andere kann ihn genauso gut machen. Das ist anders als bei Ihnen. Ich habe Ihnen gerade zugesehen: Sie leben für Ihre Arbeit.»

«Ich bin meine Arbeit!» Sie hatte ein dunkles, warmes Lachen. «Ich habe mein Leben lang nie einen Unterschied zwischen meinen Leidenschaften und meiner Hände Arbeit machen wollen.»

«Haben Sie das alles hier selbst aufgebaut?»

«Großteils.» Sie musterte die Werkstätte, als hätte sie sie schon lange nicht mehr gesehen. «Nein, das stimmt nicht. Das habe ich mir so in den Kopf gesetzt. Ich bilde in Bildhauerei aus, hier in Holz, dort drüben, wo Ihre Tochter sich gerade aufhält, in Ton. Wissen Sie, Kunst macht die meisten Künstler arm. Aber den Mädchen soll es mal so ergehen wie mir: Sie sollen ihre inneren Welten entdecken und gleichzeitig in der Lage sein, davon leben zu können.» Sie lachte wieder dunkel.

«Und wie erreicht man das?»

«Ich glaube, wir beide führen gerade ein Gespräch, zu dem wir eine Tasse Tee trinken sollten. Darf ich Sie einladen?»

Wir betraten einen Hof. Hühner staksten über Holzstapel, auf einem alten, blassblauen Mercedes lagen zwei schlafende Katzen. Ein hübscher gepflegter Hund erhob sich und lief auf die Frau zu, die kurz seinen Kopf streichelte. Wir stiegen eine außen am Haus angebrachte Treppe hoch. Erst jetzt fiel mir auf, dass ich zwar wusste – oder zumindest ahnte –, wer sie war. Aber sie kannte nicht einmal meinen Namen.

«Ist es nicht ungewöhnlich, dass Sie eine Fremde in Ihre Wohnung einladen?», fragte ich.

«Oh, Sie sind mir nicht fremd», entgegnete sie zu meinem Erstaunen. Ich war so verblüfft, dass mir keine Antwort einfiel. Sie stieß eine geschnitzte Holztür auf, trat zur Seite und machte eine einladende Geste.

«Willkommen in meiner Räuberhöhle, sagt man nicht so?»

Ich hatte diesen Ausdruck schon ewig nicht mehr gehört. Mutti hatte früher mein Zimmer so bezeichnet, wenn ich nicht aufgeräumt hatte. Das war lange her, Jahrzehnte.

Sie führte mich in ihre Küche, die von einem altmodischen Herd dominiert wurde. Sein riesiges Ofenrohr führte quer über die Wand ins Dach. Die Einrichtung wirkte bunt zusammengewürfelt, keiner der sechs Stühle am Esstisch glich dem anderen. Es gab offene Regale mit Töpfen und Geschirr und einen knallroten Kühlschrank mit dem Coca-Cola-Schriftzug und einem großen silbernen Griff. Ich dachte, dass das Ding Jasmin garantiert gefallen würde. Modasabi legte Holz in den Ofen, entzündete es geschickt und stellte einen verrußten Teekessel auf eine der gusseisernen Platten.

«Da haben Sie schon die Antwort auf Ihre Frage», sagte sie.

«Welche meinen Sie?»

«Wie man es schafft, von Kunst zu leben. Das fragten Sie doch. Ich habe meine inneren und äußeren Bedürfnisse miteinander versöhnt. Ich brauche nicht viel. Aber das sehen Sie ja.»

Am liebsten hätte ich gesagt: Meine Tochter soll später einmal nicht in solcher Armut leben wie Sie. Aber natürlich sagte ich das nicht. Stattdessen lächelte ich und hoffte, es würde verständnisvoll wirken. Was maßte ich mir überhaupt ein Urteil über ihre Einrichtung an? Meine lag auf dem Müll. Und dieser Gedanke erinnerte mich an den Grund meines Aufenthalts.

«Was hat Sie eigentlich nach Nigeria verschlagen?», fragte ich.

«Jetzt stellen Sie endlich die Gretchenfrage. Sie haben sich ja lange Zeit gelassen!» Sie setzte sich zu mir an den Tisch und schaute mich an. «Aber erst möchte ich Sie etwas fragen: Wie heißen Sie?»

«Victoria.»

«Und wie weiter?» Ihr Blick war forschend, fast ein wenig unhöflich.

«Sommerberg.»

«Sommerberg», wiederholte sie langsam. «Wer hieß Sommerberg? Ihr Mann?» Sie schien in meinem Gesicht lesen zu wollen. Als versuchte sie, meine Gedanken zu erraten.

«Ja. Aber ...» Ich räusperte mich. Was ging sie meine Scheidung an?

«Geschieden?»

Ich nickte.

«Ja, die Liebe ist wie ein Wandergeselle. Baut ein Haus und zieht weiter, bevor es fertig ist.» Sie strich wie zufällig über meine Hand. Abrupt stand sie auf, ging zum Teekessel und schüttete Teeblätter hinein.

Wandergeselle, dachte ich. Was für ein seltsamer Vergleich. Handwerksburschen, die «auf der Walz» durchs Land zogen, gab es heutzutage kaum noch.

«Und wie heißen Sie?», fragte ich.

Sie rührte im Topf und drehte mir den Rücken zu, während sie antwortete: «Mich rufen alle Modasabi, einen anderen Namen habe ich schon gar nicht mehr. Aber wollen wir nicht du zueinander sagen? Ich habe mich so daran gewöhnt, es gibt weder in der Sprache der Leute hier noch im Englischen ein Sie.»

«Natürlich, gern.» Das war nur so dahingesagt. Ich konnte eine mir völlig Fremde doch nicht ernsthaft duzen! Eine Frau, die sich geweigert hatte, einem Filmemacher ein Interview zu geben.

Modasabi zog ein Tuch aus ihrem Kaftan hervor und schnäuzte sich. Erst dann drehte sie sich wieder zu mir um. Vielleicht täuschte ich mich, aber ich hatte den Eindruck, dass Tränen in ihren Augen standen. Ich sagte mir, dass es wahrscheinlich am heißen Dampf lag, der aus dem Kessel strömte.

«Wissen Sie … Entschuldigung, ich tue mich immer schwer, Fremde zu duzen. Weißt du, ich will ehrlich sein: Ich habe Sie … äh … dich gesucht.» Ich stammelte, statt mich vernünftig auszudrücken, und ärgerte mich über mich selbst. Ich war hier, um zu recherchieren, was es mit meiner Vergangenheit auf sich hatte. Nicht, um mit einer Künstlerin über Nichtigkeiten zu plaudern.

«Mich gesucht», wiederholte sie. Ihre Stimme vibrierte, sie wandte sich ab, suchte mit fahrigen Händen nach etwas im Regal. «Ich mache meinen Tee immer mit viel Milch und viel Zucker. Magst du ihn auch so?»

«Lieber weniger Zucker. Ich muss auf meine Figur achten.»

Sie schaufelte löffelweise Zucker in den Kessel, ging zum Kühlschrank, holte eine Porzellankanne heraus und goss Milch dazu.

«Ich bin nämlich hier in Tiameh zur Welt gekommen», begann ich, um die seltsame Stimmung aufzulockern. «Deswegen suche ich Zeitzeugen. Also Leute, die etwas über die Vergangenheit wissen. Ob Sie mir da vielleicht weiterhelfen könnten? Ich weiß, das klingt sehr ungewöhnlich. Aber …»

Ich wusste nicht mehr weiter, starrte ratlos auf den Rücken der Frau, die ich Modasabi nennen sollte und der ihr Tee im Moment das Wichtigste auf der Welt zu sein schien. Sie war wohl wirklich eine Eigenbrötlerin.

Ganz langsam drehte sie sich nun zu mir um. Ihr Gesicht, das mir anfangs so starr erschienen war, wirkte jetzt ganz anders. Weicher, fast durchsichtig. Es war mir unheimlich, ich rutschte unbehaglich auf dem Stuhl herum.

«Weißt du denn, wer deine Eltern waren?», fragte sie.

«Sie hießen Gollnitz. Eberhard und Hannelore. Sie starben 1957 beziehungsweise 1958. Sagen Ihnen … Sagen dir diese Namen etwas?»

In diesem Augenblick brachte die Milch den Kessel zum Überkochen, es zischte laut. Aber Modasabi schien es nicht zu bemerken.

«Der Tee!», rief ich.

Sie drehte sich um und zog den Kessel von der Herdplatte. Lange sagte sie kein Wort, stand wie erstarrt nur so da. Plötzlich ging ein Ruck durch ihren Körper, und sie trat erneut ans Regal, um zwei Tonschalen zu holen. Sie goss den Tee hinein und setzte sich zu mir.

«Woher weißt du, dass Eberhard und Hannelore von Gollnitz deine Eltern waren?», fragte sie.

«Wissen tue ich es nicht wirklich. Es war echte Detektivarbeit. Oder ein Puzzle. Aber noch fehlen ein paar Stücke.»

Erst jetzt fiel es mir auf: Sie hatte *von* Gollnitz gesagt. Hatte ich das *von* erwähnt? Ich war mir ziemlich sicher, dass ich es nicht hatte. Mein Herz raste: Sie kannte die beiden! Darum hatte sie so seltsam reagiert.

«Welche Teile des Puzzles fehlen?», fragte sie.

«Zum Beispiel die Antwort auf die Frage, wie ich als Baby nach Deutschland gekommen bin.»

«Man hat dir nie etwas erzählt?» Ihr Blick war durchdringend.

«Nein.» Mehr wollte ich nicht verraten. Ich gab bereits mehr preis, als sie zurückgab, und das störte mich. Ich hatte das Gefühl, sie wollte mit mir Verstecken spielen. Aber wozu?

«Hast du dich schon in Tiameh umgesehen?», fragte sie in einem plötzlichen Stimmungsumschwung. Ohne meine Antwort abzuwarten, fragte sie gleich anschließend: «Hast du Hunger? Möchtest du etwas essen?»

«Danke, das ist sehr freundlich. Wir haben gerade gefrühstückt.»

«Und wie gefällt dir Nigeria? Bist du sehr geschockt?»

«Nein, überhaupt nicht. Es ist anders. Wir sind gestern erst angekommen. Ich kann mir kein Urteil erlauben.»

«Das ist gut», erwiderte sie und erhob sich. Sie wandte mir wieder den Rücken zu und starrte durch die vor Schmutz fast blinden Scheiben: «Du bist 52. Warum hast du so lange gewartet, bis du dich auf die Suche nach deinen Eltern gemacht hast?»

Ich wunderte mich nur noch. Höchstwahrscheinlich hatte sie meine Eltern gekannt. Aber warum wollte sie nicht darüber sprechen?

«Ich wusste nichts von ihnen. Es war reiner Zufall, dass ich darauf gestoßen bin. Bitte helfen Sie mir weiter.»

Mist! Ich hatte sie wieder gesiezt!

Vor dem schwachen Licht des Fensters waren nur ihre

Umrisse zu erkennen. Sie wirkte wieder wie ein Geist. Aus dem Dunkel heraus sagte sie: «Es war schön, dass du gekommen bist. Aber jetzt musst du gehen.»

Ich stand zwar automatisch auf, aber gleichzeitig fühlte ich mich wie vor den Kopf gestoßen. «Sie haben keine meiner Fragen beantwortet», sagte ich viel zu heftig.

Sie rührte sich nicht. Dann sagte sie: «Ich muss nachdenken. Komm bitte morgen wieder. Ich bringe dich jetzt nach unten.»

Wir verließen die Wohnung. Keine von uns beiden hatte einen Schluck Tee getrunken.

5. Kapitel

Die recycelte Tante

Nach dem Besuch in dem seltsamen alten Haus hatte ich das Gefühl, Jasmin und ich wären an verschiedenen Orten gewesen. Nun saßen wir im Innenhof unseres Hotels. Das Zimmermädchen, über das Jasmin inzwischen herausgefunden hatte, dass es die Chefin des Hotels war, servierte Tee, und die vier hölzernen Puppen sahen uns zu.

Meine Tochter lobte Modasabis Engagement für die jungen Frauen in den höchsten Tönen: «Die Mädchen lernen nicht nur ein Handwerk, sondern werden ermutigt, das Künstlerische in sich zu entdecken. Modasabi bringt ihnen bei, ihre Ideen zu Geld zu machen. Stell dir vor, viele von ihnen haben ihre eigenen Werkstätten aufgemacht und bilden ihrerseits aus. Also, wenn das etwas mit Hexerei zu tun haben soll, dann möchte ich auch Hexen lernen!»

Jasmin schwärmte so sehr, dass sie gar nicht merkte, wie niedergeschlagen ich war. Als sie dann noch sagte: «Mama, was hast du denn? Du hast doch eine Ewigkeit mit Modasabi gesprochen! Die Mädchen sagen, dass sie sonst nie mit Weißen redet. Sie halten dich alle für eine ganz besondere Frau, sie sagen, das sei eine große Ehre», machte ich meiner Enttäuschung Luft.

«Aber sie hat nichts über sich preisgegeben, Jasmin! Gar nichts. Sie tut irre freundlich, bietet das Du an, aber sie ist knallhart. Sie manipuliert und beantwortet Fragen mit Gegenfragen. Wenn sie das mit ihren Schülerinnen genauso macht, dann wissen sie gar nichts über ihre Lehrerin. Ich wette, die wissen nicht mal, dass sie aus Deutschland kommt.»

«Bist du dir sicher?»

«Vollkommen. Sie benutzt Redewendungen wie Oma. Hast du schon mal das Wort Räuberhöhle gehört? Oder Wandergeselle?» Jasmin schüttelte den Kopf. «Diese Frau stammt aus Deutschland, keine Frage. Und sie hat meine Eltern gekannt.»

«Hast du Beweise?»

«Ich habe erwähnt, dass sie Gollnitz hießen, und sie sagte: von Gollnitz. Woher weiß sie das? Aber der Gipfel ist: Sie hat mich gefragt, warum ich erst mit 52 beginne, nach meinen Eltern zu suchen. Sag du mir, woher sie weiß, dass ich 52 bin!»

«Hast du denn gesagt, wann deine Eltern gestorben sind?»

«Das schon, aber ich hätte auch früher geboren sein können, Jahre vor ihrem Tod.»

Jasmin lehnte sich in ihrem Stuhl zurück. «Das ist in der Tat eigenartig.»

«Eigenartig? Die verheimlicht mir etwas! Und die Art, wie sie mich ausgehorcht hat! Fragt sie mich doch glatt: Wer war Sommerberg? Als trüge ich den falschen Namen.»

«Aber das tust du doch.»

«Was?!» Ich starrte Jasmin an. «Schatz, das ist unser Name.»

«Es wäre aber nicht dein Name. Wenn, ja, wenn irgendetwas anders gekommen wäre. Vielleicht ... Scheiße! Ich hab's!» Jasmin sprang auf. «Natürlich, ganz klar!»

Ich sah meiner Tochter dabei zu, wie sie aufgeregt hin und her rannte. Wie eine Kommissarin, der die Eingebung sagt, wer der Mörder ist. Sie konnte so leidenschaftlich sein. Von mir hatte sie das garantiert nicht! Schließlich setzte sie sich auf die Kante ihres Stuhls und legte los.

«Pass auf, Mama, es ist ganz einfach: Wir haben diese wertvolle kleine Julia gefunden. Und wo eine ist, da gibt es noch mehrere davon! Modasabi hat einen Schatz gefunden. Und jeder, von dem sie glaubt, er könnte ihr auf die Schliche kommen, den muss sie daran hindern. Verstehst du? Deine Eltern fanden diesen Schatz, und sie war dabei. Dann starben sie, und die mysteriöse Modasabi hatte alles. Vielleicht hat sie sie umgebracht?»

Ich starrte mein Kind mit offenem Mund an. Woher hatte sie bloß solche Ideen? «Liebling, eben war diese Frau noch deine Heldin, und jetzt hältst du sie für eine Verbrecherin.»

Jasmin zuckte mit gespielter Gleichgültigkeit die Schultern. «Passt doch zusammen. Wirklich gute Verbrecher müssen vielseitig und kreativ sein. Denk nur an George Clooney in ‹Ocean's Eleven›. Den Film mochtest du doch auch.»

«Blödsinn. Clooney ist sexy und hat niemanden umgebracht. Oder?» Plötzlich war ich mir nicht mehr so sicher. Schönen Menschen lässt man einiges durchgehen. «Und überhaupt», setzte ich hinzu, «wieso kommst du durch unseren Familiennamen darauf?»

«Irgendwie musst du ihr als Kind gewissermaßen durch die Lappen gegangen sein. Sie hatte deine Spur verloren, und dann stehst du heute plötzlich vor ihr und ... Die Frau muss fast in Ohnmacht gefallen sein.»

Ich griff nach dem Tee, der inzwischen kalt und außerdem viel zu süß war, aber das war mir jetzt recht. Ich brauchte Zucker! Zucker ist gut für die Nerven.

«Also, sie war schon ziemlich von der Rolle», räumte ich nach einem großen Schluck ein. «Aber vielleicht ist sie einfach so. Eine schrullige, ältliche Frau in Afrika. Worüber kann man sich da noch wundern? Ich meine, wohne du mal hier. Sieh dich doch um! Hier leben die Leute nicht vorwärts, sondern rückwärts.»

Irgendetwas stimmte nicht an Jasmins Theorie. Ich strengte jenen Rest meiner Hirnzellen an, den die Hitze noch nicht ausgetrocknet hatte: «Nein, Jasmin, sie kann meine Eltern nicht gekannt haben. Sie ist zu jung, vielleicht zehn Jahre älter als ich. Und wenn sie einen Schatz gefunden hätte – warum lebt sie dann in solch bescheidenen Verhältnissen?»

Wenn ich meiner Tochter früher verboten hatte, ins Kino zu gehen, weil sie ihre Hausaufgaben noch nicht gemacht hatte, dann hatte sie genau so einen Flunsch gezogen, wie sie es nun tat. «Ach, Mama! Du bist eine Spielverderberin. Mein schöner Krimi!» Plötzlich hellte sich ihr Gesicht auf. «Und es kann doch sein: Du irrst dich in ihrem Alter. Erstens. Und zweitens: Eine geniale Verbrecherin hat auch große Ideen. Sie hat den Schatz verkauft, um damit den armen Afrikanern zu helfen.» Jasmin nickte energisch. «Genau: Sie ist der Robin Hood von Afrika.»

«Und meine armen Eltern?», fragte ich kläglich.

Ich sah meiner Tochter an der Spitze ihrer von der Sonne geröteten Nase an, dass sie nicht so recht glücklich mit ihrer Theorie war. «Das ist wahr: Wenn sie deine armen Eltern umgebracht hat, warum hat sie dich dann am Leben gelassen?» Sie stand auf und umarmte mich. «Oh, kleine Mama, fast hätte sie dich auch umgebracht!»

Es ist schön, die Liebe und das Mitgefühl der eigenen Tochter zu spüren. Aber das ging nun doch zu weit. Ich wartete, bis Jasmin sich beruhigt hatte, und sagte behutsam: «Schatz, du hast 'nen Sonnenstich. Wir müssen in den Schatten.»

Untergehakt gingen wir ins unparadiesische Hotel hinein, fielen erschöpft auf unser weiches Kingsize-Bett und starrten schweigend an die Decke. Die hatte ein interessantes Muster, fast wie Spinnweben. Leider merkte ich bald, dass es kein Muster war, und da fielen mir die schmutzigen Vitrinen ein.

«Hast du die alten Glasschränke gesehen mit dem ganzen Hexenkram?», fragte ich. «Warum stellt sie das alles aus, wenn sie einem geheimen Kult angehört? Dann wäre er doch nicht mehr geheim.»

Jasmin brach in Lachen aus, ich konnte kaum verstehen, was sie sagte: «Hexen spinnen eben, Mama!»

Da sah ich ein, dass mein Töchterlein dringend Eis brauchte, um ihren Sonnenstich zu kühlen, und machte mich auf die Suche nach den beiden Frauen. Sie hatten tatsächlich Eis, eine ganze Box war voll damit. Dies war wirklich ein sehr ungewöhnlicher Ort. Kein Wasser, aber Eis. Und das mitten in Afrika. Hier waren Dinge möglich, die man nicht für möglich hielt.

Wir aßen gerade das in Fett schwimmende Tomatenrührei mit weichem Toastbrot zum Frühstück, tranken dazu kalte Cola und beschlossen, nach unserer Rückkehr täglich fleißig Fitness zu machen, als die Hotelchefin mit freundlichem Lächeln an unseren Tisch trat. Sie hatte wohl eingesehen, dass eine Konversation mit mir nur schwer möglich war, und wandte sich gleich an Jasmin.

«Die Gute behauptet, das Hotel sei ausgebucht. Unser Zimmer ist ab heute wieder vermietet.»

Ich gebe zu: Ich neige manchmal zu übereilten Entscheidungen. So wie damals auf dem Laufband. Aber ich bleibe immer höflich. Fast immer. Diesmal nicht.

«Sie wollen, dass wir verschwinden! Sagen Sie es doch gleich!», rief ich empört. «Was passt Ihnen an uns nicht?»

«Sorry, madam, your room is not free.» Sie lächelte unverdrossen gegen meinen Wutausbruch an.

Jasmin fasste beruhigend nach meiner Hand. «Mama, ich wette, man hat ihr aufgetragen, dass sie uns rausschmeißen soll. Wenn du sie beschimpfst, nützt das gar nichts. Die Frau aus der Galerie und die hier im Hotel tragen nicht nur die gleiche Kleidung, die stecken auch unter einer Decke.»

«No», sagte ich trotzig, *«we not go! Understand you me?»*

Jasmin kramte ihren ganzen Charme hervor und versuchte es in tadellosem Englisch, aber das Ergebnis blieb dasselbe. Mir war zum Heulen zumute. Ich hatte diese weite Reise doch nicht gemacht – und so viel Geld ausgegeben –, um so schnell zu scheitern. Der Appetit war mir vergangen. Ich schob das fettige Rührei weit von mir.

«You don't like it?», fragte unsere Vermieterin doch glatt!

«No! Go!» Weil Jasmins Blick mich mild tadelte, schob ich hinzu: *«Please.»* Und dann teilte ich Jasmin meinen Plan mit: Wir würden diese Modasabi gemeinsam zum Reden bringen. Gleich jetzt. Und dann würden wir heimfliegen. Afrika war einfach zu viel für mich. Oder ich war zu wenig für Afrika.

Weil wir wegen unserer Mordsphantasie schlechter und

deshalb länger geschlafen hatten, waren wir an diesem Vormittag so spät dran, dass in den Werkstätten schon fleißig gearbeitet wurde. Modasabi fanden wir nirgends. Die beiden Mädchen, die Jasmin am Vortag herumgeführt hatten, verrieten ihr, dass sie fortgefahren sei. Die beiden boten meiner Tochter an, ein wenig bei ihnen mitzuarbeiten. Das ließ sich Jasmin nicht zweimal sagen. Ich fühlte mich zwar im Stich gelassen, aber beschweren wollte ich mich auch nicht.

Da ich nichts zu tun hatte, streunte ich durch die Werkstätten und kam schließlich zu einem kleinen, mit Papierkram vollgestopften Raum. Auf einem Tisch stand eine alte «Adler»-Schreibmaschine aus Gusseisen, ein unverwüstliches Gerät. Zu Zeiten, als noch niemand ahnte, dass es einmal Computer geben würde, hatte ich auf einem ähnlichen Modell Maschineschreiben gelernt. Das Ding war gut in Schuss. Eine begonnene Rechnung mit Durchschlag war eingespannt, gerichtet an das Ministerium für Kultur und Tourismus in Abuja. Zwei Dutzend Stühle wurden in Rechnung gestellt, der Betrag fehlte noch. Wenn Modasabi sogar an ein Ministerium verkaufte, war die Lage wohl nicht allzu prekär, dachte ich. Ordentlich in Reih und Glied aufgestellte Aktenordner lenkten meine Aufmerksamkeit auf sich, aber mir fehlte der Mut, einen herauszuziehen. Obwohl es mich brennend interessierte, wie die Geschäfte liefen. Und vor allem: Mit welchem Namen waren die Rechnungen unterzeichnet? Modasabi konnte ja schlecht «kluge alte Frau» darunterschreiben.

Schließlich überwand ich meine Hemmungen, zog einen Ordner heraus und suchte nach Namen. Wenn ich jedoch einen fand, dann war es ein afrikanischer, den ich mangels Kenntnissen der Kultur weder einer Frau noch einem Mann zuordnen konnte. Schließlich sah ich mir den Schreibtisch genauer an. Er war aus dunklem, poliertem Holz gearbeitet und hatte zu beiden Seiten Schubladen. Ich ging noch einmal zur Tür und lugte hinaus. Von weitem hörte ich Mädchenstimmen. Niemand suchte mich, niemand kam.

Nachdem ich mich systematisch bis zur allerletzten Schublade durchgewühlt hatte, fiel mir ein leicht vergilbter Umschlag in die Hände. In sehr sorgfältiger, steiler Handschrift stand ein einzelnes Wort darauf: Victorina. Ohne weiter nachzudenken, packte ich den Umschlag, stopfte ihn in meine Handtasche und eilte hinaus. In meiner Hektik fand ich nicht den richtigen Ausgang, sondern erwischte die Tür zum Hof. Ich sah den alten Mercedes, auf dem beim letzten Mal die beiden Katzen gelegen hatten, bemerkte auch, dass der Kofferraumdeckel geöffnet war, hörte den Hund bellen und spürte, dass in diesem Augenblick etwas schieflief. Ich drehte auf dem Absatz um, aber da hörte ich eine Stimme rufen:

«Ina, warte doch! Lauf nicht weg!»

Ich fühlte mich sofort angesprochen. Nicht, weil es Deutsch war, sondern weil es so selbstverständlich klang. Und gleichzeitig sagte mir mein Verstand, dass es das nicht sein konnte. Niemand hatte mich je Ina genannt, bestenfalls Vic oder auch mal Vicky. Was ich gern gemocht hatte, wenn Reinhold es gesagt hatte. Und in diesem einen Moment, in dem ich mich umdrehte und Modasabi am Fuß der in ihre Wohnung führenden Treppe sah, war mir plötzlich alles klar. Als hätte jemand in die Hände geklatscht, um mich aus einer Hypnose aufzuwecken.

Mit bleischweren Beinen ging ich langsam auf meine Tante zu. «Ich laufe nicht weg, Theodora.»

Sie hielt einen Pappkarton mit Konservendosen in beiden Händen, und ich dachte noch: Was für ein alltäglicher Moment. Jemand kommt vom Einkaufen, trägt die Sachen in seine Wohnung, und ein anderer Mensch reißt mit einem Wort das Lügengebäude ein, das über Jahrzehnte errichtet worden war.

«Du hast es also gewusst», sagte Theodora mit überraschend fester Stimme.

«Ich erfahre es gerade», erwiderte ich.

Sie nickte, schwieg einen Moment, dann hatte sie sich wieder im Griff. «Hast du deine Tochter mitgebracht?»

«Ich hole sie aus der Werkstatt, damit sie alles mit anhört.»

«Tu das bitte nicht. Es betrifft nur uns beide.»

«Ich habe vor meiner Tochter keine Geheimnisse.»

Sie schloss die Augen und senkte den Kopf. Plötzlich erschien mir Jasmins Krimi-Idee als aberwitzig. Aber ich musste jetzt sehr behutsam vorgehen und durfte mich nicht wieder von Theodora in die Ecke drängen lassen.

«Gut», sagte ich. «Reden wir unter vier Augen.»

Ich schob mich an ihr vorbei und stapfte die Treppe hinauf, sie folgte. Schnurstracks ging ich in die Küche, griff in meine Handtasche und holte das Fotoalbum hervor, das wir auf dem Dachboden gefunden hatten. Einen Moment lang überlegte ich, ob ich auch meine Beute aus dem Schreibtisch dazulegen sollte, aber das erschien mir noch zu riskant. Ich wusste ja nicht, was in dem Umschlag drin war.

«Möchtest du einen Tee?», fragte sie und stellte die Kiste auf dem Fußboden ab.

«Nein. Bitte setz dich zu mir.»

«Du bist ganz anders als gestern.»

«Reden wir bitte von dir.» Ich deutete auf das Album. «Kennst du das? Hast du das gemacht?»

Sie nahm Platz und berührte das Album so vorsichtig, als könnte es zu Staub zerfallen. Doch sie schlug es nicht auf. «Wo hast du es gefunden?»

«Erst beantwortest du meine Fragen. Wann ist dein Vater gestorben?»

Sie sah mich verwundert an: «Warum fragst du?»

«Ich möchte sicher sein, dass ich mit der Frau spreche, mit der ich glaube zu sprechen.»

«Oh, wird das ein Verhör?»

«Bitte, beantworte einfach die Frage.»

Sie schüttelte den Kopf, und plötzlich erschien sie mir viel älter, als ich bislang angenommen hatte.

«Im Jahr deiner Geburt, 1958, im Sommer. Ich weiß den Tag nicht. Ich war hier, hier mit dir in Tiameh. Ich habe vom Tod deines Großvaters Otto erst erfahren, als ich nach Berlin zurückreisen wollte.»

«Wann war das?»

«Du warst gerade zwei geworden, Ina. Du konntest schon sprechen. Du warst sehr weit für dein Alter. Du hattest ganz kleine, weißblonde Locken. Die Menschen hier in Tiameh haben dich vergöttert. Sie hatten nie zuvor ein solches Kind gesehen. Hier waren zwar die Briten, aber die haben ihre Babys natürlich nicht in die Dörfer mitgebracht.» Sie lächelte. «Vermutlich hatten sie gar keine Babys, sondern ihre Frauen lang vor der Niederkunft nach Hause geschickt. Du warst wirklich etwas ganz Besonderes.»

Die Erinnerung schien Theodora weit fortzutragen, sie schaute in die Ferne. Sie griff nach meiner Hand. Ich zog sie zurück und ärgerte mich über mich selbst. Aber ich musste einen klaren Kopf behalten.

«Ich war also zwei, als du mich in Berlin abgeliefert hast.»

«Nein», sagte sie resolut. «Nein, Ina, ich habe dich nicht – wie du sagst – abgeliefert. O nein, so war das nicht. Wirklich nicht. Du hast damals …» Sie holte ein Taschentuch aus einer geschickt in die Falten ihres weiten braunen Kleides eingearbeiteten Tasche und schnäuzte sich. «Du warst meine kleine Ina. Für alle Frauen hier warst du nur: *our little Ina baby.*»

Wer hört nicht gern, dass er als Baby süß war! Und ein halbes Jahrhundert später bemüht man sich, die Falten im Spiegel mit Make-up zu verdecken, und kämpft gegen Übergewicht. Ja, diese Geschichte überwältigte mich. Ich war den Tränen nah. Aber ich hatte mir vorgenommen, die Wahrheit zu erfahren. Ich durfte nicht weich werden.

«Meine Eltern waren tot, aber du hast noch zwei Jahre gewartet, bis du nach Berlin zurückgekehrt bist?»

Sie versuchte ein Lächeln, aber es misslang ihr. «Weißt du, als wir 1956 nach Nigeria reisten, war Berlin immer noch eine Stadt in Trümmern, geteilt in Sektoren. Eine schreckliche Stadt. Wir waren froh, dass wir wegdurften. Warum hätte ich dorthin zurückgehen sollen?»

«Meinetwegen?»

«Was solltest du dort? Ich liebte dieses Land hier, die Menschen hier liebten dich. Ich sah keinen Grund.»

«Ich dachte, du würdest vielleicht sagen: Ich wollte, dass du hierbliebst, weil deine Eltern hier begraben sind.»

Sie sah mich überrascht an. «Ja, natürlich, deshalb auch.»

Ich hatte nicht den Eindruck, dass das eine Rolle gespielt hatte. Aber ich wollte darauf jetzt nicht eingehen, sondern fragte: «Du bist aber dennoch nach Berlin geflogen, warum?

Ich wäre sonst eine Afrikanerin geworden, oder? Wäre nie bei Mutti aufgewachsen. Mein ganzes Leben wäre anders verlaufen. Darum will ich wissen, was dann geschah.»

«Ja, du wärst eine Afrikanerin geworden.» Sie stand auf und begann, mit dem Teegeschirr zu hantieren. «Ich wurde krank, Ina. Tuberkulose. Viele Menschen in diesem Ort starben daran. Es war furchtbar. Und ich hatte kein Geld, um dich nach Deutschland zu bringen. Ich schlug mich mit der Hilfe meiner Freundin Eni nach Lagos durch. Wir brauchten Wochen, und Eni fürchtete schon, dass ich es nicht schaffen würde. Aber ich wollte es schaffen. Ich wollte mein Inchen nicht allein lassen.» Sie wischte sich die Tränen aus dem Gesicht. «Von Lagos aus telegraphierte ich an meinen Vater und bat um Geld für die Schiffspassage.» Sie atmete tief durch, dann sagte sie: «Meine Schwester Magdalena telegraphierte zurück. Ich werde dieses Telegramm nie vergessen: Vater tot. Geld aus deinem Erbe an dich unterwegs.»

Mein Kopf war plötzlich wie leergefegt. Offenbar hatte ich Theodora unrecht getan. Sie hatte viel mitgemacht, von dem ich nichts geahnt hatte. Das Leben hatte sie hart gemacht, und ich zwang sie dazu, sich ihren bitteren Erinnerungen zu stellen.

Theodora setzte sich zu mir, griff nach meiner Hand, und dieses Mal ließ ich es zu.

«Du hast Magdalena geliebt, sie war für dich deine Mutti», sagte sie. «Aber zwischen ihr und mir war das Verhältnis nie gut. Wir haben uns schon als Kinder nur gezankt. Und nun musste ich zu ihr zurück. Also ging ich auf dieses Schiff. Ich versuchte, jede freie Minute an Deck zu verbringen, hoffte auf das Wunder, dass meine Lungen davon heilten. Aber ich wurde nicht gesund. Ich war am

Ende, als ich in Deutschland ankam. Ich schaffte es gerade noch bis nach Hause. Und Magdalena machte mir nur Vorwürfe. Wie ich es nur wagen konnte, ihre Nichte in Gefahr zu bringen. Ihre Nichte ...»

«Wieso hat sie mich adoptiert? Und nicht du?»

«Ich war im Sanatorium. Wegen meiner Lunge.»

Das leuchtete mir ein. Mit Tuberkulose kannte ich mich zwar nicht aus, hatte aber mal gehört, dass Menschen deshalb früher lange in Kur gehen mussten.

Theodora bereitete den Tee. Ich bat sie nicht, nur wenig Zucker hineinzutun. Von mir aus hätte sie sämtliche Zuckervorräte hineinschütten können. Ich schlug das Album auf, die Seite, auf der die Person im Safarilook gemeinsam mit Hannelore und Eberhard abgebildet war.

«Bist du das?», fragte ich.

Sie blickte vom Herd aus herüber, der wohl vier Meter entfernt war. Sie konnte unmöglich erkennen, auf welches Bild ich deutete. «Ja», sagte sie.

«Warum bist du nur auf einem einzigen Foto?»

«Ich habe fotografiert.» Theodora lächelte eigenartig. Sie stellte die Tassen auf den Tisch und setzte sich. «Komm, trink deinen Tee. Nicht, dass er wieder kalt wird.»

Der Tee war heiß und lecker. Er wärmte mich von innen. Erst da wurde mir bewusst, dass mich fröstelte, obwohl es in diesem Raum viel zu warm war. Es war dieses leise Zittern, gegen das man machtlos ist, weil die innere Anspannung so groß ist, dass es einen zu zerreißen droht. Ich hatte den Eindruck, als umgebe dieses Album ein seltsames Geheimnis. Etwas stimmte nicht damit.

In diesem Moment, ohne dass ich sie hätte kommen hören, trat Jasmin ins Zimmer. Sie spürte sofort, dass alles ganz anders war, als wir es uns ausgemalt hatten. «Hallo, ich bin Jasmin», sagte sie mit dem charmanten Lächeln, das ich so an ihr liebte. «Ich hoffe, ich störe nicht allzu sehr.»

Im Grunde war ich ganz froh über die Unterbrechung. Jasmins Kommen gab mir die Gelegenheit, die Fülle an Informationen zu verarbeiten. Während sie und Theodora sich einander vorsichtig bekannt machten, beschäftigte mich nicht so sehr Theodoras und meine angeblich so enge Beziehung, als ich ein Baby war. Das war rührend, aber für mich noch schwer zu beurteilen. Was mich wirklich aufwühlte, war das Verhältnis zwischen den beiden Schwestern Magdalena und Theodora. Sagte Theodora dazu die Wahrheit? Mutti war in der Tat eine dominante Frau. Dass sie ihre jüngere Schwester bei der Frage meiner Adoption schlichtweg übergangen haben sollte, war jedoch ein ungeheuerlicher Vorwurf. Lief das nicht darauf hinaus, dass Magdalena sich für die bessere Ersatzmutter hielt? Es war eine erschreckende Vorstellung, dass man mich als Baby einfach so hin und her geschoben und damit meinen Lebensweg verändert haben sollte.

Aber stimmte das alles so, wie Theodora es darstellte? Wollte ich es zulassen, dass durch ein paar Worte vieles von dem in Frage gestellt wurde, was mich ausmachte? Vor allem war mir unverständlich, warum Theodora sich das hatte gefallen lassen.

Und dann die große Unbekannte in der ganzen Konstellation: Hannelore, genannt Lore, meine Mutter. Sie und Theodora mussten doch sehr eng miteinander verbunden gewesen sein, wenn sie gemeinsam mit Eberhard nach Afrika gereist waren. Dann starb Eberhard, Lore bald darauf. Die Gründe dafür, warum Theodora zwei Jahre wartete, bis sie nach Berlin zurückging, war ich bereit zu glauben.

Auch Mutti hatte gelegentlich über das harte Leben im Berlin der Nachkriegszeit geklagt, und ich wusste, dass viele Menschen der viergeteilten Stadt den Rücken gekehrt hatten. Eines konnte ich jedoch nicht verstehen: Warum hatte Lore nicht dafür gesorgt, dass Theodora das Sorgerecht für mich bekam? War ihr Tod so plötzlich gekommen? Und woran war sie überhaupt gestorben?

Ich beschloss, das, was Theodora ein «Verhör» nannte, an diesem Punkt fortzusetzen, und richtete meine Aufmerksamkeit wieder auf Theodora und Jasmin. Die beiden unterhielten sich über die Werkstätten, was mich nicht besonders interessierte, weil ich davon nichts verstand. Viel faszinierender war es, zu beobachten, wie die beiden miteinander sprachen. Obwohl sie sich erst seit ein paar Minuten kannten, war da bereits eine erstaunliche Vertrautheit. Es wirkte fast so, als hätte Theodora nur darauf gewartet, ihre Kenntnisse endlich mit jemandem aus der Familie zu teilen. Jasmin setzte zwar das verbindliche Gesicht der aufmerksamen Zuhörerin auf, das sie auf Knopfdruck hervorzaubern konnte. Aber die Art, wie ihre Augen Theodoras Gesicht geradezu studierten, verriet ihr aufrichtiges Interesse.

«Du meinst», fragte Jasmin gerade, «die Skulpturen, die hier hergestellt werden, sind Reproduktionen älterer Figuren?»

«O ja, die Originale stehen in einem heiligen Hain. Aber den kann man kaum vor Dieben schützen. Deshalb kam ich auf die Idee, Nachbildungen zu erschaffen und für wenig Geld Händlern anzubieten.» Sie lächelte auf eine Art, die man nur als weise bezeichnen kann, und sagte: «Seitdem sind einige einstige Diebe meine besten Kunden – sie handeln nun ganz legal damit.»

«Ein Wald voller Kunstwerke? Wie muss ich mir das vorstellen? Stehen diese Figuren einfach so darin? Wird das nicht rasend schnell überwuchert?», fragte Jasmin.

«Das, was wir im Ort verkaufen, halten Ortsfremde für Kunstwerke», erwiderte Theodora. «Aber eigentlich sind sie das nicht, sie stellen lediglich einen Zugang zum Glauben dar. Der Glaube wiederum beruht auf dem, was die Menschen in der Natur erleben. Insofern will alte afrikanische Kunst keine Kunst sein, sondern etwas Nützliches. Nicht geschaffen, um konserviert zu werden, sondern um zu vergehen. So, wie das Leben vergeht.»

«Wenn sie als Kunstwerke verkauft werden, gilt das aber nicht?», fragte Jasmin.

«Das mag jeder halten, wie er will», erwiderte Theodora.

Jasmin legte die Stirn in nachdenkliche Falten. «Eigentlich ist das ein tolles Kunstverständnis», sagte sie. «Es ist genau wie das, was ich machen will – schöne Dinge entwerfen, die man so lange benutzt, bis sie kaputtgehen.»

«Siehst du, manchmal sind das ganz Alte und das ganz Neue gar nicht so weit voneinander entfernt. Alles kehrt zurück.»

Ich verstand kein Wort. Wovon redeten die beiden? «Entschuldigt bitte», sagte ich, «welche Art von Hain ist denn gemeint?»

«Ein mythischer Wald, Ina.» Sie schien mir anzumerken, dass ich mit solchen Dingen nichts anzufangen wusste. «Zu Fuß ist der Hain eine gute Stunde entfernt. Er geht auf eine viele tausend Jahre alte Tradition zurück.»

Jetzt war ich wieder bei der Sache! «Tausende von Jahren alt?», fragte ich. «Wer hat ihn denn angelegt?»

Modasabi lachte. «Du stellst immer sehr präzise Fragen,

Ina. Man merkt dir an, dass du im westlichen Denken geschult bist. Aber in Nigeria kommt man damit leider nicht weit. Kausalitäten interessieren hier niemanden. Es ist, wie es ist. Punkt. Daran bin ich anfangs oft fast verzweifelt.»

So einfach wollte ich sie nicht davonkommen lassen und beschloss, die erste Trumpfkarte zu ziehen: «Aber du hast dich doch mit diesem alten Tiameh-Kult beschäftigt?» Ich versuchte, die Frage so beiläufig wie möglich klingen zu lassen.

Und sie tappte in die Falle: «Als wir hier ankamen, gab es nur Gerüchte. Halbwissen, das den Leuten Angst machte. Sie sprachen von Hexen, von Geistern, von Mysterien. Es war sehr schwer, etwas Genaues in Erfahrung zu bringen. Das alte Wissen war größtenteils verloren. Aber später traf ich Frauen, die es ebenso wie ich neu beleben wollten.»

«Haben meine Eltern auch von dem Tiameh-Kult gewusst?», hakte ich nach.

Modasabi musterte mich neugierig: Sie überlegte offensichtlich, wie viel sie mir verraten durfte. «Es gibt keinen Tiameh-Kult, Ina.» Sie schüttelte den Kopf. «Das ist wesentlich komplizierter. Ich verstehe, dass du viele Fragen hast, aber auch du musst etwas respektieren: Viele, viele Jahre lang habe ich etwas aufgebaut, das mein Lebensinhalt geworden ist. Der Hain ist eine Welt für sich, mit eigenen Regeln und Menschen, die nach diesen Regeln leben.»

«Du lebst auch danach?», fragte Jasmin.

«Ja, mein Kind, das tue ich.»

«Dann bist du ein Mitglied des Kults?», fragte ich.

«Ach, Ina, du mit deinem Kult! Woher hast du das?»

«Dieser Filmemacher, in dessen Film du …»

Sie unterbrach mich ärgerlich: «Ein Dummkopf! Will etwas über Hexen in Nigeria machen und hat keine Ahnung. Es interessierte ihn auch nicht, um was es wirklich geht. Ich ließ ihn ein paar bunte Bilder filmen, die eigentlich das Gegenteil dessen aussagten, was er zeigen wollte.» Theodora atmete tief durch und fuhr gelassener fort: «Natürlich gibt es in diesem Land Menschen, die an Hexerei glauben, und solche, die behaupten, sie zu praktizieren. In vielen Teilen von Afrika ist das heute noch so. Diese Unholde tun schreckliche Dinge, sie töten sogar Kinder. Dann wird behauptet: Das ist Magie. Quatsch ist das! Das sind Verbrecher. Wenn man die Urängste der Leute benutzt, kann man Macht erringen, man kann Reichtümer anhäufen. Überall auf der Welt geschah und geschieht das heute noch so. Wer die Ängste der Menschen benutzt, erzeugt neue Angst. Aber wir tun Gutes.»

«Der Filmemacher muss doch ganz scharf auf diesen Hain gewesen sein», sagte Jasmin.

«Na, und ob!» Modasabi lachte. «Aber er durfte aus zwei Gründen nicht hinein. Erstens ist er ein Mann, und zweitens hatte er eine Kamera. Er hat sogar Geld geboten. In Nigeria gilt schließlich alles und jeder als käuflich.» Leiser fügte sie hinzu: «Leider ist das auch wahr.»

«Würdest du uns erlauben, den Hain zu besuchen?», fragte ich.

Modasabi sah mich einen Moment lang nachdenklich an. «Im Prinzip schon. Es existiert jedoch eine Regel: Nur Frauen, die Kinder geboren haben, dürfen hinein.»

«Das ist unfair», maulte Jasmin.

Theodoras Blick wurde weicher. «Du wirst irgendwann Mutter sein. Dann darfst du dorthin.»

«Das wird noch lange dauern!», rief Jasmin selbstbewusst.

«Vielleicht. Vielleicht aber auch nicht», erwiderte Theodora.

«Könnten wir heute noch zu dem Hain fahren?», fragte ich.

Die alte Frau schüttelte den Kopf. «Es tut mir leid, aber das geht heute nicht.»

«Dann haben wir ein Problem», sagte ich. «Man hat uns gerade aus unserem Hotel geworfen. Es ist angeblich ausgebucht, obwohl niemand dort wohnt.»

«Das *Paradise* ist ein trauriges Haus, dabei war es einmal ein schöner Ort. Ein glücklicher Ort.» Sie sah mich offen an. «Du bist dort zur Welt gekommen, Ina. In genau dem Bett, in dem du heute Nacht geschlafen hast.»

Weder Jasmin noch ich wunderten uns noch darüber, dass Theodora darüber Bescheid wusste, in welchem Bett ich geschlafen hatte. Wir gingen beide stillschweigend davon aus, dass sie über jeden Schritt informiert war und werden würde, den wir taten oder noch tun würden.

«Deshalb mochtest du das Zimmer so gern!», rief Jasmin.

Ich war sprachlos. Ich hatte das Gefühl, alles um mich herum würde sich drehen. Ich fasste nach Jasmins Hand und hielt mich fest. Hier ging es nicht mit rechten Dingen zu! Wie konnte es möglich sein, dass wir in einem fremden Ort nicht nur das Hotel finden, in dem ich geboren wurde? Sondern obendrein in dem Bett schlafen, in dem meine Mutter mich geboren hatte! Wer kann das schon von sich sagen: Ach, übrigens, neulich im Urlaub, da schlief ich in dem Bett, in dem ich geboren wurde.

«Woher weißt du das alles so genau?», fragte ich matt.

«Ich war dabei», antwortete Theodora schlicht.

«Du warst dabei?», fragte ich verwundert.

Sie nickte ernsthaft. «Es waren mehrere Frauen aus dem Ort da und halfen.» Ihr Blick schweifte in die Ferne. «Es war ein großes Gefühl von Gemeinschaft und Geborgenheit.»

Es war schon seltsam, dass Theodora von den Frauen sprach, die halfen, statt davon zu reden, wie glücklich meine Mutter war, als sie mich das erste Mal im Arm hielt.

«Warum ist das *Paradise* heute ein trauriger Ort? Warum wohnt dort niemand?», unterbrach Jasmin meine Gedanken.

«Das ist typisch nigerianisch: Die Leute sagen, es läge ein Fluch darauf. Was natürlich Unsinn ist. Wir haben überall die Wächter aufgestellt, ihr habt sie sicher gesehen. Aber es nützt einfach nichts. Die Leute wollen eben glauben, dass es ein schlechter Ort ist», sagte Theodora.

«Und darum werfen sie uns aus dem Hotel?», fragte Jasmin.

Die alte Frau lächelte: «So sollten sie es nicht machen. Das tut mir leid.»

Das klang merkwürdig, aber was war hier nicht seltsam?

«Wieso eigentlich hat man mir genau das Zimmer gegeben, in dem ich geboren wurde?», fragte ich.

«Damit der Kreis sich schließen kann», lautete die geheimnisvolle Antwort.

«Du kannst doch nicht gewusst haben, dass ich an genau diesem Tag in diesem Hotel einchecken würde!»

«Wir kannten nicht den genauen Tag deiner Ankunft.»

Ich wechselte einen Blick mit Jasmin.

«Was heißt das?», fragte Jasmin. «Hat Moritz eine Mail geschickt?»

«Nein, ich habe keinen Brief bekommen», erwiderte Theodora irritiert.

Mein Englisch war nicht so gut, um zu wissen, dass «Mail» sowohl Briefpost als auch E-Mail bedeuten konnte. Aber Jasmin begriff den Zusammenhang, denn sie fragte: «Du hast kein Internet?»

Theodora schüttelte den Kopf. «Was meinst du damit?»

«Man kann Briefe als E-Mail verschicken», sagte Jasmin.

«Ach ja? Nein, so etwas gibt es hier nicht.»

«Du hast auch keinen Computer?»

Sie zog die Augenbrauen leicht hoch und lächelte auf eine Art, als würde sie sagen: Glaubst du, so etwas würde in meine Welt passen?

«Theodora, darf ich fragen, wie alt du bist?», erkundigte sich Jasmin.

«Was stellst du für Fragen!» Ich dachte im ersten Moment, sie sei beleidigt, aber sie meinte es anders: «Zahlen haben mich nie interessiert. Welches Jahr haben wir?»

Sprachen Jasmin und ich hier mit einem Menschen, der nicht wusste, in welchem Jahr er lebte? Oder nahm sie uns auf den Arm?

Als sie erfahren hatte, dass es das Jahr 2011 war, antwortete sie nach kurzem Nachdenken: «Dann werde ich dieses Jahr 79.»

«Wirklich? Das hätte ich nie gedacht.» Jasmin war überrascht.

Aber ich erinnerte mich daran, dass Theodora zwischen 77 und 81 Jahre alt sein musste.

«Jasmin hat recht», sagte ich. «Du siehst wirklich viel jünger aus.»

«Meine Freundin Eni ist viel älter als ich. Wahrscheinlich ist sie schon hundert, aber ich würde niemals sagen, dass sie alt ist, denn sie wirkt einfach viel jünger. Manche sterben mit 24, andere sind mit hundert noch jung. Für den einen ist das Leben wie ein Wildbach, er sitzt darin in einem Kanu, das nicht größer als eine Nussschale ist. Für den anderen ist das Leben ein breiter Strom, auf dem er wie auf einem Floß dahintreibt. Dieser Mensch beobachtet, wie sich Dinge am Ufer lösen und mitgenommen werden. Sie treiben neben ihm her, verlieren sich, und andere Dinge kommen. Und auch sie gehen wieder. Irgendwann bemerkt der Mensch, dass sich die Seile seines Floßes eines nach dem anderen lösen. Das Floß verschwindet im Nirgendwo und der Mensch mit ihm. Vielleicht treibt ein Baumstamm dieses Floßes ans Ufer, und jemand baut daraus ein neues Floß. Oder jemand schnitzt sich daraus einen Teller oder ein Stuhlbein. Vielleicht aber auch nicht. Es ist letztlich unwichtig. Wichtig warst du, die auf diesem Floß den Strom hinuntergefahren ist. Wichtig war, was du dabei gesehen, gedacht und empfunden hast. Darum spielt es auch keine Rolle, ob ich seit sechzig oder achtzig Jahren auf dem Floß sitze.»

Ich erinnerte mich an den Moment, als Muttis Urne im Boden versenkt worden war. Wie ich dabei über meine Lebenserwartung nachgedacht und mir noch weitere 31,4 Jahre ausgerechnet hatte. Meine Rechnung stimmte natürlich weiterhin, aber sie erschien mir jetzt belanglos. Das Leben als beschauliche Flussfahrt! Welch angenehme Vorstellung! Es war logisch, dass man dabei keinen Computer, kein Internet und keine E-Mails brauchte. Eine Menge anderer Dinge würde wohl belanglos werden, auch die Frage nach dem Body-Mass-Index.

«Wie wird man so wie du?», fragte ich. «Mutti war so ganz anders.»

«Magdalena wollte immer alles kontrollieren. Wer aber auf einem Floß sitzt, muss die Richtung dem Fluss überlassen. Sobald man das eingesehen hat, wird alles einfacher.»

«Wie macht man das?», fragte ich.

«Indem man hier lebt, Ina. Dann ergibt es sich von allein. Probiert es aus. Seid meine Gäste, begleitet mich auf meiner Floßfahrt.»

Sie führte uns durch ihre kleine Wohnung, die nur über zwei Zimmer verfügte. Das eine war ihres, es war spartanisch ausgestattet: ein Lager am Boden, wo sie schlief, ein paar Bücher, ein Stuhl, über den Kleider gelegt waren, eine geschnitzte Kommode, ein paar Bilder an den Wänden. Das andere Zimmer war etwas größer, hatte eine breitere Schlafgelegenheit, eine ebenfalls geschnitzte Truhe und zwei Stühle. Und die Schlafstelle war frisch bezogen, als würde Besuch erwartet.

«Es ist alles für euch bereit», sagte Theodora.

«Mich wundert gar nichts mehr!», meinte Jasmin lachend. «Du weißt ja alles im Vorhinein. Vorhin sagtest du, ihr hättet nicht den genauen Tag unserer Ankunft gewusst. Aber woher wusstest du, dass wir kommen?»

«Eni hat es mir gesagt.»

«Ist sie ein Orakel?», fragte Jasmin.

Theodora schüttelte den Kopf. «Nein, mein Kind, ein Mensch ist kein Orakel. Eni hat Fähigkeiten, über die andere nicht verfügen. Damals, als ich in Lagos mit deiner Mutter, die noch ein Kleinkind war, das Schiff nach Europa bestieg, wusste Eni, dass ich zurückkomme. Sie sagte es mir nicht. Sie sagte nur: Wir beide fahren auf einem Floß. Manchmal haben wir nichts zu essen und hungern. Aber wir finden Nahrung, und die Fahrt wird schön. Das gab mir all die Jahre sehr viel Kraft. Und jetzt holt euer Gepäck.»

Wir trauten unseren Augen nicht: An der Eingangstür des Hotels *Paradise* baumelte ein handgemaltes, offenbar ziemlich altes Schild. *Closed.* Und mein erster Gedanke war: Das hängt dort seit Jahren, sie haben es gestern nur unseretwegen abgenommen. Denn wenn man das Leben als einen trägen Fluss betrachtete, dann wäre dieses Hotel das perfekte Symbol dafür.

«So ein Hotel treibt auch gewissermaßen durch die Zeit», sagte ich zu Jasmin. «Kommt jemand, ist es da. Kommt niemand, ist es auch da. Du kannst es aufsperren oder geschlossen lassen. Ganz wie du willst.»

Jasmin stieß gegen die Eingangstür, sie war nicht einmal verschlossen und gab knarrend nach. «Ach, Mama, fang nicht an zu denken wie Theodora. Die ist alt und du nicht!»

«So alt ist sie eigentlich nicht», widersprach ich. «Sie ist zeitlos. Ich finde ihre Einstellung phantastisch.»

Jasmin bückte sich nach unseren Koffern. «Leben wie auf einem Floß? Furchtbare Vorstellung. Dann schon lieber Kanu fahren auf dem Wildwasser.»

Sie trug unsere zwei Koffer zum Ausgang. Kurz überlegte ich, ob wir uns irgendwo verabschieden sollten, verwarf den Gedanken aber. Wenn sie wussten, dass wir kommen, bevor wir selbst es wussten, dann wussten sie auch vor uns, wann wir gingen.

«Eigentlich», sagte ich, «ist das mit dem Wildwasser kein gutes Bild. Überleg doch mal, Jasmin, das läuft auf dasselbe hinaus. Der Fluss bestimmt die Richtung und die Geschwindigkeit, mit der du fährst.»

Meine Tochter warf mir einen skeptischen Blick zu. «Mama, fang nicht an zu philosophieren. Du bist die Frau mit den Zahlen.»

Inzwischen war es Mittag, die Sonne stand hoch und

brannte unbarmherzig, kein Mensch war zu sehen. Ich schleppte mich und das übrige Gepäck keuchend neben Jasmin her zu Theodoras altem Haus.

«Wie lange sollen wir eigentlich bei deiner recycelten Tante bleiben?», fragte Jasmin, als das Haus in Sichtweite kam.

«Recycelte Tante ... Wie redest du denn? Magst du sie nicht?»

Wir betraten den kleinen Hof, er wirkte größer, weil der alte Mercedes fehlte. Nur der Hund begrüßte uns mit einem Bellen, ich streichelte seinen Kopf, und er legte sich auf den Rücken. Da sah ich, dass es eine junge Hündin war. Das hätte ich mir denken können. Hier gab es schließlich nur weibliche Wesen.

Die Wohnung war tatsächlich leer, und wir bezogen unser Zimmer.

«Ich mag Theodora schon», nahm Jasmin den Gesprächsfaden wieder auf. «Aber ich finde sie ... irgendwie anstrengend. Du nicht?»

Keine Frage, das war sie, aber bei mir überwog die Neugier. «Ich finde alles sagenhaft spannend. Die Vergangenheit unserer Familie, von der ich nichts wusste und die ich deshalb wohl für langweilig gehalten habe, ist wie ein Krimi. Darum würde ich schon noch ein paar Tage bleiben wollen.»

Jasmin ließ sich auf das fallen, was hier als Bett durchgehen sollte. «Du weißt immer noch nicht, woran deine Eltern gestorben sind.»

«Zumindest hat Theodora niemanden umgebracht», sagte ich.

«Dann bin ich ja beruhigt», sagte Jasmin und rollte sich zur Seite. «Weck mich, wenn sie zurückkommt.»

Obwohl auch ich mich träge fühlte, war mein Kopf unruhig. Tausend Fragen quälten mich. Ohne nachzudenken, ging ich in Theodoras kleines Zimmer nebenan. Über dem Bett hing ein Gemälde in naiver Malerei, die Perspektiven waren völlig verrutscht. Es stellte einen Berg dar, dicht mit Bäumen und Gestrüpp überwuchert. Vier schwarze Frauen – im Vergleich zum Berg viel zu groß – standen davor oder tanzten, das war nicht klar zu erkennen. Sie hielten sich an den Händen. Hinter ihnen verlief ein Weg, der zu dem kegelartigen Berg führte und im Dickicht verschwand. Unten in der Ecke standen zwei Worte: *The Secret*. Mein Englisch reichte, um zu wissen, dass es «Das Geheimnis» hieß. Ich betrachtete das Bild lange, es gefiel mir. Die Frauen machten den Eindruck, als ob sie gut miteinander befreundet wären. Sie hielten zusammen. Was hatten sie mit dem Berg zu tun? Wer hütete das Geheimnis? Der Berg oder die Frauen? Und der Wald, war das Theodoras heiliger Hain? Waren diese Frauen Mitglieder des Kults, den ich nicht Kult nennen durfte? Aber warum waren es nur vier? Ein Kult mit nur vier Anhängerinnen – war das nicht etwas wenig?

Welche Art von Gesellschaft war das, der Modasabi angehörte? Wem wurde geholfen? Und warum? Und warum machte Theodora daraus ein Geheimnis? Sagte man bei uns nicht: Tue Gutes und rede darüber!? Warum sonst schmückten sich bei uns alle möglichen Stars mit ihrer Hilfe für UNICEF?

Mir schwirrte der Kopf. Ich sank auf Theodoras Bett, fand es schrecklich hart, hob die Decken und sah, dass ein engmaschiges Geflecht aus groben Seilen die Matratze ersetzte. Wenn ich jahrzehntelang auf so etwas hätte schlafen müssen, würde ich mit 79 nicht wie Anfang sechzig aussehen, sondern wie Ende hundert.

Über der Kommode waren Fotografien aufgehängt. Deren Rahmen war aus Ton geformt, in den bunte Steine eingelassen worden waren. So etwas Ungewöhnliches ließe sich in Deutschland gewiss gut verkaufen. Ob Theodora es je in Erwägung gezogen hatte, das hiesige Kunsthandwerk dort anzubieten, wo es gutes Geld brächte? Die meisten Fotos zeigten junge Afrikanerinnen in einer Kleidung, die an Theodoras erinnerte. Die fröhlichen Bilder schienen bei Festen entstanden zu sein. Auf keinem entdeckte ich Modasabi. War sie fotoscheu?

Es gab nur eine Aufnahme, die einen Mann zeigte, einen Afrikaner mit eher heller Haut. Er war sehr schlank, trug Anzug und Krawatte und mochte Mitte bis Ende dreißig sein. Er posierte sehr förmlich neben einer mütterlich wirkenden Afrikanerin seines Alters; sie war in weiße, wallende Gewänder gehüllt. Ein Ehepaar?

Plötzlich kam mir ein Gedanke: Ich wusste nichts über Theodora! War sie verheiratet? War der eher hellhäutige hübsche junge Mann ihr Sohn mit seiner Frau? Und wo überhaupt war Theodoras Ehemann? Nichts in dieser Wohnung ließ darauf schließen, dass es ihn gab. Oder dass überhaupt jemand anders hier lebte. Außerdem fand ich es merkwürdig, dass man in 79 Lebensjahren so wenige Gegenstände angesammelt haben konnte; alles, was sie zu besitzen schien, passte mehr oder weniger in diesen Raum. Theodora war offenbar auch in dieser Hinsicht das Gegenteil von Mutti, die sich nie von etwas hatte trennen können.

Die beiden Schwarz-Weiß-Fotografien in Stehrahmen entdeckte ich erst ganz zum Schluss. Theodora hatte sie direkt neben dem Kopfende des Bettes aufgestellt, einige davor aufgestapelte Bücher hatten sie verborgen. Das Bild zeigte eine Frau mit offenem, sehr dichtem, schwarzem, schulterlangem Haar. Und im ersten Moment dachte ich, was macht denn Jasmin auf diesem Foto? Denn die Ähnlichkeit war frappierend. Die Frau hielt ein nur mit einem Hemdchen bekleidetes kleines, blondes Mädchen auf dem Arm. Das Kind blickte aufmerksam in die Kamera, es mochte wohl ein Jahr alt sein. Mein Gott, dachte ich, so habe ich einmal ausgesehen! Kein Wunder, dass die Leute hier einen Narren an dem Lockenköpfchen gefressen hatten. Bei der Frau, die das Kind hielt, konnte es sich kaum um Lore handeln, dafür war das Kind zu alt. Demnach war die Frau wohl Theodora. Ich rechnete schnell nach – sie musste damals Mitte zwanzig gewesen sein. Aber sie hatte kaum mehr Ähnlichkeit mit der Frau, die sich hier Modasabi nannte.

Das andere Foto zeigte die gleiche Frau, aber sie hatte die Haare zu einem strengen Knoten zurückgekämmt. Neben ihr stand unverkennbar die Lore, die ich aus dem Album kannte. Sie hakte sich bei der anderen Frau ein, die freie Hand lag auf ihrem Bauch. Sie trug – ebenso wie Theodora – einen schwarzen Rock und eine weiße, hochgeschlossene Bluse. Ihr Haar, heller als Theodoras, war zu einem Pferdeschwanz gebunden. Die Gesichter beider Schwestern wirkten sehr ernst, fast angespannt. Lore wirkte hier reifer als auf den mir bekannten Aufnahmen, war aber trotzdem noch die hübsche junge Frau, die Opa Otto, ihr Vater, in seinem Testament als «unser Sonnenschein» bezeichnet hatte. Ihr Tod war für ihn der Anstoß gewesen, selbst nicht mehr leben zu wollen. Was hatte sie an sich, das sie so besonders machte? Der äußere Schein verriet nichts.

Lores Züge waren sanfter als die ihrer zwei Jahre älteren Schwester, aber eine gewisse Familienähnlichkeit war nicht zu leugnen. Mit dem Bild in der Hand suchte ich nach einem Spiegel, fand aber in der ganzen Wohnung keinen. Wie konnte man als Frau ohne auskommen? Zu gern hätte ich Jasmin gefragt, ob sie zwischen meiner Mutter Lore und mir eine Ähnlichkeit feststellen konnte, aber sie schlief schon fest.

Ob sich weitere Fotos von Lore in dem Umschlag befanden, den ich aus Theodoras Schreibtisch stibitzt hatte? Ich setzte mich der besseren Lichtverhältnisse wegen in die Küche und öffnete ihn. Drei Fotos befanden sich darin. Das oberste war ein Porträt von Eberhard. Ich starrte es fasziniert an: Was für ein attraktiver Mann! Das war mir auf den anderen, viel kleineren Fotos gar nicht aufgefallen. Hohe Wangenknochen, strahlend klare Augen, ein entschlossener Zug um den gutgeschnittenen Mund. Die blonden Locken, die er dem Baby vermacht hatte, das ich einmal gewesen war, und von denen ungerechterweise nichts mehr übrig geblieben war. Das zweite Foto zeigte Eberhard in Bergsteigerausrüstung mit jenem Rucksack, den wir auf dem Speicher gefunden hatten. Es war aus größerer Entfernung aufgenommen, aber wohl nicht in Afrika, sondern irgendwo in Europa, denn am Boden lag Schnee. Auf dem dritten Bild rahmten Lore und Theodora Eberhard ein. Alle drei trugen Safarikleidung und lächelten gelöst. Im Hintergrund war unverkennbar ein Stück jenes Hauses zu erkennen, in dem ich mich gerade befand: Über dem Eingang war der Zementstein mit der Jahreszahl 1947 zu sehen.

Meine Eltern waren hier gewesen! Das war der Beweis.

Wer mochte damals in diesem Haus gewohnt haben? Er und Lore, vielleicht gemeinsam mit Theodora? Aber warum war ich dann im Hotel *Paradise* zur Welt gekommen?

Die vielen Fragen ließen meinen müden Kopf auf die Tischplatte sinken. Und dann meldete er sich zurück, der Traum, den ich in so vielen Nächten gehabt hatte. Wieder erklomm das Paar den Berg, aber der sah jetzt so aus wie auf dem naiven Gemälde über Theodoras Bett. Ich ärgerte mich im Traum darüber, dass er nicht mehr so abenteuerlich wild wirkte. Der Mann sagte «Wir sind da» und «Hier ist es» und drehte sich strahlend um. Aber diesmal hatte er Eberhards Gesicht. Wieder war er bereit, in das gefährlich dunkle Loch abzusteigen, und seine Begleiterin rief ihm zu, dass es zu gefährlich sei. Und da sagte er: «Ich tue es für uns, Theodora.» Ich hörte ein Rumpeln … und schrak hoch.

Einen Moment lang wusste ich nicht, wo ich war. Zwei Frauen, beide in identischen braunen Kleidern, machten sich am Herd an Töpfen zu schaffen. Beide blickten mich lächelnd an, die eine weiß, die andere von dunkler Haut, beide etwa gleich groß, wenngleich die Afrikanerin um einiges jünger war. Ein paar Konservendosen standen geöffnet an der Seite, daneben ein Brett mit Gemüseresten. Es sah aus, als ob die beiden schon seit einer Weile beschäftigt gewesen waren.

«Du hattest deinen Schlaf wirklich nötig», sagte Theodora.

Eine Konservendose war zu Boden gefallen, die sie nun aufhob. Ich war noch mit meinem Traum beschäftigt. Er hatte sich verändert, und ich mühte mich, seine Botschaft zu verstehen. Theodora rückte der Dose mit einem altmodischen Öffner zu Leibe. Für eine Frau von Ende siebzig stellte sie sich ungemein geschickt an. Die Afrikanerin machte keinerlei Anstalten, ihr dabei zu helfen.

«Als Mutti in deinem Alter war, hat sie das nicht mehr gekonnt», sagte ich.

«Du meinst Kochen?», fragte Theodora.

«Das schon, aber Dosen konnte Mutti nicht mehr öffnen.»

«Wollte oder konnte sie nicht?» Eine leichte Spitze lag in ihrer Stimme.

Seltsam, dass Theodora mir die Afrikanerin nicht vorstellte. War sie nur eine Angestellte, die ohnehin kein Deutsch sprach?

«Mutti hatte Gicht», antwortete ich.

Theodora verließ den Herd und setzte sich zu mir. «Warum nennst du sie immer Mutti? Das klingt schrecklich. Du bist eine erwachsene Frau, Ina!»

Was ging sie das an! «Sie war nun mal immer Mutti.»

«Sie wollte Mutti sein.» Theodora klang verärgert.

Offensichtlich hatten wir gerade einen wunden Punkt getroffen. Doch ich war zu harmoniebedürftig, um das Thema zu vertiefen. «Mag sein», sagte ich besänftigend.

«Mag sein? Nein, Ina. Es war so. Sie hat meine Schwäche ausgenutzt. Ich war im Sanatorium und konnte mich nicht wehren. Als ich zurückkam, hatte sie dich adoptiert. Ohne mich zu fragen. So etwas macht man nicht.»

Vom Herd her breitete sich der Duft von Gewürzen aus, die ich nicht kannte, es war ein scharfer Geruch, aber nicht unangenehm. Theodora kehrte an den Herd zurück und rührte im Topf. Sie wirkte auf mich jetzt fremder als je zuvor. Ich hatte ihren Behauptungen nichts entgegenzusetzen. Es schmerzte, dass sie auf meinem Leben herumtrampelte. Dieser Schmerz versiegelte meinen Mund und verkrampfte meinen Magen, obwohl ich hungrig war. Die Afrikanerin legte Theodora die Hand auf die Schulter.

Sie wandte sich daraufhin wieder mir zu und setzte sich. Meine Tante wirkte immer noch aufgewühlt; das Thema, das sich so zufällig ergeben hatte, ging ihr offenkundig sehr nah.

«Magdalenas Ehe mit Paul war eine Katastrophe.» Sie bemühte sich zunächst um einen versöhnlichen Tonfall. «Ich verrate dir gewiss nichts Neues, wenn ich dir sage, dass Paul sein Gehirn täglich in Alkohol badete. Und unser Vater wollte es nicht wahrhaben, weil er sich nicht in die Ehe der einzigen Tochter einmischen wollte, die bei ihm geblieben war. Magdalena sehnte sich nach Liebe – da kamst du gerade recht. Ein kleines Kind, auf das sie sich mit all ihrer unerwiderten Liebe stürzte.»

Es tat weh, sie so über meine Familie reden zu hören. Mutti und der Mann, den ich Papa genannt hatte, hatten gewiss ihre Fehler, aber sie hatten mich aufgezogen – im Gegensatz zu Theodora. Andererseits war dies die Gelegenheit, die sich möglicherweise nie wieder bot, um mehr zu erfahren. Und so zwang ich mich, in der offenen Wunde meiner Vergangenheit herumzuwühlen.

«Warum hast du nicht um mich gekämpft?», fragte ich.

Sie nahm meine Hände. «Das war mir nicht möglich. Ich war nicht verheiratet. Darum wurde mir als Ledige das Recht verweigert, ein Kind zu adoptieren. Ich stand auf verlorenem Posten.»

«Und meine Mutter? Warum hat sie dir nicht gleich hier in Nigeria das Sorgerecht übertragen?»

«So einfach war das nicht», erwiderte sie, und ihr Blick schweifte ab.

«Warum nicht? Kam der Tod meiner Mutter so plötzlich?»

«Lore bekam Fieber. Das steigt bei Fleckfieber furchtbar schnell. Ich konnte gar nichts tun. Bald darauf war sie tot.»

Theodoras Stimme klang monoton. Als versuchte sie, die Gefühle, die mit Lores Sterben verbunden waren, von sich fernzuhalten.

«Wo genau starb meine Mutter?», fragte ich, und mein Magen war wie ein Stein.

«Im Hotel *Paradise*», erwiderte sie. «Es wurde zu der Zeit nicht als Hotel genutzt. Die Briten hatten daraus ein Lazarett für Europäer gemacht. Die Einheimischen nannten es den Ort, an dem die Weißen sterben. Was bis heute keine gute Werbung für ein Hotel ist.»

«Du hast nie wieder versucht, mich zu sehen?», fragte ich.

Theodora sah kurz zu der am Herd arbeitenden Afrikanerin hinüber, die uns jedoch keine Beachtung schenkte, und wandte ihre Aufmerksamkeit dann wieder mir zu: «Weißt du, damals war in Berlin ein Stück des Dramatikers Bertolt Brecht in aller Munde. Es hieß ‹Der kaukasische Kreidekreis›. Eine Freundin nahm mich mit ins Theater. Sie wusste, was mich erwartete. Ich nicht. Aber danach wusste ich, dass ich nicht wie die beiden Frauen in dem Stück um ein Kind kämpfen und an ihm zerren wollte. Denn die Leidtragende wärst du gewesen, weil du alt genug warst, um unseren Streit mitzubekommen. Stattdessen packte ich meine Koffer und verließ Berlin.» Sie drückte meine Hände. «Nein, Ina, ich bin nie wieder in Deutschland gewesen. Ich hatte oft den Wunsch. Aber ich habe ihm nie nachgegeben. Meine Freundin, die aus dem Theater, schrieb mir gelegentlich. Sie war da, als du eingeschult wurdest. Sie war da, als du konfirmiert wurdest. Leider starb sie dann.» Sie kämpfte mit den Tränen. «Das Leben fließt weiter wie ein langer ruhiger Fluss, Ina. So ist das nun mal.»

«Wer war diese Freundin? Habe ich sie kennengelernt?»

«Das glaube ich nicht, Ina. Darum hatte ich sie auch nie gebeten. Sie hat es einfach getan. Sie wollte, dass ich mich nicht sorgte.»

Ich schaute auf und sah, dass Jasmin im Türrahmen stand. Ich war so sehr mit meinen eigenen Gefühlen beschäftigt, dass ich erst spät bemerkte, dass Tränen über ihr Gesicht liefen. Im selben Augenblick stellte die Afrikanerin Teller auf den Tisch.

«Essen ist fertig. Seid ihr hungrig?», sagte sie.

Zu meiner Verwunderung sprach sie deutsch, zwar mit leichtem Akzent und kleinen Fehlern, aber es klang sehr gut.

«Das ist meine Tochter Alindi», sagte Theodora.

Es gibt Situationen im Leben, auf die man einfach nicht vorbereitet ist. Dies war so eine. Vor gerade 24 Stunden hatte ich eine Frau kennengelernt, die meine Tante war. In deren Küche wiederum stand eine junge Afrikanerin, die ihre Tochter war. Mit anderen Worten: Wir waren Cousinen. Und dennoch hatte mir im ersten Moment, als sie die Teller auf den Tisch gestellt und ganz locker gefragt hatte, ob wir Hunger hätten, die Frage auf der Zunge gelegen: Woher können Sie so gut Deutsch? Zum Glück gelang es mir, mein Hirn vor Inbetriebnahme meines Mundwerks zu aktivieren. Klar, sie war ja halbe Deutsche! Vermutlich starrte ich sie dennoch wie ein Weltwunder an. Jasmin schien es nicht viel anders zu ergehen.

Alindi überspielte unsere Verlegenheit mit einem offenen Lachen. «Du bist Jasmin, nicht wahr? Schön, zu treffen dich, meine Mutter erzählte von dir. Du magst unsere Arbeit in die Werkstatt?»

Jasmin lobte die Holzarbeiten in höchsten Tönen, und es war Alindi anzusehen, wie sehr sie das freute. Es stellte sich heraus, dass sie ebenfalls junge Frauen ausbildete. Allerdings hatte sie eine eigene Werkstatt, die sich nicht in Tiameh befand, wie sie berichtete.

«Du könntest sein so alt wie mein ältester Sohn. Er war geboren in 1990», sagte sie.

«Ja, ich bin tatsächlich 1990 geboren.»

«Welcher Monat?»

«Februar.»

«Das ist unglaublich! Oluwo in März! Du musst treffen ihn, Jasmin. Ihr werdet sein Freunde. Und du musst treffen seine Frau und seinen Sohn. Er ist ein Jahr alt. So ein süßes Kind, wir alle lieben ihn.»

Das ging mir alles zu schnell! Ich hatte das Gefühl, eine Explosion von Genen zu erleben, der zufolge meine Tante nicht nur Großmutter, sondern bereits Uroma war. Ich fragte Alindi nach ihrem Alter, und sie antwortete, dass sie 42 sei. So gesehen wunderte es mich nicht, dass Theodora nicht mehr in Deutschland gewesen war. Sie hatte ihre eigene Familie gefunden. Das versöhnte mich ein wenig mit meiner eigenen traurigen Geschichte.

Noch immer lagen die drei Fotos gut sichtbar auf dem Tisch. Theodora musste sie längst bemerkt haben, aber sie verlor kein Wort darüber. Sie deutete auf die Töpfe, die Alindi auf den Tisch gestellt hatte, und wünschte einen guten Appetit. Es gab schwarze Augenbohnen mit Zwiebeln und recht viel Chili und dazu einen weißlichen, festen Brei. Theodora erklärte, das sei die hiesige Spezialität Garri, die aus Cassava hergestellt wird. Womit wir nichts anfangen konnten. Völlig verblüfft waren wir, als meine Tante sagte, man esse den Brei mit den Fingern. Alindi machte es bereits vor, sie tunkte den Brei in die Soße. Jasmin tat es ihr gleich, ihr machte das Spaß. Aber mir wäre eine Gabel doch lieber gewesen. Zumindest schmeckten die scharfen Bohnen in Verbindung mit dem Brei besser.

«Es tut mir leid, dass ich euch beide allein gelassen habe», sagte Theodora. «Aber ich musste nach Abuja. Die jüngste Tochter meines Sohns liegt im Krankenhaus. Es ist nichts Schlimmes, nur eine Blinddarmentzündung. Man hätte nicht gleich schneiden müssen. Ich konnte nichts machen, denn mein Sohn lebt in Abuja. Das Krankenhaus ist modern, und Otto hat Geld. Also operieren sie.»

Sie hatte noch ein Kind, erfuhren wir auf diesem Weg. Und noch eine Enkelin. *Mindestens* noch eine …

«Du hast deinen Sohn Otto genannt?», fragte Jasmin.

«Ja, nach seinem Großvater. Er ist anders als Alindi und ich. Er arbeitet im Ministerium.» Sie lächelte, es lag ein wenig Stolz darin, aber auch etwas Missfallen. Ich wagte nicht nachzufragen, was sie unter «anders» verstand.

«Ich musste der Kleinen etwas bringen, das sie stärkt, deshalb war ich nicht hier.»

Zwischen den Bissen entlockten wir Theodora, dass Otto zwei Jahre jünger als Alindi war. Insgesamt hatte sie sieben Enkel!

«Sieben! Und einen Urenkel! Wow!» Jasmin war begeistert. «Weißt du noch, Mama, wie wir nach Omas Beerdigung mit Papa zusammensaßen und feststellten, wie klein unsere Familie ist?»

«Tja, mein Schatz, dann halt dich mal ran …»

Jasmin knuffte mich liebevoll.

«Alindi Dora war so etwa in deinem Alter, als sie ihr erstes Kind bekam. Hier ist eine Frau erst eine Frau, wenn sie ein Kind geboren hat», sagte Theodora. Alindi lächelte.

«Dann bist du aber auch erst spät eine Frau geworden», stellte Jasmin fest.

Ich hätte es nie gewagt, so etwas Intimes derart direkt anzusprechen. Obwohl es stimmte.

Theodora zögerte einen Moment, bevor sie antwortete. «Wie meinst du das?»

«Du warst schon 36, als du dein erstes Kind zur Welt brachtest», sagte meine schnell rechnende Tochter.

Ich warf etwas ein wie, das wäre doch Privatsache. Schließlich habe Theodora ein bewegtes Leben geführt. Was man halt so plappert, um unbedachte Worte höflich zu relativieren.

«Gott hat es gut mit mir gemeint», sagte Theodora.

Sie stand auf, und Alindi tat es ihr gleich. Theodora räumte unsere Teller ab, ihre Tochter stapelte die Töpfe aufeinander, um den Schülerinnen Essen zu bringen. Sie verabschiedete sich ebenso unauffällig, wie sie aufgetaucht war. Die Fotos meiner Eltern lagen noch auf dem leeren Tisch.

«Heb sie gut auf», sagte Theodora schlicht und schob sie in meine Richtung.

«Willst du sie nicht behalten?», fragte ich.

«Du kannst sie alle haben. Neben meinem Bett stehen noch zwei weitere. Ich schenke sie dir. Jasmin, gehst du mal nach nebenan und holst die Fotografien, die am Boden stehen?»

«Ich möchte sie dir nicht wegnehmen», sagte ich. «Daran hängen doch deine Erinnerungen.»

«Ich brauche keine Fotos von Lore. Sie ist in meinem Herzen. Und das Baby, das du einmal warst, kann ich auch loslassen. Du bist hier. Alles hat neu begonnen. Ich bin sehr froh, dass du gekommen bist.»

Sie fasste meine Hände und zog mich hoch. Und dann umarmte sie mich.

Theodora überließ uns in dieser Nacht die Wohnung. Wohin sie entschwand, verriet sie uns nicht. Jasmin und ich saßen noch lange zusammen und sprachen über die unerwartete Erweiterung unserer Familie. Gemeinsam sahen wir uns das Bild des Mannes an, der neben einer weiß gekleideten Frau stand. Jetzt erkannte ich: Diese Frau war Alindi, der Mann Otto. Im Schein von Petroleumlampen betrachteten wir die alten Fotos. Jetzt holte ich nach, was zuvor nicht möglich gewesen war, und fragte Jasmin, wie groß die Ähnlichkeit zwischen Lore und mir sei. Meine Tochter sah von mir zum Bild und zurück. Ratlos hob sie die Schultern.

«Ich weiß es nicht, Mama», sagte sie. «Auf den Fotos sind die beiden in einem Alter, dass sie heute deine Kinder sein könnten.» Sie sah mich nachdenklich an. «Glaubst du die Geschichten nicht, die Theodora dir erzählt?»

«Wie kommst du darauf, Schatz?»

«Keine Ahnung, Mama. Ist nur so ein Gefühl. Ob sie uns etwas verheimlicht?»

Ich legte mich auf Theodoras hartes Bett und grübelte über diesen Satz. Vernebelte mir die Freude darüber, Familiengeheimnisse entdeckt zu haben, den Blick auf darunter liegende, viel kompliziertere Geheimnisse? Womöglich stand ich bei der Suche nach der Wahrheit erst ganz am Anfang. Ob ich mehr erführe, wenn ich mit Modasabi in ihren heiligen Hain fahren würde? Beim Abschied hatte sie gesagt, ich solle mich darauf einstellen, früh aufzustehen. Wir würden bei Sonnenaufgang aufbrechen.

6. *Kapitel*

Die fünf Mütter

Ich war einmal ein Mensch gewesen, der jeden Schritt genau vorauszuplanen pflegte. Jedenfalls zu Muttis Lebzeiten. Oder während meiner Ehe mit Reinhold. Auf dem harten Bett meiner alten Tante wurde mir jedoch klar: Im Grunde genommen hatte ich nicht viel geplant, weil ich nie etwas in meinem Leben verändert hatte. Es war vergangen, wie Theodora es beschrieben hatte – wie eine gemütliche Floßfahrt auf einem ruhigen Strom. Erst in letzter Zeit war ich in unruhigeres Fahrwasser geraten. Prompt hatte ich mir nicht vorstellen können, wie es weitergehen sollte mit dem, was ich mein Leben nannte. Woran lag das? Ich wusste es nicht. Ich wusste nur, dass ich seit ein paar Monaten durch die Gegend lief wie ein Blechspielzeug, das auf dem Rücken eine überdimensionierte Schraube zum Aufziehen hat. Genau so war ich nach Afrika getapst. Ich hatte mich nicht einmal wirklich gefragt, was mich erwarten würde. Was an Moritz gelegen hatte, der frohgemut auf mein Floß aufgesprungen war und das Ruder übernommen hatte. Wollte ich, dass er das auch in Zukunft tat? Nicht einmal das wusste ich. Ich hatte einfach keinen Plan, aber verdammt: Ich brauchte dringend einen!

Konnte mir das, was ich hier erlebte, in irgendeiner Weise weiterhelfen? Warum mussten mir diese kleine Statue, auf die ich Theodora noch gar nicht angesprochen hatte, und dieses Fotoalbum ausgerechnet in dieser Phase meines Lebens in die Hände fallen? War das Zufall? Gab es überhaupt Zufälle? Oder musste ich den Fund als Wink des Schicksals begreifen? Aber glaubte denn ausgerechnet ich, die sich auf rein mathematischer Basis mit der Lebenserwartung von Menschen beschäftigt hatte, an das Schicksal? Aber wenn dieser Ansatz, alles mit Hilfe von Zahlen begreifbar machen zu wollen, falsch war – was blieb dann von Victoria Sommerberg übrig?

Das waren keine Überlegungen, die guten Schlaf garantierten. Also versuchte ich, mir den folgenden Tag vorzustellen. Wie sah ein heiliger Hain aus, einer, in dem es seltsame Skulpturen gab? Irgendwann einmal waren Reinhold und ich mit Jasmin in Bayern gewesen, waren einen Berg hinaufgestiegen. Einen Kreuzweg, zu dessen Seiten die Leidensgeschichte Jesu Christi auf Bildtafeln dargestellt war. Die mit Moos überzogenen Bilder waren von Pflanzen halb überwuchert gewesen. Hatte meine Tante so etwas nachgebaut?

Zu welchem Gott betete Theodora eigentlich? Waren sie und diese Frauen Teil einer Sekte? Wenn Theodora es war, war Alindi vermutlich ebenfalls Mitglied: Immerhin hätte das die seltsamen braunen Kleider erklärt.

Die Grübelei ließ mich doch noch eindämmern. Im Traum sah ich braun gekleidete Frauen tanzen. Und tanzte mit. Zum Gesang von Freddie Mercury: *«It's a kind of magic …»*

Nach einer Weile kapierte ich, dass mein Handy klingelte. *«It's a kind of magic»* war mein Weckruf.

Jasmin schlief noch fest, ich setzte mich auf ihr Bett und sah ihr beim Schlafen zu. Ich fand es einfach unglaublich, dass dieser erwachsene, eigenständig denkende und handelnde Mensch einmal ein Teil von mir gewesen war. Der Sonnenbrand auf ihrer Nase schälte sich ganz leicht. Ich strich mit dem Zeigefinger ganz sacht über ihren Nasenrücken. So, als könnte ich den Sonnenbrand fortwischen. *Magic*, dachte ich. Magie. Ob es so etwas wirklich gab? Was hieß eigentlich *kind of*? Ein Kind der Magie? Ein magisches Kind … das wäre schön.

Jasmin blinzelte mich an, die ersten Sonnenstrahlen fielen schräg in den Raum: «Was machst du da, Mama? Wie spät ist es?»

«Halb sechs, Theodora holt mich gleich ab. Weißt du, was *kind of magic* heißt?»

«Willst du den Tag damit beginnen, Englisch zu lernen?»

«Man hört ein Lied und fragt sich nie, was der Text bedeutet.» Ich spielte ihr das Stück noch einmal vor.

«Oh, Queen. Cool. Passt. Heißt: eine Art von Magie. Kann ich bitte weiterschlafen? Ist zu früh für Magie. Warum bist du überhaupt so munter?»

«Habe nicht geschlafen.»

«Ist auch alles etwas heftig hier. Sag Theodora, dass … ach, keine Ahnung.» Sie drehte sich zur Seite. Ihr blieb noch etwas Zeit, bis Alindi kommen wollte, um sie abzuholen und in ihre Werkstatt mitzunehmen.

In der Küche spritzte ich mir Wasser ins Gesicht und stellte mir die Frage des Tages: Was zieht man an, wenn man morgens in den Urwald fährt? Schließlich wählte ich eine langärmlige weite Bluse mit roten Blüten und eine weiße Caprihose. Dann fiel mein Blick auf meine nackten

Unterschenkel, und ich musste an diese Dschungelshow im Fernsehen denken: Urwald gleich Urtiere. Spinnen. Schlangen. Mücken. Blutegel. Igitt.

Also ganz was anderes anziehen. Nichts mit roten Blumen, damit wäre ich ein Magnet für alles, was kreucht und fleucht. Theodora trug Braun! War etwa das Viechzeug der Grund dafür und nicht die Sekte? Aber ich hatte nichts Vergleichbares. Ob sie mir etwas leihen konnte? In meiner Größe? Oder spielte das keine Rolle, waren diese weiten umhangartigen Gewänder für alle Größen passend? Luftig schienen sie ja zu sein. Mangels Alternative wählte ich den Jogginganzug. Totgeschwitzt hatte sich noch keiner. Totgebissen wurden schon manche.

Blieb noch der Gang zur Toilette. Den hatten Jasmin und ich schon im Schein von Jasmins wohlweislich mitgenommener und in der australischen Wildnis erprobter Stirnlampe am Vorabend auf uns genommen. Die Toilette war ein Bretterverschlag im Hof, gleich links vom babyblauen Mercedes: ein Loch in einem Brett. Als ich nun darauf hockte, fragte ich mich, wie dieses Problem wohl im Urwald gelöst wurde. Und wollte die Antwort gar nicht erst wissen. Manchmal war es besser, nicht zu viele Pläne zu schmieden. Vielleicht könnte ich ja bis zur Rückkehr durchhalten.

Als ich Theodora beim Zubereiten einer großen Kanne Tee in der Küche antraf, ahnte ich, dass in Bezug auf Toiletten schwere Zeiten auf mich zukamen.

«Willst du im Schlafanzug fahren?», fragte sie bei meinem Anblick. Ich erklärte meine Beweggründe, aber sie lachte mich aus. «Wir haben hier keinen Urwald! Nur ein paar Gebiete, in denen man noch von einem Wald sprechen kann.»

Sie reichte mir etwas, das auf den ersten Blick wie ein

Kleid aussah, auseinandergefaltet jedoch einen weiten Umhang ergab, braun, mit dezenten Mustern bedruckt. Ich musste nur den Kopf hindurchstecken, der einfache Baumwollstoff fiel sanft zu Boden, die Arme waren wie bei einem Poncho zur Hälfte bedeckt. Zu gern hätte ich meine Verwandlung in eine Afrikanerin im Spiegel bewundert! Leider war meiner Tante kein Kommentar zu meiner Erscheinung zu entlocken; sie nickte nur kurz mit dem Kopf.

«Und wilde Tiere? Gibt's die dort, wo wir hinfahren?», fragte ich.

«Die Nigerianer essen alles auf, was sie fangen können. Manchmal trifft man noch auf Buschratten. Aber selten. Sie sollen schmackhaft sein, aber da kann ich nicht mitreden. Ich bin Vegetarierin. Jetzt komm, Liese wartet schon.»

«Ist das eine deiner Enkelinnen?»

«Nein!» Meine Tante lachte laut. «Mein Auto.»

«Dein Auto hat einen Namen?»

«Deins nicht? Autos sollte man als Persönlichkeiten achten, das macht das Zusammenleben mit ihnen wesentlich leichter.»

Wir gingen gerade an Jasmins Zimmer vorbei, als sie plötzlich im Türrahmen stand. Sie musterte mich von oben bis unten.

«Hallo, Mama Afrika!», rief Jasmin und kicherte. Aber ich fand das gar nicht lustig.

Theodoras «Liese» war wirklich eine Persönlichkeit. Mit einer laut quietschenden Tür, Kissen auf durchgesessenen Sitzen und einem Holzbrett auf dem durchgerosteten Wagenbogen empfing sie uns. Aber der Motor lief einwandfrei. Vierzig Jahre alt war das Gefährt, erklärte meine Tante. Sie hatte es nach einem Pferd benannt.

«Ja, ein Pferd», bestätigte sie. «Mein Vater hatte eines, als ich ein Kind war. Die Liese hatte ihren Stall neben unserem Haus. Aber schon 1960, als ich aus Afrika zurückkam, hatte Magdalena den Teil unseres Grundstücks bereits verkauft, um Pauls Schulden zu bezahlen.»

Es war unglaublich, wie schnell Theodora von einem Pferdenamen auf die schlechten Zeiten in ihrem Leben überleiten konnte! Alles, was mit ihrem einstigen Zuhause zusammenhing, schien negativ besetzt zu sein. Ich wollte davon nichts wissen und sah aus dem Autofenster. Trotz ihres fortgeschrittenen Alters lenkte Theodora den Wagen mit großer Geschicklichkeit. Es waren schon viele Menschen unterwegs, viele zu Fuß mit Lasten auf den Köpfen. Manche standen oder hockten zusammengepfercht auf Lastwagen, müde Gestalten im Halbschlaf. Während bei uns Tierschützer durchgesetzt hatten, dass Schweine in klimatisierten Transportern befördert wurden, sorgte sich hier anscheinend niemand darum, ob Menschen von der Ladefläche fielen.

Die Straße folgte dem langen Tal von Tiameh. Buschland, kleine Felder, vereinzelte Bäume und immer wieder größere Herden schneeweißer Rinder und schwarzweiß gefleckter Ziegen. Dazwischen standen mit spitzen Wellblechdächern gedeckte Häuschen, gelegentlich auch Lehmhütten mit Blätterdächern. Wäre nicht die rötlich leuchtende Erde des Bodens gewesen, die Landschaft hätte nicht wirklich afrikanisch gewirkt. Durch die heruntergekurbelten Fenster drang milde Luft in den Wagen, gelegentlich hörte ich den Ruf eines Kindes, das Muhen von Kühen, das Meckern von Ziegen. Es war ein friedliches Morgenidyll, über dem die Sonne schon recht hoch stand.

Wir waren eine gute Strecke schweigend gefahren, als Theodora unvermittelt fragte: «Ina, was siehst du?»

«Ich weiß nicht ... Wahrscheinlich dasselbe wie du.»

«Das glaube ich nicht.»

«Warum?»

«Weil du es zum ersten Mal siehst.»

Ich fand die Frage originell und ließ mich auf dieses Spiel ein. Zählte die Felder oder das Vieh auf.

«Aber was tun die Menschen? Sieh genau hin», verlangte sie.

Erst jetzt achtete ich auf die bunte Kleidung der Frauen. Keine trug das Gleiche wie die andere, und manche hatte sich ihr Kind mit einem Tuch auf den Rücken gebunden. Sie lockerten konzentriert den Boden, steckten Setzlinge hinein und sprachen dabei die ganze Zeit mit anderen Frauen. Obendrein behielten sie noch die älteren Kinder im Auge, die sich ebenso wie die Mütter mit der Feldarbeit abplagten. Alle benutzten einfache Hacken mit Holzstiel.

«Glaubst du, die Frauen sind zufrieden mit dem, was sie tun?»

«Das kann ich mir nicht vorstellen! Sie leben wie die Menschen bei uns vor Jahrhunderten.»

«Sie tun dir leid?», fragte Theodora. Sie fuhr nicht sehr schnell, was in Anbetracht des wackelnden Lenkrads auch besser war.

Ich fühlte mich unbehaglich. Was sollte diese Fragerei? «Teils ja, teils nein. Ich weiß es nicht», sagte ich leicht entnervt. «Ich bin keine Entwicklungshelferin.»

Die Straße hatte das Ende des Tals erreicht und wand sich in immer schmaleren Kurven einen Hang hinauf. Mir war ein wenig mulmig, denn «Liese» schien mir nicht das richtige Gefährt für die abenteuerlicher werdende Strecke zu sein. Theodora lenkte das Auto vor einer weiteren Kurve zur Seite und schaltete den laut tuckernden Motor aus. Direkt neben uns führte ein Pfad den Berg hinab. Von hier aus hatten wir einen phantastischen Ausblick auf das Tal. Die Landschaft unten war wesentlich grüner als die Höhen. Offenbar durchzog ein Fluss das Tal, dessen Wasser die Bauern zur Bewässerung nutzten.

«Meine Fragen ärgern dich», sagte Modasabi. «Ich will dir verraten, warum ich sie stelle. Ich bin mir sicher, Ina, als Afrikanerin würdest du nicht nur sehen, was jeder da unten sehen kann. Menschen, Felder, Kühe, Ziegen, Häuser. Du würdest die Harmonie dieser Landschaft spüren, der die Menschen keine Gewalt angetan haben. Sie nutzen sie, aber sie benutzen sie nicht. Sie nehmen nur das, was sie brauchen.»

In der Tat war dieser Landstrich in Deutschland nicht mehr vorstellbar. Insofern war er eben doch – anders, als ich zuvor gemeint hatte – afrikanisch. Schön, aber rückständig. Nicht einen einzigen Traktor konnte ich entdecken.

«Es muss ein hartes Leben sein, das sie führen», sagte ich. «Ohne technische Hilfsmittel den Boden zu bearbeiten! Sie haben es doch unnötig schwer. Warum schaffen sie sich nicht gemeinsam landwirtschaftliche Maschinen an? Der Ertrag wäre bestimmt viel höher.»

Meine Tante nickte. «Zugegeben, sie sind arm – nach den Maßstäben des Westens. Aber reden wir wieder von dir. Bei unserem ersten Treffen hast du gesagt, dass du deine Arbeit nie wirklich gemocht hast. Aber du hast sie getan, weil du dich daran gewöhnt hattest. Du hast erzählt, dass du dich selbst überflüssig gemacht hast. Es tat mir weh, dich so sprechen zu hören. Nun schau auf diese Menschen dort unten und sage laut: ‹Ich kaufe ihnen einen Traktor, damit sie ein leichteres Leben haben.›»

«Wenn ich Bill Gates wäre, würde ich das tun.»

«Wer ist Bill Gates?»

Ich sah sie verdutzt an. «Du weiß nicht, wer das ist? Der Gründer von Microsoft.»

«Was ist Microsoft?»

Theodoras sorglos zur Schau gestellte Unwissenheit beeindruckte und verwirrte mich. «Kaum jemand auf der Welt», erklärte ich, «könnte einen Computer benutzen, wenn Bill Gates nicht das Betriebssystem Windows erfunden hätte.»

«Dann hat Mr. Gates die Welt verändert?» Ich nickte. Sie dachte einen Moment nach, dann sagte sie: «Dieser Mann heißt Gates? Das ist erstaunlich: Gate heißt auf Englisch Tor. Sein Name sagt also bereits, dass er die Tore zu einer neuen Welt öffnet. Dieses – wie sagst du – Betriebssystem für Computer heißt Fenster. Das ist ja richtig mythisch, Ina. Also, wenn du Mr. Gates wärst, würdest du den Menschen dort unten neue Türen öffnen. Obwohl du selbst deine Arbeit verloren hast, weil Mr. Gates diese Erfindung für Computer gemacht hat?»

«Aber durch ihn habe ich indirekt auch Arbeit bekommen.»

«Und verloren. Wie hilfreich ist seine Erfindung so gesehen für dich?»

Wie hatte Jasmin gesagt? «Ich finde Theodora anstrengend.» Diese Frau war mehr als das! Aber sie brachte mich tatsächlich ins Grübeln. Zwar ging es bei den Bauern dort unten nicht um einen Computer, sondern um einen Traktor, aber ich begriff das Prinzip durchaus: Ein einziger Traktor würde einen Haufen Menschen und ihre Arbeit überflüssig machen. Und die Landschaft sähe danach nie mehr so bilderbuchmäßig aus.

«Aber die Welt muss sich weiterentwickeln», sagte ich. «Es kann doch nicht alles stehenbleiben.»

«Warum nicht?»

«Weiß nicht. Es muss Fortschritt geben, sonst lebten wir heute noch in der Steinzeit. Du hättest nicht mal deine Liese.»

«Das wäre nicht so schlimm», hielt Modasabi dagegen. «Meistens gehe ich zu Fuß in den heiligen Hain. Das wollte ich dir heute nicht zumuten. Du bist es bestimmt nicht gewohnt, weite Strecken zu Fuß zu gehen.»

«Und du könntest deine Enkelin nicht mal eben in Abuja besuchen.»

«Otto wäre heute nicht in Abuja Vize-Minister. Sondern würde dort unten auf dem Feld arbeiten. Wäre das so schlimm?»

«Otto ist stellvertretender Minister? Du müsstest stolz auf ihn sein! Er kann gewiss viel bewirken, nützlich sein für andere.»

Sie lächelte schwach. «Otto hat ein Magengeschwür, weil er gegen seinen korrupten Chef kämpft. Jeder Tag, an dem er so weitermacht, wird sein Leben um Monate verkürzen. Das weiß er, aber er kann nicht mehr anders. Weil er sich dafür entschieden hat, dass nichts bleiben soll, wie es ist.»

«Verändert sich denn nicht auch alles in einer Welt, die dein Ideal ist?»

«Es liegt im Wesen des Menschen, stets haben zu wollen, was andere besitzen. Insofern kann die Welt in diesem Tal niemals so bleiben, wie sie ist. Das ist leider wahr. Die Frage ist jedoch: Soll Mister Gates ihnen einen Traktor schenken? Nur, weil er meint, dass die Leute im Tal es dann leichter haben? Was weiß jemand, der von außen kommt, über die Vorzüge dieses schweren Lebens?»

Ich musste lachen. «Wo sollen die denn bitte schön liegen?!»

«Dasselbe habe ich mich vor fünfzig Jahren gefragt, als ich hierherkam. Dann lernte ich, den Boden aufzubrechen, Setzlinge hineinzupflanzen, diesen dabei zu helfen, groß zu werden, die Früchte zu ernten, zu essen und aus einem Teil davon neue Setzlinge zu ziehen. Das ist ein wundervoller Kreislauf, der mit Zufriedenheit erfüllt.»

«Dieser Kreislauf bleibt derselbe, wenn man einen Traktor hat», entgegnete ich.

«Im Prinzip schon. Aber es genügt nicht, einen Traktor zur Verfügung zu haben. Du musst lernen, ihn zu bedienen. Du musst ihn warten können. Du musst Diesel-Kraftstoff besorgen. Schon das zwingt dich dazu, dein Leben zu ändern. Das Hilfsmittel für deine tägliche Arbeit entfernt dich somit von dieser Arbeit. Und irgendwann wirst du sie nicht mehr tun wollen. Das ist der Punkt, an dem auch weite Teile der Gesellschaft in Nigeria stehen: Die Menschen haben die Verbindung zu ihren Wurzeln verloren.» Sie schüttelte energisch den Kopf. «Nein, weder Mister Gates noch sonst jemand sollte Traktoren verschenken.»

Ich ahnte, dass es keinen Zweck hatte, meiner Tante noch weiter zu widersprechen. Ihr Plädoyer für das einfache Leben war richtig. Im Grunde genommen war es doch in meinem Job nicht anders gewesen. Am Anfang hatte ich Kunden persönlich beraten, ihnen dabei geholfen, ihre Versicherungspolicen aufeinander abzustimmen und individuelle Verträge für sie auszuarbeiten. Mit dem Siegeszug des Computers wurde der Einfluss der systematisch erstellten Verträge so groß, dass dafür keine Zeit mehr blieb. Und gleichzeitig wurde das System so anspruchsvoll, dass ich jedes Jahr einen Fortbildungskurs absolvieren musste, um mithalten zu können. Die konsequente Weiterentwicklung waren die Callcenter, die uns von jedem Kundenkontakt abschnitten. Hätte ich einem Interessenten Auge in Auge gegenübergesessen und keinen Computer zur Berechnung zu Hilfe gehabt, ich hätte zuletzt nicht einmal gewusst, was ich ihm hätte raten sollen.

So gesehen wusste ich nicht einmal mehr, wie man den Boden aufbricht, um einen Setzling hineinzutun. «Dann sollte es keinen Fortschritt geben, weil der Fortschritt den Menschen zum Gefangenen des Fortschritts macht?», fragte ich nach langem Schweigen.

«Er sollte sich nur an den Bedürfnissen der Menschen orientieren», sagte Theodora. «In einer Industriegesellschaft geht das nicht. Das weiß ich auch. Aber hier, hier ist das noch möglich. Die Bauern dort unten haben Gräben gegraben, die nicht breiter sind als die Hacken, mit denen sie arbeiten, und haben Wasser aus dem Fluss auf das Land geleitet. Damit haben sie das getan, was der Fluss vor Jahrtausenden selbst noch geschafft hat. Damals, als er so breit war, dass er dieses Tal erschuf. Das meinte ich, als ich dich fragte: Was siehst du?»

«Was siehst denn du, wenn du hinunterschaust?»

«Ich sehe Frieden», antwortete sie. «Menschen, die füreinander da sind.»

«Weil sie aufeinander angewiesen sind.»

«Genau so sollte es sein. Der Mensch ist das, was er mit seinen Händen erschafft. Nicht mehr als das, aber vor allem auch nicht weniger.» Sie lächelte mich hintergründig an. «Wann ist denn ein Mensch glücklich? Wenn er Geld hat? Oder wenn ihn sein Leben erfüllt?»

«Um den Preis, sich den Rücken kaputtzumachen?»

«Wenn du jeden Tag an einem Schreibtisch sitzt – wird dein Rücken davon gesünder?»

Vor Jahren hatte ich mich über eine Untersuchung gewundert, der zufolge Menschen in Ländern wie Bangladesch glücklicher als die in Deutschland waren. War das die Erklärung: Arbeite mit deinen Händen statt mit einem Computer? War es so simpel?

Oder war es romantisch und weltfremd?

Hätte Theodora mich so erzogen? Hätte sie dafür gesorgt, dass ich dort unten auf einem Feld den Boden mit einer Hacke bearbeitete? Die Vorstellung, ein solches Leben führen zu müssen, verursachte bei mir automatisch Rückenschmerzen. Ich sehnte mich plötzlich nach meinem Fitnessstudio, nach den Lichtern der Großstadt, nach einem gemütlichen Abendessen mit Moritz bei einem Glas Wein und leckerem Thai-Essen.

Theodora startete den Motor und werkelte an der Gangschaltung, bis «Liese» es beim dritten Versuch zuließ, dass der Rückwärtsgang eingelegt werden konnte.

«Erzähle von deiner Arbeit, was hast du da so gemacht?», forderte meine Tante mich auf, als wir wieder auf der schmalen Straße waren.

Ich überlegte, wie ich es ihr erklären sollte. Dass wir zum Beispiel der Frage nachzugehen hatten, wie sich das Sinken des durchschnittlichen Alkohol-, Zigaretten- und Fleischkonsums der Deutschen auf deren Lebenserwartung auswirkte. Dass es sogar eine Recheneinheit für die Lebenszufriedenheit gab. Denn all das spielte bei der Lebenserwartung eine Rolle. Und das sollte ich meiner Tante erklären? Sie hätte mich ausgelacht. Oder mich aus ihren altersweisen Augen mitleidig angesehen. Was auf dasselbe hinauslief. Wenn ich so gelebt hätte wie sie – ganz ohne Bill Gates und Windows –, hätte ich wohl ähnlich reagiert.

«Ach», sagte ich deshalb leichthin, «das ist nicht so spannend.»

«Du willst nicht darüber sprechen? Gut. Dann erzähle von deiner Schulzeit. Hast du Abitur gemacht?»

«Ich habe nach der zehnten Klasse aufgehört.»

«Aber du warst eine gute Schülerin!»

«Woher weißt du das?», fragte ich verblüfft.

«Meine Freundin hat mir in einem ihrer letzten Briefe geschrieben, dass du die Zweitbeste deiner Klasse warst. Warum hast du nicht weitergemacht? Wollte Magdalena das nicht?»

Ein Kloß schnürte meine Kehle zu. Ich sah angestrengt aus dem offenen Fenster, vor dem das vom Straßenstaub bedeckte Dickicht langsam vorbeizog. Ich hörte Mutti sagen, dass ihr die Arbeit als Krankenschwester zu schaffen mache, dass ihr Rücken nicht mehr lange mitmache, dass es schön wäre, wenn ich auch etwas zur Haushaltskasse beitragen würde …

«Mutti hat für mich getan, was sie konnte», erwiderte ich.

«Hast du für dich getan, was du konntest, Ina?»

«Wie meinst du das?»

«Du warst als Kleinkind schon sehr musisch. Hast du ein Instrument gelernt?»

Ich schüttelte den Kopf.

«Und was war, nachdem du die Schule verlassen hattest? Wie ging es weiter?»

«Ich ließ mich zur Steuergehilfin ausbilden, aber das war

mir nach ein paar Jahren zu langweilig. Ich wurde dann Versicherungskauffrau.»

«Warum?», bohrte sie weiter.

«Da verdiente ich mehr.»

«Hast du Herrn Sommerberg in der Versicherung kennengelernt?»

«Nein!» Ich lachte. Sie hielt mich wohl wirklich für einen Einfaltspinsel. «Beim Tanzkurs. Mit Reinhold Rock 'n' Roll zu tanzen – das war toll. Wir sind sogar bei Wettbewerben aufgetreten. Einmal waren wir Berliner Meister.»

«Bill Haley und Chuck Berry! Die haben eine Musik gemacht, die mir auch gefiel. Erdverbunden und ehrlich. Aber ich konnte nie dazu tanzen. Ich habe mich wie ein Trampel angestellt, immer auf die Schrittfolge geachtet. Ich kam ständig aus dem Rhythmus. Ich wurde nie eins mit der Musik.»

«Genau das ist der Punkt! Du musst alles vergessen, nur den Rhythmus empfinden, dann geht es von allein. Es ist wie … fliegen.»

Theodora warf mir einen Blick zu, dann schaute sie wieder auf die Straße. «Das klingt gut, Ina. Tanzt du noch?»

«Nein! Schon lange nicht mehr.»

«Warum hast du aufgehört?»

«Es war die deutsche Meisterschaft. Ich wusste, ich hatte die falschen Schuhe dabei. Sie waren einfach zu eng, aber Reinhold hatte gemeint, sie würden besser zu meinem Meisterschaftskleid passen als die, die ich eigentlich kaufen wollte. Ich knickte um und stürzte …»

Alles war still gewesen in diesem Augenblick, ich sah Reinholds Mund, der sich bewegte und etwas sagte, aber ich hörte es nicht. Die Hand, die er mir entgegenstreckte … Ich blickte in die Ränge, wo irgendwo Mutti saß. Die Scheinwerfer waren viel zu grell, ich konnte sie nicht sehen, wusste aber, wie sie auf mich herabsah. Mit diesem Blick, der alles missbilligte, was sie nicht verstand.

Theodora nahm die rechte Hand vom Lenkrad und legte sie sanft auf meine Hände, die sich in meinem Schoß zu Fäusten geballt hatten.

«Wieder aufzustehen ist das Schwierigste im Leben», sagte sie. Mehr nicht. Ich hatte ihr das ganze Drama meines letzten Tanzes nicht erzählt. Sie kannte es dennoch.

Die Straße führte wieder hinab, die Vegetation wurde dichter. Schließlich bog sie ab. Der alte Wagen holperte im Schritttempo über ausgewaschene Wege. Dornige Zweige kratzten am Blech entlang. Ich kurbelte mein Fenster so schnell hoch, wie die altersschwache Mechanik es zuließ. Theodora hielt das Lenkrad stoisch fest, obwohl Steine am Wagenboden entlangschrammten.

Wie kommen wir hier bloß wieder fort?, dachte ich.

«Du fragst dich jetzt: Wie kommt man hier wieder raus?», sagte Theodora.

«Woher weißt du das?»

«Das soll sich jeder fragen, der hierherwill», erwiderte sie, sah mich mit ihrem hintergründigen Lächeln an und stellte den Motor ab. «Wir sind da.»

Ich sah nichts, weswegen es sich gelohnt hätte, auszusteigen. Nur Dickicht, hohes, gelb verdorrtes Gras, Bäume, die ihre kahlen Äste in den Himmel streckten.

Theodora nahm einen altmodischen Rucksack aus Stoff aus dem Kofferraum des Autos und reichte ihn mir, er war ziemlich schwer. Sie half mir mit den umständlich zu verstellenden Gurten, wuchtete ein in bunten Stoff gewickeltes Bündel hervor und drückte es mir in die Arme. Es hatte das Gewicht eines 14-Tage-Türkei-Urlaub-Koffers.

«Hilf mir bitte», sagte sie und ging in die Knie. Ich begriff nicht sofort, und sie deutete auf ihren Kopf. «Dadrauf, Ina!»

«Das ist viel zu schwer!», protestierte ich. «Lass uns das gemeinsam tragen.»

Sie warf mir einen Blick über die Schulter zu. «Dort, wo wir hingehen, kann man nichts gemeinsam tragen. Also rauf damit!»

Mit schlechtem Gewissen packte ich der drahtigen alten Frau ein geschätztes Drittel ihres eigenen Körpergewichts auf den Kopf. Sie richtete sich auf, rollte kurz die Schultern und sagte nur: «Na, dann komm.»

Direkt neben dem Wagen begann ein schmaler Pfad, völlig unscheinbar. Selbst wenn ich zu Fuß unterwegs gewesen wäre, hätte ich ihn mit Sicherheit übersehen. Rankwerk und trockenes Holz wirkten wie eine zugewucherte Höhle. Theodora hielt ihr Bündel mit einer Hand fest und lief los. Die trockene Hitze, das Gewicht und das in ihrem Alter! Es war wirklich bewundernswert. Blieb man so gut in Form wie sie, indem man sein biologisches Alter einfach ignorierte?

Es war hier seltsam still, nicht einmal der Gesang von Vögeln war zu hören. Die Luft roch nach trockenem Waldboden, aber die Bäume schienen nicht sehr alt zu sein. Theodora ging vor mir her, stoppte gelegentlich und deutete in den lichten Wald, um mich auf riesige Affenbrotbäume mit dicken Stämmen aufmerksam zu machen, die ihre eigentümlich verbogenen kahlen Äste nach allen Seiten ausstreckten.

Wir waren eine ganze Weile dem Zickzack des Weges

gefolgt, als wir plötzlich auf einer Lichtung standen. An ihrer Schmalseite neigten sich kahle Stämme derart aufeinander zu, dass sie einen torartigen Durchgang bildeten. Erst aus der Nähe war zu erkennen, dass die Stämme von Menschenhand geschält worden waren. Gesichter waren hineingeschnitzt, die aus großen Augen durch mich hindurchblickten. Sie wirkten zwar nicht direkt feindlich, aber doch auf eine Art wachsam, die mich hätte zurückschrecken lassen, wenn ich nicht in Theodoras Begleitung gewesen wäre. Diese Gesichter waren so ausdrucksstark, als sagten sie: Geh nicht weiter, hier hast du nichts verloren.

Theodora blieb vor den Gestalten stehen und redete in einer Sprache, die ich nicht verstand. Der melodiöse Tonfall ließ vermuten, dass es eine Art von Gebet war. Ich traute mich aber nicht, nach der Bedeutung zu fragen. Dann ging sie weiter, und ich folgte dicht hinter ihr. Zwischen den Bäumen und Büschen glaubte ich eigenartige Gebilde im Unterholz erkennen zu können. Hütten, vermutete ich. Unvermittelt stand ein Mensch vor mir, ich erschrak zu Tode und ärgerte mich im selben Augenblick: Es war nur eine weitere buntbemalte Holzfigur. Und ich erinnerte mich daran, dass Modasabi erwähnt hatte, dass sie im Hotel *Paradise* «Wächter» aufgestellt hätten. Immer wieder tauchten diese «Wächter» auf, meistens mitten auf dem schmalen Weg.

Natürlich wusste ich, dass ich in Theodoras Gegenwart nichts zu befürchten hatte; hier würde es keine Räuber geben und keine wilden Tiere. Sie würde mich auch nicht einfach allein zurücklassen. Aber Vernunftargumente nutzten nichts. Ich fühlte mich unwohl. Selten war ich durch Wälder gewandert, und sogar in unserem Berliner Grunewald war es Reinhold und mir einmal gelungen, uns zu verlaufen.

Und dann dieses Schweigen! Warum sprach meine Tante nicht mit mir? Durfte man das nicht, störte das die Heiligkeit des Waldes? Ich war froh, dass Jasmin jetzt nicht dabei war. Dies hier war einfach zu viel: zu viel Natur, zu viel Unwägbarkeit, zu viel Unbekanntes.

Der Weg wurde immer beschwerlicher und führte schließlich bergauf. Im Sonnenlicht schimmernde Felsbrocken, die wie rund geschliffen wirkten, lagen wie riesige Murmeln herum. Irgendwo in der Ferne hörte ich Wasser rauschen. Und dann sah ich es: ein seltsames Bauwerk aus Holz, das sich unter einen gewaltigen Felsvorsprung kauerte, auf dem Bäume wuchsen. Errichtet aus Baumstämmen, die wirkten, als hätte ein Gigant damit gespielt. Sie lagen und standen ineinander verkeilt, und erst auf den zweiten Blick war zu erkennen, dass sie Bögen und Fenster darstellen sollten. Ein abstraktes Bauwerk, gegen dessen Verfall an einer Stelle bereits ein wackliges Gerüst aus Bambusstangen aufgestellt worden war. Am Boden liegende Materialien waren wohl dazu gedacht, Kaputtes zu ersetzen.

Direkt vor diesem Höhlenhaus befand sich ein großer Platz, bewacht von lebensgroßen Holzpuppen. Besonders ins Auge fiel eine Gruppe von vier im Kreis angeordneten Frauenfiguren, die schwer zu schleppen hatten. Sie trugen Holzbündel, Schalen, Steine, und eine hatte etwas auf dem Kopf, das eine Flamme zu sein schien.

«Wir sind angekommen», sagte Theodora. «Hilfst du mir, bitte?»

Gemeinsam wuchteten wir das Bündel von ihrem Kopf, dann befreite sie mich von meinem Rucksack. Ich atmete auf und blickte auf meine Armbanduhr. Rund eine Stunde war vergangen, seit wir das Auto zurückgelassen hatten. Ich sah mich um, konnte aber kaum noch sagen, aus welcher Richtung wir gekommen waren, denn eine Unzahl kleiner Pfade schlängelte sich durch Felsbrocken und Bäume hindurch.

«Was ist das hier?», fragte ich.

«Das Haus der fünf Mütter», antwortete Theodora.

Mein Blick ging zu den vier schwer tragenden Frauenfiguren, und ich fragte mich, warum man die fünfte weggelassen hatte. Doch im Moment war etwas anderes wichtiger zu wissen: «Bist du eine der fünf Mütter?», fragte ich.

Meine Tante schüttelte den Kopf. «Die Mütter sind keine Menschen, sie sind … wie soll ich sagen … ein Gedanke, dem wir dienen. Jede Mutter stellt einen Teil der Welt dar, sie sind also nicht das, was du dir vielleicht unter Göttern vorstellst. Wobei wir durchaus an einen Gott glauben, an einen Schöpfer, der an die fünf Mütter Aufgaben verteilt hat.» Sie ließ sich auf dem Boden nieder, ich machte es ihr nach. «Aber dies ist nicht der Zeitpunkt, um es dir zu erklären. Das würde komplizieren, was einfach und naheliegend ist.»

«Seid ihr eine Sekte?», fragte ich rundheraus.

«Eine …? Nein, Ina, da kann ich dich beruhigen. Wir bekehren niemanden und sagen auch niemandem, wie er zu leben hat. Es geht uns lediglich um gegenseitige Hilfe. Wir verdienen damit auch kein Geld.»

«Wer ist wir? Wo sind die anderen?»

Theodora öffnete den Rucksack, den ich getragen hatte. «Sie kommen später. Lass uns erst mal etwas essen, du musst hungrig sein. Alindi hat heute Morgen deutsches Brot gebacken.»

Sie förderte einen dunklen runden Laib zutage, wickelte

hellen Ziegenkäse aus einem großen Blatt und legte beides auf ein gebatiktes Tuch. Die Art, wie sie sich das Brot unter den Arm klemmte und fingerdicke Scheiben abschnitt, erinnerte mich an meine Kindheit. Mutti hatte es genauso gemacht.

«Es ist hübsch hier», sagte ich, um etwas zu sagen. «Und was machen wir hier?»

«Wenn du wieder in Deutschland bist, wirst du gefragt werden, was du gesehen hast. Und wer diese Verrückte ist, die in Nigeria lebt. Ich möchte dir die Gründe dafür zeigen, warum ich nirgendwo anders mehr leben möchte.» Theodoras Blick wurde weich. «Und am Anfang von allem stehst du. Na gut, du warst nicht ganz der Anfang. Aber der Anfang von etwas, das mich hierher zurückkehren ließ. Als du klein warst, hattest du nämlich eine ungewöhnliche Fähigkeit. Eni – du erinnerst dich: meine Freundin – wusste darum. Für sie war es normal, weil sie die gleiche Fähigkeit bis heute besitzt. Ich habe diese seltene Gabe nicht, hatte sie auch nie. Darum wusste ich gewisse Dinge nicht einzuordnen.»

«Du machst es spannend», sagte ich und biss in das Brot. Der darin eingebackene Sand knirschte zwischen den Zähnen, aber ich ließ mir nichts anmerken. Was erwartete ich von einem improvisierten Mittagessen in der Wildnis?

«Wenn ich dir den Namen Omiri sage, fällt dir dazu etwas ein?», fragte meine Tante. Ich schüttelte den Kopf. «Das dachte ich mir. Du warst damals anderthalb. Omiri war einer von Enis Enkeln. Er war ein wenig älter als du. Ihr wart viel zusammen. Einmal wart ihr getrennt, du warst bei mir, Eni mit Omiri unterwegs. Plötzlich begannst du furchtbar zu weinen, du warst nicht mehr zu trösten, schriest: Ommi, Ommi! Ich wusste nicht, was ich tun sollte. Ein paar

Stunden später erfuhr ich, dass Omiri von wilden Hunden getötet worden war.»

Mir blieb fast der Bissen im Hals stecken. Was für eine schreckliche Geschichte! So etwas war hier geschehen? Aber was bewies mein Weinen als Anderthalbjährige schon?

«Das kann Zufall gewesen sein», sagte ich.

«Natürlich», pflichtete mir Theodora bei. «Darum vergaß ich es auch wieder. Ich dachte erst wieder daran, nachdem ich aus dem Sanatorium zurückgekommen war.» Sie räusperte sich, um sich zu sammeln. «Um frische Höhenluft zu atmen, lag ich im Sanatorium jeden Tag in eine dunkelblaue Decke gehüllt auf einer schmalen Liege auf der Terrasse, die von einem hässlichen Gitter eingefasst war. Es bestand aus senkrechten Streben, die in der Mitte durch eine kurze, schräg stehende Querstrebe verbunden waren. Vom Liegestuhl aus sah ich in die freie Landschaft. Oft war der Ausblick von Wolken verhangen, manchmal sah ich in der Ferne die Berge. Aber immer war zwischen der Landschaft und der Weite dieses hässliche Gitter. Ich durfte das Sanatorium nicht verlassen, und das Gitter war wie das Sinnbild für mein Eingesperrtsein. Jeden Tag hielt ich die Liegekur stundenlang ein oder stand an diesem Gitter und starrte in die unerreichbare Ferne. Ich war so unglücklich, dass ich manchmal heulte wie ein Kind, das seine Mutter verloren hat. Ich vermisste dich. Ich vermisste Afrika. Ich vermisste mein Leben. Dann kam ich nach fast zwei Jahren zurück in das, was einmal mein Zuhause gewesen war. Ich ging in dein Zimmer, und da lagen Bilder, die du gemalt hattest. Ich fand, dass du talentiert warst, und blätterte darin. Immer wieder tauchte ein Motiv auf. Eine Frau, in eine blaue Decke gewickelt, und dahinter das Gitter. Es sah genau so aus, mit dieser eigentümlichen, schräg stehenden Querstrebe. Du hattest die Frau, die in die dunkelblaue Decke gehüllt war, auch an diesem Gitter stehend gemalt, aber ihre Füße waren nicht zu sehen, sie waren wie abgeschnitten. ‹Warum hast du mir keine Füße gemalt?›, fragte ich dich. Und du sagtest: ‹Die kann man nicht sehen, weil die im Wasser stehen.› ‹Welches Wasser?›, fragte ich. ‹Na, deine Tränen›, sagtest du wie selbstverständlich.»

Noch so eine traurige Geschichte! Aber ich musste zugeben, sie gefiel mir. Ausgerechnet ich sollte seherische Fähigkeiten gehabt haben? Das war nun wirklich eine Überraschung, weil dieses Kind, an das Theodora sich erinnerte, ein völlig fremder Mensch war.

«Hat dich dort jemand besucht?», fragte ich. «Jemand, der mir das alles beschrieben haben konnte?»

«Oh, du Analytikerin!», sagte sie mit mildem Tadel in der Stimme. «Nein, nur die Freundin, von der ich dir bereits erzählte, hatte mich besucht. Aber sie hatte keinen Zugang zu dir. Magdalena mochte sie schon in unserer Kindheit nicht. Später habe ich mich oft gefragt», fuhr Theodora fort, «ob du das alles sehen konntest. Oder ob deine Gefühle für andere Menschen so intensiv waren, dass du es spürtest, als wären es Radiowellen. Natürlich konnte mir niemand diese Frage beantworten.» Sie lächelte. «Ich habe sie auch niemandem gestellt. Man hätte mich für verrückt gehalten. Aber dann war ich wieder hier bei Eni, und sie wusste, was mir in Deutschland widerfahren war. Bevor ich es ihr erzählt hatte. Und dann fragte ich sie, wie das möglich ist. Durch das, was Eni mir erzählte, begann ich, mich für die fünf Mütter zu interessieren. Wenn du Eni triffst, erschrecke also bitte nicht. Sie sieht Dinge, die andere nicht sehen», schloss Theodora.

«Darum», sagte ich, «wusste Eni, dass ich komme.»

«Sie konnte nicht den Tag benennen. Aber sie wusste, dass Ottos Tochter am gleichen Tag ins Krankenhaus gebracht werden würde.»

«Wenn Eni alles weiß, warum hat sie dann nicht verhindert, dass … wie hieß er?»

«Dass Omiri stirbt? Das habe ich sie auch gefragt. Ihre Antwort wird dir nicht gefallen: Dinge sehen zu können, bedeutet nicht, sie auch verhindern zu können.»

Mir war plötzlich ganz elend, weil mir die Konsequenzen bewusst wurden. «Ich muss ein unglückliches Kind gewesen sein», sagte ich. «Ich habe dich leiden sehen und konnte nicht zu dir, um dich zu trösten.»

«Ja, ich weiß, Ina.» Theodora hob hilflos die Hände. «Sobald Magdalena die Bedeutung deiner Zeichnungen begriffen hatte – ich glaube, es war am selben Tag –, hat sie allesamt in den Ofen gesteckt. Als könnte sie dich damit von deiner Gabe befreien.»

In meinem Kopf tauchten Bilder auf, ich sah mich als Kind meine Buntstifte suchen. Und konnte sie nirgendwo finden.

Wieso hatte ich das vergessen? Es muss Zeiten gegeben haben, in denen ich gern gemalt hatte. Hatte Mutti mich daran gehindert zu zeichnen oder es mir gar verboten? Warum? Hatte sie Angst, dass ihr Ziehkind womöglich über Fähigkeiten verfügte, die sie nicht kontrollieren konnte?

Irgendwie verstand ich Mutti auch. «War es eine Gabe?», fragte ich. «Ich habe eher den Eindruck, es ist ein Fluch. Zu wissen, was geschieht, und nichts dagegen unternehmen zu können – das macht einem doch die eigene Ohnmacht dem Schicksal gegenüber noch bewusster!» Ich atmete tief durch. «Ich bin froh, dass ich das nicht mehr kann!»

Keine von uns beiden hatte noch einen Bissen vom Brot

und vom Käse genommen. Der Hunger war mir vergangen.

«Von deinem jetzigen Standpunkt aus ist deine Reaktion logisch», meinte Theodora. «Dingen ausgeliefert zu sein, die man nicht kontrollieren kann und die in einem wohnen, das ist unheimlich. Wenn du jedoch in Afrika geblieben wärst, hätte Eni dich gelehrt, mit dieser Gabe umzugehen. Sie hätte dir erklärt, dass du ebenso ein Teil der Natur bist wie Omiri, ich oder der Baum dort drüben. Manches kleine Kind hat kein Problem damit, mit einem Grashalm zu sprechen oder den Schmerz zu empfinden, den eine Blume spürt, wenn sie zertreten wird. Bei anderen Kindern ist diese Fähigkeit noch stärker ausgebildet. So wie damals bei dir. Hier nennt man sie die ‹Kinder des weißen Lichts›.»

Theodora sah mich merkwürdig an, und ich konnte mich des Eindrucks nicht erwehren, dass ihr wieder Tränen in den Augen standen. Ich war verunsichert. «Was soll das sein, ein ‹Kind des weißen Lichts›?», fragte ich.

«Das führt im Moment zu weit, Ina.» Sie packte das Essen wieder ein. «Damals wusste ich von alldem ebenso wenig wie du gerade jetzt. Ich zog aus Magdalenas Reaktion nur den Schluss, einen Fehler gemacht zu haben, indem ich dich nach Deutschland brachte. Weil sie den Ehrgeiz hatte, aus dir einen anderen Menschen zu formen. Sie tat alles, damit du vergaßest, wer du wirklich bist.»

Wie jedes Mal, wenn sie dieses Thema anschnitt, spürte ich eine leichte Verärgerung. «Du musst mich akzeptieren, wie ich bin, Theodora. Du kannst die Uhr nicht zurückdrehen. Wir hatten zwei Jahre. Mutti und ich fünfzig. Du hast hier deine Familie gefunden und bist glücklich.»

«Versteh mich nicht falsch: Ich will nicht nachträglich

in Konkurrenz zu Magdalena treten. Das wäre unfair. Denn wenn sie sich rechtfertigen könnte, würde sie sagen: ‹Ich habe getan, was ich für das Beste hielt.›» Ich war erstaunt, wie versöhnlich meine Tante jetzt klang, aber da fuhr sie schon fort: «Ich möchte dir zeigen, was in dir verborgen ist, Ina. Um dir zu helfen, diesen Schatz zu bergen. Dafür ist es nicht zu spät. Du bist noch jung.»

«Mit 52 ist man nicht mehr jung.» Fast hätte ich gesagt: In meinen verbleibenden 31,4 Jahren erwarten mich Gebrechlichkeit und Krankheit. Doch das erschien mir angesichts der rüstigen Alten, der ich gegenübersaß, falsch.

«Du hast viele Jahrzehnte vor dir, in denen du jeden Tag des Lebens wie ein Geschenk empfinden kannst. Darum möchte ich dir die Lehren der fünf Mütter nahebringen.»

«Warum willst du das tun? Ich bin nur ein paar Tage hier», fragte ich.

«Du bist heimgekehrt, Ina.»

In mir sträubte sich alles gegen diese Formulierung. «Nur weil ich zufällig in Tiameh zur Welt gekommen bin, ist es noch lange nicht mein Zuhause», widersprach ich.

«Du hast mich gesucht. War das auch Zufall?»

«Ja, in gewisser Weise schon.» Ich erzählte ihr, wie Jasmin die Kiste auf dem Speicher entdeckt hatte. Die kleine Figur erwähnte ich noch nicht, denn ich hatte das unbestimmte Gefühl, dass dies noch nicht der richtige Zeitpunkt war. «Also», schloss ich, «begann Jasmin zu fragen, und ich wusste keine Antworten.»

«Das nennst du Zufall? Es beweist, dass niemand die Vergangenheit begraben kann. Sie kommt zurück, ob wir es wollen oder nicht. So hat sie auch dich eingeholt», sagte Theodora eindringlich.

Sie nahm einen Ast, mit dem sie etwas in den Sand

schrieb, und forderte mich auf, es zu lesen: Tiameh. Ich blickte meine Tante fragend an.

«Sortiere die Buchstaben neu», forderte sie mich auf.

«Wie meinst du das?»

«Es ist ein Anagramm: In anderer Reihenfolge ergeben die Buchstaben ein neues Wort.» Ich begriff nicht, was sie wollte. «Dein Vater liebte Wortspiele. Oder wie er es nannte: Spielworte. Eines Abends saßen wir alle am Feuer, und er schrieb Tiameh. Dann tat er das, was ich jetzt tue.»

Flink kritzelte sie eine neue Buchstabenfolge in den Sand. Nun stand dort: «Heimat».

«Das bedeutet doch nichts», sagte ich. «Das wird mit vielen Worten möglich sein. Das müsste man nur in den Computer eingeben.»

Theodora schüttelte nachsichtig lächelnd den Kopf. «Du willst es nicht wahrhaben. Und in gewisser Weise verstehe ich dich. An jenem Abend war es so ganz anders als jetzt, wo die Sonne scheint und alles im klaren Licht der Wirklichkeit erstrahlt. Wir drei fanden es damals sehr mystisch.» Sie schwieg einen Moment, dann setzte sie leise hinzu: «Wir sind alle hiergeblieben, auf die eine oder andere Weise.»

In diesem Moment schien ihr Schmerz über ihren so lange zurückliegenden Verlust wie eine offene Wunde zu sein.

«Hatte mein Vater die Idee, dass ihr drei 1956 nach Nigeria reist?», fragte ich.

«Komm, ich möchte dir etwas zeigen», sagte sie statt einer Antwort. Sie reichte mir die Hand, und wir überquerten den Platz vor dem Felsenhaus.

Seite an Seite folgten wir einem Pfad, der um den Felsvorsprung herumführte. Eine Weile stiegen wir durch dichtes Unterholz und passierten zahlreiche weitere «Wächterinnen». Dann bot sich uns ein phantastischer Ausblick auf die tiefer gelegene Landschaft. Sie war so ganz anders als der lichte Wald, durch den wir gewandert waren. Die dicken Baumkronen wirkten wie ein dichter Teppich. Eine unendliche grüne Weite, die sich in sanften Wellen ausbreitete, in der Ferne überragt von einem kegelartigen, sattgrünen Berg. Darüber spannte sich ein wundervoller blauer Himmel. Imposante weiße Haufenwolken hatten sich gebildet, die durch das senkrecht einfallende Sonnenlicht Schatten auf das Grün warfen. Es war, als gäbe es eine unsichtbare Verbindung zwischen Himmel und Erde. Und jetzt hörte ich auch wieder das Rauschen des Wassers. Es musste von irgendwo unterhalb des Felsens kommen, auf dem wir standen. Ein Greifvogel nutzte mit ausgebreiteten Schwingen die Thermik der am Berg aufsteigenden Wärme, um majestätisch seine Kreise zu ziehen.

Theodora deutete in die Ferne. «Für die Menschen, die in dieser Gegend leben, ist der Wald von hier bis hinter den Berg dort drüben tabu. Sie gehen nicht einmal zum Jagen hinein.» Sie lächelte dieses Lächeln, mit dem sie gelegentlich ihre Worte relativierte. «Jedenfalls meistens. Und dann nur, wenn sie sich zuvor langwierigen Zeremonien unterworfen haben.» Sie fuhr ernster fort: «In weiter Ferne, auf der anderen Seite des Bergs, gibt es nur dürre Busch-Savanne. Obwohl es dort einmal genauso aussah wie da unten: Ein englischer Bergbaukonzern hatte bereits damit begonnen, Erze abzubauen, als wir hier eintrafen. Denn Eberhard, dein späterer Vater, war von diesen Leuten angestellt worden, um nach Edelmetall zu suchen. Natürlich hofften sie auf Gold.»

Theodora erklärte, dass mein Vater nicht Bergbau-Ingenieur, sondern Geologe war. Und ich fragte, warum Lore ihn begleitet hatte.

«Lore war 22, als sie Eberhard heiratete. Ihr Herz war rein, sie hatte keinen anderen Wunsch, als bei ihrem Mann zu sein. Der wollte in die Welt hinaus, also war sie bereit, ihm zu folgen. Weder sie noch Eberhard ahnten, was sie hier erwartete.»

Theodoras Blick schweifte über den Dschungel zu unseren Füßen. Sie schien plötzlich sehr weit weg zu sein.

«Und du?», fragte ich. «Hast du auch Geologie studiert?»

«O nein, Ina! Von so etwas verstand ich rein gar nichts.»

Sie hatte Kunst studiert, um Bildhauerin zu werden. Allerdings gegen den Widerstand ihres Vaters, der gemeint hatte, von Kunst könne man nicht satt werden. Aber sie fand bald einen Weg, ihm das Gegenteil zu beweisen – mit «Wohnzimmerkunst», wie sie es nannte. Die schnell entstandenen, schlichten Gemälde hätten ihr das Studium finanziert.

«Kunst als Alltagsware», sagte sie. «Ich hatte damit kein Problem. Damit war ich gar nicht so weit von dem entfernt, was ich später in Afrika kennenlernen sollte!»

Die Beschäftigung mit den diversen Stilrichtungen hatte sie schließlich dazu gebracht, Afrika für sich zu entdecken. «Nach dem Krieg erinnerte man sich wieder an eine Kunstrichtung, die den Nationalsozialisten als ‹entartet› gegolten hatte: den Expressionismus», erzählte sie. «Viele Expressionisten hatten Inspiration aus der – wie man sagte – naiven Kunst Afrikas bezogen. Mich faszinierte das, ich besuchte alle Völkerkundemuseen. Und dann beschloss Eberhard, das Angebot anzunehmen, nach Nigeria zu gehen. Ich hatte das Studium gerade abgeschlossen und rief spontan: ‹Ich komme mit!›» Sie seufzte tief. «Ja, so hat alles angefangen.

Mit einer unglaublich großen Naivität dem Fremden gegenüber. Wir sind hineingestolpert wie Kinder, die im Wald Pilze suchen wollen und sich ganz schrecklich verlaufen.»

Jasmin hatte angenommen, ihre Großeltern seien Abenteurer gewesen. Aber ein Abenteurer lässt sich bewusst auf Gefahren ein; er will sich daran messen. Für diese drei hatte das offenbar nicht gegolten.

«Du sagtest, mein Vater hätte Gold finden sollen. Ist ihm das gelungen?», fragte ich.

«Nein, Ina. Dazu kam es nicht.»

«Warum nicht?»

«Es gab Unfälle. Menschen starben», erwiderte sie.

Das war eine seltsam vage Auskunft. «Im Internet stand, dass der Bergbau etwa zu der Zeit eingestellt wurde, als meine Eltern starben. Ich frage mich, ob da ein Zusammenhang besteht», hakte ich nach.

«Die Leute meiden den Wald dort unten, weil er für sie das ist, was man im Deutschen ein Heiligtum nennen würde. Dieser grüne Berg da drüben ist das höchste Heiligtum. Man nennt ihn einfach nur das Geheimnis, auf Englisch *The Secret*. Ausgerechnet dort sollte dein Vater nach Gold suchen. Aber wir wussten nichts von diesen Zusammenhängen.»

«Was ist denn das Geheimnis dieses Bergs?»

«Das auszusprechen, bricht bereits das Tabu.»

«Glaubst du denn auch daran?» Ich versuchte, in ihrem plötzlich verschlossenen Gesicht zu lesen. Und dann sprach ich es direkt aus: «In Afrika heißt es doch schnell, dass etwas mit einem Fluch belegt ist.»

«Ja, so sagen die Leute. Ich zeige dir etwas.»

Theodora nahm meine Hand und führte mich durch das Unterholz. Plötzlich blieb sie stehen und hielt mich zurück. Sie zerteilte die Ranken, die uns umgaben, und deutete auf den Erdboden. Direkt vor ihren Füßen tat sich der Abgrund auf. Ich schrak zurück.

«O mein Gott!», rief ich. «Das ist ja lebensgefährlich!»

Sie lächelte. «Ja, hier stehen keine Schilder. Wenn man nicht weiß, wo der Hang endet, stürzt man hinunter. Und dann heißt es: Ein Fluch liegt auf diesem Berg. Wieder hat er sich einen Menschen geholt.»

Mein Herz raste immer noch. «Also keine Flüche?», fragte ich.

«Nein, keine Flüche, Ina. Man kann für alles rationale Gründe finden. Aber die Menschen brauchen den Glauben, wo die Vernunft ihnen nicht weiterhilft.»

«Und was ist mit deinen fünf Müttern? Ist das kein Glaube?»

«Oder gar ein Kult?» Sie legte den Arm sanft um meine Schultern. «Ach, Ina!» Sie lachte. «Man glaubt, dass es Gott gibt. Oder dass Jesus, Mohammed und Buddha gelebt haben. Einen Beweis gibt es dafür wohl nicht. Zwei Wahrheiten allerdings sind unbestreitbar: Jedes Leben wird von der Natur bestimmt, und jeder Mensch hat eine Mutter. Daraus ergibt sich, dass jede Mutter ein Teil der Natur ist. Und was ist die Natur, woraus besteht sie? Aus dem, was wir sehen? Himmel, Bäume, Erde, Tiere, Wasser? Aber wenn das so einfach ist, warum haben wir dann so viel Angst? Warum fühlen wir uns den Kräften der Natur ausgeliefert? Weil wir sehen und uns bemühen zu verstehen, statt die Natur in uns selbst zu fühlen. Wir sind ein Teil von ihr. In der Lehre der fünf Mütter geht es genau darum. Deshalb war es damals ein großer Fehler, diese Komplexität an einem Ort zu stören, dessen Namen die Menschen nicht einmal auszusprechen wagen.»

Wir machten uns auf den Rückweg. Plötzlich begriff ich und blieb wie angewurzelt stehen. «Denkst du etwa, mein Vater ist gestorben, weil er die sogenannten fünf Mütter gestört hat? Das ist doch Irrsinn, Theodora! Das sind doch nur Bäume und Felsen. Gut, man soll mit den Ressourcen der Erde sorgsam umgehen, das ist schon richtig. Aber erstens hat Ende der fünfziger Jahre garantiert niemand an Ökologie gedacht, und zweitens ist mein Vater deshalb gestorben! Da stimmt doch was nicht!»

Theodoras nachsichtiges Lächeln machte mich noch zorniger. Ich hatte meinen Vater nie kennenlernen dürfen. Nun sollte ich einfach akzeptieren, dass er wegen eines Berg- und Baum-Kults sterben musste?

«Du hast völlig recht», sagte sie. «Da stimmte etwas nicht. Zwei Einstellungen dem Leben gegenüber prallten aufeinander. Eberhard, Lore und auch ich waren der klassische Typus des modernen Menschen. Gebildet, aufgeschlossen, geistreich. Wir hielten uns für unschlagbar, uns gehörte die Welt. Und dann trat eine zierliche kleine Afrikanerin vor uns hin, ein Baby auf dem Rücken, ein zweites an ihrem Rockzipfel. Und sie sagte etwas, das uns erst übersetzt werden musste. ‹Geht nicht auf diesen Berg›, sagte sie. ‹Stört nicht seine Ruhe. Dort gibt es nicht das, was ihr sucht.› Wir lachten sie aus. Was interessierte uns die Warnung eines Landweibs? Was wusste die schon vom Goldsuchen?»

Sie lächelte schwach.

«Am nächsten Tag, als wir aufbrechen wollten, sagte diese unscheinbare Frau etwas zu Eberhard, aber der Übersetzer weigerte sich, es uns zu sagen. Doch Eberhard bestand darauf. Schließlich übersetzte der Mann: ‹Sir, die Frau sagt, Sie werden sterben, wenn Sie das tun, was Sie vorhaben.›»

Ich hielt den Atem an. Eberhard war gewarnt worden! «Und er ist trotzdem gegangen?», presste ich hervor.

Theodora nickte. «Hättest du es nicht getan, Ina?»

Und da hatte sie mich. Natürlich wäre ich nicht gegangen, obwohl ich an so etwas nicht glaubte. Modasabi fasste meine Schultern und drehte mich sanft herum. Eine zerbrechlich kleine Frau, die in ihrem braunen Umhang winzig wirkte, sah mich an.

«Mamma Eni erwartet dich», sagte Theodora.

Mir war klar, dass die Frau, auf die ich zutrat, niemand anders war als jene, von der Theodora erzählt hatte: Eni hatte den Tod meines Vaters vorausgesagt. Hätte sie ihn denn nicht verhindern können, fragte ich mich. Dann wäre mein Leben anders verlaufen … Ich hatte nicht die geringste Idee, wie ich eine solche Frau begrüßen sollte. Ihr die Hand zu reichen, erschien mir falsch. Es nicht zu tun ebenso. Eni kam mir zuvor, sie hielt mir eine weiße Feder entgegen. Sollte ich die nehmen? Theodora nickte mir aufmunternd zu. Die Feder war ausgefranst, nicht gerade schön. Seltsames Willkommensgeschenk.

«Diese Feder», sagte meine Tante, «ist von dem Huhn, das zu deinem Willkommen heute Abend geopfert wird.»

Ich sagte *Thank you* und wusste nicht einmal, ob Eni überhaupt Englisch sprach.

Wir setzten uns auf den Boden, und Eni musterte mich eingehend. Ich tat dasselbe. Sie schien wirklich enorm alt zu sein, obwohl ihre Haut erstaunlich glatt war. Sie spannte sich wie altes Leder, unter dem sich die Wangenknochen abzeichneten. Ihre Augäpfel waren von einem ungesunden Gelb, die Iris wirkte wässrig. Ihr Blick schien aus weiter Ferne zu kommen.

Und wenn sie nun meine Gedanken lesen konnte? Was würde sie daraus erfahren? Dass ich diesen Fünf-Mütter-Zirkus für Unsinn hielt? Weil Biochemiker längst gelernt hatten, Gene auszuschalten oder einzuschleusen – je nachdem, was die Natur falsch gemacht hatte? Dass wir die Angst vor der Natur nicht dadurch verloren, indem wir Berge zu einem «Geheimnis» erklärten? Dass der Intellekt dem Instinkt auf jeden Fall überlegen war?

Ein plötzlicher Gedanke ließ mich schmunzeln: Mamma Eni würde meine Gedanken nicht lesen können. Schließlich dachte ich auf Deutsch. Trotzdem hatte ich das Gefühl, ihre Blicke auf meiner Haut spüren zu können. Mir wurde ganz anders. Sie konnte doch in die Zukunft sehen! Wusste sie, wie lange ich noch leben würde? Würde Jasmin etwas zustoßen? Oder Moritz? Oje, der Arme, seit Tagen hatte er keine Nachricht von uns!

Dann begann sie mit einer tiefen, rauen Stimme zu sprechen, die klang, als ob sie jeden Morgen mit Whisky gurgelte.

Theodora lachte. «Mamma Eni fragt, warum du so rote Haare hast. Das wollte ich übrigens auch schon die ganze Zeit wissen.»

Damit hatte ich nun wirklich nicht gerechnet. Ich sah die beiden Alten wahrscheinlich an, als wären sie nicht bei Trost. Diese Frau hatte mich seit fünfzig Jahren nicht gesehen und erkundigte sich als Erstes nach meiner Frisur! Bevor ich mich zu einer Antwort durchringen konnte, meldete sich die brüchige Stimme wieder zu Wort, und Theodora übersetzte.

«Ob du nicht glücklich bist, fragt sie. Und ob darum deine Haare so rot sind wie dein verwundetes Herz.»

Ich schluckte. Das war ein Volltreffer. Ich lächelte hilflos gegen meine Verlegenheit an. «Was hast du ihr alles über mich erzählt?», fragte ich meine Tante, als ich mich gefasst hatte.

«Ich habe Mamma Eni nicht mehr getroffen, seit du angekommen bist, Ina.»

Sollte ich das glauben? So weit von Tiameh waren wir nun auch nicht entfernt. Ich fühlte mich so unbehaglich wie in einer Prüfungssituation. Meine Hände wurden nass, mein Herz schlug viel zu schnell. Was tat ich hier eigentlich? Warum setzte ich mich dieser Begutachtung überhaupt aus?

Wieder sprach die Alte, und Theodora gab ihre Worte wieder: «Mamma Eni sagt, du musst keine Angst haben. Du bist der Mensch, der du bist. Ob du Fehler hast oder glaubst, vollkommen zu sein, das weißt nur du. Und du bist der einzige Mensch, der dich ändern kann. Du bist hier, um diesen Menschen kennenzulernen. Es ist gut, dass du gekommen bist.»

Das klang vielversprechend. Aber wie sollte ich mich ändern? Meine Haarfarbe mochte ich sowieso nicht mehr. Keine Angst mehr haben? Als wäre das auf Knopfdruck möglich. Mich selbst kennenlernen? Sollte mir das an einem Ort wie diesem gelingen? Ich blickte ratlos zu meiner Tante, doch die saß regungslos neben Mamma Eni. Sie, die bislang so bestimmend schien, wirkte neben ihr geradezu bescheiden.

Die Handflächen nach oben gewandt, reichte die Greisin mir ihre Hände. Einem Impuls folgend, legte ich meine auf ihre, die warm und trocken waren. Die Alte sah durch mich hindurch. Ich suchte den Blick meiner Tante, die mir ermutigend zunickte. Ganz langsam, ohne meine Hände loszulassen, küsste Mamma Eni meine Stirn. Ihre trockenen Lippen verweilten lange, dann löste sie sich und sagte etwas. Schließlich drehte sie sich um und ging mit tastendem Schritt auf die Felsengrotte zu, um darin zu verschwinden. Und erst in diesem Moment verstand ich: Mamma Eni konnte mich nicht sehen, sie war blind. Und dennoch hatte sie meine Haarfarbe «gesehen» …

«Was hat sie gerade gesagt?», fragte ich.

«Dass du nun das Haus der Mütter betreten darfst», antwortete Theodora.

Hieß das, dass sie mir diese Erlaubnis nicht hätte geben dürfen? Ich fragte: «Wohnt Mamma Eni etwa darin?»

«Die Dienerinnen sind nur zu Gast», antwortete Theodora. «Nur die Mütter wohnen darin.» Sie lächelte. «Pass auf deinen Kopf auf, wenn wir hineingehen.»

Hinter den eigenartig aufgestellten Stämmen, die wohl den Felsüberhang stützen sollten, befanden sich weitere, viel schlankere Pfähle. Sie standen so eng, dass man sich wie durch ein Labyrinth hindurchzwängen musste. Mit jedem Schritt verstärkte sich das Gefühl des Eingesperrtseins. Im Eingangsbereich war es zumindest noch so hell, dass ich die zahlreichen Schnitzereien auf den Pfählen erkennen konnte. Manchmal waren es menschliche Gesichter, die mich anstarrten, dann erkannte ich Chamäleons, Affen, Schildkröten oder Schlangen, Fische und Vögel. Sogar Elefanten und Löwen waren darunter. Manches erkannte ich erst auf den zweiten Blick, weil das Holz teilweise sehr dunkel und die Perspektiven völlig verschoben waren. Ich musste mich gebückt halten, um mir nicht den Kopf zu stoßen. Sobald wir uns dem Ende dieses beklemmend engen Gewirrs näherten, tat sich im hell schimmernden Fels ein schwarzes Loch auf. Geformt wie eine Sanduhr, oben und unten breit, in der Mitte schmal. Einladend wirkte das nicht gerade.

«Ich möchte da lieber nicht hinein. Das macht mir Angst», sagte ich.

«Das ist auch der Sinn der Sache», hörte ich Theodora amüsiert sagen. «Glaubst du, ein solcher Ort wird erbaut, damit man fröhlich plaudernd *Sightseeing* macht? Der Eingang ist eine Prüfung, ob du wirklich den Willen hast, das Unbekannte kennenzulernen.»

«Sei mir nicht böse, aber ich glaube, ich will nicht.»

«Du musst dich nicht fürchten, Ina. Es gibt dadrinnen keine Gespenster.»

Ich fühlte mich wie ein kleines Kind, das sich nicht in den dunklen Keller traut. «Ich werde Platzangst bekommen. Das sieht aus wie ein Grab!»

Völlig überraschend legte meine Tante ihre Arme um mich und hielt mich fest. Dicht an meinem Ohr, ganz leise, sagte sie: «Ich bin bei dir, Inchen.»

Ich hätte nicht sagen können, was in diesem Moment in mir vorging. Tief in mir, irgendwo in der Magengegend, stieg eine warme Welle auf, die meinen Körper durchflutete, mein Herz packte, für einen Moment zusammenballte und dann über meine Augen den Weg nach außen fand. Ich zitterte und drückte Theodora fest an mich. Gemeinsam warteten wir, bis dieses überwältigende Gefühl verebbt war. Es war mir nicht peinlich, dass eine Frau, von deren Existenz ich jahrzehntelang nichts geahnt hatte, mich so schwach erlebte. Ganz im Gegenteil – ich hatte das Gefühl, dass es richtig war. Ich versuchte nicht einmal, nach einem Grund dafür zu suchen, sondern ließ es einfach zu.

«Bist du bereit?», fragte Theodora sanft.

«Ja.» Ich atmete aus, warf noch einen Blick auf die Stäbe, die uns umgaben. Jetzt wirkten sie nicht mehr so, als würden sie mich einsperren, eher so, als beschützten sie mich. Ich war keine Zuschauerin mehr, sondern hatte das Gefühl, an etwas teilzuhaben. Obwohl ich nicht die geringste Idee hatte, was es sein würde.

«Zieh deine Schuhe aus, Ina. Deine Fußsohlen werden dich dann besser leiten. Sie sind ein wunderbares Sinnesorgan, vertraue ihnen», sagte Theodora.

Ich ließ meine fitnesserprobten Treter einfach stehen. Theodora nahm meine Hand und ging voraus. Zwar hielt ich unwillkürlich den Atem an, aber der sanduhrförmige Eingang erwies sich als breiter als gedacht. Mein Herz raste vor Aufregung. Und aus einem Grund, den ich nicht benennen konnte, dachte ich an meinen Traum. An diesen Augenblick, in dem der Bergsteiger in das dunkle Loch klettert, aus dem ihm eisige Luft entgegenschlägt. Ich richtete mich darauf ein, dass es jetzt genau so kommen würde, war fest davon überzeugt, die Erfahrung machen zu müssen, die meinen Vater das Leben gekostet hatte.

Aber alles war völlig anders. Statt kalter Luft empfing mich eine Wärme, die ich als angenehm empfand. Seltsam, dass meine Stimmung sich nach nur wenigen Schritten derart verändert hatte. Es roch angenehm nach erdiger, aber trockener Luft. Dabei hatte ich damit gerechnet, dass die Bäume oberhalb des Felsens von hier unten ihr Wasser bezögen. Sehen konnte ich nichts, es war stockdunkel. Vorsichtig tasteten meine Füße über den rauen Felsboden. Kaum merklich führte der Weg abwärts, die Wände waren so nah, dass ich sie gelegentlich mit den Schultern streifte. Theodora hielt meine Hand so leicht, dass ich kaum spürte, wie sie mich führte. Fast war es so, als würde ich meinen

Weg allein finden. Aber das Erstaunlichste war, dass ich tatsächlich keine Angst hatte.

Immer wieder folgte der Weg durch die Dunkelheit kleinen Kurven und mäanderte dabei tiefer in den Berg hinein. Gelegentlich ließ ich die Finger meiner freien Hand über die glatten Wände streifen. Ich spürte, dass sich hie und da eine Öffnung auftat, hinter der sich wohl ein weiterer Gang – oder vielleicht ein Raum – verbergen mochte. Ich konnte nicht mehr sagen, ob wir lange oder kurz unterwegs waren, das Gefühl für Zeit und Raum kam mir abhanden. Je weiter wir gingen, desto heller wurde es. Bis wir schließlich mitten in einer Art Raum standen, in dem es keine Ecken und Kanten gab. Alles war rund und weich. Eine Höhle, wohl eher von Menschenhand gefertigt als von unterirdischen Wasserläufen geformt. An den Seiten erkannte ich Nischen, die so lang und breit waren, dass sich ein Mensch darauf ausstrecken konnte.

Das milde, warme Licht kam aus kleinen Tongefäßen auf dem Boden, in denen ein wohlriechendes Öl brannte. Es war hell genug, um ein den Boden bedeckendes Mosaik zu erkennen, das aus unzähligen winzigen Steinchen bestand, von denen einige wie kleine Irrlichter funkelten. An einigen Stellen der zu den Wänden hin abgerundeten Decke befanden sich kleinere Mosaike, die so angeordnet waren, dass sie ebenfalls für Lichtreflexe sorgten. Das alles wirkte so harmonisch, dass ich mich trotz der geringen Raumhöhe, die aufrechtes Stehen nicht zuließ, nicht eingesperrt fühlte. Stattdessen durchströmte mich ein Gefühl von Leichtigkeit.

Theodora setzte sich auf den Boden neben eine der runden Säulen, die das zentrale Mosaik umgaben. Ihr brauner Kaftan verschmolz nahezu mit dem Farbton des Felsens. Ich setzte mich neben sie. Der Boden war so warm, als würde er von unten beheizt.

«Dies ist der Raum des Redens», sagte Modasabi. «Und der Raum des Schweigens», setzte sie nach einer Kunstpause hinzu.

«Gibt es denn noch andere Räume?»

«Noch fünf, aber dies ist der größte. Hier versammeln wir uns, um Neuigkeiten auszutauschen oder zu schweigen.»

«Ihr sitzt hier und schweigt? Warum trefft ihr euch dann?»

«Die Lehre der Mütter beruht auf einem ganz einfachen Prinzip, das wir das Gleichgewicht der Kräfte nennen. So, wie wir es als Kinder gelernt haben: Auf Regen folgt Sonnenschein, auf den kalten Winter der laue Frühling. Auf den Streit soll die Versöhnung folgen, auf das Nein das Ja. Erst der Gegensatz schafft das Ganze. Das ist nichts wirklich Neues, nicht wahr? Aber versuche einmal, dich mit Menschen zu treffen unter der Bedingung, nur schweigen zu dürfen. Obwohl ihr kurz zuvor über etwas eine Meinungsverschiedenheit hattet. Und dann sitzt ihr hier – und müsst ohne jegliche Ablenkung schweigen.»

«Wie lange?», fragte ich.

«Die Versammlung ist beendet, wenn eine Palmölschale in der Mitte ausgebrannt ist. Dann beginnen die Gespräche. Das funktioniert wirklich ganz ausgezeichnet, du spürst förmlich, wie die Energien aller Beteiligten ineinanderfließen. Denn das ist ja das Ziel: Wir wollen die Gemeinschaft stärken. Damit sind wir beim zweiten Gedanken, der die Mütter trägt – die gegenseitige Hilfe. Denn das wahre Problem beim Helfen ist doch, dass jeder Mensch ein Individuum ist, das eigene Interessen hat. Selbst wenn es um etwas Gutgemeintes wie das Helfen geht. Jetzt zum

Beispiel, in diesem Augenblick: Helfe ich dir, indem ich dir das alles zeige und erkläre? Oder möchte ich dich davon überzeugen, dass mein Weg richtig ist? Handle ich also gar nicht so uneigennützig, wie ich vorgebe?»

«Ich weiß nicht», sagte ich leicht verwirrt. «Darüber habe ich noch nie nachgedacht. Im Moment finde ich es einfach nur schön, hier zu sitzen. Es ist friedlich, ich fühle mich geborgen. Genau genommen will ich nichts anderes, als nur hier zu sitzen.»

«Auch dazu ist dieser Raum da. Um allein zu sein mit sich selbst.» Theodora lächelte. «Möchtest du das einsame Schweigen ausprobieren?»

«Und was machst du in der Zeit?», fragte ich.

«Ich werde wieder hier sein, wenn du mich brauchst.»

«Wie weißt du, wann es so weit ist?»

«Ich werde es spüren», antwortete sie, erhob sich und verschwand hinter einer Säule.

Ich stand auf, um nachzusehen, wohin sie ging, und entdeckte eine Nische, hinter der sich ein Gang anschloss, der in völliger Dunkelheit lag. Ich widerstand dem Impuls, ihr zu folgen. Stattdessen kehrte ich in den Raum der Gespräche und des Schweigens zurück.

Erst jetzt hatte ich Gelegenheit, mir das große Bodenmosaik genauer anzusehen. Auf den ersten Blick wirkte es etwas unfertig und schief, was an verschiedenen Vertiefungen und Erhebungen lag, die in kaum merklichen Wellen in das Muster eingearbeitet waren. Sobald ich die richtige Position gefunden hatte, erkannte ich einen weiten, sich nach innen drehenden Kreis. Die Spiralform lud geradezu dazu ein, ihr nachzugehen. Das äußere Ende war von verschiedenen Blautönen beherrscht, es folgten warme braune Farben, die in Grün, Blau und Silber übergingen und abgelöst wurden von allen Schattierungen von Gelb hin zu einem intensiven Rot. Die Mitte der Spirale war gewissermaßen farblos. Vor allem sie war es, von der die glitzernden Lichteffekte ausgingen, die mich so faszinierten.

Ich war unschlüssig, an welche Stelle ich mich setzen sollte. Eigentlich hatte ich vorgehabt, die Mitte zu wählen, weil ich mir eingebildet hatte, so wäre es richtig. Möglicherweise konnte ich so die Energie des Raums am besten spüren. Doch schon in der Mitte zu stehen, war mir unmöglich. Ich hatte den Eindruck, förmlich in die Tiefe gesogen zu werden. Die Farbenmuster der eigentlichen Spirale flossen zwar unmerklich ineinander, aber dennoch gab es vier Zentren, die sich nach längerem Betrachten herausformten: Blau, Braun, Grün und Rot. Bis auf die Rottöne lagen die drei anderen außen, wobei Rot und Blau einander gegenüberstanden. Das Muster erschien perfekt durchdacht: Jeder Farbschwerpunkt hatte zwei Nachbarschwerpunkte. Welchen sollte ich wählen?

Rot hatte die meiste Kraft, aber es erschien mir zu unruhig. Die Grün-Blau-Silber-Mischung war verlockend, sie war so lebendig. Aber sie war mir zu kühl. Das reine Blau zog mich wegen seiner schönen Klarheit an. Ich ließ mich darauf nieder, fühlte mich aber zu sehr am Rand und wählte schließlich die Brauntöne, obwohl sie mir am langweiligsten erschienen. Im Vergleich zu Blau saß ich hier bequemer. Der Boden war ein wenig tiefer, fast wie eine Mulde.

Ich stellte mir vor, wie die braun gekleideten Frauen hier im Kreis saßen und sich anschwiegen. Wie würden sie ihre Plätze wählen, so wie ich gerade? Oder würden sie gar nicht auf diesen Mustern sitzen, sondern sich außerhalb der Spirale in den Nischen niederlassen? Und warum überhaupt diese Farben? War das nur ein hübsches Muster, oder hatte es eine spirituelle Bedeutung? Und was hatte es mit diesem oszillierenden Weiß auf sich? Was faszinierte mich daran und stieß mich gleichzeitig ab?

Je länger ich über das Muster nachgrübelte, desto klarer wurde mir, welchem Zweck es folgte: Es bestand aus fünf Farbgruppen. Und dies war das Haus der fünf Mütter. Für jede Mutter könnte somit eine Farbe stehen. Ich hockte auf Braun. Braun wie der Umhang, den ich trug, braun wie die Kleider von Theodora und Eni. Wir waren braune Mütter. Hatte meine Tante nicht ständig die Bedeutung der Natur hervorgehoben? Bestand da ein Zusammenhang? Aber ja, es war ganz einfach! Die Erde ist braun, der Himmel blau, die Wälder grün … An diesem Punkt kam ich ins Stocken. Nein, dieses Grün war kein richtiges Grün, es war zu viel Blau und Silber darin. Natürlich! Wasser! Blieb noch das von Gelb über Orange zu tiefem Rot changierende vierte Stück. Die Sonne, schoss es mir durch den Kopf.

Und was sollte ich vom eigentümlich blassen Zentrum halten? Meinem Empfinden nach hätte dort ein schwarzes Loch sein müssen, so etwas wie ein Abgrund. Das Gegenstück zu Himmel und Erde, die Hölle vielleicht. Aber so dachte man hier ja nicht. Es gab nichts, das für etwas Negatives stand! Dieser Kult, der keiner sein wollte, hatte nicht die Absicht, jemandem Angst zu machen.

Mamma Eni hatte gesagt, dass ich der einzige Mensch sei, der mich ändern könne. «Du bist hier, um diesen Menschen kennenzulernen.» Hatte Theodora mich in diese Höhle geführt, damit ich genau das tat? Mir schien das eine etwas ungewöhnliche Methode zu sein. Aber warum nicht? Irgendwann in grauer Vorzeit hatten alle Menschen so gelebt. Höhlen beschützten, sie hatten nur einen großen Nachteil: Von dem, was draußen vor sich ging, bekam man garantiert nichts mit. Aber war das grundsätzlich ein Nachteil? Konnte es nicht sehr beruhigend sein, sich für eine Weile aus der Welt zurückzuziehen, um zu meditieren?

Das viele Denken strengte mich an, ich schloss die Augen und lauschte. Nichts. Absolute Stille. Beängstigend. Ich riss die Augen auf, starrte auf die mich umgebende Farbspirale, ohne mich zu bewegen. Je länger ich hinsah, desto mehr gewann ich den Eindruck, die Farben würden sich bewegen, ineinanderfließen, hin zum weißen Mittelpunkt mit seinen winzigen Lichtpunkten. Sie tanzten vor meinen Augen und führten mich in jene Großstadtstraße, in der unser Fitnesscenter lag. Es war Nacht, die Straßenlaternen leuchteten und warfen helle Flecke auf den Asphalt. Jasmin verabschiedete sich von mir und flüsterte mir ins Ohr: «Du bist eine Raupe und wirst ein Schmetterling. Du musst deinen Raupenanzug abstreifen.» Sie küsste mich auf die Stirn und lief fort. Ich blieb zurück und spürte, wie mir die Tränen die Wangen hinunterliefen. Sie war doch das Kind, das ich zur Welt gebracht hatte! Und schien so viel stärker als ich zu sein. Wohin war alle meine Kraft entschwunden? Wie konnte ich unter solchen Umständen einem anderen Menschen Kraft geben?

Ich lehnte mich gegen die Säule in meinem Rücken, sah der davoneilenden Jasmin nach und atmete schwer. Wie sollte mein Leben weitergehen? Ja, ich hatte Angst. Nicht vor dem Jetzt, sondern vor meiner leeren Zukunft. Moritz? Ich dachte nicht einmal an ihn. Ich sah nur mich selbst auf der leeren nächtlichen Straße und hatte keine Ahnung, wohin ich meine Schritte lenken sollte. Ich spürte die Einsamkeit fast körperlich und war froh, nicht dort zu sein. Sondern hier, wo niemand etwas forderte. Wo auch ich nichts von mir selbst verlangte. Ich begann zu summen. Die Melodie kannte ich nicht, meine Stimme folgte einfach nur den Schwingungen, die aus meinem Inneren flossen. Wie ein Kind, das sich in dunkler Nacht mit dem Klang der eigenen Stimme Mut zu machen versucht. Allmählich wurde ich ruhiger, meine Atmung langsamer, das nächtliche Bild löste sich auf. Ich öffnete die Augen.

Der Raum war voller Frauen! Unglaublich! Und alle summten die Melodie, von der ich angenommen hatte, ich hätte sie selbst hervorgebracht. Die Frauen waren überall, sie hockten auf der Farbspirale, in den Nischen, an die Säulen gelehnt. Sie waren bunt gekleidet, in Rot, Grün, Blau, Braun. Sie lächelten sanft. Ich sah keine Neugier in ihren Augen, keine Verwunderung darüber, dass ich hier in ihrem Allerheiligsten saß. Keine von ihnen sprach, nur das Summen blieb, schwoll sanft an, verklang, kehrte zurück, hielt den Ton, verebbte und kam zurück. Es war eine eigentümliche Versammlung, aber es machte mich glücklich, dass sie alle da waren. Nach einer Weile entdeckte ich Theodora unter den anderen, als eine von vielen.

Ich fand in den summenden Chor zurück. Meine Stimme, die ich nie für eine Singstimme gehalten hatte, für die ich mich sogar meistens geniert hatte, weil ich den falschen Ton traf, schwamm mit den anderen mit, wurde ein Teil davon. Es war, als trügen mich die Stimmen. Schließlich standen wir gemeinsam auf und gingen durch die schmalen Windungen des Ganges nach oben, vorbei an den Stäben, hinaus in das Licht der gerade versinkenden Sonne, deren Strahlen das besondere Rot der afrikanischen Erde zum Leuchten brachte.

Schon auf dem Weg nach oben hatte ich den Klang von Trommeln gehört. Nun sah ich, dass Frauen vor dem Haus der Mütter einen Kreis gebildet hatten. Sie schlugen ihre Instrumente in gemächlichem, beruhigendem Takt. Die Flammen eines gerade entzündeten Feuers loderten, es knisterte, Funken stoben und verglommen im Abendrot.

Mit den anderen setzte ich mich auf den Boden vor dem Haus der Mütter, Theodora saß neben mir. Die Frauen unterhielten sich und richteten das Wort auch freundlich an mich. Ich verstand zwar nichts, aber meine Tante übersetzte. Es waren Belanglosigkeiten, nach denen sie sich erkundigten. Wie es meiner Familie ging, ob ich mich wohlfühlte, ob es stimme, dass in Deutschland immer Schnee liege. Zwischendurch stand eine der Frauen auf, tanzte ein wenig, eine zweite gesellte sich zu ihr, die beiden setzten sich wieder, lachten, jemand anders tanzte, setzte sich wieder. Es war eine beiläufige Art zu tanzen, so als vertrete man sich kurz die Füße. Andere Frauen rührten etwas abseits in großen runden Töpfen, die auf rußgeschwärzten Steinen standen und unter denen offensichtlich schon länger ein Feuer brannte.

Plötzlich rannte ein kleines weißes Huhn aufgeregt mit den Flügeln schlagend durch den Kreis der schwatzenden Frauen. Sie lachten übermütig und deuteten auf mich.

«Das sollst du fangen», sagte Theodora und lächelte hintergründig.

«Das ist nicht dein Ernst!»

«Doch, das gehört dazu. Es ist deins. Eine Feder davon hast du schon.»

Die ausgefranste Feder, die Mamma Eni mir geschenkt hatte und die seitdem in der Tasche meines afrikanischen Kleids steckte!

Was sollte das jetzt werden? Ich würde mich lächerlich machen! Aber als Spielverderberin wollte ich auch nicht gelten, also erhob ich mich umständlich. Das Huhn pickte zwischen den Frauen nach Körnern. Schnurstracks ging ich darauf zu – es rannte prompt fort. Ich hinterher. Die Versammlung lachte und rief. Sie feuerten entweder mich oder mein Beutetier an, da war ich mir nicht ganz sicher. Immer wieder entkam mir das Federvieh, mir lief der Schweiß in Strömen. Ohne dass ich mich dagegen wehren konnte, stieg in mir der Zorn hoch. Niemals wäre es mir eingefallen, einem dummen Huhn nachzurennen. Wenn ich je eins haben wollte, ginge ich im Supermarkt ans Tiefkühlregal! Je verzweifelter meine Anstrengungen gerieten, desto hoffnungsloser wurde mein Unterfangen. Wie konnte man sich nur derart alberne Spiele ausdenken? Zumindest den Frauen gefiel es, sie schütteten sich aus vor Lachen!

Da winkte mich Theodora zu sich. «Warum bittest du nicht ein paar Frauen, dir zu helfen?», fragte sie lächelnd.

«Und wie soll ich das machen? Ich spreche eure Sprache nicht!»

«Na, sie werden dich auch so verstehen. Jede weiß, um was du bittest. Probiere es einfach mal!»

Ich sah mich schnaufend um. Die Frauen grinsten und redeten alle durcheinander. Hübsch anzusehen waren sie in ihren bunten Blusen und den dazu passenden Wickelröcken. Jung war keine von ihnen, vermutlich waren sie in meinem Alter. Ich ging auf eine in einem blau gebatikten Stoff zu, reichte ihr die Hand, und sie stand auf. Die anderen klatschten Beifall. Darauf hätte ich auch selbst kommen können! Schließlich hatten wir schon in der Höhle gemeinsam gesummt. Ich machte also weiter, streckte meine Hand noch anderen Frauen entgegen. Es gefiel mir plötzlich richtig gut, es war, als stellte ich mich jeder einzelnen vor. Mich packte eine richtige Euphorie. Im Nu war ich von bunt gewandeten Frauen umgeben, die allesamt dem Huhn nachsetzten. Nun war es nur noch eine Sache von Sekunden, bis es flatternd in meinen Armen lag. Aber was sollte ich damit tun? Überleben würde es diese Stunde wohl kaum.

Die Hühnerjagd hatte mich so beschäftigt, dass ich nicht mitbekommen hatte, dass die Trommeln immer schneller geschlagen wurden. Auf der «Tanzfläche» drängten sich die Frauen und zeigten mir, wie man richtig tanzte. Das, was ich zuvor gesehen hatte, war offenbar nur ein Aufwärmen gewesen. Die Schultern rotierten, die Hintern wackelten, die Füße schoben. Und die Hände griffen. Nach mir! Ich wurde mitsamt meinem schreckensstarren Federvieh herumgewirbelt, wollte stopp rufen, fand es dann aber ganz lustig, so im Mittelpunkt zu stehen. Das Huhn wurde mir abgenommen, hochgehoben, wanderte über die Köpfe von einem Händepaar zum nächsten, kam zu mir zurück, ich reichte es flink weiter. Es kreiste in einem fort durch die Reihen der Tanzenden, flatterte zwar wie verrückt, entkam aber nicht. Wie in einer Art Rausch zappelte ich mit Armen und Beinen, sah die lachenden, glücklichen Gesichter der Tanzenden und fühlte mich einfach nur wohl. Der totale Irrsinn – und ich mittendrin!

Ohne dass ich bemerkt hätte, woher sie gekommen wäre, stand plötzlich Mamma Eni im Gewimmel. Die Frauen drängten sich um sie zusammen. Von irgendwoher wurde das Huhn gereicht, das alle Hände gleichzeitig berührten, auch meine eigenen. Das Huhn, ganz still, wurde Eni in die Arme gelegt. Jemand führte meine Hände an den Hals des kleinen weißen Tiers, andere Hände legten sich auf meine. Wie es geschah – ich weiß es nicht: Plötzlich hing das Köpfchen des Huhns schlaff nach unten. Hände zupften an dem toten Körper, Federn stoben durch die Luft, hafteten an unseren Kleidern und bedeckten die Erde. Eni reichte mir das gerupfte Tier, die Trommeln wurden ruhiger.

Da stand ich nun mit dem toten, nackten Vogel. Wohin damit? Alle sahen mich erwartungsvoll an.

Inzwischen war es fast dunkel geworden. An den raschen Übergang von Tag zu Nacht in diesen Breiten hatte ich mich noch längst nicht gewöhnt. Irgendwo hatte ich doch Frauen an den Kochtöpfen gesehen! Ich ging ein paar Schritte, da öffnete sich die Menge, die mich umschlossen hatte, formte eine Gasse, durch die ich mit dem Huhn ging, um es den wartenden Köchinnen zu geben. Ich rechnete damit, es zerteilen zu müssen. Aber das blieb mir erspart.

Erst, als ich wieder neben Theodora saß, wurde mir bewusst, was ich gerade erlebt hatte. Ich sah an meinem braunen Gewand herab, an dem noch winzige Federn hafteten.

«War das wirklich ich, die sich so aufgeführt hat?», stöhnte ich.

«Es ist ein Teil von dir.» Theodora nahm meine Hand und hielt sie fest. «Findest du das so schlimm?»

Ich zupfte die Federn vom rauen Stoff. Hatte ich wirklich diese ungestüme Seite in mir? Oder war nur die Energie der Frauen auf mich übergesprungen? Hatten sie mich gewissermaßen angesteckt? Doch wenn das so einfach möglich war, wozu war ich dann noch imstande? Ob sie mich das nächste Mal eine Kuh schlachten ließen? Wo lag die Grenze zu dem, was ich ohne Bedenken zu tun bereit wäre? Doch etwas sträubte sich in mir, allein die Frauen für meine Wildheit verantwortlich zu machen.

«Du denkst zu viel», sagte Theodora und drückte meine

Hand. «Wir nennen das, was wir gerade getan haben, ‹die Sonne verabschieden›. Sie soll uns tanzen sehen, bevor sie untergeht. Damit sie morgen wiederkommt, weil ihr unser Tanz so gut gefallen hat.»

Ich musste unwillkürlich lachen. Meine Tante lachte mit.

«So lächerlich ist das nicht», sagte sie. «Rituale wie dieses sind wunderbar, weil sie dir bewusstmachen, dass du lebst, nicht einfach nur da bist, sondern Teil eines Ganzen. Durch den Tanz verbindest du dein Leben mit der Sonne.» Sie machte eine wegwerfende Handbewegung. «Diese Erklärung ist schon wieder so richtig deutsch. Wir müssen immer alles in Worte fassen, Begründungen finden. Dabei geht es doch einfach nur darum, das Leben zu genießen.»

Wenig später saßen wir alle eng beieinander vor Holzschalen mit Wurzelgemüse, das man in eine scharfe Soße tunkte. Es war ein wenig wie beim Huhnrupfen – alle griffen gleichzeitig zu. Schließlich gab es kleine Stücke Huhn. Weil es «meins» gewesen war, bekam ich die auf einem Erdgrill gebratene Leber. Ich konnte mich kaum erinnern, wann ich zuletzt Innereien gegessen hatte; sie zählten nicht zu meinen bevorzugten Nahrungsmitteln … Aber hier schmeckte sogar Hühnerleber. Ich sah dem Spiel der Flammen zu, lauschte dem Klang der Trommeln und hörte die Stimmen der Frauen, die sich unendlich viel zu erzählen hatten. Und dachte dabei, was Jasmin wohl sagen würde, wenn sie mich so sähe.

«Wir sollten allmählich aufbrechen. Meinst du nicht auch?», fragte ich Theodora.

«Jasmin wird dich zu dieser späten Stunde nicht mehr erwarten», erwiderte sie.

«Wir fahren nicht zurück?»

«Alindi hat Jasmin zu ihrer Familie mitgenommen. Es geht ihr gut.»

«Anrufen sollte ich sie schon, oder zumindest eine SMS schicken», sagte ich.

«Was ist eine SMS, Ina?»

«Eine …» Ich ließ es. Es hatte ja doch keinen Sinn: Das Handy lag zusammen mit meiner Tasche im Auto. Und ein Netz gab es hier gewiss nicht. Kein Auto, kein Handy – wie schnell man doch «bei den Wilden» landete …

«Und wo schlafen wir?», fragte ich.

Theodora breitete die Arme aus. «Hier», antwortete sie lächelnd, als wäre es das Selbstverständlichste der Welt. Ein paar Frauen hatten sich bereits ausgestreckt und schliefen.

Der lange Tag hatte meine Reserven aufgebraucht, ich kämpfte bereits gegen die Müdigkeit an. Nein, ich wollte hier nicht übernachten!

Es war wie ein Herzschlag, gleichmäßig und ruhig. Ich glaubte, es sei mein eigenes Herz, dem ich lauschte. Aber dann begriff ich, dass es der Rhythmus einer Trommel war. Ich war wohl doch eingeschlafen. Der Trommelklang mischte sich mit einem anderen Geräusch, das ununterbrochen zu hören war: Das Zirpen von Grillen schwoll kaum merklich an, wurde schwächer und wieder stärker, immer der gleiche Ton mit hypnotisierender Schwingung. Ich lag auf dem nackten Erdboden und konnte jedes Sandkorn und jeden kleinen Zweig erkennen. Ein ganz sonderbares Gefühl überkam mich: Die Zeit schien stillzustehen, und gleichzeitig erinnerte der Trommelschlag an ihr gemächliches Verrinnen.

Ich drehte mich von der Seite auf den Rücken. Der Himmel leuchtete in unvergleichlicher Klarheit, die Sterne schienen viel näher zu sein, als ich sie je gesehen hatte. Der Mond stand dem Haus der Mütter direkt gegenüber, beleuchtete das frisch geschälte Holz der Baumstämme in plastischer Klarheit. Irgendwie war alles so unwirklich, dass ich mir nicht sicher war, ob ich nicht vielleicht doch träumte. Konnte es so eine helle, klare Nacht wirklich geben?

Mühsam richtete ich mich auf. Mein schmerzender Rücken war der Beweis, dass zumindest ich durchaus real existierte. Nie zuvor hatte ich draußen geschlafen. Welch ein Jammer, dachte ich, nun bin ich schon so alt, aber nicht mal die ansatzweise verrückten Sachen hatte ich in meinem bisherigen Leben getan. Nie wäre ich von allein auf die Idee gekommen, nachts draußen zu schlafen. Nicht mal in den Zeiten, da mein Rücken belastbarer gewesen war. Warum eigentlich nicht?

Damals, als Reinhold und ich unsere Hochzeitsreise nach Rom gemacht hatten: Die halbe Nacht lang hatten wir in der Toskana nach einem Hotel gesucht. Wieso waren wir nicht auf die Idee gekommen, einfach draußen zu schlafen? Es war Hochsommer! Stattdessen diese Absteige, für die wir einen Haufen Geld hinblättern mussten. Und dann hatten wir uns gestritten, weil ich Reinhold vorgeworfen hatte, die Reise nicht besser organisiert zu haben. Organisieren! Immer hatten wir alles geplant, nie den Augenblick genossen.

Würde das mit Moritz anders sein? Ich dachte an sein Smartphone, an GPS, an Routenplanung, eingebauten Kompass ... Brachte man sich so nicht selbst um die kleinsten Abenteuer? Würde ich auf diese Weise jemals unter einem nackten Himmel schlafen, Sandkrumen durch meine Finger rieseln lassen? Verpasste Gelegenheiten, nicht wahrgenommenes Glück des Augenblicks.

Was ging hier mit mir vor? Es veränderte doch nicht mein Leben, wenn ich mal unter freiem Himmel schlief. Jasmin würde sich schieflachen, wenn sie mich so sähe …

Ich blickte mich um, um dem Geräusch der sanft schlagenden Trommel nachzuspüren. Um mich herum lagen zwei Dutzend Frauen, die Farben ihrer Kleider wirkten jetzt wie verblasst. Es war, als wären sie alle einfach aus ihren Körpern gestiegen und hätten die Hüllen achtlos zurückgelassen. War das hier ein Spuk, ein Hexentrick, den die «Mütter» beherrschten?

Vorsichtig darauf bedacht, niemanden zu wecken, falls sie doch einfach nur schliefen, stand ich auf, suchte Theodora, fand sie aber nirgendwo, und ging dem Klang der Trommeln entgegen. Er kam von einem Ort unterhalb des Versammlungsplatzes. Das Mondlicht war so hell, dass jeder Zweig, jeder Strauch, jeder Busch, jeder Baum ganz plastisch wirkte. Dennoch war ich froh, keine Schuhe zu tragen. So verließ ich mich auf den Tastsinn meiner Fußsohlen und folgte einem talwärts führenden Pfad, den ich zuvor noch nicht gegangen war.

Weit laufen musste ich nicht. Zunächst sah ich nur die silbrigen Reflexe des Mondlichts auf dem dunklen Wasser eines Flusses, der träge durch ein Bett floss, das ihm viel zu breit war. Vielleicht fünfzig Meter von mir entfernt bewegten sich vier dunkle Gestalten wie in Zeitlupe, eine fünfte saß ein Stück von ihnen entfernt. Die Hände dieser Person, die aus meiner Perspektive so ungünstig saß, dass ich sie nicht erkennen konnte, schlugen gemächlich auf eine Trommel zwischen ihren Beinen. Die vier Tanzenden standen mitten im Fluss, ihre Hüften wiegten sich gemächlich, die Arme waren gen Himmel erhoben, als wollten sie den Mond einfangen. Es war ein fast regloser Tanz. Beteten sie den Mond an? Er war voll und rund und warf schwache Schatten auf die glänzende Wasserfläche.

Winzige Lichtpunkte tanzten über den Grasspitzen, manche stiegen hinauf bis in die Büsche. Doch dort unten am Wasser schienen Millionen dieser Glühwürmchen zu sein. Hin und wieder flatterten dunkle Schattenwesen in unruhigem Flug vorbei, kamen aus dem Nichts und verschwanden wieder. Zunächst dachte ich, es wären Vögel, aber dann war ich mir sicher, dass es Fledermäuse sein mussten. Was für eine gespenstisch schöne Nacht!

Ich bewegte mich nicht und hielt den Atem an. Ich hatte das Gefühl, etwas Verbotenes zu tun, und gleichzeitig den Wunsch, hierzubleiben. Langsam ging ich in die Hocke und umfasste meine Knie, um abzuwarten, was weiter geschehen würde. Der schmächtigen Statur nach zu urteilen, schien eine der Tänzerinnen Mamma Eni zu sein. Aber Theodora war offenbar nicht unter den Mondanbeterinnen. Je länger ich starrte, desto sicherer war ich, dass ihre Gewänder unterschiedliche Farben hatten. Vier Mütter tanzten, eine trommelte. Warum blieb immer eine abseits?

Der Rhythmus der Trommel und das Zirpen der Grillen, unter das sich hin und wieder das bellende Quaken einer Kröte mischte, wirkten einschläfernd. Das gebotene Programm tat ein Übriges, um meine Augen schwer werden zu lassen. Verzweifelt kämpfte ich gegen den Schlaf an, um dem Geheimnis der Tänzerinnen auf die Spur zu kommen. Doch ich wusste, dass es mir in dieser Nacht nicht gelingen würde.

7. Kapitel

Feuerfrau sucht Luftmann

In dieser Nacht folgte ich wieder den beiden Bergsteigern, denen ich schon in so vielen Träumen begegnet war. Auch dieses Mal stand der Mann vor der Höhle. Doch nicht er sagte: «Wir sind da», sondern eine weibliche Stimme tat es. Neben dem Mann tauchte eine nackte Frau auf, deren ganzer Körper mit weißer Farbe angemalt war. Sie war es auch, die an seiner Stelle sagte: «Ich steige jetzt ab.» Dieses Mal entstieg kein eiskalter Sog der Höhle. Mir leuchtete ein warmes, orangerotes Licht entgegen. Dennoch wagte ich es nicht, einen Schritt weiterzugehen. Stattdessen – und das war das Seltsame, weil es doch ein Traum war – öffnete ich ganz bewusst die Augen. Ich sah eine dunkle Waldlandschaft, über die sich ein unendlicher Himmel spannte, der in zarte Goldtöne getaucht war. Das Licht brach sich an den winzigen Schäfchenwolken und verlieh ihnen schwarze Konturen, sodass sie wirklich wie Lämmer wirkten. Am Horizont erhob sich der erst zu einem Teil sichtbare, noch wie transparent wirkende Sonnenball. Sein Gelb war noch so schwach, als fehlte der Sonne ihre wahre Kraft.

Ich brauchte einen Moment, um zu begreifen, dass das, was ich sah, tatsächlich existierte. Es war kein Traum, sondern ein Geschenk – ein unvergleichlicher Sonnenaufgang. Ich saß nach wie vor an der Stelle, an der ich mich in der Mondnacht oberhalb des Ufers niedergelassen hatte. Der Fluss, der nachts so dunkel gewesen war, wirkte wie eine schwarze Schlange, die sich vor einem düsteren Meer aus Bäumen entlangwand. Obwohl ich wie ein Riesenembryo in der Hocke eingeschlafen sein musste, meine Beine kaum mehr fühlte und mein Umhang feucht vom Tau war, mochte ich mich nicht bewegen. Ich wollte einfach nur den Anblick dieses unvergleichlichen Bilds, das sich vor meinen Augen stetig veränderte, genießen.

Erst als die Sonne sich ganz und gar über den Horizont geschoben hatte, die Spitzen der Bäume wärmte und ihnen ihr Grün zurückgab, gehorchte ich meinen schmerzenden Beinen und richtete mich mühsam auf. Ich konnte mich kaum bewegen, jeder Muskel war verspannt, meine Beine fühlten sich wie in Eis gebadet an. Zu Hause machte ich mir oft eine Wärmflasche für meine Füße, und hier schlief ich einfach so draußen … Aber dafür hatte ich einen unvergleichlichen Sonnenaufgang erlebt, den mir nichts und niemand mehr nehmen konnte.

Viel Zeit war wohl nicht vergangen, aber doch zu viel, um den magischen Moment festzuhalten. Ich fühlte mich schlagartig allein angesichts der Weite der Landschaft und dieses Flusses, der aus dem Nirgendwo kam und im Nirgendwo verschwand. Hatten dort unten tatsächlich letzte Nacht vier Frauen im Wasser getanzt? Sie waren mir so nah erschienen, jetzt war der Fluss weiter entfernt und schien mit dem Steigen der Sonne von mir fortzurücken. Der Hang, auf dessen Plateau sich das Haus der Mütter befand, wirkte viel steiler. Wie hatte ich es nur geschafft, ihn in der Nacht hinunterzuklettern? Ich hatte keine Lust hinaufzusteigen, denn eine Dusche erwartete mich dort ganz sicher nicht. Ob mich ein morgendliches Bad im Fluss erfrischen würde?

Vorsichtig darauf bedacht, auf dem feuchten Boden nicht auszurutschen, kletterte ich dem Fluss entgegen. Ich spürte eine unbändige Sehnsucht hineinzusteigen, gleichzeitig sorgte ich mich wegen möglicher Steine, auf denen ich ausrutschen könnte. Das Wasser floss träge dahin, aber die nun schräg einfallenden Sonnenstrahlen ließen es nicht mehr so bedrohlich dunkel wirken. Der Sand am Ufer war kühl und feucht, aber das Wasser selbst wärmer. Ich hob den Saum meines Umhangs und watete behutsam so tief hinein, bis ich bis zu den Knien im Fluss stand, und spritzte mir Wasser ins Gesicht. Ich überlegte ernsthaft, ein Bad zu nehmen, ließ es aber. Die Nähe des dunklen Waldes erschien mir nicht geheuer – von dort konnte mich sonst wer beobachten.

Gelegentlich flitzten Fische dicht an meinen Beinen vorbei, so schnell, dass ich sie kaum erkennen konnte. Plötzlich schwamm ein riesiger Fisch von ein paar runden, am Ufer liegenden Felsbrocken aus direkt auf mich zu. Das Tier war gewiss anderthalb Meter lang, grau mit dunklen Flecken, geformt wie ein Aal, aber viel dicker. Gab es in Afrika bissige Fische? Es war wohl eher ein ungünstiger Zeitpunkt, um das herauszufinden. Leicht panisch stapfte ich zurück ans sichere Ufer. Die ersten Sonnenstrahlen erfassten die Felsbrocken, unter denen der Fisch sich versteckt hatte. Ich ließ mich darauf nieder und versuchte, das eigentümliche Wesen wiederzufinden. Da war es wieder! Das hintere Drittel seines kräftigen Körpers bestand auf Ober- und Unterseite aus einem zusammenhängenden Flossenkamm, der sich sanft bewegte, während der vordere Teil fast starr blieb. Irgendwie erinnerte mich dieser Exot an eine Meerjungfrau …

Eine Gruppe lachender, schwatzender Frauen eilte den Hang hinunter. Sie winkten mir zu, riefen etwas, das ich nicht verstand, warfen ihre Gewänder fort und stolperten kichernd ins Wasser. Wie übermütige Kinder planschten sie im Fluss und spritzten sich gegenseitig nass. Eine von ihnen rief etwas, schon stürzten die anderen zu ihr. Kurz darauf hielten einige den zappelnden Riesenfisch hoch und trugen ihn gemeinsam an Land. Sie legten das nach Luft schnappende Wesen neben mir ab, direkt neben den Felsen. Sie redeten auf mich ein, aber ich verstand nichts und starrte das Monster an, vor dem ich aus dem Fluss geflohen war. Es schien so etwas wie Beine zu haben, lange dünne Dinger, die nicht im mindesten an Flossen erinnerten. Der aalartige Bursche blieb erstaunlich ruhig liegen, er tat mir jetzt sehr leid. Allerdings hielt ich einen vorsichtigen Sicherheitsabstand zu ihm. Doch am liebsten hätte ich den Kerl wieder ins Wasser befördert.

«Da bist du ja, Ina! Guten Morgen!»

Erschrocken fuhr ich herum. Theodora sah so aus wie am Abend, nur sehr ausgeruht. «Sieh mal, die Frauen haben einen Fisch aus dem Wasser geholt, den sie für gefährlich halten», sagte ich zu ihr.

«Der ist harmlos, ein alter Bekannter. Meistens ist er in den Nächten nach Vollmond hier. Wenn wir fertig gebadet haben, darf er wieder ins Wasser.»

«Wenn er das mal überlebt!»

«Keine Sorge, das ist ein Lungenfisch. Der hält das lange aus.»

Das also war einer dieser Lungenfische, von denen Mutti einst so begeistert gewesen war!

«Er wird nicht gegessen?», fragte ich.

«O nein, *mudfish* zu essen ist tabu.»

«Weil er giftig ist?»

«Kann sein, ich weiß es nicht», sagte sie ungerührt und streifte den Umhang von ihrem sehnigen Körper. Sie war wirklich phantastisch in Form. «Das ist mehr – wie du sagen würdest – eine Glaubensfrage. Sieh dir mal seine Form an, erinnert die nicht an einen viel zu groß geratenen Penis?»

Während ich mich noch fragte, was Glauben und Penis miteinander zu tun haben mochten, blieb sie völlig ernst, stieg im Evaskostüm ins Wasser, machte ein paar Schritte und tauchte unter.

«Komm auch rein!», rief sie mir zu. «Das Wasser ist herrlich erfrischend.»

Sie streckte sich aus und ließ sich treiben, während die ersten Frauen schon wieder ans Ufer kamen und sich ihre weiten Gewänder über die noch nassen Körper zogen. Sie bedeuteten mir, mit ihnen den Hang hinaufzugehen, aber ich wollte auf meine Tante warten. Und den Penis-Fisch bewachen, der eine seltsame Aktivität entwickelt hatte: Mit seinem langen Schwanzhinterteil schaufelte er den feuchten Sand beiseite. Zweifelsohne hatte er vor, sich einzugraben.

Ob ich nicht doch ins Wasser gehen sollte – jetzt, wo die «Gefahr» vorüber war? Aber mich ausziehen vor den fremden Frauen? Schlank war zwar kaum eine von ihnen, aber den Anblick von zu viel weißer Haut wollte ich ihnen denn doch nicht zumuten ... Überhaupt: Ob ich in den letzten Tagen vielleicht etwas Gewicht verloren hatte? Viel zu essen hatte ich nicht gerade bekommen! Seltsamerweise verspürte ich dennoch keinen Hunger. Vor allem nicht auf Fisch. Warum eigentlich war es tabu, einen Penisfisch zu essen? Fürchteten die Frauen etwa, schwanger zu werden? Das konnte doch niemand wirklich glauben! Ich beschloss, Theodora dazu zu befragen. Und zu all den anderen seltsamen Dingen, die ich hier gesehen und erlebt hatte. Aber wo war sie überhaupt?

Ich raffte mein Gewand und watete vorsichtig durchs Wasser, sorgsam darauf bedacht, keinem weiteren Penisfisch in die Quere zu kommen. Gab es nicht auch Aale, die Stromschläge austeilen konnten?

Wie eine Fata Morgana kam mir Theodora entgegen. Aus der Ferne wirkte die schlanke Gestalt der bald Achtzigjährigen wie die einer jungen Frau. Sie hielt sich erstaunlich aufrecht, das Tuch, das sonst ihr Haar bedeckte, hielt sie in der Hand, ihr Haar, feucht und dunkel vom Wasser, fiel ihr auf die Schultern. Ich konnte nicht umhin, ihre grazile, elegante Erscheinung mit leichtem Neid zu bewundern. Sie hatte gesagt, dass sie nicht wisse, wie alt sie sei. Ich hatte das für Koketterie gehalten. Aber es stimmte: Sie war alterslos.

«Weißt du», sagte sie, «wenn ich hier bin, bade ich morgens in diesem Fluss. Ein Mensch ist wie eine Waage. Wenn ich darauf achte, dass es meinem Körper gutgeht, befinden sich die Kräfte darin in der Balance.»

«Das weiß ich. Zu Hause mache ich Fitness.»

«Oh», sagte sie und blickte mich fragend an. «Ich dachte, man hält sich fit. Und jetzt kann man Fitness ‹machen›? Wie geht denn das?»

Normalerweise hätte sich die Frage herablassend angehört. Aber bei einer Frau, die so bewusst der Moderne den Rücken gekehrt hatte, klang es auf spezielle Weise charmant.

«Man wird Mitglied in einem Fitnessstudio, da stehen

Geräte. Man rennt auf einem Laufband, fährt auf der Stelle Rad, stemmt Gewichte, macht gewisse Übungen für die Muskeln. Das sieht lustig aus. Schwitzende Menschen, die auf der Stelle treten und rennen.» Ich konnte mir in diesem Moment selbst nicht vorstellen, dass ich so etwas Absurdes tat.

Meine Tante blieb mitten im Fluss stehen und starrte mich mit offenem Mund an. «Tatsächlich? So etwas gibt es? Und das machst du? Tut dir das gut?»

«Ich kann's nicht leiden», gab ich zu. «Aber ich muss etwas gegen mein Gewicht tun.»

«Wieso denn dagegen, Ina? Du solltest etwas dafür tun. Dagegen – das klingt, als wäre dein Körper dein Feind.»

«Irgendwie ist er das auch! Er wird alt und funktioniert nicht mehr wie früher. Dagegen muss ich anarbeiten.»

Sie sah mich skeptisch an: «Was ist mit deinem Verstand? Wird der auch alt und funktioniert nicht mehr?»

«Nein, alles bestens.»

«Na, hoffentlich! Denn das Innere hat sein Gegenstück im Äußeren. Wenn sich dein Geist schwach fühlt, legt dein Körper an Gewicht zu.»

Ich schluckte, das saß.

Sie spürte meine Betroffenheit und sagte deutlich milder: «Versteh mich nicht falsch. Manchmal braucht man auf den Rippen das Fett, das der Seele als Polster fehlt. Das zu akzeptieren, gehört zur Balance von Innen und Außen. Kämpfst du gegen dein Gewicht an, obwohl du es zur inneren Stabilität brauchst, kann dich das krank machen. Tu nur das, wovon du in deinem tiefsten Inneren restlos überzeugt bist. Niemals das, wovon man dir einredet, es wäre für dich richtig.» Sie blickte mich lächelnd an. «Ist das mit dem Fitnessmachen in Deutschland gerade eine Mode?»

«Nicht für junge Leute, die machen das schon länger. Aber für uns Best Ager kann man das schon so sagen.»

Sie schüttelte belustigt den Kopf. «Best Ager! Was für ein Wort. Wer auch immer sich das ausgedacht hat, wusste, was er tat. Es gibt Menschen, die glauben, ihre besten Zeiten wären jenseits der fünfzig vorüber. Mit solch einem Begriff will man ihnen das gegenteilige Gefühl vermitteln. Sehr intelligent, weil es ja im Kern wahr ist: Jedes Alter ist das beste. Das muss man nur zu schätzen wissen. Aber musst du deshalb eine Mode mitmachen, die nicht zu dir passen will?»

Das ging mir runter wie ein Stück Schokotorte! Aber ich hatte mich nicht zuletzt auch deshalb mit Fitness gequält, weil ich mit einem von Muttis Lieblingssprüchen gefüttert worden war.

«Deine Schwester hat immer gesagt: ‹Gelobt sei, was hart macht›», sagte ich zu Theodora.

Die lachte herzhaft. «Zu Kriegszeiten lautete die Parole: ‹Hart wie Kruppstahl›. So wurde unserer Generation ausgetrieben, auf ihre Gefühle zu hören. Das hat Magdalena weitergegeben. Sie konnte nichts dafür.»

Wir hatten die Felsbrocken erreicht, an denen sich der Lungenfisch versteckt gehalten hatte, und gingen ans Ufer. So, wie Gott sie erschaffen hatte, setzte Theodora sich auf einen der Steine, die jetzt von der Sonne beschienen wurden. Sie schloss die Augen und legte den Kopf in den Nacken.

«Ist der *mudfish* noch da?», fragte sie.

Ich sah an der Stelle hinter den Steinen nach. Nur noch die obere Hälfte des seltsamen Tiers guckte aus dem Sand. «Gleich wird er weg sein», sagte ich.

«Darwin wäre fasziniert gewesen von Lungenfischen», begann Theodora mit geschlossenen Augen. «Sie wären ihm ein Beweis für seine Theorie gewesen, wie sich das Leben auf der Erde entwickelt hat. Ein Fisch mit Lungen, der noch besser als ein Delphin angepasst ist an die Herausforderungen des Lebens. Denn der *mudfish* kann monatelang im Schlamm eingebuddelt überleben. Darum heißt er so: Schlammfisch. Er ist der perfekte Fisch für Afrika. Ihm ist es egal, wenn der Fluss austrocknet. Er lebt über Monate im feuchten Morast, er braucht nur etwas Luft zum Atmen. Kommt das Wasser zurück, wird er vom Land- zum Wassertier. Er verkörpert das, was uns die fünf Mütter lehren. Darum gilt er hier als tabu.»

«Greift er Menschen an?»

«Nein.»

«Warum haben die Frauen ihn dann aus dem Wasser geholt?»

Sie seufzte. «Es ist so: Letzte Nacht war Vollmond, und der Mond verkörpert ebenso wie Wasser das Weibliche. Somit ist das Wasser voller Energie, wer darin badet, nimmt sie auf. Der *mudfish* steht für das Gegenteil, das Männliche. Normalerweise ist es gut, wenn er hier ist. Deshalb bringen wir ihm Krebse, damit er bleibt. An Vollmond ist das anders, da stört er die weibliche Energie.» Sie öffnete die Augen und lächelte mich an. «Das hältst du für Unsinn, nicht wahr?»

Ich nickte. «Klingt etwas abgehoben.»

«Abgehoben? Interessanter Ausdruck», sagte sie. «Du verwendest Worte in einem mir ganz fremden Sinn. Aber du magst recht haben. Vieles, was wir denken und machen, hat vermutlich nur einen Sinn, wenn man den Zusammenhang kennt.»

«Genau!», pflichtete ich ihr bei. «Ich versteh nämlich rein gar nichts.»

Sie erhob sich. «Du musst tausend Fragen haben. Komm, wir setzen uns noch ein wenig ans Wasser, und ich erzähle dir etwas.» Wir setzten uns nebeneinander und streckten die Füße in den Fluss. «Halt dich ganz ruhig, dann kommen kleine Fische und knabbern an den Zehen. Das fühlt sich lustig an», sagte sie.

«Keine Krebse?»

«Die hat der *mudfish* alle aufgesogen, der ist gründlich wie ein Staubsauger. Also», sagte sie, «egal, ob Mensch oder Lungenfisch – es geht immer ums Gleichgewicht. Unsere Aufgabe ist es, bewusst darauf hinzuarbeiten, es zu finden. Ich nenne dir ein Beispiel: Der Mond ist weiblich, die Sonne männlich. Das ergibt sich aus der Beobachtung der Natur: Bei Vollmond steht das Wasser am höchsten, sorgt also gegebenenfalls für Überschwemmung des sonst trockenen Lands. Die Sonne ist heiß, sie trocknet und kann Brände entfachen. Verbrannte Erde wiederum ist fruchtbar. Die Saat gedeiht jedoch erst durch Regen. Alles ganz simpel. Wendet man das auf sich selbst an, bedeutet das für eine Frau, sie sollte die Sonne suchen, wenn sie sich zu weiblich fühlt. Umgekehrt wird ihre weibliche Seite stärker, wenn sie bewusst die Kraft des Mondes zu Hilfe nimmt. Nun machen wir die Sache ein wenig konkreter: Wie weiß ich, ob ich mehr weibliche oder männliche Energie brauche?» Sie sah mich fragend an.

«Keine Ahnung.» Ich zuckte die Schultern. «Ich bin noch nie auf die Idee gekommen, über so etwas nachzudenken.»

«So abwegig ist das gar nicht, Ina! Über das Zusammenwirken von weiblicher und männlicher Energie haben sich schon Generationen von Menschen den Kopf zerbrochen. Ein Schweizer Psychologe namens C. G. Jung hat dazu vor etwa hundert Jahren eine sehr einleuchtende Theorie entworfen. Er sagte, dass jeder Mensch zur Hälfte weiblich und männlich ist, dass ihm das aber nicht bewusst ist. Das hat Jung sich natürlich nicht aus den Fingern gesogen. Das gab es bei den Chinesen schon etwa tausend vor Christi Geburt. Im I Ging, einer philosophischen Schrift, nennt man es Yin und Yang. Du weißt schon: ein Kreis, in dem sich eine schwarze und eine weiße Hälfte ineinander verschlingen.»

«Ja, das sieht sehr hübsch aus.»

«Gibst du mir bitte mal meinen Umhang?», bat sie.

Das war für mich das Stichwort, um aufzustehen; die Fische, die an meinen Zehen knabberten, kitzelten zu sehr. Ich reichte ihr das Kleid, sie warf es sich über.

«Mehr Sonne ist nicht gut für mich», sagte Theodora. «Ich habe sowieso zu viel männliche Energie. Ich muss darauf achten, dass sie nicht überhandnimmt. Ich würde mich gern in den Schatten setzen. Wie ist es mit dir?»

«Bei uns ist gerade der Winter vorbei», sagte ich lachend. «Ich kann noch viel Sonne gebrauchen.»

Sie nickte. «Hast du dich eigentlich mal gefragt, ob in dir weibliche oder männliche Energie überwiegt?»

«Hm. Habe ich denn männliche Energie? Ist mir noch nie so vorgekommen.»

«Welche Jahreszeit ist deine liebste?»

Ich dachte lange nach. Ich hasste den Winter, heiße trockene Sommer mochte ich allerdings ebenso wenig. «Eigentlich Frühling und Herbst. Eher Frühling, der Herbst ist mir oft zu stürmisch.»

Sie deutete auf einen nahen Busch. «Da drüben ist Halbschatten. Einverstanden?»

Wir wechselten den Platz, ich streckte die Beine aus und

ließ sie von der Sonne trocknen, Theodora legte sich im Schatten auf den Rücken.

«Tja, in deinem Fall ist das, was ich dir als so einleuchtend einfach erklären wollte, etwas komplizierter, aber umso interessanter. Wenn ich dich langweile, dann sag einfach, ich soll aufhören.»

«Nein, nein, ich will das wissen!»

«Du bist Mitte August geboren, also eigentlich ein Sommerkind. Folglich müsstest du den Sommer am meisten mögen, und entsprechend solltest du über einen nicht zu knappen Anteil an männlicher Energie verfügen. Allerdings bist du in Tiameh zur Welt gekommen – und hier war Winter. Afrikanischer Winter. Die Regenzeit ging ihrem Höhepunkt entgegen. Eine fruchtbare Zeit, in der wie bei uns im Frühling neues Leben entsteht. Am Tag deiner Geburt goss es derart, dass es durchs Dach regnete.»

«Eigenartig, ich habe Regen schon immer geliebt», sagte ich und spürte plötzlich eine schwere Traurigkeit. Und gleichzeitig ein seltsames Glücksgefühl. Alles in mir schien durcheinander. Ich wusste nicht, wie mir geschah.

«Du bist daran gewöhnt, im deutschen Hochsommer Geburtstag zu haben, und fühlst dich deshalb als Sommermensch, der den Regen als Gegensatz zur Trockenheit besonders liebt. Da du jedoch in Wahrheit eher ein Frühlingsmensch bist, hast du zum Regen eine besondere Beziehung, er gehört sozusagen zu dir. Nun gilt der Regen in Deutschland als melancholisch, wer ihn mag, der ist doch nicht normal. So denken die Leute, oder?»

Ich konnte ihr nur zustimmen.

«In den trockenen Gebieten Afrikas ist Regen das Größte überhaupt. Die Menschen feiern ihn mit Tänzen. In Deutschland steht Regen im übertragenen Sinne auch für

Reinigung. So wie die Tränen, die den Kummer fortspülen. Wenn du also nah am Wasser gebaut hast, dann passt das zu dir. Dir tut es gut, Tränen zu vergießen, sie sind dein innerer Regen.»

Und ich hatte mich immer für eine gefühlsduselige Person gehalten!

«Das alles konntest du natürlich nicht ahnen», sagte sie. «Aber deshalb bist du ja hier.»

Theodora sah mich geradezu liebevoll an. Ich fühlte mich auf eigenartige Weise so stark zu ihr hingezogen, dass ich sie hätte umarmen können. Was ich natürlich nicht tat. Sie war doch eine Fremde!

«Frühlingsmenschen», nahm sie den Faden wieder auf, «bedürfen besonderer Pflege. Nein, lach nicht! Der Frühlingsmensch ist anfällig für Gefühlsschwankungen und muss auf sein seelisches Gleichgewicht bedacht sein. Und du hattest – so wie ich mir das aus dem wenigen, das ich von dir weiß, zusammenreime – in letzter Zeit Schweres zu überstehen. Du brauchst also innere Ruhe und gleichzeitig das, was jeder Frühlingsmensch noch dringender benötigt als jeder andere: einen Ausblick. Du musst wissen, dass die Knospen an deinem Lebensbaum wieder erblühen. Dass daraus neue Früchte entstehen.»

Ich hätte heulen können, so sehr traf sie den Nagel auf den Kopf. Erst, als Theodora sich erhob, sich neben mich setzte und mich ganz sanft an sich zog, spürte ich, dass ich längst weinte.

Jemand hatte Tee gemacht. Er war zwar etwas unansehnlich, weil zahllose kleine schwarze Krümel darin schwammen und die Milch leicht stockte. Viel Zucker machte das wett. Ich durfte ihn ja nun genießen – als Polster für meine Seele. Ach, wenn ich das nur früher gewusst hätte! Ich hätte mich nur noch von Schokotorte ernährt … Hier gab es stattdessen ein weißes Gemüse, das nicht ganz weich gekochten Kartoffeln ähnelte. Theodora hatte mich vorher darauf hingewiesen, dass Yamswurzeln einen für Frauen besonders wichtigen Wirkstoff enthielten. Deshalb fand ich die faserigen Dinger nicht unbedingt genießbarer. Theodora und ich zogen uns in den Schatten des Vordachs des Mutterhauses zurück. Sie betrachtete mich versonnen.

«Jetzt haben wir von den Jahreszeiten gesprochen», sagte sie, «und darüber ganz vergessen, wie wir darauf gekommen sind.»

«Diese Yin-Yang-Geschichte», erinnerte ich sie. «Mir ist der Zusammenhang schon einigermaßen klar. Wintermenschen brauchen Sonne, Sommermenschen Kälte. Also immer das, was ihnen fehlt.»

«Mach es dir nicht zu einfach!», warnte Theodora. «Viele Wintermenschen sind sehr dynamisch, stellen Dinge auf die Beine – du ahnst es nicht. Die bekommen mehr hin als mancher Sommermensch.»

«Wenn's einem kalt ist, muss man sich eben bewegen», scherzte ich. «Trifft genau auf Jasmin zu. Sie wurde im Februar geboren. Wenn ich durchhänge, zieht sie mich hoch.»

«Ihr ergänzt euch ganz wundervoll, das merkt man gleich. Du kannst dich glücklich schätzen, so ein enges Verhältnis zu ihr zu haben.»

Sie schwieg, schwenkte die Kalebasse mit dem Tee in ihrer Hand und sah sehr nachdenklich aus.

«Wie ist das mit deiner Tochter?», fragte ich. «Ihr scheint toll miteinander auszukommen.»

«Du meinst Alindi? Wir sind uns sehr ähnlich, vielleicht viel zu ähnlich. Aber weißt du, hier in Afrika ist das mit Mutter und Tochter anders. Im Grunde habe ich eigentlich nie viel Zeit mit ihr verbracht. Wie das eben so ist in einer großen afrikanischen Gemeinschaft. Alindi und Otto waren nie ‹meine› Kinder. Beide hatten auch einen sehr engen Kontakt zur großen Familie meines Mannes, bei der sie oft wochenlang waren. Im deutschen Sinne bin ich vermutlich keine gute Mutter. Mir war es wichtig, dies hier aufzubauen und die Werkstätten in Tiameh, wo ich mit vielen Menschen arbeite. Wie ich schon sagte: In mir ist das Männliche sehr stark veranlagt.» Sie lächelte versonnen. «Seltsam, nicht wahr? Ausgerechnet so jemand wie ich sorgt dafür, dass es das Haus der Mütter gibt!» Sie zuckte die Schultern. «Dennoch muss es genau so sein. Da hast du es wieder, das Gegensätzliche, das allem innewohnt.»

«Darf ich fragen, wo dein Mann ist?»

«Du bist ja lustig, natürlich darfst du fragen! Amer war um einiges älter als ich. Er ist schon vor langer Zeit gestorben, Alindi hatte gerade das erste Mal geheiratet und war schwanger. Wie lange ist das jetzt her? Lange! Inzwischen hat Alindis Kind selbst ein Kind, und das kann auch schon laufen! Meine Güte. Mein lieber Amer, was du alles nicht mehr erlebt hast.»

Sie schüttete etwas von ihrem Tee auf den Boden und trank dann selbst aus ihrer Kalebasse.

«Warum gießt du Tee auf den Boden?»

«Um Amers zu gedenken. Es ist ein Brauch, den die Menschen hier pflegen. Ich finde ihn schön: den Toten etwas schenken, das man selbst gerade genießt. So vergisst man sie nicht. Aber jetzt sind wir schon wieder vom Thema abgekommen», tadelte sie sich selbst. «Ich wollte dir doch eigentlich noch mehr über die Bedeutung der Jahreszeiten erzählen. Soll ich?»

Ich nickte heftig.

«Es ist nämlich so, dass jeder der vier Jahreszeiten eines der vier Elemente entspricht. Die Elemente – das sagt dir etwas? Luft, Erde, Wasser, Feuer. Magst du sie zuordnen?»

«Mir fällt zunächst der Sommer ein. Trockenheit verursacht Waldbrände. Sommer könnte Feuer sein.»

«Weiter! Was ist mit Herbst?»

«Zeit der Ernte», sagte ich. «Da ist die Erde fruchtbar. Also Herbst gleich Erde?»

«Was ist dann mit dem Frühling? Da keimt alles.»

«Dann ist Frühling Erde?», vermutete ich.

«So ist es. Die bodenständigste Jahreszeit überhaupt. Die Bauern sind auf dem Feld, pflügen, säen. Und was machen wir jetzt mit dem Herbst? Wir haben noch Luft und Wasser.»

«Wasser», sagte ich. «Wegen des vielen Regens.»

«Und der Winter mit seinem Schnee, der spätestens mit der Schneeschmelze zu Wasser wird?»

Leuchtete ein. «Also entspricht der Winter Wasser und der Herbst Luft», folgerte ich.

«Nun versuche mal, die Jahreszeiten in männlich und weiblich einzuteilen. Den Sommer haben wir ja schon als Mann identifiziert. Mach mal mit dem Frühling weiter.»

«Das erscheint mir einfach zu sein. Wenn Frühling der Erde entspricht, wird er wohl weiblich sein. Man sagt ja auch Mutter Erde.»

Theodora war mit ihrer Schülerin zufrieden. Ich versuchte mich am Winter und lag tatsächlich mit meiner Vermutung, dass der Winter weiblich ist, richtig. Somit blieb für den Herbst nur noch die Männerrolle.

«Sommer, Feuer, Herbst, Luft – alles Männer», fasste meine Tante zusammen. «Winter, Wasser, Frühling, Erde – das bleibt uns Frauen. Uns ‹gehören› somit die ruhigen Zeiten und die ruhigen Elemente. Sie enthalten im übertragenen Sinne das Ausgleichende und das Kreative. Die männliche Sonne lässt mit ihrer Kraft den Samen auf dem Feld treiben, als Feuer zerstört sie aber auch. Die Luft ist das Element der Veränderung, so, wie der Herbst die Zeit des Übergangs und Neuanfangs kennzeichnet.»

Das klang einleuchtend, aber auch sehr vereinfachend, fand ich. «Demnach müssten Frauen doch den Winter lieben», sagte ich. «Ich kenne aber viele Frauen, die ihn schrecklich finden, weil sie nur frieren. Und solche, die vor Wasser Angst haben. Ticken die denn alle nicht richtig?»

«Und nicht wenige Männer können den Herbst mit seinen Stürmen nicht ausstehen», pflichtete mir Theodora lachend bei. «Aber sie mögen den Frühling oder gar den Winter mit seinen verschneiten Landschaften. Die Erklärung ist ganz simpel: Wir haben immer das Gegenstück zu allem in uns. Niemand ist nur Mann oder Frau. Man ist beides. Leider ist nur in den seltensten Fällen beides gleich stark. Das Ergebnis wäre der vollkommene Mensch. Jemand, der stets in innerer Balance ist, der sich von nichts und niemandem aus der Ruhe bringen lässt. Ein Mensch, der das reine Glück in sich trägt. Frei von allem, was die innere Ausgeglichenheit stört. Jemand, der keinen Neid, keinen Hass, keine Habgier kennt. Kurzum: eine Person voll innerer Harmonie. Hast du jemals einen solchen Menschen getroffen?»

Mir fiel nur eine Person ein. «Der Dalai Lama», sagte ich spontan. «Man verbot seinen Glauben, nahm ihm sein Land, vertrieb ihn ins Exil, aber er reist lächelnd um die Welt.»

«Ja, von ihm habe ich auch schon gehört», erwiderte

sie. «Leider weiß ich sehr wenig über ihn. Aber er ist ein Mensch, nicht wahr?»

«Aber es gibt den perfekten Menschen! Es muss ihn einfach geben. Warum sollte es nicht er sein?», widersprach ich leidenschaftlich. Theodoras Theorie mochte ja stimmen, die Weisheit hatte sie dennoch nicht gepachtet.

«Weil Menschen Fehler haben», erwiderte sie schlicht. «Sie gehören zu ihnen. Wo Licht ist, da ist Schatten. Wo eine Vorderseite ist, gibt es eine Rückseite. Es geht nicht anders.»

«Beim Dalai Lama kann ich mir das beim besten Willen nicht vorstellen!»

«Vielleicht ist er tatsächlich vollkommen», räumte sie ein. «Aber dann weiß er um jeden seiner Fehler und ringt Tag für Tag mit sich. Ja, wenn es so ist, dann bemüht er sich, ein vollkommener Mensch zu sein. Aber», sagte sie nach einer nachdenklichen Pause, «sein Beispiel würde gleichzeitig beweisen, dass du das auch erreichen kannst.»

«Was?»

«In dir selbst ruhen, Ina. Deine inneren Widersprüchlichkeiten, die dir noch nicht bewusst sind, miteinander versöhnen. Frieden finden in dir selbst, nicht außerhalb. Ich denke, das ist der einzige Weg: herausfinden, wer wir sind. Es geht nicht um die Frage, ob ich Schuhe repariere oder die Welt regiere, ob ich arm bin oder reich. Das ist unwichtig. Wichtig ist nur, dass ich mich erkenne. Leider verstecken sich Menschen gern hinter Masken, die sie ‹mein Beruf› oder ‹mein Geld› oder ‹meine Herkunft› nennen. Ohne diese Attribute glauben die Leute, nicht leben zu können. Aber das ist nicht die Essenz, nicht der Kern ihres Ichs.»

«Und du», fragte ich, «hast du den Kern deines Ichs gefunden?»

«Nein», sagte sie mit fester Stimme. «Das würde bedeuten, dass ich mich für vollkommen hielte. Und das wäre sehr vermessen.» Sie stellte ihre Kalebasse auf den Boden und zeichnete einen Kreis in den Sand. «Dies ist die Idealform von allem.» Sie schmunzelte. «Bin ich so?» Sie gab sich sofort selbst die Antwort: «Nein. Als du hier das erste Mal vor mir standest, wurde das offenbar. Ich dachte an Magdalena und was sie getan hatte. Ich spürte, wie unversöhnlich ich war. Mein inneres Feuer war entfacht, es brannte lichterloh. Von einer Minute zur anderen. Ich sagte Dinge, die nicht richtig waren. Ein ausgeglichener Mensch hätte das nicht getan.»

Ich bewunderte ihre Offenheit. Deshalb also war sie mir anfangs fast schon unsympathisch gewesen. Obwohl Eni ihr mein Kommen prophezeit hatte, musste es für sie ein Schock gewesen sein, mich plötzlich leibhaftig vor sich stehen zu sehen.

«Ich hoffe, du verzeihst mir», sagte Theodora. «Ich nehme Magdalena ihr Verhalten nicht mehr übel. Letzten Endes hat sie uns beide doch noch zusammengeführt.»

Das war eigentlich Moritz gewesen, dachte ich, behielt es aber für mich. Es würde schon noch der Zeitpunkt kommen, ihr von ihm zu erzählen. Denn es interessierte mich sehr, was sie von der Sache mit ihm halten würde.

«Wie ist das mit der Ergänzung?», fragte ich. «Wenn du Sonne und damit Feuer bist, welches ist dein zweites Element?»

«Kannst du es vermuten?»

«Du liebst Wasser, hast du gesagt.»

«Feuer und Wasser! Oh, das wäre schwierig, Ina! Kaum, dass mein Feuer brennt, würde es gelöscht.»

«Luft?»

«Das ist eine wirklich riskante Mischung», erläuterte sie. «Brennt das Feuer zu schwach, wird es ausgeblasen. Brennt es bereits ein wenig, wird es angefacht. Dann ist alles gut. Aber wenn das Feuer richtig brennt – und dann kommt Luft dazu ... Verheerend.»

«Also bist du Erde. In dir ist beides, das Männliche und das Weibliche. Beneidenswert», sagte ich.

«Versuche, ein solches Wort zu vermeiden, Ina. Neid ist ein Wunsch, der sich verlaufen hat. Er sucht ein Zuhause bei einem Menschen oder einer Sache, zu der er nicht gehört. Dabei ist es doch an uns selbst, dass unsere Wünsche Wirklichkeit werden. Sie müssen bei uns bleiben. Wenn ich also Feuer und Erde in mir habe, so fehlen mir Luft und Wasser.»

Theodora lehnte sich gegen die helle Felswand. Die vom Sonnenlicht beschienenen Stäbe des Eingangs warfen ein bizarres Muster nach innen. Es sah aus, als säßen wir beide hinter Gitterstäben.

«In den frühen fünfziger Jahren, als ich begonnen hatte, in Berlin Kunst zu studieren, hatte ich einen Verehrer», sagte Theodora. «Er kam aus einer Familie, der es gelungen war, ihr Vermögen über den Krieg zu retten. Und ich kämpfte um jede Mark. Natürlich beneidete ich ihn. Er lud mich in das Ferienhaus seiner Eltern nach Sylt ein. Als Kind des Krieges war ich nie am Meer gewesen und wollte dort auf jeden Fall hin. Gleichzeitig hatte ich Minderwertigkeitsgefühle, die mich schon Tage vor der Abfahrt so sehr quälten, dass ich mich ständig übergeben musste. Diese reichen Leute! Dagegen ich, die Tochter eines Malers. Ich sagte ab. Aber mein Verehrer ließ nicht locker. Ich beriet mich mit Lore, der einzigen Vertrauten innerhalb meiner Familie. Und sie zog Eberhard hinzu. Ich werde Eberhards

Reaktion nie vergessen. Er sagte: ‹Wenn du meinst, du seiest nur halb so viel wert wie er, dann erhöhe dein Gewicht. Sag ihm, dass du deine Schwester und Herrn von Gollnitz mitnehmen musst. Aber vergiss nicht, das *von* zu betonen.› Das tat ich.»

«Und?», fragte ich gespannt.

Sie lachte. «Als wir hinkamen, war das Ferienhaus niedergebrannt. Wir mussten alle in den Dünen schlafen. Das war herrlich! Ich kam zurück und sperrte mich tagelang in meinem sogenannten Atelier ein, unserem Dachboden. Ich malte wie eine Verrückte. Nur Wasser, Wolken und Himmel. Und für die Perspektive ein paar Dünen mit Sonne. Keine Kunstwerke, ganz gewiss nicht, aber ich konnte sie allesamt verkaufen. Ich habe danach nie wieder jemanden beneidet. Ich wusste: Es ist alles in mir. Ich muss es nur finden.»

«Das ist eine schöne Geschichte. Leider ist mir so etwas noch nie passiert.»

«Dann wollen wir jetzt endlich dafür sorgen, dass es dazu kommt!» Sie erhob sich und reichte mir die Hand.

Wir folgten dem Fluss ein gutes Stück aufwärts. Offenbar war dies ein Weg, der oft benutzt wurde. Er war so breit, dass wir den größten Teil der Strecke nebeneinanderher gehen konnten. Der Boden war hart wie Stein und von fast rostroter Farbe, die jetzt am späten Morgen intensiv im Sonnenlicht leuchtete. Unweigerlich musste ich an Julia denken, unseren kleinen Schatz vom Dachboden. Ich konnte mir gut vorstellen, dass der Ton, aus dem sie gefertigt worden war, aus dieser Gegend stammte. Dies war eigentlich ein guter Zeitpunkt, Theodora von unserer kleinen Göttin zu erzählen. Aber meine Tante war gerade selbst in Plauderstimmung. Ihr war nicht entgangen, dass ich die Nacht oberhalb des Ufers verbracht hatte.

«Warum bist du nicht hinuntergekommen?», fragte sie.

«Ich hielt euren Tanz für eine geheime Zeremonie, bei der ich nicht stören wollte.»

«Ich hätte dich doch nicht hierher mitgenommen, wenn ich annehmen würde, dass du störst!», protestierte sie. «Du möchtest bestimmt wissen, was wir da gemacht haben.»

Und ob ich das wollte!

«Dieses Ritual halten wir in jeder Vollmondnacht ab. Die Dienerinnen bitten gemeinsam um die Kraft des Mondes, damit er ihre Gemeinschaft stärkt.»

«Aber du hast diesen Tanz im Wasser nicht mitgemacht», stellte ich fest.

«Das ist nur die Aufgabe der Dienerinnen.»

«Wer sind sie denn?»

«Nun, Mamma Eni kennst du bereits. Sie dient Mutter Erde. Die anderen dienen Wasser, Luft und Feuer.»

«Und du?»

«Ich bin wie alle anderen eine Lernende und zugleich Lehrende. Du siehst auch hier: Stets geht es um den Ausgleich. In diesem Fall um Nehmen und Geben.»

«Dann ist eine Dienerin so etwas wie eine Priesterin?»

Sie schüttelte den Kopf. «Eine solche Wortwahl widerspräche dem Zweck unseres Bundes. Und auch seinem Gedanken. Die Mütter sind keine Gottheiten, obwohl wir sie ehren. Wir beten sie nicht an. Die Dienerinnen haben die Aufgabe, die Tradition der Mütter aufrecht zu halten. Das tun sie, indem sie die Rituale pflegen und weitergeben.»

«Werde ich die anderen Dienerinnen auch kennenlernen?»

«Es war schon eine große Ausnahme, dass Mamma Eni dich begrüßt hat. Nicht nur, weil selten Fremde zu Besuch kommen. Die Dienerinnen leben sehr zurückgezogen.»

«Sind sie alle so alt wie Mamma Eni?»

Theodora blieb stehen und schaute auf den Fluss, der sich seinen Weg an dieser Stelle durch größere, wie Kugeln geformte Felsen bahnte. Auf einigen der Gesteinsbrocken hielten sich dünne Bäume fest. Das Wasser bildete sanfte Strudel, in denen sich welkes Laub im Kreis drehte.

«Wahrscheinlich ist es nur Frauen im letzten Abschnitt ihres Lebens möglich, die Aufgabe einer Dienerin zu übernehmen. Denn ist es nicht so, dass das Leben sich in verschiedene Abschnitte teilt? Da ist zunächst das absolut Unbewusste des Babys und Kleinkinds, dem mit der Kindheit das unbewusst Bewusste folgt, wenn sich das Kind im Spiegel sieht und von sich als Ich spricht. In der frühen Jugend beginnt das relative Bewusstsein: die Ausbildung des Egos und dessen ständiger Kampf mit den Ungerechtigkeiten der Welt. In diesem Zustand, in dem man sich wie Don Quixote im Kampf gegen die Windmühlen aufreibt, verweilen die meisten Menschen bis ins hohe Alter und werden erst in der Stunde ihres Todes davon erlöst. Manche jedoch erlangen das objektive Bewusstsein, was ein sehr anstrengender Zustand ist, denn er bedeutet das ständige Hinterfragen des Egos. Wobei es keine Garantie für eine Lösung gibt, sondern nur die beständige Aufforderung an sich selbst, das eigene Ego zu überwinden, das einen an der Wahrnehmung der Welt als Ganzheit hindert. Denn die Überschätzung des Egos ist es, an der wir immer wieder scheitern: Wir halten uns einfach für zu wichtig und suchen deshalb in Situationen die Konfrontation, in denen der Verzicht auf ein Stück des eigenen Egos bereits den Ausgleich herbeiführen würde. Und dann gibt es Menschen wie Mamma Eni, die es schaffen, mit allem eins zu werden. Sie sind in einem Zustand, in dem das Wort kaum mehr eine Rolle spielt. Weil es gar nicht mehr bedeutend ist, was jemand sagt. Denn das Einswerden mit allem gelingt nur noch über das Fühlen.»

«Zeichnet es Menschen denn nicht gerade aus, dass sie miteinander sprechen können?», fragte ich. «Sonst werden wir doch wie Tiere, die Bäume hier oder der Fluss dort.»

In Theodoras Gesicht trat ein Strahlen. «Genau darum geht es, Ina», sagte sie. «Und ich kann es sogar beweisen: Was ich dir gerade sagte, wirst du vergessen. Weil es nur Worte sind. Erst, wenn du die Erfahrung gemacht hast, dass dein Fühlen wichtiger als deine Worte ist, wirst du dich daran erinnern.»

«So ein Erlebnis hatte ich, als ich Jasmin bekam. Das kann ich mit Worten gar nicht beschreiben!»

«Ein Kind zu gebären, bedeutet, die Grenze des Egos zu überschreiten. Du durchlebst furchtbare Qualen – und erleidest sie nicht deinetwegen, sondern um ganz und gar für einen anderen Menschen da zu sein, um ihm das Leben zu schenken.»

«Deshalb dürfen nur Mütter in den Hain? Weil sie diese Erfahrung gemacht haben?»

Sie blickte mich liebevoll an. «Der Sinn unseres Bundes ist es, Frauen wieder an dieses Gefühl heranzuführen. Denn es ist nur flüchtig. Unweigerlich folgt ihm das relative Bewusstsein. Es kann auch nicht anders sein. Als Mutter muss ich den Kampf mit der Welt sofort wieder aufnehmen, sonst würde mein Kind verhungern. Es ist schließlich ein Teil von mir und damit meines Egos. Wenn der Zeitpunkt erreicht ist, dass mein Kind ohne mich satt wird, kann ich beginnen, mein Ego zu überwinden. Bis dahin sind jedoch so viele Jahrzehnte vergangen, so viele Enttäuschungen und Verwundungen geschehen, dass mein Ego sich nur noch selbst beschützen will. Ich komme kaum mehr an es heran. Manchmal weiß ich gar nicht mehr: Wer bin ich eigentlich? Damit stehe ich vor einem Dilemma: Wie soll ich mein Ego überwinden, wenn ich es doch gar nicht kenne?»

«Ich muss mich also erst kennenlernen, um wieder vergessen zu können, wer ich bin? Das klingt reichlich widersprüchlich!»

«Das Ziel des Sich-selbst-Erkennens ist keineswegs, dass man sich anschließend gewissermaßen wieder wegwirft, Ina», sagte Theodora amüsiert. «Die höchste Stufe des Bewusstseins ist vielmehr, dass du die Gegensätze in dir, die negative Gefühle der Welt gegenüber auslösen, miteinander aussöhnst. Denke dabei stets an die ideale Form, an den Kreis. In ihm verschmelzen alle Farben zu einer Einheit. Und dennoch ist für jede Farbe genug Platz.»

«Sei mir nicht böse, aber das ist mir zu abgehoben. Mit meinem Leben hat das nichts zu tun. Jahrzehntelang habe ich in meiner Familie und an meinem Arbeitsplatz das Beste gegeben. Dennoch stehe ich mit fast leeren Händen da.»

Theodora nahm meine Hand. «Gibt es einen besseren Zeitpunkt, um nach deinem wahren Ego zu suchen?», fragte sie und zog mich sanft vom Fluss fort.

Nachdem wir eine Weile schweigend gegangen waren, nahm ich unser ursprüngliches Thema wieder auf: «Kannst du denn auch Dienerin werden?»

«Ein Orakelspruch bestimmt, wer den Platz einer Dienerin einnimmt», erklärte Theodora und setzte lächelnd hinzu: «Mich würde das Orakel wohl nicht auswählen. Ich denke zu viel, ich schmiede Pläne.» Sie seufzte tief. «Vor einiger Zeit inspizierte ich das Haus der Mütter und stellte fest, dass einige der tragenden Stützen morsch waren. Eni sah mir zu, wie ich die Reparaturarbeiten leitete, sagte kein Wort und verzog sich. Weil ich sie schon so lange kenne, spürte ich, dass sie der Meinung war, dass ich etwas falsch machte. Ich fragte sie später, was es denn sei. Sie antwortete mit einer Gegenfrage: ‹Ruft die Yamswurzel dir zu: Hier bin ich, grabe mich aus?›»

«Was meinte sie damit?»

«Dass ich zulassen muss, wie sich die Dinge entwickeln. Ich hätte es dabei bewenden lassen sollen, andere Frauen darauf aufmerksam zu machen, dass die Stützen ausgetauscht werden mussten. Schließlich habe ich nicht das alleinige Wissen, wie das zu bewerkstelligen ist. Wirkliche Weisheit gibt keine Ratschläge mehr. Sie kennt den Lauf der Welt und hat erkannt, dass sie ihn nicht ändern kann. Mit anderen Worten: Was ich in der Zeit, als ich wie Don Quixote gegen Windmühlenflügel gekämpft habe, nicht erreichen konnte, das werde ich danach auch nicht mehr bewirken. Darum der Vergleich mit der Yamswurzel.»

«Den verstehe ich erst recht nicht!», warf ich ein.

«Natürlich nicht, verzeih. Yams wird bis zu zwei Meter lang und wiegt dann so viel wie ein ausgewachsener Mann. Sie wächst also jahrelang im Boden, bis sie endlich ausgegraben wird. Übrigens ist rohe Yams giftig. Man muss sie mühevoll von der Rinde befreien, lange kochen und manchmal erst noch stampfen, bevor sie genießbar ist.» Sie sah mich schelmisch an. «Du kannst dir also vorstellen, dass sich kaum jemand gern die Mühe macht, nach Yamswurzeln zu graben. Dabei sind sie so wertvoll wie kaum ein anderes Gemüse. Frauen, die schwanger werden möchten, sollten oft Yams essen. Ebenso wie solche in den Wechseljahren. Alle anderen sollten es nur gelegentlich genießen. Aber das ist ja mit der Weisheit auch nicht anders.»

Mir schwirrte der Kopf! Dieser Spaziergang mit meiner Tante war mindestens so anstrengend wie die Lektüre eines Lexikons. Dennoch waren ihre Ausführungen interessant; wann hatte ich schon mal die Gelegenheit, solche Gespräche zu führen! Und es war sinnvoll, sich hier in Afrika über solche Sachen Gedanken zu machen. Schließlich hieß es doch, Afrika sei die Wiege der Menschheit. Nun ja – und in gewisser Weise war es auch meine. Wenngleich mich meine Rückenschmerzen daran erinnerten, dass ich mich an den Komfort der Zivilisation gewöhnt hatte. Meine Fitnessschuhe hatte ich am Haus der Mütter zurückgelassen und lief barfuß. Inzwischen machte sich das Marschieren auf dem unebenen, ausgetretenen Boden als Schmerz im Kreuz bemerkbar.

An einer Biegung des Flusses entdeckte ich einen aus Stämmen und trockenen Palmwedeln provisorisch gebauten, ziemlich großen Unterstand, unter dem ein paar Frauen saßen, standen oder gebückt arbeiteten. An einer Stelle war die Erde aufgebrochen und schimmerte kraftvoll rostrot. Beim Näherkommen erkannte ich, dass es Töpferinnen waren, die ihr Material aus dem ausgetrockneten Flussbett bezogen. Ich nahm an, dass Theodora mir diese Freiluft-Werkstatt einfach nur zeigen wollte. Ich irrte mich. Diesmal gab es keine Erklärungen, sondern einen Klumpen Matsch. Eine der Frauen grub Ton aus dem Boden und legte ihn vor meine Füße.

Was sollte ich denn damit anfangen?

«Wir sehen uns später», sagte Theodora.

Irritiert sah ich ihr nach. Sie hatte mich wie ein kleines Kind im Kindergarten abgegeben. Aber mein Stolz verbot es mir, mich zu beklagen. Wahre Weisheit schweigt. So ähnlich hatte Theodora es ja wohl gesagt.

Eigentlich hatte ich gedacht, dass die Frauen mir erklären würden, was ich tun sollte. Als Theodora und ich gekommen waren, hatten sie ihre Arbeit, ihr Lachen und Schwatzen kurz unterbrochen. Nachdem meine Tante gegangen war, machten sie weiter wie zuvor. Ich setzte mich vor meinen Matschklumpen. Die Erde fühlte sich feucht und leicht körnig an, war schwer und unhandlich. Gut, dachte ich, schaust du dir mal an, was die anderen machen und wie sie es anstellen, aus diesem Berg Erde etwas Ansehnliches zu formen. So hatte sich meine Tante diese Aufgabe wohl gedacht.

Große Kunstwerke entstanden hier nicht, sondern Schalen und topfähnliche Gebilde mit mal sanft nach außen schwingendem Rand, mal eher zylindrisch, mal höher, mal flacher. Einige trockneten bereits in der Sonne. Eine Töpferscheibe gab es nicht, das einzige Werkzeug waren die Hände. Die runde Form kam zustande, indem man möglichst schnell um den Tonklumpen herumlief und den Ton dabei geschickt nach oben zog, die eine Hand innen, die andere stützte das Gebilde von außen. Ich probierte es aus, aber was so einfach ausgesehen hatte, wollte mir nicht gelingen. Dabei sollte es doch nur eine simple Schale werden. Ich musste an Julia denken, die ich für eine «primitive» Figur gehalten hatte. Welche Fingerfertigkeit dazu gehört hatte, sie zu formen! Immer, wenn ich den Ton nach oben zu ziehen versuchte, kippte alles wieder nach innen. Ich stellte mich an wie der letzte Mensch. Die ersten hatten es wohl besser hinbekommen ...

Der Tag verging wie im Flug. Ich merkte kaum, wie die Schatten länger wurden, während ich um mein Tonförmchen so herumeierte, wie die anderen es taten. Schließlich gelang mir mit verbissener Geduld tatsächlich etwas, das einer kleinen Schale glich. Ich war total stolz! Und erst jetzt erbarmte sich eine der Frauen meiner. Sie gab mir die richtige Menge Ton, führte meine Hände, schob mich im richtigen Augenblick, wenn ich mich im Kreis bewegen sollte, um das Ding rund zu kriegen. Und wie durch Zauberhand gelang die zweite Schale. Bei der dritten ging es schon viel flotter, und bei der fünften hatte ich den Bogen raus.

Inzwischen hatten einige andere Frauen auf einer Insel in der Mitte des Flusses alle Tonwaren zusammengetragen und in einer Grube gelagert. Darauf schichteten sie harte, getrocknete Palmwedel und beschwerten sie mit weiteren Tonwaren. Dann wurden die Palmzweige angezündet – fertig war ein primitiver Erdofen, der eine gewaltige Wolke weißlichen Qualms ausstieß. Das Schönste an diesem urzeitlichen Anblick war die Tatsache, dass meine krummen Schalen irgendwo in diesem Haufen verborgen waren. Sie gehörten dazu.

Als ich mit den sich fröhlich unterhaltenden Frauen zurückging, spürte ich jeden meiner müden Knochen. Warum hatte Theodora mich töpfern lassen, fragte ich mich. Ganz dumm hatte ich mich wohl nicht angestellt. Bedeutete das also, dass mein Element Erde war? Und folgte daraus, dass ich zu Hause eine Töpferwerkstatt eröffnen sollte?

Oder reichte es, wenn ich auf dem Fußboden schlief …?

Ein wenig überrumpelt fühlte ich mich von meiner Tante schon. Schließlich war ich davon ausgegangen, dass ich nur mal einen kurzen Besuch in ihrem Hain machen würde.

Nun ging der zweite Tag zu Ende, und sie hatte mir nicht einmal die Möglichkeit gegeben, Jasmin anzurufen. So war das eigentlich nicht gedacht gewesen mit unserem Mutter-Tochter-Urlaub.

Als ich mit meiner Tante darüber sprechen wollte, antwortete sie: «Wissen, das du nicht anwendest, ist wie ein Stein. Du schleppst ihn nur mit dir herum.»

Wir saßen mit den anderen am abendlichen Feuer und aßen Maisbrei und kleine gegrillte Fische aus dem Fluss. Ihre vielen Gräten verlangten volle Konzentration.

«Was willst du mir damit nun wieder sagen?», fragte ich, verschluckte mich prompt und hustete.

«Ich habe dir so viele Dinge erzählt, mit denen du auf Dauer nichts anfangen kannst», erwiderte Theodora. «Welchen Sinn sollte das gehabt haben, wenn du nicht die Möglichkeit hast, es dir zunutze zu machen?»

«Wie stellst du dir das vor? Soll ich gar nicht mehr zu meiner Tochter zurück?»

«Lass uns noch diese Nacht hier verbringen. Wenn du dann nach Tiameh willst, fahre ich dich hin. Oder möchtest du lieber sofort aufbrechen?», fragte sie.

Ich schwankte. Mir war durchaus klar, dass ich nie wieder die Gelegenheit zu einer derart ungewöhnlichen Erfahrung bekäme, wie Theodora sie mir bot. In der Versicherung hatten sie vor Jahren mal ein Outdoor-Training angeboten. Für das mittlere Management, um den Teamgeist zu schulen. Wir, das Fußvolk, hatten damals gelästert, dass uns ein gemeinsames Pizza-Essen beim Italiener oder ein Grillabend bei einem von uns bliebe, wenn wir eine ähnliche Erfahrung machen wollten. Doch nicht mal die halbe Abteilung ließ sich zum Pizza-Essen zusammentrommeln, geschweige denn, dass es je mit dem Grillen etwas geworden wäre. Worüber beklagte ich mich also? Andere Leute würden Schlange stehen, um Wildnis pur erleben zu dürfen. Aber das hier war nun mal nicht mein Ding – auch, wenn ich heute schön getöpfert hatte. Ich wollte Jasmin bei mir haben, eine heiße Dusche genießen und ein weiches Bett.

«Kannst du es vielleicht einrichten, dass ich für die Nacht so etwas wie ein Bett bekomme?», fragte ich.

Inzwischen war die Sonne untergegangen, ein letzter Rest Tageslicht versickerte zwischen Büschen und Bäumen. In meiner schlechten Stimmung erinnerte mich sogar das Zirpen der Grillen an eine verstimmte Säge. Und vom hellen Licht des Vollmondes war auch noch nichts zu sehen.

Theodora hob sich ein Bündel auf den Kopf und brach mit mir auf. Jeden Pfad durch die Dunkelheit schien sie zu kennen. Ich dagegen hatte überhaupt keine Orientierung und erschrak ständig wegen der «Wächterinnen», die überall standen. Nach einer Weile erreichten wir eine Stelle nahe dem Fluss. Sein leises Gurgeln klang unheimlich. Meine Tante bat mich, trockenes Holz zu sammeln, in der Dunkelheit keine einfache Aufgabe. Und vielleicht auch ein wenig gefährlich. Den Abhang, der sich so plötzlich vor meinen Füßen aufgetan hatte, würde ich wohl niemals vergessen. Ich versuchte, mich mit ein wenig Sarkasmus zu trösten: Zumindest würde ich mitreden können, falls ich mal jemanden träfe, der ein Outdoor-Training absolviert hatte.

«Was deine Augen dir nicht verraten, erfassen deine übrigen Sinne», riet Theodora.

Anfangs fand ich ihren Hinweis recht eigenartig: Wann klaubt man schon in völliger Finsternis Zweige vom Waldboden, tastet sie ab und riecht zu guter Letzt auch noch daran, um Trockenes von Feuchtem unterscheiden zu können? Ich kam mir vor wie ein Hund. Vor allem irritierten mich die Geräusche im dunklen Irgendwo. Ununterbrochen raschelte, zirpte, quakte, flatterte und quiekte es. Alles nach Möglichkeit durcheinander. Nach einer Weile musste ich mir eingestehen: Theodora hatte recht. Es war ein Fest für alle Sinne – wenn mir denn zum Feiern zumute gewesen wäre. Ich schwitzte, weil mein Puls raste. Und auch, weil die Nacht so warm war. Aber es gelang uns, einen ansehnlichen Stapel Holz aufzuschichten. Theodora entzündete ihn nur mit einem Ast, den sie zwischen den Händen rieb. Genau so, wie ich es schon mal im Fernsehen gesehen hatte. Da hatte es allerdings schneller funktioniert.

Im Schein der aufflackernden Flammen konnte ich erahnen, dass es kein schlechter Platz war, an dem wir die Nacht zubringen sollten. Unser Feuerchen brannte direkt vor einer Grube, die zur Hälfte von einem Felsvorsprung überragt wurde. Sofern nicht bereits irgendwelche Tierchen darin wohnten, würde man hier mit einigem guten Willen durchaus übernachten können. An ein Bett und eine Dusche wagte ich nicht mehr zu denken. Ich würde stinken wie ein Iltis, wenn ich Jasmin wieder unter die Nase trat. Falls ich überhaupt die Gelegenheit dazu hätte …

Wir inspizierten die Halbhöhle mit zu Fackeln umfunktionierten brennenden Ästen und freuten uns, dass wir keine größeren Mitbewohner geweckt hatten. Zum Glück stellte sich heraus, dass sich in dem Bündel, das Theodora mitgenommen hatte, eine leichte Decke befand, auf der ich schlafen durfte. Sie selbst verschmähte solchen Luxus. Zumindest war das Erdreich weicher als der festgetretene Boden vor dem Haus der Mütter.

Weil ich die Höhle so sorgfältig inspiziert hatte, war mir

ganz entgangen, dass sich die Lichtverhältnisse geändert hatten. Es war längst nicht mehr so stockdunkel wie zuvor. Der Himmel hatte unsere Nachttischlampe angeknipst!

«Hast du auch Lust auf ein Bad im Mondenschein?», fragte Theodora und deutete auf den Fluss, dem Frau Luna Tausende kleiner Lichter aufgesetzt hatte.

Zuschauer würde es wohl nicht geben, von dem einen oder anderen Lungenfisch mal abgesehen. Ich konnte ein Mondbad zumindest mal ausprobieren, würde mich gewiss erfrischen. Und nicht zu vergessen: Es würde mir helfen, weibliche Energie zu tanken …!

Der Weg zum Fluss war kurz, die überall herumliegenden Felsbrocken waren gut zu erkennen, und die Glühwürmchen sorgten für eine fast romantische Stimmung. Theodora legte ihren Umhang bereits sorgsam auf einen der Felsen.

«Nun komm schon, sei kein Frosch!», rief sie und zeigte mir im nächsten Moment, dass das Wasser ihr gerade mal bis zur Hälfte des Oberschenkels reichte. Genug, um sich langsam treiben zu lassen.

Ich schaute mich noch einmal zu unserem Feuer um und beschloss, es zu riskieren. Ich würde wieder zurückfinden. Also tat ich es meiner Tante nach. Das Wasser war so weich wie Seide. Ich ließ mich ein Stückchen treiben, hielt mich an Felsen fest und drehte mich auf den Rücken. Der warme Fluss streichelte meine Haut, während ich in die Unendlichkeit des sterngesprenkelten Himmels blickte. Ewig lag ich so, setzte mich dann hin und ließ den Fluss auf mich zufließen. Auf den kleinen Wellen und Strudeln tanzten Millionen Lichter, darüber schwebten die Glühwürmchen, und am Himmel leuchteten in unfassbarer Klarheit die Sterne. Es war, als ob ich in einer Sternenflut badete.

Das Bad im Fluss hatte etwas Eigenartiges bewirkt. Zuvor war ich so aufgebracht gewesen, hatte das Gefühl gehabt, als verfüge meine Tante über mich nach Belieben. Jetzt sah ich ein, dass sie richtig vorgegangen war. Hätte sie mir gesagt, dass ich den Tag über mit Lehm spielen, nachts nur im Fluss baden und anschließend in einer Höhle schlafen würde – ich wäre niemals mitgekommen.

«Es ist wirklich perfekt hier», sagte ich und freute mich über den Anblick unseres Lagerfeuers.

«Eine schöne Stimmung ist eine schöne Stimmung. Man sollte sie nicht erklären», sagte Theodora. «Dennoch möchte ich dich darauf hinweisen, dass du die vier Elemente in dieser kostbaren Stunde nicht nur um dich versammelt hast, sondern in ihnen geborgen bist. Das Wasser hat dich umschmeichelt, die Luft dich getrocknet, das Feuer wärmt dich, und die Erde beschützt gleich deinen Schlaf. Erinnerst du dich noch an die Spirale im Haus der Mütter?»

Gewiss tat ich das, schließlich war es das erste Mal gewesen, dass ich auf die Symbolik der Mütter und Elemente aufmerksam geworden war.

«Alles fließt ineinander und ist miteinander verbunden», sagte ich und dachte, dass ich solch eine Formulierung schon früher einmal gehört hatte, aber niemals etwas damit hatte anfangen können. Es waren leere Worte gewesen, die nun einen Sinn ergaben.

Ob meine Eltern je erfahren hatten, über welches alte Wissen Mamma Eni verfügte? «Seit wann gibt es den Hain und das Haus der Mütter eigentlich?», fragte ich.

«Ach, noch gar nicht so lange.» Theodora sah mich aufmerksam an. «Soll ich dir erzählen, wie das hier alles begann? Es ist sehr eng mit meiner eigenen Geschichte verbunden. Bist du einmal an den Punkt gekommen, an dem du dich gefragt hast: Welche Aufgabe habe ich im Leben? Wozu bin ich überhaupt hier?»

«Kommt dieser Moment nicht für jeden?»

«Macht man dann weiter wie bisher und ignoriert diese Frage, weil man Angst vor der vermutlich radikalen Antwort hat? Dass man seine Träume nicht verwirklicht hat? Oder wirft man einfach alles über Bord und segelt unbeschwert neuen Ufern entgegen?»

«Ich suche gerade nach der Antwort.»

«So fühlte ich mich, als ich Anfang der sechziger Jahre nach Nigeria zurückkam. Nun, vielleicht war ich ein kleines Stück weiter, weil ich versuchen wollte, mich hier auszuprobieren. Allerdings hatte der überstürzte Abschied aus Deutschland in mir ein Vakuum hinterlassen. Ich war niedergeschlagen und hatte keinen konkreten Plan. Enis Familie nahm mich in ihrem Haus auf. Das ist jenes, das heute die Werkstatt und die Galerie beheimatet. Enis Mutter – nach meinen damaligen Maßstäben bereits eine hochbetagte Frau – fertigte Objekte aus Holz und Ton, die man auf den ersten Blick für Kunst halten konnte. Wegen meiner früheren Besuche in Völkerkundemuseen vermutete ich, dass sie rituellen Zwecken dienten. Ich lernte, wie man sie erschafft, nicht jedoch die Zusammenhänge. Mit der Zeit begann sich Eni mir gegenüber zu öffnen.»

Theodora vergewisserte sich, dass ich nach diesem anstrengenden Tag noch aufnahmebereit war. Ich lauschte aufmerksam und spürte, dass ich endlich etwas über die Hintergründe erfahren würde, denen ich Julia verdankte.

«Eni erzählte, dass die Vorfahren ihrer Familie nach Brasilien verschleppt worden waren, wo sie gezwungen wurden, auf Plantagen zu arbeiten», fuhr Theodora fort. «Das Einzige, was sie mit der fernen Heimat verband, war der traditionelle Glaube. Deshalb wurde er mit großem Aufwand und allen Widerständen zum Trotz am Leben gehalten. Einige der Nachfahren der Verschleppten hofften, nach dem Ende der Sklaverei an dem Ort ihre wahre Heimat zu finden, aus dem dieser Glaube stammte. Doch von dem, was über Generationen weitergegeben worden war, fanden sie nichts mehr wieder, und auch von ihrem Volk war niemand mehr übrig. Enis Mutter versuchte dennoch, die Tradition der fünf Mütter mit neuem Leben zu füllen. Aber es war sehr schwierig: Die Leute vertrauten dem alten Glauben nicht mehr, weil alles anders als erwartet war. Zu der Zeit begannen die Engländer ganz in der Nähe damit, nach Zinn zu suchen. Dabei stießen Arbeiter auf seltsame Tonfiguren, mit denen niemand etwas anzufangen wusste. Erst wesentlich später untersuchte ein britischer Forscher die Fundstücke und fand heraus, dass sie etwa dreitausend Jahre alt waren. Doch anfangs wussten die Europäer nichts von einer versunkenen Kultur, die hier existiert hatte. Doch einer der Arbeiter, der für die Briten Zinn schürfte, war Enis Bruder. Amer brachte seiner Mutter eine dieser kleinen Tonfiguren. Sie wusste sofort, was das war: ein Relikt jenes Glaubens, nach dem sie bisher vergeblich gesucht hatte. Wir können uns gar nicht vorstellen, was das für die alte Frau bedeutet haben muss!»

«Es war der Beweis dafür, dass ihr Glaube sozusagen wahr war.»

«Du sagst es. Mit dieser kleinen Figur wurde das, was Enis Mutter bislang nur im kleinen Kreis ihr vertrauter Frauen praktiziert hatte, zu einer neuen Identität. Nun wussten alle: Der lange Weg über das Meer hatte sich gelohnt, dies war der richtige Ort, um eine neue Gemeinschaft aufzubauen.»

Ein Name, den Theodora erwähnt hatte, hatte mich stutzen lassen: «Amer hat diese Figur gefunden. War das nicht auch der Name deines Mannes?»

Sie nickte. «Über Amer komme ich – gewissermaßen durch die Hintertür – in diese Geschichte. Als ich schon ein paar Jahre bei Enis Familie gelebt hatte, starb Amers Frau, und seine Mutter fragte mich, ob ich ihn heiraten wolle. Ich hatte nicht vorgehabt zu heiraten, aber als unverheiratete Frau nahm man mich nicht ernst. Das ist hier nun mal bis heute so. Amer war ein lieber Mensch, also warf ich meine Prinzipien auch in puncto Ehe über Bord. Nun war ich keine Fremde mehr, sondern vollwertiges Mitglied der Familie. Und als solches konnte Enis Mutter mich Schritt für Schritt in das Wissen der fünf Mütter einweihen. Es fiel bei mir auf fruchtbaren Boden. Denn wie gesagt: Ich wartete nur auf eine Lebensaufgabe. Hier war sie nun. Ich hatte meinen Platz im Leben gefunden.»

Es klang so schön, wie sie das sagte. Fern der Heimat konnte sie in einem neuen Umfeld völlig aufgehen. «Aber du warst Künstlerin», sagte ich, «du hattest studiert, und Enis Familie bestand aus Menschen, die von all dem gewiss keine Ahnung hatten. Es war bestimmt nicht einfach, das miteinander zu verbinden.»

Theodora lachte trocken auf. «Ich schaffte es anfangs, alles falsch zu machen! Jedes Stückchen Wissen entzündete meine Phantasie. Mit meinen Ideen habe ich Enis würdevoll in sich ruhende Mutter förmlich überrannt. ‹Wir brauchen einen Tempel›, sagte ich. Und sie: ‹Es ist alles in der Natur.› Ich entgegnete: ‹Es muss einen geschützten Ort für Zusammenkünfte geben!› Enis Mutter wollte von all dem nichts wissen. Also beschwatzte ich meine Freundin Eni, erzählte ihr von den wunderbaren deutschen Kirchen und den erhabenen griechischen Tempeln. Ich wollte etwas erschaffen, das von der Stärke der Mütter kündet und nicht wieder von den Stürmen der Zeit weggefegt wird. Eni sagte dazu rein gar nichts, ich begriff es nicht. Sie war doch meine Freundin!»

Theodora schüttelte lachend den Kopf, schob die Glut zusammen und legte einen neuen Ast hinein.

«Wie wenig meine damaligen Vorstellungen doch zu ihrer Spiritualität passten! Man baute nicht einfach mal so, weil es einem gerade in den Sinn kam, einen Tempel. Eines Tages führte Eni mich in den Hain, zeigte mir die Höhle oberhalb des Flusses und zeichnete das Haus der Mütter in den Sand. Mit all seinen Kammern. Ich fragte, woher sie so plötzlich die Idee dazu hatte. Und sie antwortete in ihrer wohltuend zurückhaltenden Art, dass sie es gesehen hätte. Von einer Vision zu sprechen, wäre ihr niemals in den Sinn gekommen. Doch das bedeutete für Enis Mutter, dass meine nur grobe Vorstellung von einer Art Tempel dem Willen der Mütter entsprach. Nun konnten wir uns an die Verwirklichung machen. Aber Eni fragte auch, wo wir das Geld dafür herbekommen sollten. Da war sie bei mir, die sich ihr Studium mit schnell gemalten Bildern verdient hatte, an die Richtige geraten! Amer und ich fuhren auf die großen Märkte, verkauften Schnitzereien und Töpferwaren, eröffneten ein kleines Geschäft, das schnell Kundschaft fand. Andere Künstler und Händler siedelten sich ebenfalls an, Nigerianer sind nämlich clevere Geschäftsleute. So wurde Tiameh der Ort, den du heute kennst. Es war eine sehr erfüllte Zeit. Das dachte ich wenigstens», schloss sie und schwieg.

Krachend barst ein Ast im Feuer.

«Eines Morgens stand Amer nicht mehr auf. Ich wollte

nicht wahrhaben, dass er einfach so in der Nacht gegangen war, während ich neben ihm lag.»

Theodora hatte die Augen geschlossen, im flackernden Licht des Feuers wirkte ihr Gesicht ein wenig gespenstisch. Es war offenkundig, dass der Tod ihres Mannes etwas in ihr verändert hatte, über das zu sprechen ihr schwerfiel.

«Amers eigene Mutter musste ihren Sohn begraben, denn das war ihre Aufgabe als Dienerin von Mutter Erde. Ohne weiter nachzudenken, sagte ich zu ihr: ‹Es ist so schrecklich, dass Amer fort ist. Ich brauche ihn doch so.› Wie du weißt, sprechen Dienerinnen selten. Sie erwiderte nur einen einzigen Satz: ‹In dir ist zu viel Feuer und zu viel Luft.›»

Feuer und Luft, hatte Theodora mir gesagt, wirkten gemeinsam zerstörerisch. Du meine Güte! Heftiger konnte man die eigene Schwiegertochter wohl kaum kritisieren. «Sie meinte doch nicht etwa, dass du ihn ins Grab gebracht hast?», fragte ich.

«So dachte sie nicht. Hier ist man davon überzeugt, dass der Lauf des Lebens vorbestimmt ist. Es war etwas anderes, das mich aufrüttelte. Denn ich war zumindest insoweit in die Lehre eingeweiht, dass ich verstand, auf dem Weg zu sein, ihr zuwiderzuhandeln. Das traf mich hart und unvorbereitet. Ich war doch gerade so stolz auf das Erreichte. Und doch hatte ich nicht erkannt, dass ich Amer nur benutzt hatte. Wenn ich so weitermachte, würde ich selbst auch verbrennen. Leider liegt zwischen Erkenntnis und Handeln ein tiefer Graben, über den manchmal nur schwer eine Brücke zu schlagen ist. Mir gelang es gar nicht. Ich arbeitete wie verrückt weiter, um Amer zu ersetzen. Ich lernte sogar, wie man Lieses Motor repariert!»

Sie lachte gequält und schüttelte den Kopf über sich selbst.

«Kurz darauf verließ uns Enis Mutter, und Mamma Eni wurde ihre Nachfolgerin. Ich hätte es nicht für möglich gehalten, wie schnell sich ein Mensch verändern kann. Meine Freundin wurde zur Dienerin von Mutter Erde, die nur noch selten mit mir sprach. Wenn ich sie erreichen wollte, blieb mir nur eins: ihr auf ihrem Weg zu folgen.»

«Also musstest du dein Leben komplett neu ordnen. Das stelle ich mir ganz schön schwer vor.»

«Weißt du», begann sie bedächtig, «als ich in Berlin studierte, suchte ich die Nähe von Künstlern und Intellektuellen. In ihren Kreisen lernte ich, dass nur ein auf seine Selbstdarstellung bedachter Künstler Aufmerksamkeit gewinnt. Eitelkeit allerdings war mir schon immer völlig fremd gewesen. Doch ohne sie kam ich in meinem damaligen Leben nicht weit. Erst, als meine engste Vertraute mir vorzuleben begann, wie sehr man in sich ruhen kann, begann ich umzudenken. Ich stellte fest, dass Eitelkeit keine Balance zulässt. Sie verlangt Bewunderung und macht damit andere Menschen unbedeutender. Menschen, die keineswegs unbedeutend sind; sie können oder wollen sich nur nicht so extravertiert darstellen wie ein eitler Mensch.»

Von unserem Feuer war kaum mehr als ein schwaches Glimmen übrig geblieben. Theodora stand auf und warf Erde darauf, während sie fortfuhr: «Lebenswege gehen selten geradeaus, sie schlagen Haken. Manchmal muss man erst ein anderer Mensch werden, um wieder zu dem zurückzufinden, der man einmal war. So war es auch bei mir. Sich selbst zu erkennen, sich nichts mehr vorzumachen – das ist eine der schwierigsten Aufgaben, der man sich stellen kann.»

Theodoras Ausführungen mochten hier in Afrika zutreffen, aber in Deutschland galten andere Regeln. Man musste nur den Fernsehapparat einschalten, um den Beweis zu finden. Deshalb erzählte ich meiner Tante, was bei uns Wirklichkeit war. Von den zahlreichen Shows, in denen Unbekannte versuchten, über Nacht zum Star zu werden. Dass auch im Berufsleben niemand «normal» sein wollte, sondern etwas Besonderes. Die «Sachbearbeiterin» war schon längst zum «Fall-Manager» und die «Sekretärin» zur «Assistentin» geworden. Und meine Friseuse war «Hair-Stylistin» …

Meine Tante lachte. «Ach, Ina, es liegt in der Natur des Menschen, nicht gewöhnlich sein zu wollen. Daran ist nichts Verwerfliches. Ich finde nur, es wird riskant, wenn die Menschen sich nicht mal mehr in einer stillen Stunde darüber im Klaren sind, dass sie nur Rollen spielen. In aller Regel wird es nicht gelingen, ihnen das bewusstzumachen. Sie wollen es nicht wissen, weil sie die Rolle, die sie spielen, für ihr tatsächliches Ich halten. Aber was geschieht, wenn ihnen diese Rolle weggenommen wird? Werden sie dann wie Schauspieler ohne Bühne, wie Maler ohne Leinwand?»

Oder wie eine Versicherungskauffrau ohne Job, ergänzte ich in Gedanken und sah den tanzenden Glühwürmchen zu.

«Letztlich ist es doch so», fuhr Theodora fort, «dass geborgte Identitäten davon abhalten, sich mit sich selbst auseinanderzusetzen, um nach dem zu suchen, was ich das objektive Bewusstsein nenne.»

«Die Leute brauchen den schönen Schein. Für viele ist er wahrscheinlich das Einzige, was sie haben.»

«Dann lass ihn ihnen. Wichtig ist doch eigentlich nur, dass du nicht resignierst, wenn dein Leben aus dem Tritt gekommen ist. Sondern dass du dich aufrappelst und dich fragst: Wo liegen die Gründe meines Scheiterns? Habe ich immer getan, was von mir erwartet wurde? Oder das, was ich wirklich selbst tun wollte? Bin ich diejenige, die über ihr Leben bestimmt, oder lasse ich andere über mich herrschen? Wer bin ich wirklich? Welches ist mein eigener Weg?»

«Und wohin führt mich das?»

«Zu deiner inneren Freiheit. Dann kannst du tun, was dir als richtig erscheint. Die fünf Mütter lehren es so: Jedes Individuum erschafft sich selbst. Allerdings nicht um seiner selbst willen, sondern um in der Gemeinschaft mit anderen stark zu sein. Es ist ein ganz simples Prinzip: Millionen von Körperzellen bilden ein Lebewesen.»

Das klang so verdammt einfach! «Aber wie», fragte ich, «finde ich heraus, zu welchem ‹Lebewesen› ich gehöre?»

«Sobald du herausgefunden hast, wer du wirklich bist, beantwortet sich deine Frage von selbst.»

Theodoras Ideen klangen plausibel. Andererseits hatte ich mich selbst nie wirklich wichtig genommen, sondern war für andere da gewesen. Trotzdem ruhte ich nicht in mir selbst. Was also hatte ich bisher falsch gemacht?

Ohne dass ich es bemerkte, brachte Theodora mich in den folgenden Tagen dazu, nach der Antwort zu suchen. Im Kreise anderer Frauen versuchte ich, aus von tropischer Sonne getrockneten Blättern Teller herzustellen. Es war eine echte Quälerei; die Blätter rutschten auseinander, wenn ich versuchte, sie ineinanderzuschlingen, und die scharfen Kanten rissen meine Haut auf. Da lag es mir schon eher, mich erneut als Töpferin zu versuchen und zu erlernen, wie man einen Erdofen baut. Ganz ungeschickt stellte ich mich an, als ich aus Ästen einfache Figuren schnitzen sollte. Nachdem ich zweimal nacheinander statt ins Holz in meine Finger Kerben geschnitten hatte, gab ich entnervt auf. Zumindest machte ich mich dadurch mit den ungewöhnlichen Behandlungsmethoden vertraut, die in der Wildnis zum Einsatz kamen, um fließendes Blut nicht nur rasch zu stillen, sondern obendrein dafür zu sorgen, dass keine Narbe blieb. Das faszinierte mich so sehr, dass ich die heilkundige Frau einen ganzen Tag lang bei ihrer Suche nach Arzneipflanzen begleitete.

Und eines Abends legte ich meine Scheu ab, vor den anderen am Feuer zu tanzen. Es war nicht gerade Rock 'n' Roll wie in meinen jüngeren Tagen, aber doch zumindest so, wie die Frauen es machten: einfach dem Rhythmus folgen und sich dazu bewegen. Diese kurzen Tänze waren neben dem nächtlichen Flussbad im Vollmondlicht vermutlich die schönsten Momente.

Seit unserem Höhlenabend hatte Theodora mir keinen weiteren Vortrag mehr über den Sinn meines Aufenthalts gehalten, sie hatte allenfalls kleine Bemerkungen gemacht. Besonders gefiel mir die Formulierung, dass man mit dem Tanz die Sonne zum Drehen brachte. Tanzen wurde also dem Element des Feuers zugerechnet. Das ließ mich, nachts in meiner Erdhöhle – meinem neuem Schlafplatz –, über meine frühere Begeisterung für alle Arten von Tanz nachdenken. Ich hatte es so geliebt, über das Parkett zu fliegen! Wegen eines einzigen Sturzes hatte ich es aufgegeben. Die Sonne zum Drehen bringen – was für ein wunderbares Bild. Demnach drehte sich meine Sonne im wahrsten Sinne des Wortes nicht mehr! Mir fehlte das Feuer …

In dieser Nacht traf ich eine erste Entscheidung: Sobald ich wieder zu Hause wäre, würde ich einen Tanzkurs belegen.

Ich war ein wenig stolz, als ich meiner Tante bei einer Kalebasse Frühstückstee kurz nach Sonnenaufgang diese Neuigkeit offenbarte. «Dabei spielt es nicht mal eine Rolle, ob Moritz, mein Bekannter, mitmacht oder nicht», sagte ich. «Ich will es für mich tun.»

«Mag Moritz denn keine Tänze?», fragte sie.

«Keine Ahnung. Ich habe den Eindruck, er interessiert sich nur für Bücher.»

«Nun ja, möglicherweise muss er sich auch nur an das erinnern, was er früher einmal gern gemacht und seither verdrängt hat. Ergänzt ihr euch denn sonst?»

«Soll ich dir etwas gestehen? Ohne ihn wäre ich nicht hierhergekommen.» Und dann erzählte ich endlich, dass es Moritz' Neugier und Beharrlichkeit zu verdanken war, dass ich das Risiko einer Reise ins Unbekannte eingegangen war.

«Das klingt nach einem Charakter, der zu dir passt. Wollen wir mal sehen, ob es stimmt», erwiderte sie und ermunterte mich zu einem Spiel: «Lass uns damit beginnen, dass wir zusammenfassen, was du über dich selbst hier herausgefunden hast.»

Wo sollte ich anfangen? Zumindest eines stand außer Frage: Mein Element war Erde. Selbst meinen ungewöhnlichen Schlafplatz mochte ich, nachdem ich mich damit angefreundet hatte, aber auch alles andere, was mit Erde zu tun hatte. Mein zweites Element zu bestimmen, bereitete mir mehr Schwierigkeiten.

«Was mochtest du am wenigsten?», fragte Theodora.

«Definitiv das Schnitzen! Und Teller flechten kann ich auch nicht.»

«Wie war das in der Schule? Hast du gern Aufsätze geschrieben?»

«Furchtbar, überhaupt nicht meine Sache. Mir fiel nie etwas ein.»

«Und was ist mit Lesen?», hakte sie nach.

«Na ja, kommt drauf an, was es ist. Krimis sind okay.»

«Hast du viele Freunde? Lernst du gern neue Menschen kennen?»

Das waren zwei meiner wunden Punkte. Ich gab es ungern zu.

«Magst du es, bei Wind spazieren zu gehen?»

Ich schüttelte den Kopf. Worauf wollte sie hinaus? Dass Luft nicht mein Element war? Was hatte das mit Schnitzen, Flechten, Freundschaften, Schreiben und Lesen zu tun?

«Luft steht für die Veränderung und damit gleichzeitig für die Neugier, aus der Kreativität entsteht», erklärte meine Tante. «Du brauchst also Umgang mit Menschen, die dich, den Ruhe suchenden, beharrlichen Erdenmenschen, aufrütteln.»

Das stimmte! Genau so war meine Tochter! Jasmin, der Luftmensch. Und Moritz? Er etwa auch? Wusste ich genügend über ihn, um das sagen zu können?

«Aber machen wir weiter», forderte mich Theodora auf. «Was mochtest du hier besonders?»

Mir fielen das Bad im Fluss ein und die Heilerin, die ich begleitet hatte.

«Wasser ist das Element der Heilerinnen und Heiler», klärte mich Theodora auf. «Es ist anpassungsfähig, sanft und gibt dem Leben Kraft.»

Ja, ich war anpassungsfähig, das stimmte schon. Aber der Rest? Ich hatte mich zwar immer schon für Medizin interessiert, mich aber nie wirklich damit befasst.

«Da du schon die Erde als dein Element gefunden hast, wird in dir nicht zusätzlich das Wasser vorhanden sein. Das

Interesse, das du hier für Medizin entwickelt hast, spricht eher dafür, dass dies eine Seite in dir ist, die du bislang vernachlässigt hast. Somit bleibt nur, wie bei mir, die Sonne als dein Ergänzungselement. Dass du gern tanzt, wissen wir. Wie bist du sonst? Kannst du manchmal aus der Haut fahren? Würdest du sagen, dass du ein gesunder Mensch bist?»

Ich dachte nach. Ja, das stimmte, krank war ich selten.

«Wie steht es mit Sex?» Theodora lächelte breit. «Guck nicht so entsetzt.»

Sex? Was war das noch gleich? Aber es stimmte, mit Reinhold hatte es sehr gute Zeiten gegeben, doch sie schienen so lang zurückzuliegen wie mein letzter Unterricht in Geschichte …

Ich warf Theodora einen skeptischen Blick zu. «Du willst doch nicht etwa sagen, dass ich einen Mann brauche?», fragte ich.

«Natürlich brauchst du einen. Ohne körperliche Liebe kann sich dein inneres Feuer nicht entzünden. Aber es muss der richtige Mann sein!»

«Und wie sieht so einer aus?»

«Das weiß ich nicht. Wichtig ist vor allem, dass er dir deine Freiheit lässt. Er soll dich ergänzen, nicht dich dominieren. Es wäre also ganz schlecht, wenn du einen Erdmann liebst. Wenn ihr beide Erde in euch habt, besteht die Gefahr, dass du dich mit ihm in eine Höhle verkriechst. Die Folge wäre, dass du nicht weiterwachsen kannst. Du kämst zum Stillstand. Das wäre ein Jammer, denn gerade jetzt ist die Zeit in deinem Leben, in der du so unabhängig wie nie zuvor sein kannst. Es ist deine Zeit, die du dazu nutzen kannst zu entdecken, was an Unentdecktem in dir steckt. Bring deine innere Sonne zum Tanzen, Ina!»

Ich dachte an den lieben Moritz, mit dem ich mich so gut verstand. Konnte ich mir vorstellen, dass er meine «innere Sonne zum Tanzen» brachte? Irgendwie hatte ich daran Zweifel. Wenn er jedoch tatsächlich zum Element Luft gehörte – ob er dann eventuell davon etwas in mein Feuer pusten konnte, um es anzufachen? Als Freund …? Oder ob ich eine kleine Kontaktanzeige aufgeben sollte? Feuerfrau sucht Luftmann. Tat ich damit dem armen Moritz unrecht? Welche Art von Luft brauchte ich also? Mehr die geistige oder eher die erotische? Oder beides? Ein perfekter Mann – aus Luft? O Mann, war das alles kompliziert!

Die Sonne war inzwischen so weit über die Baumgipfel geklettert, dass ihre Strahlen uns erfassten. Ich lehnte mich an die warmen Felsen und fühlte mich voller Tatendrang. Zu Hause war Frühling, und das war meine Jahreszeit. Kaum hatte ich das gedacht, war mir, als bliese ein eisiger Wind mein Feuer wieder aus. Welcher Mann würde sich schon in mich verlieben …? Nein, so weit war ich noch lange nicht.

«Sieh mal dort drüben.» Theodora deutete auf den nahen Wald. «Für mich», sagte sie, «ist ein Baum das vollkommene Lebewesen. Gewiss, auf den ersten Blick mag seine Existenz unspektakulär anmuten. Er steht tagaus, tagein auf demselben Fleck. Aber sieh nur, wie er bereit ist, das Leben in sich aufzunehmen. Komm, wir gehen zu ihm.»

Es war ein schmaler Baum, unter dem wir Platz nahmen. Seine Blätter hatte er großteils abgeworfen, trocken lagen sie am Boden, und wir setzten uns darauf.

«Der sieht aber nicht so aus, als hätte er jeden Tag guten Sex!», frotzelte ich.

«Das täuscht», meinte Theodora ungerührt. «Lehne dich

an seinen Stamm, blicke an ihm empor und stelle dir vor, du wärst der Baum.»

Nichts Besonderes war an diesem Baum, Hunderte, die ihm glichen, hatte ich in dieser Landschaft gesehen. Seine Äste streckten sich kahl dem Himmel entgegen, über den federleichte Wolken schwebten. Je länger ich nach oben sah, desto mehr erschienen mir die Äste wie Arme, die versuchten, nach den Wolken zu greifen.

«Wie geht es dir so als Baum?», fragte Theodora, die sich auf der anderen Seite gegen den Stamm gelehnt hatte.

«Er tut mir leid. Er braucht so dringend Regen», sagte ich.

Sie korrigierte mich sanft: «Du, der Baum, brauchst Regen. Wie geht es dir? Leidest du?»

Gute Frage. Litt ich? «Eigentlich nicht», sagte ich.

«Warum nicht?»

«Für mich ist gerade Winter. Da bin ich keine Schönheit», fabulierte ich etwas unsicher.

«Ich als Baum finde mich schön», meldete sich Theodora von der anderen Seite zu Wort. «Ohne meine Kleider sieht man erst, wie schlank ich bin. Der wahre Grund, weshalb ich sie weggeworfen habe, ist jedoch ein anderer.»

Ich wartete gespannt, was nun käme, aber meine Tante schwieg. Ratlos blickte ich mich um. Das trockene Laub war bereits grau. «Ich hatte nicht genug zu trinken, um meine Blätter zu versorgen», sagte ich und hoffte, dass es Theodora gefiel.

«Aber ich, der Baum, bin Optimist! Meine Blätter sollen verfaulen, wenn die Regenzeit beginnt und meine Wurzeln düngen. Ich erschaffe meinen eigenen Kreislauf. Und sieh nur, was meine Äste in der Zwischenzeit tun!»

Ich legte den Kopf in den Nacken und sah genau hin.

Theodora-Baum hatte recht: Da wuchsen tatsächlich schon dicke Knospen.

«Meine Knospen werden zarte Blätter und Blüten hervorbringen. Das wird Besucher anlocken, Insekten und Vögel, und den Wind einladen, bei mir zu verweilen, damit meine Früchte zu Boden fallen.» Theodoras Hand griff nach meiner. «Siehst du, Ina, der Baum nutzt seine Ruhephase, um neu zu beginnen. Und alle Elemente helfen ihm dabei. Sie lassen ihn nie allein. Der Baum muss nur eines tun – er muss sich den Zeiten anpassen. Den Rhythmus geben die Elemente vor.»

Wir saßen noch eine Weile unter unserem Baum und schwiegen. Manchmal ging ein leichter Wind durch die Zweige, und sie schlugen kaum hörbar aneinander. Er war nicht stumm, dieser Baum, der zunächst so leblos ausgesehen hatte. Er hatte etwas zu sagen; ich hatte es bislang nur nicht verstanden. Mir kam es so vor, als wollte mir der Baum zuflüstern: Ich bin, wie ich bin, anders kann ich nicht, und es kümmert mich nicht, was du über mich denkst. Jedes Individuum erschafft sich selbst, hatte Theodora gesagt. Mir war nicht ganz klar gewesen, was sie damit gemeint hatte, doch nun leuchtete es mir ein.

Ich stand auf, ging hinunter zum Fluss, legte mein Gewand ab und genoss das Bad im weichen Wasser. Die Wellen tanzten und trugen winzige Lichtkronen, die ihnen die Sonne aufgesetzt hatte. Ein kaum merklicher Luftzug wehte über das Wasser und strich über mein Gesicht, duftete nach Sonne und Feuchtigkeit. Ich streckte die Arme aus und sah zu, wie die Lichtreflexe auf meiner Haut spielten.

Ich war ein Baum, der in Wasser, Luft und Sonne badete. Mir fehlte gar nichts.

8. *Kapitel*

Ein vergessenes Grab

Der Boden war mit Sägespänen bedeckt, es duftete nach frischem Holz. Menschen in braunen Umhängen und hellen Kopftüchern schabten mit Hobeln über Holzstücke, feilten und sägten konzentriert, die Köpfe über ihre Arbeit gebeugt. Und mittendrin stand Jasmin. Ich erkannte sie im ersten Moment gar nicht, und sie war zu beschäftigt, um ihre Mutter zu bemerken. Erst, als ich direkt neben ihr stand, blickte sie auf.

«Nanu, kenne ich Sie?», fragte sie mit schelmischem Grinsen, um mich gleich darauf in die Arme zu schließen. Dann musterte sie mich eingehend. «Mensch, Mama, was hast du dich verändert! Gut siehst du aus, du wirkst so relaxt, und Farbe hast du auch bekommen. War schön bei deiner Tante, hm? Ich freue mich so für dich. Dein Brief klang schon so, als ob du dich wohlfühlen würdest.» Wieder drückte sie mich an sich.

Ich hatte ihr am Morgen nach meiner ersten Höhlennacht geschrieben. Eine der Frauen, die ins Dorf mussten, hatte den Brief Jasmin gebracht.

«Und du? Wie ist es dir ergangen?», fragte ich.

«Das hier ist so … wie soll ich sagen: erdverbunden. Einfach klasse. Guck nur, was ich gemacht habe.» Sie zeigte mir einen schlichten, aus verschiedenfarbigen Hölzern gebauten Tisch. Er sah sehr elegant aus, typisch Jasmin-Design. «Ohne eine einzige Schraube oder Nägel. Und super stabil. Der ist für Alindi, mein Abschiedsgeschenk. Sie braucht einen Schreibtisch – selbst würde sie sich den nie machen. Und nun bekommt sie ihn morgen, wenn wir abreisen. Alindi ist wirklich ein Schatz! Sie hat sich so liebevoll um mich gekümmert, wie eine große Schwester. Aber hier lässt sie mich schalten und walten, wie ich will.»

«Klingt, als hättest du viel Spaß gehabt.»

«Alindi ist süß! Übrigens ist das Mädchen, das uns an unserem ersten Morgen am Frühstückstisch überrascht hat, ihre Tochter. Das ist eine derart große Familie, du ahnst es nicht. In Abuja war ich auch, weil Alindi wollte, dass ich ihren Bruder kennenlerne. Der ist völlig anders, ein richtiger Manager. Aber er findet gut, was seine Mutter macht. Er sagt, die Regierung steht total auf die alten Traditionen.»

Die Worte sprudelten nur so aus Jasmin heraus. Sie schien in den acht Tagen viel erlebt und manchen Einblick gewonnen zu haben.

«Wenn Theodora nur wollte, bekäme sie von der Regierung jede Unterstützung. Das nationale Erbe der Erinnerung, nennen sie das, was sie macht.» Jasmin kicherte. «Otto schien allerdings nicht durchzublicken, was seine Mutter da genau tut. Und Alindi mauert ihm gegenüber. Ist das denn wirklich so geheimnisvoll? Du musst doch jetzt eine Menge wissen!»

Ich dachte nach. Wusste ich irgendetwas, das in diese Richtung ging? Ich hatte es nicht mal zuwege gebracht, Theodora auf Julia anzusprechen! Das war mir ein wenig peinlich, hatte es doch zu meinem ursprünglichen Plan gehört.

«Das ist eher eine Sache für Frauen», antwortete ich vage. «Ein Manager-Sohn wird damit wohl nicht viel anfangen können.»

«Ach», sie tippte sich an den Kopf, «hätte ich fast vergessen: Als ich in Abuja war, habe ich Moritz angerufen und ihm gesagt, dass er sich um uns keine Sorgen zu machen braucht.»

«War er sauer, dass ich mich nicht gemeldet habe?»

«Nee, der war zufrieden, dass bei uns alles okay ist. Na ja, ein wenig traurig schien er, dass er nicht dabei sein kann. Aber er holt uns übermorgen am Flughafen ab.»

Übermorgen ... War die Zeit tatsächlich so schnell vergangen?

Etwas wehmütig dachte ich an den Abschied an diesem Morgen. Eni war aus dem Haus der Mütter gekommen, hatte die Hände nach mir ausgestreckt und lange gehalten. Theodora hatte ihre wenigen Worte übersetzt: «Vertraue deinem Weg, er fängt gerade an.» Viele der Frauen, mit denen ich in der einen Woche zusammen gesessen, gearbeitet, gegessen und getanzt hatte, hatten Theodora und mich zurück zum Auto begleitet. Als der alte Wagen über den Weg rumpelte, hatte ich ein seltsames Gefühl gehabt. So, als hätte ich etwas liegengelassen. Die ganze Fahrt über hatte ich gegrübelt, was es sein konnte, und keine Antwort gefunden.

«Was ist, Mama?», fragte Jasmin. «Du wirkst plötzlich bedrückt. Willst du etwa nicht nach Hause?»

«Doch, doch», erwiderte ich hastig, aber im Grunde zog es mich nicht heim.

«Wow.» Jasmin legte ihre Stirn in Falten. «Dir scheint

es hier wirklich zu gefallen. Kannst ja immer wiederkommen.»

«Ja, klar, ist doch ein Katzensprung», flachste ich.

Wir gingen hinaus, wo Theodora und Alindi schon warteten, um gemeinsam mit Jasmin und mir zum Grab meiner Eltern zu fahren. Die melancholische Stimmung, die mich am Morgen überkommen hatte, wurde stärker. Es war seltsam: Jetzt, wo ich endlich das Ziel meiner Reise erreichen konnte, wollte ich es nicht mehr. Was brachte es mir, auf den Stein zu starren, unter dem meine Eltern lagen? Lebendig wurden sie davon gewiss nicht mehr. Vor allem nicht in meiner Erinnerung. Es würde so etwas Endgültiges haben, wie ein Schlusspunkt unter unvergleichliche Tage. Nicht einmal Blumen hatte ich dabei …

Ich ließ die Landschaft an mir vorbeiziehen, hörte zu, wie die drei anderen sich auf Englisch unterhielten. Ab und zu übersetzte Jasmin etwas für mich: Auch Alindi war noch nie am Gollnitz-Grab gewesen. Gräber und Friedhöfe spielten in ihrer Kultur keine Rolle. Es sei wichtiger, dass man über die Toten spräche, denn das hielte sie am Leben, sagte sie. Und ich dachte an die stille Geste, mit der ihre Mutter Tee auf den Boden gegossen hatte, um sich an ihren Mann zu erinnern.

«Was weiß deine Tochter eigentlich über deine Schwester und deinen Schwager?», fragte ich meine Tante.

Theodora, der ich mich in den letzten Tagen so nah gefühlt hatte, wirkte fast abweisend im Vergleich zur vergangenen Woche, in der sie sich mir geöffnet hatte. Ob sie das Leben außerhalb des Hains nicht mochte? Es schien fast so. Wenn ich tatsächlich in einem oder zwei Jahren wiederkäme – ob sie dann so nach innen gekehrt wäre wie ihr Vorbild Eni? Ein erschreckender Gedanke.

«Nein», erwiderte Theodora, «meine Familie weiß kaum etwas über das Leben, das ich vor langer Zeit einmal geführt habe.»

«Es ist dir unangenehm, dass wir das jetzt machen, oder?»

Sie schüttelte den Kopf. «Es ist dein Recht, dich mit deiner Vergangenheit auseinanderzusetzen. Aber erwarte nicht zu viel. Ich war selbst seit sehr langer Zeit nicht mehr dort.»

Ich hatte nicht darauf geachtet, wie lange wir unterwegs gewesen waren, als wir «Liese» endlich in einem verlassenen Dorf abstellten. Ein paar magere Ziegen rupften trockenes gelbes Gras oder knabberten Rinde von den halbtot wirkenden Bäumchen. Ein Hirte war nirgends zu sehen. Dies sei ein Ort gewesen, den die Briten einst für die Angestellten der Zinnmine gegründet hatten, ließ sich Theodora auf Jasmins Frage hin entlocken. Ihr Blick streifte nur die Ruinen der Häuser, in denen Bäume wuchsen. Ob es einst industrielle Anlagen oder Wohnhäuser gewesen waren, war nicht mehr zu erkennen. Die Natur allein konnte die Überbleibsel einstiger Zivilisation nicht so zugerichtet haben. Vermutlich war dieser Bereich in den vergangenen Jahrzehnten als Steinbruch genutzt worden. Wir folgten Pfaden, die den Hinterlassenschaften zufolge sonst von Ziegen benutzt wurden. Theodora voraus, wir im Gänsemarsch hinterher. Niemand sagte ein Wort, mein Unbehagen wuchs. Dies war wirklich ein vergessener Ort. Und hier ruhten meine Eltern!

Auch der kleine Friedhof, von dem Theodora sagte, die Betreiber der Mine hätten ihn angelegt, war kaum mehr zu erkennen. Grabsteine waren umgestürzt und in tausend

Teile zerbrochen. Der, den wir suchten und nach kurzer Suche fanden, lag ebenfalls am Boden. Da er aus einem Stück Felsen gehauen war, war er zwar noch intakt, aber die verwitterte Inschrift kaum lesbar.

Die Sonne brannte vom wolkenlosen Himmel, der rötliche Boden schien förmlich zu glühen. An den mageren Büschen hier wuchs nicht ein einziges Blättchen, nur Dornen. Ich schwitzte und wollte nur noch fort. Mein Vater hatte in Tiameh eine neue Heimat gesucht, gefunden hatte er sie ganz offenkundig nicht. Im Gegenteil: Wäre ich nicht gekommen, wären er und meine Mutter wohl gänzlich in Vergessenheit geraten. Aber änderte mein Besuch daran etwas?

«Wenigstens waren wir hier.» Jasmin brachte die Sache wieder einmal auf den Punkt. Sie filmte die Szenerie mit ihrem Camcorder. Als sie an die Gräber heranzoomte, rief sie: «Sieh mal, Mama, das ist ja interessant! Hier liegen Grabsteine, die alle das gleiche Datum tragen. Diese Leute sind im selben Jahr gestorben wie Eberhard. 1957. Und alle waren ganz jung. Zwanzig, zweiundzwanzig, der hier sogar nur neunzehn.» Sie wandte sich an Theodora. «Wie kommt das? Ist das Zufall?»

Plötzlich war ich wieder hellwach. «Stimmt», sagte ich zu meiner Tante, «du hast gesagt, es habe Unfälle gegeben! Menschen seien gestorben.» Ich sah mich um. «Dieser Berg, den man *The Secret* nennt, ist der nicht ganz in der Nähe?»

Ich gab Jasmin eine Zusammenfassung meines dürftigen Wissens, und weil Jasmin Alindi ins Herz geschlossen hatte, übersetzte sie es ihr.

Theodora sah uns nachdenklich an, dann setzte sie sich mit einem leisen Seufzer auf den Stein meiner Eltern. «*The Secret* liegt östlich von hier, etwa eine Stunde zu Fuß entfernt. Die Männer, die hier ruhen, starben dort», sagte sie. «Eberhard hatte den Auftrag, diesen Berg zu erkunden. Er tat es, obwohl Eni ihn gewarnt hatte. Er zweifelte auch sehr schnell daran, dass eine Erschließung überhaupt Sinn machte. Gewissermaßen, um es seinen Bossen zu beweisen, sprengte er. Die Wirkung war verheerend.» Sie machte eine lange Pause. «Es riss ein gigantisches Loch in den Berg. Eberhards Vorarbeiter, Abiodun, ein kleiner stämmiger Kerl mit einem Kreuz wie ein Schrank, ging mit einem Trupp hinein, obwohl Eberhard es selbst tun wollte. Aber Abiodun sagte: ‹Nein, Sir, lassen Sie uns gehen, Sie werden bald Vater.› Da hörte Eberhard ein Grollen. Er rief Abiodun zu, dass er zurückkommen solle. Aber da war es schon zu spät. Erdmassen rutschten herunter und begruben einige der Männer. Sie konnten von den Überlebenden nur mehr tot geborgen werden. Nur Abiodun blieb verschwunden. Die anderen Männer flüchteten in Panik. Eberhard machte sich furchtbare Vorwürfe, versagt zu haben.» Sie deutete auf den zerbrochenen Grabstein neben sich. «Da liegt Abiodun. Und weil er da liegt, ist Eberhard tot.»

Sie wandte den Blick ab, aber wir sahen die Tränen, die nach so vielen Jahren nicht versiegt waren.

«Eberhard hat Abiodun aus der Höhle geholt?», fragte Jasmin nach einer Weile. «Und dabei starb er?»

Theodora nickte stumm.

«Danach hieß es dann, es läge ein Fluch auf dem Berg, nicht wahr?», fragte ich.

«Ja.» Meine Tante erhob sich. «Lasst uns gehen. Wir können den Toten nicht mehr helfen, nur von ihnen lernen. Und das haben wir getan.» Sie kratzte Erde vom Boden und blies sie in alle vier Himmelsrichtungen. Alindi tat dasselbe.

Jasmin sah mich ratlos an. «Wir sollten irgendein Zeichen dalassen, dass wir hier waren», sagte sie. Doch es fiel uns nur ein, Alindi zu bitten, uns beide am Grabstein zu filmen.

Wir gingen schweigend hintereinanderher zum Auto zurück. Ich dachte an Abioduns Versuch, das Leben meines Vaters zu retten, weil meine Mutter mit mir schwanger war. Dennoch hatte der tapfere Mann nicht verhindern können, dass sich das Schicksal meines Vaters an diesem Tag erfüllte.

Theodora hatte gesagt, dass Menschen den Glauben brauchen, wo ihnen die Vernunft nicht weiterhilft. Mit logischen Argumenten schien mir die unglückliche Verkettung der Umstände, unter denen mein Vater starb, allerdings nicht mehr erklärbar zu sein.

Als ich bei «Liese» ankam, spürte ich, dass ich tatsächlich krank wurde. Das war kein normales Schwitzen mehr.

Meine Tante legte ihre Hand auf meine Stirn und sagte nur: «Sieht nach strenger Bettruhe aus.»

Unser Flug sollte am nächsten Tag gehen.

Mich ärgerte vor allem, dass ich vor kurzem noch so stolz darauf gewesen war, selten krank zu werden. Nun erwischte es mich ausgerechnet in Afrika!

«Einen Baum befreit eine frische Brise von seinen alten Blättern und macht ihn bereit für eine neue Runde auf dem Karussell des Lebens», sagte Theodora, als wir zurück nach Tiameh fuhren. «Manchmal reicht eine Brise nicht, es braucht vielleicht einen Sturm. Ist es nicht ganz ähnlich mit uns Menschen? Eine Reise befreit den Geist. Sie sollte jedoch lang genug sein.» Sie sah zu mir herüber. «Bleib noch ein wenig bei uns.»

Reise gleich Veränderung gleich Luft, kombinierte ich, die gute Schülerin meiner Tante. Dennoch widersprach ich: «Das geht nicht, ich muss zurück.»

«Erwartet dich etwas, das keinen Aufschub duldet?», fragte Theodora.

«Mein Ticket, mein Visum! Wie soll ich das hinbekommen?»

«Du würdest wirklich gern noch bleiben!», rief Jasmin von hinten.

Meine clevere Tochter hatte mich durchschaut, und es nützte nichts, dass ich das Gegenteil behauptete. Je mehr ich mich wehrte, desto klarer wurde mir, dass ich noch nicht bereit war, um mich meinem tristen Alltag zu stellen. Wahrscheinlich würde ich ja doch wieder alles so machen wie zuvor. Hin und wieder würde ich dann an die Zeit bei Theodora und ihre gesammelten Weisheiten denken und mir sagen: Schön war's, aber so kann man sich nur in Afrika fühlen.

«Ich kann dich doch nicht allein fliegen lassen, Jasmin!»

«Stimmt, wer soll dann für mich übersetzen.»

«Das ist jetzt gemein!»

«Aber wahr, Mama. Mal im Ernst: Du hast noch nie etwas für dich selbst getan. Endlich hättest du dazu die Gelegenheit. Komm schon, spring über deinen Schatten.»

Es folgte ein kurzer Wortwechsel zwischen Theodora und Alindi, von dem ich nur den Namen Otto verstand. Dann teilte meine Tante mir das Ergebnis der Beratung mit: Der einflussreiche Minister Otto würde es gewiss regeln können, dass mein Visum verlängert würde. Um das Flugticket wollte Jasmin sich kümmern. Alles schien ganz einfach zu sein. Aber ich hatte Jasmin gegenüber ein schlechtes Gewissen, in unserem Urlaub hatten wir nur wenig Zeit gemeinsam verbracht. Wir verabschiedeten uns vor Alindis Haus mit einer langen Umarmung.

«Sag Moritz ...», begann ich und wusste nicht weiter. Erst hatte ich nicht nach Afrika gewollt – und nun kam ich nicht mehr zurück. Ob Jasmin die richtigen Worte finden würde, um meine Wankelmütigkeit zu erklären ...?

Ob es ein Virus war? Oder hatte mich die Abneigung gegen die Heimkehr in meinen Alltag außer Gefecht gesetzt? Zumindest war ich nach zwei Tagen, die ich mit viel Schlafen in «meiner» Höhle, Baden bei Mondschein und kurzen Sonnenbädern verbrachte, wieder putzmunter. Am dritten Tag gesellte ich mich wieder zu den Töpferinnen. Auch dieses Mal überließ man mich mir selbst. Mit einem Unterschied: Meine Tante gab mir einen Auftrag.

«Erschaffe etwas, in dem du dich wiederfindest», sagte sie.

«Was soll das sein?»

«Das bleibt deiner Kreativität überlassen.»

«Du erklärst doch sonst so viel. Aber schon beim letzten Mal hast du es nicht getan. Verrätst du mir den Grund?», fragte ich.

«Hast du etwa eine Erklärung gebraucht?» Sie lächelte und wandte sich zum Gehen.

Etwas erschaffen, in dem ich mich selbst wiederfinde! Ich hatte keine Idee, was das sein konnte. Die Arbeiten der anderen waren dabei wenig hilfreich: Sie formten schlichte oder kunstvolle Gefäße. Würde mir ein Topf entsprechen? Eine Tasse? Ein Teller? Da erinnerte ich mich an Julia. Ob es mir gelang, etwas wie unsere kleine Göttin zu töpfern? Den ganzen Tag lang versuchte ich es, doch die Resultate gefielen mir allesamt nicht. Am Abend stand ich mit leeren Händen da. Ich war von mir enttäuscht, probierte es gleichwohl am nächsten Tag erneut. Immer wieder brach die Figur in sich zusammen.

Eine Frau, die so jung wirkte, dass ich sie für nicht älter als Jasmin hielt, hatte schließlich Erbarmen mit mir. Am nächsten Morgen brachte sie ein Messer mit und gab mir ein Stück Holz. Mit Händen und Füßen erklärte sie mir, dass ich daraus den Korpus schnitzen und das Ganze erst anschließend mit Tonerde bedecken müsse. Das Schnitzen flößte mir eingedenk meiner bisherigen Erfahrungen ziemlichen Respekt ein, doch nach weiteren zwei Tagen hatte ich etwas Plumpes in der Hand, dem mit viel Phantasie anzusehen war, was daraus werden sollte. Danach formte ich meine Julia auf das Holz. Mit dem Original hatte die Figur zwar kaum Ähnlichkeit, stolz war ich dennoch. Als wir den Erdofen ausräumten, staunte ich nicht schlecht: Von dem aus Holz geschnitzten Kern, der mich so viel Schweiß – und ein paar Blutstropfen – gekostet hatte, war nichts mehr übrig. Nur etwas Asche rieselte heraus. Die eigentliche Figur war innen hohl, ein kleines Wunder. Ich fieberte dem Moment entgegen, sie meiner Tante zu zeigen.

An den vorangegangenen Abenden hatten wir uns schon bei Sonnenuntergang zum Essen um das Feuer herum niedergelassen, denn die Nächte vor Neumond waren von gewöhnungsbedürftiger Finsternis. Das hatte mich gelehrt, auf die Glühwürmchen zu achten, die sich an den wenigen feuchten Stellen aufhielten und wie Positionslichter waren.

Theodora betrachtete mein Werk, verriet jedoch mit keinem Wort und keiner Geste, was sie davon hielt. «Heute ist Neumond. Das ist die Nacht, in der wir uns alle im Haus der Mütter versammeln. Nimm deine Ich-Puppe mit hinein.»

Dieses Mal sah ich den Raum des Redens und Schweigens mit anderen Augen. Zwar wirkte er immer noch höhlenartig, aber auch sehr feierlich, obwohl er so schlicht war. Jetzt ergaben die vier Farben der äußeren Spirale noch mehr Sinn, denn ich verstand die ihr zugrunde liegende Theorie. Etwa zwanzig Frauen kamen nach und nach zusammen. Wie es schien, ließen sie sich nieder, wo es ihnen gefiel. Jede hatte wie ich etwas mitgebracht. Ein wenig war es wie bei einem Geburtstagsfest, zu dem man mit einem Geschenk kommt. Manche hatten handgroße Figuren, kleine Gefäße oder Tiere getöpfert oder geschnitzt, jemand hatte ein Windspiel aus Zweigen gebastelt, einige einfach nur einen besonders geformten Ast mitgebracht. Eine kleine Puppe konnte ich nirgends entdecken. Anfangs wurde noch gesprochen, doch als die vier alten, in schlichte Gewänder in den Farben ihrer Elemente gekleideten Dienerinnen eintraten, wurde es allmählich still.

Wie Eni wirkten sie in sich gekehrt, sahen niemanden an und verteilten sich schweigend im Raum. Es war wirklich faszinierend: Vier Frauen, die das gesamte Wissen einer Glaubensgemeinschaft verkörperten, traten auf, als wären sie unsichtbar. Was hatte sie so werden lassen? Demut? Bescheidenheit? Weisheit? Nur eines wusste ich: Träten die vier so in Deutschland auf, hätten sie keine Chance im lauten Getriebe unserer Gesellschaft gehabt. Bedeutete das, unsere Welt und wahre Weisheit schlossen einander aus? Was nutzte bei uns schon Weisheit? Vermutlich hielte man die vier für Spinnerinnen. Mir wurde ein wenig bange bei diesen Gedanken. Irgendwann würde ich mich wieder in der Großstadt behaupten müssen …

Ich sah mich nach meiner Tante um und fand sie in einer der Nischen, wo sie mit geschlossenen Augen in sich versunken zu meditieren schien. Mich erinnerte ihr Anblick an einen Yogakurs, zu dem eine Freundin mich vor Jahren einmal mitgenommen hatte. Wir hatten an nichts denken sollen, um «leer» zu werden. Mir war das exakte Gegenteil gelungen … Jetzt schweiften meine Gedanken zu Jasmin und der Frage, wie Moritz mit meiner Wankelmütigkeit wohl zurechtkäme. Erst, als die Frauen in der Höhle wieder gemeinsam zu summen begannen und der ganze Raum zu vibrieren schien, spürte ich, wie ich langsam losließ. Gehörte Summen zum Element Luft? War es genau das, was ich brauchte?

Irgendwann wurde das Summen schwächer. Ich öffnete die Augen. Die ersten Frauen waren aufgestanden und verließen den Raum, jede mit ihrem «Geschenk» in der Hand. Sobald auch Theodora ging, folgte ich ihr durch einen fast dunklen Maulwurfsgang. Er endete in einer flachen, von nur wenigen Öllämpchen schwach beleuchteten Halle, deren Decke zur Mitte hin offen war. Man konnte direkt in den mit Sternen gesprenkelten Himmel blicken. Direkt darunter stand eine metallisch glänzende Schale. Jeder Hammerschlag, der sie geformt hatte, war zu erkennen. Sie war völlig leer, das flackernde Licht brach sich in den kleinen Vertiefungen im Metall. Ein kreisförmiges Mäuerchen, auf dem schon zahlreiche Gegenstände lagen und weitere abgelegt wurden, umschloss die Schale. Offenkundig gab man hier die «Geschenke» ab.

Ich folgte dem Beispiel der anderen und legte meine Ich-Puppe vorsichtig wie ein rohes Ei dort ab. Das Dämmerlicht ließ sie noch etwas plumper erscheinen, fast so, als hätte ich ihr absichtlich einen schwangeren Bauch geformt. Ich fand es schade, mich von meiner Fleißarbeit trennen zu müssen. Sie war nicht einmal richtig gewürdigt worden.

Plötzlich stand meine Tante neben mir. «Hast du den Platz, an dem dein Geschenk liegt, auch gut gewählt?», fragte sie im Flüsterton.

«Ich hab's irgendwo hingetan. Muss ich denn auf etwas achten?»

Sie deutete auf das Mäuerchen. «Hier stehen vier Mutterfiguren. Leg deine Puppe in die Nähe jener, der du sie widmen willst, damit sie in ihrem Namen geopfert wird.»

Ich sollte mein mühevoll gebasteltes Püppchen opfern? Einfach so? Hoffentlich war das nur symbolisch gemeint! Ich nahm die Puppe wieder an mich und besah mir die vier Figuren, die mir zuvor nicht aufgefallen waren, genauer.

Es musste am Licht gelegen haben, dass mir die Ähnlichkeit jeder einzelnen mit Julia nicht sofort aufgefallen war. Allerdings waren diese hier aus einem anderen Material, sie wirkten nicht so grob. Bei diesem Rundgang wurde mir endgültig klar, dass unsere Julia keine kleine Göttin war: Sie stellte Mutter Feuer dar. Denn nur eine der Mutterfiguren hatte wie sie einen Strahlenkranz auf dem Kopf und war ähnlich androgyn wie sie. Mutter Wassers weich wallendes Haar floss über ihre ausgeprägt weiblichen Formen. Der Bauch von Mutter Erde war eindeutig schwanger und ihre Brüste schwer. Mutter Luft war die dünnste von allen, ihr Mund weit geöffnet, so als wollte sie einen Sturm verursachen. Schon aus Sympathie für die gute alte Julia entschied ich mich für die Gestalt, die das Feuer repräsentierte.

Etwas erschrocken bemerkte ich, dass ich die Letzte war, die ihr «Geschenk» deponiert hatte. Die anderen hatten sich schon an den Wänden aufgestellt und fassten sich bei den Händen. Ich blickte mich noch ratlos nach einem Platz um, als sich die Kette öffnete und zwei Hände nach meinen griffen. Während ein neues Summen angestimmt wurde, traten die vier alten Dienerinnen aus vier niedrigen Öffnungen heraus in den Ritualraum, um sich hinter jeder ihrer Figuren aufzustellen. Nacheinander nahmen sie jeweils ein «Geschenk», sagten etwas, das ich nicht nur wegen des lauten Summens nicht verstand, und warfen das Geschenk in die Schale in der Mitte. Je nachdem, worum es sich dabei handelte, schepperte es lauter oder leiser. Noch stand meine hübsche kleine Ich-Puppe an ihrem Platz. Doch mir war klar, dass sie den Aufprall auf dem unnachgiebigen Metall nicht überstehen würde. Kurz darauf geschah es tatsächlich: Sie zerbrach in tausend Scherben!

Ich hätte vor Enttäuschung schreien können und musste mir auf die Lippen beißen. Tagelang hatte ich an dem Ding gewerkelt – und nun das! Ging man so mit etwas um, in dem man sich selbst «wiederfindet»? So gesehen war ich jetzt Müll. Die ganze Schale füllte nur mehr ein Haufen Abfall.

Nun hoben die vier Dienerinnen die ihnen entsprechenden Mutter-Figuren an ihre Gesichter. Ein seltsames Geheul aus den Mündern der zwanzig Anwesenden setzte ein. Ich begriff erst, was damit angekündigt wurde, als die vier Dienerinnen gleichzeitig die Terrakotten küssten und von sich fortschleuderten. Ebenso wie meine eigene plumpe Figur zersprangen auch diese kunstvollen Gebilde auf dem Metall der Schale. So ein Jammer, diese Kunstwerke hätten in Europa viel Geld eingebracht! Die Anwesenden sahen das selbstverständlich völlig anders: Sie klatschten und lachten.

Die rot gewandete Feuer-Dienerin legte einen brennenden Ast in die Schale, und die Flammen ergriffen die aus Holz gefertigten «Geschenke». Jemand schlug die Trommel, die Kette brach auf, und die Frauen tanzten um das Feuer in der Schale herum. Ich war immer noch irritiert, sowohl über den Umgang mit meiner einfachen Töpferarbeit, als auch über die barbarisch anmutende Zerstörung der kleinen Kunstwerke. Entsprechend zögerlich begann ich zu tanzen, merkte aber, dass es mir guttat, meine Frustration auf diese Weise abzubauen.

Viel war es nicht, was die Flammen zu fressen bekommen hatten, entsprechend rasch ließ die Intensität des Feuers nach. Bevor es zu schwach wurde, entleerte die blau gewandete Dienerin des Wassers eine große Kalebasse darüber. Weißer Rauch kringelte sich zum schwarzen Himmel empor, ein bemerkenswertes Bild: Das unter der Erde entstandene und erloschene Feuer streifte die faserfeinen Wurzeln der Vegetation darüber und verband sich dann mit der klaren Nachtluft über der Höhle. Alles floss ineinander.

Seit ich wieder gesund war, hatte ich es mir angewöhnt, jeden Morgen ausgiebig im Fluss zu baden und mich anschließend lange zu sonnen. Als Kind war ich immer so lang wie möglich im Bett geblieben, und mit Beginn meiner Arbeitslosigkeit hatte ich diese Unsitte wieder aufgenommen. Dennoch fiel es mir jetzt nicht schwer, mit den ersten Sonnenstrahlen aufzustehen, und das lag nicht allein an meinem harten Nachtlager. Die milde Morgensonne tat mir einfach gut, wohingegen es etwa ab halb neun unerträglich heiß wurde.

Auch an dem Morgen, nach dem meine Ich-Puppe ein heiliges, aber überraschendes Ende gefunden hatte, genoss ich mein Sonnenbad. Theodora gesellte sich zu mir.

«Das war aber eine bemerkenswerte Puppe, die du getöpfert hast», begann sie.

Ich hatte gehofft, dass sie mich darauf ansprechen würde. Wahrscheinlich hatte nicht nur sie sich darüber gewundert, dass ausgerechnet ich eine Figur getöpfert hatte, die den vier Mutterpuppen entfernt ähnelte. Also erzählte ich ihr rundheraus von unserem Fund auf dem Speicher.

«Als ich deine Ich-Puppe sah, habe ich mir so etwas schon gedacht», entgegnete meine Tante.

«Du wusstest also von ihr?»

«Gewiss doch. Als ich mit dir nach Deutschland zurückkehrte, habe ich sie mitgebracht. Was habt ihr mit eurer Julia gemacht?»

«Sie steht bei Moritz im Bücherregal.»

Sie lachte herzhaft. «Das passt zu einem Buchhändler!»

«Moritz hat sich die Schulter gebrochen, um zu verhindern, dass sie zu Boden fällt. Er glaubt, Julia wäre auf dem internationalen Kunstmarkt Zehntausende von Euros wert!»

«Das tut mir leid für Herrn Moritz.» Meine Tante sah mich nachdenklich an. «Für jemanden, der in ihr ein Stück vorchristliches Handwerk sieht, ist sie gewiss kostbar. Wie du weißt, denken wir anders. Hier wäre sie ein Ritualgegenstand, und wie damit umgegangen wird, hast du gestern Nacht erlebt.»

«Ihr würdet sie einfach zerdeppern?», fragte ich entsetzt.

«Das natürlich nicht.» Sie schüttelte lachend den Kopf. «Ich würde sie Otto geben. Nicht weit von hier entfernt, in Jos, befindet sich ein Museum für die Frühgeschichte Nigerias. Dort würde sie hingehören.»

«Das heißt, Julia ist wirklich sehr alt?»

«Der Brite, der die ersten dieser Figuren fand, schätzte ihr Alter auf zwei- bis dreitausend Jahre. Von Otto weiß ich, dass es inzwischen spezielle Methoden gibt, die das beweisen. Für uns ist das zwar nicht wichtig, weil wir den Glauben an die Mütter praktizieren. Für die jungen Leute gewinnt er dadurch jedoch an Gewicht. Allerdings lässt diese Expertendiskussion logischerweise außer Acht, dass die Figuren spirituell gesehen wertlos sind.»

«Weil sie geopfert wurden und somit ihren Zweck erfüllt haben?»

Theodora nickte.

«Ich habe die Zeremonie von gestern nicht verstanden», sagte ich. «Erst bringen wir den Müttern Geschenke. Die werden zerstört. Und anschließend werden die Mütterfiguren selbst auch in diese Schale geworfen. Wo ist da der Sinn?»

«Jetzt stellst du die entscheidende Frage, Ina.» Theodora erhob sich. «Lass uns einen Spaziergang durch den Wald machen. Ich finde, dabei redet es sich leichter.»

Wir schlüpften in unsere Kleider und streiften durch den lichten Hain. Immer wieder kamen wir an «Wächterinnen» vorbei, die unterschiedliche Elemente repräsentierten. Ihre Gesichter erschienen mir längst nicht mehr so erschreckend wie zu Beginn meines Aufenthalts.

«Wie du weißt, gibt es fünf Mütter», sagte meine Tante. «Gestern dürfte dir aufgefallen sein, dass aber nur vier kleine Statuen dastanden.»

«Ja. Es gibt nur vier Elemente und nur vier Dienerinnen. Was ist mit der fünften passiert?»

«Die Schale symbolisiert sie.»

«Eine leere Metallschale ist eine Mutter? Wie soll man sich das vorstellen?», fragte ich ziemlich verblüfft.

«Genau darum geht es, Ina: Dass diese Schale leer ist, gefüllt wird und der Inhalt in Rauch aufgeht, damit hinterher wieder Leere eintritt. In diese Leere hinein tritt zu jedem Neumond wieder die Fülle.»

«Dann ist diese Mutter in der übrigen Zeit leer?», fragte ich.

«Das ist nur symbolisch zu verstehen. Die fünfte Mutter verkörpert das, was wir nicht sehen, hören, fühlen, schmecken, riechen. Was nicht Wasser, Erde, Feuer oder Luft ist. Und dessen Gegenwart wir dennoch ständig spüren und fürchten. Was wir verehren und dennoch meiden.»

Für mich klang das rätselhaft. «Sprichst du von Gott?», fragte ich.

«Gott steht über allem. Die fünfte Mutter vertritt ihn auf Erden gemeinsam mit den vier anderen Müttern. Wir stellen uns vor, dass sie etwas älter als die anderen ist, sozusagen ihre große Schwester. Sie ist das Wort, der Geist, der Sinn, die Vergänglichkeit und somit das, was man die Zeit nennt. Sie stellt Tod und Neubeginn in einem dar. Wir nennen sie das Nichts, weil sie gleichzeitig riesig und winzig klein, sichtbar in ihrer Auswirkung und unsichtbar in ihrer Ursache ist. Das Nichts ist so vollkommen, dass es im Gegensatz zu allen anderen Elementen nichts braucht, das es ergänzt.»

«Das Nichts – das klingt irgendwie erschreckend», sagte ich leicht ratlos. «Wenn wir denken, stellen wir uns alles in Gegenständen vor.»

«Und was wir uns nicht erklären können, das delegieren wir an Gott oder die Götter, je nach Kultur», sagte meine Tante.

«Eben», sagte ich. «Wozu braucht es dann noch das Nichts?»

«Du brauchst es nicht», korrigierte sie mich lächelnd. «Es steht dir frei, es anzunehmen oder nicht. Es ist dennoch da.

Aber stelle es dir nicht als schwarzes Loch vor! Das wäre falsch. Erinnerst du dich noch an das Mosaik auf dem Boden des Raums des Redens und des Schweigens? Wie sieht das aus, um das alles kreist?»

«Es ist weiß.»

«Wenn alle Farben, die es auf Erden gibt, zusammentreffen, ergibt das keine neue Farbe und auch kein schwarzes Loch. Sondern weißes Licht.»

Irgendetwas verband ich mit diesem Begriff. Jetzt fiel es mir wieder ein: «Hattest du nicht gesagt, ich wäre ein ‹Kind des weißen Lichts› gewesen? Das hatte mich so erschreckt.»

«Tut es das immer noch?»

«Eigentlich schon. Neulich erst, als ich hier in der Sonne lag, dachte ich darüber nach. Es heißt doch, dass Menschen, die fast gestorben sind, behaupten, ein weißes Licht gesehen zu haben.»

«Und niemand, dem das widerfahren ist, hat von einer erschreckenden Erfahrung berichtet. Im Gegenteil. Das weiße Licht ist die endgültige Klarheit. Die alte Lehre sagt es so: Wir gehen dorthin und kommen von dort zurück. Alle Neugeborenen würden davon erzählen können. Zum Glück vergessen sie die Erinnerung daran, denn das Leben auf der Erde ist nicht von dieser Reinheit. Was Kindern jedoch noch eine Weile erhalten bleibt, ist die Verbindung zu dem weißen Licht. Bei manchen hält sie länger an, bei anderen weniger. Denn je mehr Zeit wir auf der Erde verbringen, desto stärker wird der Einfluss der übrigen vier Mütter, die uns die Kraft geben, ein Teil der Welt zu werden. Darum müssen wir von ihnen lernen. Um uns letztlich wieder von ihnen zu verabschieden und uns in die Arme der ältesten Mutter zu begeben.»

«Das Nichts ist also nicht das weiße Licht?», fragte ich.

«Die fünfte Mutter steht uns beim Übergang von einer Form der Existenz in eine andere bei. Darum unser Neumondritual: Wir schenken dem Nichts alles. Letzten Endes auch uns selbst.»

«So gesehen machte es Sinn, wenn meine kleine Ich-Puppe zerstört wurde», folgerte ich.

«Du kannst eine neue Ich-Figur töpfern. Und noch eine und eine weitere. Und jedes Mal, wenn eine zerspringt, weißt du: Ich lebe, und dafür bin ich dankbar. An meiner Stelle habe ich die Puppe hergegeben.»

«Und irgendwann gilt das für mich selbst», vollendete ich den Gedanken.

«Wir können nichts festhalten. Daran erinnert uns das Ritual. Anfangs ist das verstörend, aber schließlich versöhnt es uns mit dem Lauf des Lebens.»

«Eigentlich sprichst du gerade vom Sterben», stellte ich fest.

«Aber ja, Ina. Fast alles, was Menschen tun, wird von der Angst vor dem Tod bestimmt. Sind wir dieser Angst hilflos ausgeliefert?»

«Ich glaube schon», antwortete ich. «Den Tod kann niemand besiegen, also ist er mächtiger als wir Menschen.»

«Mächtiger, sagst du? Ich weiß nicht, ob es das richtig trifft. Wenn alles auf der Erde eine Ergänzung findet, welche kann das Leben finden?»

«Du meinst, der Tod ist die Ergänzung zum Leben? Aber wir wissen nicht, was danach kommt. Darum haben wir Angst.»

«Wie kann eine Frau ein Kind gebären, wenn sie Angst davor hat? Wie kann ein Schüler eine Klassenarbeit schreiben, wenn er von Angst regiert wird? Wie kann ich einen Mann lieben, wenn ich Angst habe, ihn zu verlieren? Wie kann ich durch einen Fluss gehen, wenn ich mich vor dem Ertrinken fürchte? Wie eine Brücke überqueren, wenn ich mich sorge, sie könnte einstürzen? Wie kann ich sterben, wenn ich den Tod fürchte? Aber die Schwangere wird gebären, der Schüler den Test schreiben, die Frau die Trennung von ihrem Geliebten verkraften müssen, und jeder wird sterben. Ohne Angst kann es nur leichter werden. Darum ist die fünfte Mutter so wichtig für uns alle.»

In das Gespräch vertieft, hatte ich nicht darauf geachtet, wohin wir unterwegs waren. Ich bemerkte es erst, als wir auf einer Anhöhe haltmachten und über den tiefgrünen Teppich des Urwalds blickten. In der Ferne lag der Berg *The Secret*. Heute wurde er von einer Dunstwolke eingehüllt. So machte er seinem Namen wesentlich mehr Ehre als im klaren Sonnenlicht.

«*The Secret*», sagte meine Tante, «ist der Schlüssel zu diesem alten Wissen.»

«Du sagtest, mein Vater sei dort gestorben. Ich fände es schön, wenn wir einmal hinfahren könnten. Meinst du, das ist möglich?»

«Du meinst mit dem Auto?» Sie deutete lächelnd in die Ferne. «Dorthin führt keine Straße. Man muss quer durch den Urwald laufen. Das ist ein weiter Weg.»

«Ach», sagte ich leichthin, «ich fühle mich fit. Das schaffe ich.» Ich hoffte, meine Tante sähe mir nicht an, dass ich mir keinesfalls sicher war, einer Urwald-Durchquerung gewachsen zu sein.

Sie musterte mich kurz. «Ich kann nicht entscheiden, ob wir dorthin dürfen. Weißt du, *The Secret* ist ein Tabu. Es sind gewisse Zeremonien notwendig.»

«Ach, bitte! Es ist mir wirklich wichtig. Das Grab hat mir so gar nichts gesagt.»

Theodora schien meinen Wunsch zu verstehen. Dennoch wandte sie ein: «Es geht nicht allein um dich, Ina. Sondern auch um mich. Wir beide müssten zuvor noch über ein paar Dinge reden. Ich suche schon lange nach einem Weg dazu.»

Ihr, die so beredsam selbst über den Tod sprechen konnte, fehlten plötzlich die Worte? Ich hatte ein ungutes Gefühl. «Ich bin ein großes Mädchen», sagte ich, um einen flapsigen Tonfall bemüht. «Ich werde es schon verkraften.»

Sie sah mich an, als begegneten wir uns zum ersten Mal. «Ja, du bist ein großes Mädchen. Aber zwischen dem kleinen Mädchen, das du einmal warst, und der Frau, die du heute bist ... Mir fehlen so viele Jahrzehnte dazwischen. Es tut mir weh, wenn ich an die Zeit denke, die wir nicht miteinander hatten.» Sie lächelte sanft. «Aber ich bin dankbar für die Zeit, die wir haben.»

«Was möchtest du denn mit mir besprechen?»

Ihre Antwort war rätselhaft: «Dazu muss ich mich mit Mamma Eni besprechen.»

Ein paar Tage lang bekam ich meine Tante nicht zu Gesicht, sie schien wie vom Erdboden verschluckt zu sein. Doch ich hatte gelernt, mich dem Lauf der Dinge zu fügen, und verfeinerte in der Zwischenzeit meine Fähigkeiten zu töpfern. Ich guckte den anderen ihre Tricks und Techniken ab und erschuf in wenigen Tagen mehrere kleine Julias. Die erste hatte noch eine neue Ich-Puppe werden sollen, aber dann kam ich auf die Idee, mehrere von ihrer Art herzustellen. Meine Tante verkaufte Kunsthandwerk in ihrer Galerie, und so konnte ich vielleicht einen Teil der Kosten zurückzahlen, die ihr mein Aufenthalt verursachte.

Leider hatte sich inzwischen das Wetter verändert. An manchen Tagen schüttete es wie aus Eimern, danach kam wieder die Sonne heraus, und der Boden dampfte. Nicht gerade ein Klima, das mir besonders behagte, auch wenn ich den Duft der feuchten Erde sehr mochte. Doch das erinnerte mich auch daran, dass Regenwetter für die Wanderung zum Berg nicht gerade vorteilhaft war. Aber ich war jetzt bereit, das in Kauf zu nehmen. Denn der Besuch beim Grab meiner Eltern war einfach nur enttäuschend gewesen. Von *The Secret* versprach ich mir eindeutig mehr. Inzwischen war ich absolut überzeugt, dass es der tabuisierte Berg war, von dem ich in so vielen Nächten geträumt hatte. Würde mich die Begegnung mit dem Schicksalsberg von meinem Traum befreien? Oder würde ich mir nach dem Besuch erst recht die Frage stellen: Warum hatte es damals so kommen müssen?

Meine unruhige Stimmung erreichte ihren Tiefpunkt, als ein heftiger Regenguss den ersten Erdofen zunichtemachte, den ich selbst gebaut hatte. Das war der eindeutige Beweis dafür, dass die beiden weiblichen Elemente Wasser und Erde allein zu keinem positiven Ergebnis führten …

Ich war gerade dabei, meine Julias aus dem Schlamm herauszuklauben, als Theodora mich fand. Von oben bis unten mit Matsch beschmiert, scherzte ich gequält über mein Ungeschick. Doch sie schien kaum zuzuhören. Nicht einmal auf meinen Vorschlag mit dem Verkauf der Julias ging sie ein.

«Was ist mit dir?», fragte ich. «Hast du es dir anders überlegt? Willst du nicht mehr auf den Berg gehen?»

«Wir brechen morgen bei Sonnenaufgang auf», sagte sie nur.

«Dann ist doch alles gut!», rief ich erfreut. Ich hatte richtig Lust auf diese Wanderung, fühlte mich fit und voller Energie. Mich ärgerte nur, dass meine Lehmfiguren völlig verdreckt waren. «Was mache ich jetzt damit?», fragte ich und musste die Frage wiederholen, weil Theodora in Gedanken ganz woanders war.

«Du solltest sie im Fluss waschen, sonst brennt der Dreck ein», riet sie.

Sie setzte sich auf einen der von der Sonne bereits getrockneten Felsbrocken und sah mir schweigend dabei zu, wie ich vorsichtig versuchte, die Puppen zu reinigen. Theodoras Niedergeschlagenheit beunruhigte mich. Es erschien mir kindisch, mich gerade jetzt mit meinen Puppen zu beschäftigen. Ich legte sie im seichten Wasser ab und setzte mich neben meine Tante.

«Ich habe dich in den letzten Tagen vermisst», sagte ich.

Sie knetete ihre Finger, den Blick auf das Wasser gerichtet. «Erinnerst du dich», begann sie stockend, «dass ich dir von dem Orakel erzählte, das über die Nachfolge der Dienerinnen entscheidet?»

Musste dazu nicht zuerst jemand sterben? Mamma Eni etwa? War sie tot? Und das hatte ich nicht bemerkt? Ich hatte das Gefühl, eine Hand krampfte mein Herz zusammen.

«Das Orakel wurde befragt? Gab es dafür einen Grund?», fragte ich.

«Einen Grund? Kennt Spiritualität Gründe?» Theodora lächelte matt. «Die Dienerinnen spüren, wenn sich Veränderungen anbahnen, die unsere Gemeinschaft betreffen. Dann versammeln sie sich und beschließen ein Orakel, um Genaueres in Erfahrung zu bringen. Jede von ihnen hat ihre eigenen Utensilien. Gegenstände, die ihrem Element entsprechen und mit denen sie eng verbunden sind.» Theodora redete langsam, so, als überlegte sie sich jedes einzelne Wort genau, bevor sie es aussprach. «Dann wird eine geheime Zeremonie vorbereitet. Bislang durfte ich nur bei den Vorbereitungen helfen, denn die eigentliche Deutung des Orakels erfolgt in Abgeschiedenheit. Außer den vieren ist niemand dabei. Das dauert ein paar Tage. Erst, wenn sie sich einig sind, wird das Ergebnis bekanntgegeben. Dieses Mal haben die Dienerinnen mich zu sich gerufen.»

«Was haben sie gesagt?»

Meine Tante schwieg eine Weile, dann sagte sie leise: «Dass für mich die Zeit der inneren Reise beginnt.»

Ich hielt den Atem an. «Was bedeutet das?»

«Ich werde mich in das Haus der Mütter zurückziehen.»

Langsam begriff ich. «Du wirst eine Dienerin? So wie Mamma Eni? Aber hattest du nicht gesagt, du kämst dafür nicht in Frage, weil du gewissermaßen zu weltlich eingestellt bist?»

«Das Leben legt jedem seine Prüfungen auf. Wir müssen uns verändern, dürfen nicht stehenbleiben.» Sie hob die Schultern. «Das sagt sich so einfach, nicht wahr? Ich werde also sehr viel lernen müssen.»

«Welcher der Mütter wirst du denn dienen?», fragte ich.

«Mutter Erde.»

Es gab doch nur vier Dienerinnen! «Ist das nicht Mamma Enis Aufgabe? Zieht sie sich zurück?»

Theodora wandte mir ihr Gesicht zu, und ich konnte nicht glauben, was ich sah. Theodoras Augen hatten sich mit Tränen gefüllt. «Ja, mein Kind. Sie zieht sich zurück.»

«Wohin?»

«Wo wir alle hingehen.»

Ich zuckte innerlich zusammen. Es ging nur in zweiter Linie um das Orakel und Theodoras neue Aufgabe. Sondern vor allem um den Schmerz einer alten Frau, die erfahren hatte, dass ihre engste Vertraute und Freundin sie verlassen würde. Ich hätte Theodora gern getröstet und wusste nicht wie.

«Mamma Eni weiß, wann sie sterben wird? Das ist ja schrecklich!»

Meine Tante schüttelte kaum merklich den Kopf. «Es ist, wie es ist. Es tut nur weh.» Eine Träne lief über ihre Wange, aber sie versuchte, gegen ihre Traurigkeit anzulächeln. «Du siehst, ich bin eine närrische alte Frau, die vieles weiß und nichts versteht. Ich liebe das Leben, ich habe es immer geliebt. Und dich, mein Kind, werde ich wieder verlieren. So, wie ich dich schon einmal verloren habe.»

Ich erinnerte mich, dass Theodora gesagt hatte, dass sie mit Eni nicht mehr sprechen konnte, seit sie eine Dienerin geworden war. Für mich würde es dasselbe bedeuten. Hieß das etwa, unsere gemeinsame Zeit war vorbei? So schnell? So plötzlich? Selbst, wenn es stimmte, dass jedem Anfang schon ein Ende innewohnt, so wollte ich dennoch nicht, dass dies so bald geschähe. Ich hatte mich gerade erst an Theodoras «anstrengende» Art gewöhnt. Aber war es nicht arg egoistisch, an mich zu denken?

«Ich möchte dich in die Arme nehmen», sagte ich hilflos und drückte sie fest an mich. Zu gern hätte ich meiner Tante gesagt, dass sie mich nicht verlieren würde. Dass ich sie wieder besuchen würde. Aber würde ich dann dieselbe Theodora treffen, die sich in den vergangenen Wochen so sehr um mich bemüht hatte?

Schweigend saßen wir eng beieinander. Schwere Wolken zogen in unserem Rücken auf, und ehe wir uns versahen, ging ein Platzregen auf uns nieder. Meine kleinen Julias lagen noch im Wasser, aber sie hatten längst begonnen, sich aufzulösen. Ihre Überreste wurden von den Strudeln fortgewirbelt. Ich sah der letzten Figur nach, wie sie noch kurz auf dem Wasser tanzte, um schließlich zu verschwinden. Wahrscheinlich hatte es einen tieferen Sinn, mich auf diese Weise von ihnen zu trennen. Es wäre ja doch so gekommen. Man kann nichts wirklich festhalten, egal, ob man es will oder nicht.

9. Kapitel

Das Geheimnis des Bergs

Es hatte keinen Sinn, mir etwas vorzumachen: Die Wanderung zum Berg war möglicherweise die letzte Gelegenheit, mit meiner Tante Zeit zu verbringen. Sie hatte mich ja mehrfach darauf hingewiesen, dass in ihrer Welt das Denken in Zeiträumen keine Rolle spielte. Darum traute ich mich nicht zu fragen, wann sie Enis Nachfolge antreten würde. Die anderen Frauen waren zwar freundlich zu mir, aber eine Verständigung mit ihnen war – abgesehen von ein paar alltäglichen Begriffen, die ich gelernt hatte – so gut wie unmöglich. Würde mein Aufenthalt hier ohne Ansprechpartnerin sinnlos werden? Entsprechend schlecht schlief ich vor unserem Aufbruch. Ich verbrachte auch diese Nacht wegen der Feuchtigkeit nicht mehr in meiner Erdhöhle, sondern gemeinsam mit anderen Frauen in einer Lehmhütte im Wald. Alles Mögliche ging mir durch den Kopf, während ich auf den Atem der Schläferinnen lauschte.

Plötzlich schien mein altes Leben wieder zum Greifen nah. Wie sollte es weitergehen? Sollte ich mein Haus verkaufen? In die Wohnung über Moritz ziehen? Oder Moritz' nebenbei geäußerte Idee aufgreifen und mein Haus modernisieren? Und was sollte ich beruflich machen? Gewiss, von meiner Abfindung könnte ich eine Weile leben; ich brauchte nicht viel – und seit diesem Aufenthalt noch weniger. Und dann? Schlange stehen im «Jobcenter»? Aber wer sollte mich einstellen? Wen würde es interessieren, ob das, was ich tat, nicht nur Geld, sondern auch Erfüllung brachte?

In dieser Hütte, auf einer Grasmatte am Boden liegend, kam mir das durchorganisierte Leben in Deutschland so absurd vor. Fall-Managerin, Assistentin, Kauffrau. Worte wie Schubladen. Wie wenig Raum für eigene Initiativen das doch ließ. Aber was war die Alternative? Ein Buch- und Teeladen mit Moritz? Mich selbständig machen als Versicherungsagentin? Oder mich von den alten Vorstellungen trennen, wie eine für mich passende Arbeit aussehen könnte? Töpfern, basteln, malen? In meinem Haus hätte ich dazu zwar Gelegenheit. Ob ich es wirklich täte? Für wen? Wozu? Für mich selbst? Geld ließe sich damit nicht verdienen, in Deutschland gab es genug Kunstgewerbe. Andererseits ließen sich andere Menschen auch nicht davon abschrecken, dass es alles schon gab. Doch würden meine Sachen Bestand vor kritischen Augen haben? Hier im Busch mochten mir meine Julias zwar originell erscheinen, was aber würde man daheim dazu sagen? Und: Wo bekäme ich die Tonerde her, die sie so besonders machte?

Andererseits: Wenn ich noch länger hierbliebe, was würde ich dadurch gewinnen? Sich mit anderen Menschen auszutauschen, war nun mal wichtig. Meine Tante würde dafür bald nicht mehr zur Verfügung stehen.

Meine Gedanken drehten sich im Kreis, bis ich schließlich in der Schlange beim «Jobcenter» anstand, einen Haufen Julias im Arm. Jemand stieß mich an, die Figuren entglitten mir und zerbrachen in tausend Scherben.

Ich hatte geträumt. Theodora hockte neben mir und sah mich an. Die übrigen Schlafplätze waren längst geräumt, ich war die Letzte, obwohl die ersten Sonnenstrahlen erst flach durch die Ritzen in den Wänden fielen. Der erste Eindruck des neuen Tages brachte mich auf die Beine: Sonnenschein! Kein Regen! Wanderwetter! Gott sei Dank!

Meine Tante lud sich ein Bündel auf den Kopf, der alte Rucksack kam auf meinen Rücken. Meine Sportschuhe hatte ich – bis auf den Ausflug zum Grab meiner Eltern – seit Wochen nicht getragen. Ich hatte mir bereits eine dicke Hornhaut erlaufen und nahm die Schuhe nur für den Fall der Fälle mit. Es machte mir jeden Tag Vergnügen, den Boden unter den Füßen zu spüren.

Um durch den verbotenen Wald zum Berg zu gelangen, mussten wir den Fluss durchqueren, der erheblich tiefer war als in der Trockenzeit. Unter dem Blätterdach war es angenehm schattig, aber schwül. Mich gleich nach dem Aufstehen mit einer Pflanzenlotion gegen Insektenstiche einzureiben, gehörte längst zu meinem Morgenritual.

Uns stand ein mehrstündiger Marsch bevor, und meine Tante war schweigsam. Da ich noch nie auf dieser Seite des Flusses gewesen und ein Urwald für mich etwas völlig Neues war, hatte ich genug damit zu tun, auf den Weg zu achten und gleichzeitig die nach dem Regen der vergangenen Tage im Unterholz erblühten tropischen Pflanzen zu bestaunen. Sonne schienen sie kaum zu brauchen, nur die Feuchtigkeit. Immer wieder hatte der Frauenbund auch hier seine hölzernen Wächterinnen versteckt.

Ich spürte, dass mir diese Wanderung körperlich erheblich weniger zu schaffen machte als die ersten, die ich mit Theodora unternommen hatte, obwohl die Kletterei über manche dicken Wurzeln und umgestürzten Bäume durchaus schweißtreibend war. Vermutlich hatte ich wegen der praktisch fettfreien Ernährung ganz schön abgenommen. Ob das stimmte, konnte ich nicht sagen – in einen Spiegel hatte ich seit Wochen nicht geschaut. Eitelkeit war ohnehin das Letzte, das man sich in der Wildnis leisten wollte. Das tat einfach nur gut. Nicht zu wissen, ob ich den geläufigen Ansichten zu Schönheit oder gepflegtem Aussehen entsprach, machte mich frei.

Schließlich legte die unermüdlich vorwärtseilende Theodora doch noch Rast an einer Quelle ein, die aus dem Erdreich sprudelte. Es schien fast so, als wäre meine Tante zielgerichtet auf diesen Ort zugelaufen. Erstaunlich, dass man sich in dem Wirrwarr aus Bäumen, Büschen, Ranken und Farnen überhaupt orientieren konnte. Wie weit unser Ziel noch entfernt war, konnte ich nicht sagen.

Theodora knotete ihr Bündel auf und zauberte getrockneten Fisch und dünne Brotfladen hervor. «Wusstest du, dass man im Urwald verhungern kann?», fragte sie. «Hier wächst nichts Essbares. Und jagen kann man nicht, das Dickicht macht es unmöglich. Man kann höchstens Fallen aufstellen, die man jedoch fortwährend kontrollieren muss, damit die Beute nicht verwest. Deshalb ist der Urwald der Feind jeder Zivilisation. Er ist nutzlos – bis auf sein Holz.»

«Glaubst du, dass er auch noch für die kommende Generation tabu sein wird?», fragte ich.

Sie schüttelte seufzend den Kopf. «Ich weiß es nicht, Ina. Und ich sollte auch aufhören, mir darüber Gedanken zu machen.»

«Das ist, als würdest du der Welt den Rücken kehren, nicht wahr?»

Meine Tante blickte mich überrascht an. «Das ist eine interessante Formulierung ... Empfindest du das so?»

Ich erschrak über ihr Erstaunen; ich hatte nicht weiter über meine Worte nachgedacht. «Du bist so vital», sagte ich und achtete besser auf meine Wortwahl. «Ich kann mir gar nicht vorstellen, dass du – wie sagtest du? – eine Reise ins Innere antrittst.»

Sie schöpfte mit der hohlen Hand Wasser aus der kleinen Quelle und schlürfte es wie Champagner. «Wärest du nicht gekommen, empfände ich den Beginn meines letzten Lebensabschnitts wohl auch anders», gestand sie. «Leider nimmt der Lauf des Lebens keine Rücksicht auf unsere Wünsche. Das müssen wir beide akzeptieren, auch wenn es uns schwerfällt.»

«Ich kann mir das Orakel nicht vorstellen», sagte ich. «Ist es schlimm, wenn ich dazu noch etwas frage?»

«Was ich sagen darf, werde ich dir sagen. Du bist schließlich meinetwegen hierhergekommen und sogar länger geblieben.»

«Hat Mamma Eni durch das Orakel erfahren, wann sie sterben wird?»

«Ein Orakel sagt nicht, wann etwas geschieht oder wie man sich verhalten muss. Es ist eher so etwas wie ein Kompass, der den Orientierungslosen die Richtung anzeigt, in die sie gehen müssen.»

«Kannst du ein Orakel interpretieren, oder wie nennt man das?»

«Interpretieren ist wohl zutreffend, Ina. Ein wenig davon weiß ich, aber nicht genug. Ich werde es lernen.»

«Und Mamma Eni bringt es dir bei, bevor sie …?» Ich wagte es nicht, von Sterben zu sprechen.

«Es ist die Aufgabe der Dienerinnen, eine neue Dienerin in ihre Geheimnisse einzuweihen, damit das alte Wissen nicht verloren geht.» Sie nahm noch einen Schluck Wasser. «Mit der Lehre der Mütter ist es wie mit dieser Quelle: Jeder, der sie findet, darf daraus trinken. Es ist jedoch etwas anderes, dafür zu sorgen, dass der Wald ringsum unberührt bleibt. Das erfordert die Bereitschaft, dem Wald zu dienen. Aber wie kann ich eine Dienerin der Mutter Erde sein, wenn meine Aufmerksamkeit noch auf mich gerichtet ist? Wenn meine eigenen Sorgen und Probleme mich davon ablenken? Zuerst muss ich also die offenen Fragen meines bisherigen Lebens beantworten, bevor ich bereit bin für die Aufgaben des Dienens.»

Das war wieder einmal typisch Theodora: Manchmal warfen ihre Antworten nur neue Fragen auf. Ich hakte nicht nach, mit welch ungelösten Problemen sie sich beschäftigte. Denn von ihrem fast achtzigjährigen Leben kannte ich nur winzige Ausschnitte. Die Zeit, die uns blieb, würde nicht reichen, um alles zu erfahren.

«Wir sollten aufbrechen, der Weg ist noch weit», sagte sie und stand auf.

Beide hatten wir kaum etwas zu uns genommen. Wir packten alles wieder ein und kletterten weiter über Wurzeln und von Moos bewachsene, umgestürzte Bäume. Ich merkte kaum, dass wir dabei an Höhe gewannen. Erst, als wir plötzlich von einer Felsnase aus auf den unter uns liegenden Wald blickten, verstand ich, dass wir uns unserem Ziel näherten. Der Fluss, von dem wir aufgebrochen waren, war schon nicht mehr zu erkennen, wohl aber der heilige Hain, dessen lichtere Vegetation sich deutlich vom Grün des unberührten alten Waldes unterschied.

«Lass uns hier noch eine Pause einlegen.» Meine Tante setzte sich auf den nackten Fels. Zwar ließ sie die Beine über den Rand baumeln wie ein junges Mädchen, aber ich merkte ihr an, dass ihr die Strapazen des Aufstiegs zusetzten. «Es gab Zeiten, in denen ich öfter hierherkam, um nachzudenken», sagte sie. «Zuletzt war ich mit Eni hier oben an dem Tag, bevor ihre innere Reise begann. Wir führten ein Gespräch wie dieses. Ich wollte es nicht wahrhaben, dass unsere Freundschaft nie mehr so sein würde wie zuvor.»

«Das heißt, auch ihre Mutter lebte noch? Es war so wie jetzt bei dir? Sie war vom Orakel bereits ausersehen worden? Woher wusste ihre Mutter, dass das Orakel befragt werden musste? Woher wusste es Mamma Eni?»

«Genau das fragte ich auch Eni. Sie antwortete, dass die innere Stille, in der die Dienerinnen leben, sie in einen Zustand besonderer Wachsamkeit versetzt. Mittels ihrer Träume gelingt es ihnen, eine Verbindung mit dem Unbewussten herzustellen. Damals konnte ich damit noch nichts anfangen, weil ich nicht wusste, dass das Unbewusste einer der Namen für die fünfte Mutter ist. Man kann sie nur finden, wenn die Einflüsse aus der übrigen Welt nicht mehr vorhanden sind. Das ist so schwer zu verstehen, weil unser Verstand genau andersherum geschult wurde. Auf unsere Lehre angewandt, liebe Ina, heißt das: Ich bin erst bereit, mich in die Arme der fünften Mutter zu begeben, wenn ich meinen Frieden mit den anderen vier Müttern geschlossen habe. Wenn in mir nicht mehr das Feuer meines Körpers brennt. Die Luft nicht mehr meine Neugier anstachelt. Die Erde nicht mehr die Befriedigung meiner materiellen Bedürfnisse verlangt. Und das Wasser nicht mehr meine Gefühle leitet. Denn so sagt es die Lehre der Mütter: Das Ziel des Lebens ist es, das Leben loszulassen, um eins mit dem Nichts zu werden, das dich erwartet.»

Das klang beängstigend. Als machte man sich bereit für

den Tod. «Deine Schwester starb ganz anders. Mutti hatte keine Zeit, sich auf irgendetwas einzustellen», sagte ich.

«Bist du sicher, dass es so war? Niemand legt fest, wie lange der Abschied vom Leben dauert. So, wie du es mir beschrieben hast, sah Magdalena in ihrer letzten Sekunde mich. Der Kreis ihres Lebens hatte sich in diesem Moment geschlossen.» Sie erhob sich. «Lass uns den Berg hinaufgehen.»

Oft schienen Menschen diesen an manchen Stellen von Gestrüpp überwucherten Weg nicht zu gehen. Aber zumindest gelegentlich taten sie es doch, denn wir sahen eine Reihe von Wächterinnen. Manchen hatte die Witterung zugesetzt, andere schienen neuer zu sein. Sie standen jetzt in dichterer Abfolge, fast so wie auf jenem Kreuzweg, den ich mit Reinhold einmal in Süddeutschland entlanggewandert war. Ich überlegte, ob ich meiner Tante von meinem immer wiederkehrenden Traum erzählen sollte, immerhin hatte sie gesagt, dass Träume uns mit dem Nichts verbanden. Doch in meinem Traum war mir die Landschaft anders erschienen, hatte mehr nach dem Urwald ausgesehen, den wir bereits hinter uns gelassen hatten.

Der Weg umrundete den Berg und führte uns zu einem Feld aus Geröll und Gesteinsbrocken. Zwar hatte die Natur schon vor langer Zeit begonnen, sich dieses Gebiet zurückzuerobern, dennoch waren die Spuren offensichtlich, die die Menschen hinterlassen hatten. Von hier aus war die Spitze des Berges deutlich zu erkennen. Unterhalb klaffte eine Art Narbe, so, als hätte ein Riese mit einer Axt versucht, ein Loch hineinzuschlagen. Die Gesteinsbrocken, die oben fehlten, lagen auf dem Hang verstreut. Von hier aus war die weite Ebene jener ausgebeuteten Landschaft zu sehen, in der früher nach Bodenschätzen gegraben worden war. In der Mittagshitze flirrte die Luft über der fernen Ruinenstadt, in der sich das Grab meiner Eltern befand. Auf der einen Seite die noch gelblich braun verdorrte Savanne mit ihren mageren Bäumen, gegenüber die verschwenderische Kraft des alten Waldes. Wie Licht und Schatten. Und dazwischen dieser unwirtliche Ort, den sie *The Secret* nannten. Es war ein geschändetes Geheimnis.

Wir waren angekommen.

Gerade weil die Spuren der Sprengung noch so deutlich zu erkennen waren, die mein Vater ein halbes Jahrhundert zuvor veranlasst hatte, berührte mich dieser Ort viel mehr als das eigentliche Grab. Hier, wo wir jetzt standen, hatte er einst ebenfalls gestanden und überlegt, wie er dem Berg zu Leibe rücken konnte. Vielleicht hatte die Sonne ebenso heiß auf ihn heruntergebrannt wie jetzt auf meine Tante und mich.

«Die Wahrheit ist», begann Theodora plötzlich, «Eberhard hatte keine Arbeiter gefunden, die am Tag der geplanten Sprengung mit ihm auf den Berg gehen wollten.» Sie ließ sich auf einem recht unbequem wirkenden Felsbrocken nieder. «Enis Warnung, dass er *The Secret* fernbleiben sollte, hatte alle verschreckt. Er musste sein Vorhaben verschieben. Auch Lore und mir kamen Zweifel, ob er es nicht lieber ganz seinlassen sollte. Zumal er doch ohnehin davon überzeugt war, dass es sinnlos wäre. Aber wenn Eberhard sich etwas in den Kopf gesetzt hatte, tat er es. Im Grunde ging es ihm weniger darum, den Minenbetreibern zu beweisen, dass sie unrecht hatten. Vielmehr wollte er Eni beweisen, dass *The Secret* ein Berg wie jeder andere war. Und damit natürlich auch sich selbst. Der alte Kampf:

Aberglauben gegen Glauben. Wer siegt? Eberhard war überzeugt, die Antwort zu kennen: Für den Glauben gibt es Gott, für den Rest ist der Mensch mit seinem überlegenen Verstand zuständig. Tagelang stellte er eine Mannschaft zusammen, die sich um das Tabu nicht scherte. Diese Männer gehörten einem der größten nigerianischen Stämme an und hatten ihre eigenen Götter. Abioduns Leuten gefielen die Pläne des weißen Mannes nur zu gut! Schon lange waren sie darauf erpicht, die aus Brasilien Heimgekehrten wieder zu vertreiben, die ihnen fruchtbares Land wegnahmen.»

In Theodoras Stimme schwang Bitterkeit. Und mir wurde allmählich klar, weshalb es ihr bislang so schwergefallen war, über die Vergangenheit zu sprechen. Ihr Schwager, von dem ich bislang geglaubt hatte, dass sie ihn gern mochte, hatte all das verurteilt, was heute Theodoras Leben ausmachte. Für meinen Vater wären die fünf Mütter nichts als Aberglauben gewesen. Hatte Theodora sein Grab deshalb so vernachlässigt?

«Als das Unglück dann geschah, hatte der Aberglauben gesiegt. Das muss meinen Vater doch schwer getroffen haben», sagte ich.

«Leider war es wesentlich dramatischer. Aber lass dir erzählen: Am Tag der Sprengung hatten Lore und ich den ganzen Tag gewartet. Eberhard kam nicht. Ich schickte einen Boten los. Auch der kehrte nicht zurück; ich sah ihn nie wieder. Zwei Tage warteten wir. Dann entschloss ich mich, selbst aufzubrechen.»

«Du? Ganz allein?»

«Was hätte ich tun sollen? Warten? Lore und ich machten uns nichts vor: Nur ein Unglück konnte Eberhard aufgehalten haben.»

«Und meine Mutter ließ dich allein gehen? Warum ist sie nicht mitgegangen?»

«Lore war in großer Sorge, ihr Baby zu verlieren. Also brach ich im ersten Morgengrauen auf und kam hier gegen Mittag an. Ich fand Eberhard in einem unvorstellbaren Zustand. Seit zwei Tagen hatten er und die Überlebenden mit bloßen Händen nach den Verschütteten gesucht und am Berg übernachtet. Vier Männer hatten sie gefunden – alle tot. Abiodun aber fehlte noch. Als ich kam, bereitete Eberhard gerade eine kleinere Sprengung vor, von der er sich erhoffte, ihn zu finden.»

«Und Abioduns Leute waren entweder tot oder fortgelaufen?»

Theodora lächelte bitter. «Sie hatten gesagt, sie glaubten nicht an das, was Enis Leute erzählten. Nun taten sie es sehr wohl.» Sie deutete auf einen abseits liegenden Felsen. «Wir standen dort drüben, dein Vater und ich. Ganz allein in dieser Wildnis. Dann drückte er den Griff nieder, mit dem er die Sprengung auslöste. Wir krochen hinter den Stein und warteten. Ich dachte, es geschieht ja gar nichts. Und dann kam die Detonation. ‹Warte hier›, sagte Eberhard. ‹Nein›, sagte ich, ‹ich gehe mit. Ich werde dich sichern.› Er widersprach, das wäre zu gefährlich.» Sie hob den Arm und zeigte auf die Narbe unterhalb des Gipfels. «Lass uns dort hingehen», sagte sie.

Es war unheimlich. Die alte Frau eilte mit großen Schritten den Berg hinauf, gerade so, als durchlebte sie die Situation von vor 52 Jahren noch einmal. Die scharfkantigen Felsbrocken schnitten in meine nackten Fußsohlen, ich holte meine Sportschuhe aus dem Rucksack und fuhr hastig hinein. Als ich aufblickte, war Theodora bereits ein großes Stück oberhalb von mir. Ich war noch nie besonders geschickt im Klettern gewesen. Mein weites Gewand verfing sich immer wieder an dornigen Zweigen. Ich keuchte, hastete vorwärts und erreichte endlich Theodora. Sie erwartete mich an jener Stelle, die von unten wie eine Wunde im Berg ausgesehen hatte. Ihr Atem ging ruhig, sie wirkte beherrscht und blickte mich offen an. In ihrem Rücken befand sich eine aus Bruchstücken des Felsens zusammengesetzte Mauer, die in eine Vertiefung hineingebaut worden war. Sie verschloss das, was aus der Ferne wie eine Narbe gewirkt hatte: ein etwa vier Meter breiter und höchstens einen Meter hoher Schlund.

Meine Tante legte die Hand auf die Steine. «Hier war ein Loch, aus dem nach der Sprengung ein kalter Wind wehte. ‹Geh nicht hinein, Eberhard. Das ist zu gefährlich. Du weißt nicht, wie es dahinter aussieht›, sagte ich. ‹Ich werde Abiodun nicht dadrin lassen›, entgegnete er und band ein Sicherungsseil an diesem Brocken hier fest. Dann setzte er sich eine Atemmaske auf, entzündete seine Grubenlampe und stieg hinab. Ich wartete und zitterte am ganzen Leib. Plötzlich war keine Spannung mehr im Seil, ich rief hinunter, und von unten hörte ich: ‹Ich habe ihn gefunden!› Er band Abiodun fest, kletterte am Seil hoch und zog ihn anschließend hinauf.»

Atemlos hatte ich gelauscht und rief nun: «Er hat es wirklich geschafft!» Mir war, als wäre ich tatsächlich dabei gewesen. Erst kurz darauf fiel mir auf, dass an dieser Geschichte etwas nicht stimmte.

«Als wir an Abioduns Grab standen, hast du gesagt: ‹Weil er da liegt, ist Eberhard tot.› Aber er ist doch wieder hinaufgekommen!»

Theodora lehnte sich gegen die gemauerte Wand. «Dein Vater war sehr lange dort unten. Es müssen Stunden gewesen sein. Und als er wieder hochkam, war er sehr schweigsam. Schließlich setzte er sich dort drüben hin, wo dieser schiefe Baum steht. ‹Ich muss noch einmal hinunter›, sagte er. Ich glaubte, nicht richtig zu hören. ‹Das darfst du nicht tun!›, rief ich. Er war sehr gefasst, als er sagte: ‹Dora, ich habe dort unten etwas entdeckt.› Ich werde nie vergessen, wie er das sagte. Er schien gleichzeitig ergriffen zu sein und voller Tatendrang. ‹Die Leute hier haben recht›, sagte er. ‹Dieser Berg ist ein Heiligtum. Dort unten befindet sich eine Nekropole.›»

Mir lief ein eiskalter Schauer über den Rücken, obgleich ich nicht ganz verstand, wovon Theodora sprach. «Was ist eine Nekropole?», fragte ich.

«Ina, deinem Vater war auf der Suche nach Abiodun eine sensationelle Entdeckung gelungen: eine Stadt der Toten. Die wahre Bedeutung dieses Ortes war ihm zwar noch nicht klar, aber er spürte, dass es etwas von großer Bedeutung war. Und es musste sehr alt sein.» Ihr Blick wurde weich. «Eberhards Vater war ein berühmter Forscher gewesen. Er glaubte, etwas von ähnlicher Relevanz entdeckt zu haben. Dem wollte er sofort nachgehen.»

Ich erinnerte mich lebhaft an Moritz' Internetrecherche zur Geschichte derer von Gollnitz und das Skelett des Riesensauriers. Diese großartige Familientradition muss den Ehrgeiz meines Vaters angestachelt haben.

«Und er ist tatsächlich noch einmal hinunter?», fragte ich.

«Einige Stunden später. Ich hielt es für zu riskant, weil ich fürchtete, dass er es nicht bis zum Einbruch der Nacht schaffen konnte, wieder hochzukommen. Geschweige denn, dass wir noch den Abstieg ins Tal bewältigen konnten. Und ich hatte zugegebenermaßen Angst, auf dem Berg zu übernachten, mit all den Toten. Aber dein Vater sagte: ‹Ich tue es für uns.› Ich wollte ihn daran hindern, aber wie gesagt: Wenn Eberhard von etwas besessen war, konnte ihn nichts und niemand aufhalten. Er setzte sich seinen Rucksack auf, weil er einige Fundstücke heraufholen wollte, und befestigte die Grubenlampe an seiner Atemmaske. Ja … und dann kniete ich an diesem Abgrund, aus dem eiskalte Luft emporstieg, und wartete erneut.»

Meine Tante kauerte sich auf den felsigen Boden.

«Weißt du», fuhr sie fort, «es gibt richtige Pfade dadrin. Sie winden sich immer weiter nach unten. Man muss nur sehr achtgeben, wohin man tritt, weil überall Geröll liegt.»

Sie machte eine nachdenkliche Pause. Es lag mir auf der Zunge zu fragen, woher sie das wusste. Aber mein Gefühl sagte mir, dass ich sie jetzt nicht unterbrechen durfte.

«Eine Weile sprachen Eberhard und ich noch miteinander. Wenngleich die Verständigung wegen des Echos schwierig war. Dann plötzlich rauschte das Seil ungebremst in die Tiefe und kam mit einem starken Ruck zum Stillstand. Ich rief und bekam keine Antwort. Das Sicherungsseil war auf der ganzen Länge durchgerutscht. Ich zog und zerrte, schrie und weinte wie von Sinnen. Es war völlig aussichtslos, das allein zu schaffen. Fortgehen, um Hilfe zu holen, konnte ich nicht. Die Sonne war untergegangen, und wer hätte uns schon helfen können? Endlich, ich weiß nicht wann, hörte ich von unten ein Geräusch. Erst später wurde mir klar, dass Eberhard kurzzeitig das Bewusstsein verloren hatte und wieder zu sich kam. So gut er konnte, half er mir dabei, ihn wieder nach oben zu schaffen. Er blutete am Kopf, seine Hände waren aufgerissen … Es war furchtbar. Er hatte so starke Schmerzen. Aber er bat mich, seinen Rucksack zu öffnen. Ich fand darin nur Scherben aus Ton, die im Licht der Grubenlampe glitzerten. Mir ging nur eines durch den Kopf: Dafür hast du dein Leben riskiert, Eberhard, für Scherben.»

«Und das war die kleine Figur, die bei uns auf dem Speicher lag?», fragte ich gebannt.

«Eberhard hatte eingepackt, was ihm in die Finger geraten war. Ich zeigte es später nicht einmal meiner Freundin Eni, weil ich so wütend auf den Berg war, der uns Eberhard genommen hatte. Stattdessen ließ ich alles im Rucksack und nahm ihn mit nach Deutschland. Erst nach Jahren, als ich im Sanatorium viel Zeit dazu hatte, sortierte ich die Scherben und setzte daraus in monatelanger Puzzle-Arbeit die kleine Statue zusammen. Dass sie Mutter Feuer darstellt, erfuhr ich erst viel, viel später.»

«Du hast sie dann in die Kiste getan und auf den Speicher geschafft?»

Sie schüttelte den Kopf. «Nein, Ina. Ich habe die Figur, die du Julia nennst, für dich zusammengesetzt. Sie sollte etwas sein, das dich an deinen Vater erinnert, dich vielleicht irgendwann neugierig auf ihn werden lässt. Ich hatte gedacht, nein gehofft, du würdest herausfinden wollen, wer er war, und vielleicht ein wenig stolz auf ihn sein. Ich konnte ja nicht ahnen, dass Magdalena sie wegsperren würde.» Sie versuchte ein Lächeln. «Wie du siehst, war die Magie dieses Berges stärker. Kalkül und Vernunft siegen letztlich nie, das Irrationale wird sich immer durchsetzen.»

Das war wirklich gespenstisch. «Und meine Mutter hat nie von dieser Entdeckung erfahren?», fragte ich mit leisem Schaudern.

Theodora sah mich ganz seltsam an, Tränen traten in ihre Augen. «Sie war hier, mein Kind. Sie hielt den Kopf deines Vaters und fühlte sich so ohnmächtig wie nie zuvor.

Eberhard starb ihr unter den Fingern weg, und sie konnte es nicht begreifen.»

Ich stutzte. «Aber du sagtest doch, nur Eberhard und du waren …» Mein von der Geschichte noch gefesselter Verstand ließ erst jetzt die Alarmglocken schrillen. «Was hast du gerade gesagt?»

«Was ich dir schon lange sagen wollte. Und doch nicht konnte.» Sie lächelte hilflos, und gleichzeitig liefen Tränen über ihr Gesicht. «Es tut mir so leid, Ina. Ich kann dich nur bitten, mir zu verzeihen. Ich weiß, wie schwer dir das fallen wird, und ich verstehe, wenn du es nicht kannst.»

Ich starrte sie an. Wie klein und zerbrechlich sie plötzlich wirkte. Und ich fühlte mich so stark und überlegen, zum ersten Mal, seit sie mir begegnet war. Ich hatte nie gelogen, so schwer es mir oft auch gefallen war. Gut, es hatte nie wirkliche Gründe gegeben, es tun zu müssen. Aber man durfte doch nicht seinem eigenen Kind etwas über dessen Herkunft vormachen!

«Du hast mir vorgespielt, meine Tante zu sein!» Ich schrie sie fast an. «Was hast du dir dabei gedacht?»

Ich hätte aus der Haut fahren können, aber noch lieber hätte ich Theodora den Rücken zugekehrt und wäre davongelaufen. Welch ein Irrsinn! Erst finde ich nach dem Tod meiner Mutti heraus, wer meine leibliche Mutter gewesen ist, versuche, mit dieser Entdeckung zurechtzukommen. Um nun gesagt zu bekommen, dass auch das falsch war.

«Dieser verdammte Berg trägt seinen Namen wirklich zu Recht», platzte ich los. «Musstest du mich erst hier raufschleppen, um mir die Wahrheit gestehen zu können? So oft habe ich dich nach meiner Mutter gefragt! So viele Gelegenheiten hattest du gehabt, dich mir zu offenbaren! Warum hast du es nicht getan?»

Theodora verharrte an ihrem Platz vor dem Eingang zur Stadt der Toten, die Beine angezogen, als suchte sie Schutz. Aber sie tat mir nicht leid. Ich war nur noch voller Wut. Sie, die alles zu wissen schien, befolgte nicht einmal die moralischen Grundregeln für ein anständiges Miteinander. Und ich war drauf und dran gewesen, sie als mein Vorbild zu sehen.

Ganz langsam erhob sich Theodora, wischte sich über das Gesicht und richtete sich auf. «Warum ich es dir nicht früher gesagt habe, fragst du? Ich war drauf und dran, aber ich ließ es, weil ich es dann doch für falsch gehalten habe, Ina. Du kamst nach Tiameh, um alles über deine Eltern zu erfahren. Du wolltest nur für ein paar Tage bleiben. Du hattest Lore für deine Mutter gehalten, und ich wollte ihr Andenken nicht zerstören. Warum auch? Für die kurzfristige Befriedigung meiner Eitelkeit, dass du meine und nicht Lores Tochter bist? Was hätte dir das gebracht? Dieses Wissen wäre wie ein schwerer Stein in deiner Tasche gewesen, weil du mich in der kurzen Zeit, bis du wieder nach Haus geflogen wärst, ohnehin nicht kennenlernen konntest. Dann jedoch bot sich die unverhoffte Gelegenheit, mehr Nähe und Verständnis füreinander zu entwickeln. Jetzt weißt du, wer ich bin. Und von dem, was du noch nicht weißt, werde ich dir noch berichten. Ich bitte dich nur darum, mir zuzuhören, warum alles so gekommen ist.»

Ich war mir nicht sicher, ob ich das alles wissen wollte. Zu viele Lügen und Halbwahrheiten standen zwischen uns. Aber etwas sagte mir, dass die alte Frau reinen Tisch machen wollte, bevor sie der Welt für immer den Rücken kehrte. Hatte ich das Recht, ihr diese Beichte zu verweigern?

«Es ist keine große Kunst, im Alter klug zu sein – man

muss nur bereit sein dazuzulernen», begann sie. «Eine Kunst ist es allerdings, sein Leben in der Jugend, in der Zeit der Verführungen und der Verführbarkeit, verantwortungsvoll zu leben. In diesen Jahren habe ich manches Mal versagt. Aber eines sollst du wissen, bevor du mich verurteilst: Ich habe meine Schwester Lore geliebt, sehr geliebt. Sie war ein guter Mensch mit einem reinen Herzen. Man durfte Lore nicht verletzen, und das habe ich auch nie getan. Lore hat nie erfahren, dass Eberhard und ich uns liebten.»

«Mein Vater kann sich nicht verteidigen!», rief ich empört.

«Ina, er ist hier, an diesem Ort. Wir sind heraufgekommen, weil nur dies der richtige Platz ist, um dir die Wahrheit zu sagen.»

«Und das Grab, das du Jasmin und mir gezeigt hast?»

«Das ist nur ein Stein. Nicht einmal Lore liegt dort.»

Mir wurde schwindlig, ich setzte mich in den Schatten des windschiefen Baums. «Wozu dieses ganze Lügengebäude?», fragte ich kraftlos.

«Weil ich keinen anderen Ausweg wusste. Weil ich schwach und krank, verzweifelt und mutlos war. Weil ich dennoch versuchte, dich vor den Schatten der Vergangenheit, die deine Zukunft bestimmen würden, so weit zu beschützen, wie ich dazu in der Lage war. Und mein Plan wäre um ein Haar aufgegangen. Letzten Endes scheiterte er an einem Wort. Dem Wort, das allen Menschen das wichtigste ist und weshalb du hierher zurückgekehrt bist.»

Ich wurde ungeduldig: «Wovon sprichst du?»

Die Sonne stand in Theodoras Rücken, als sie erwiderte: «Bevor ich nach Deutschland heimkehrte, hatte ich mir alles genau überlegt. Bis ins letzte Detail. Nur eines hatte ich nicht bedacht: Du nanntest mich Mama.»

Theodoras Geschichte begann mit jenem Ausflug nach Sylt, bei dem sie wegen des abgebrannten Hauses in den Dünen übernachten mussten. Eberhards unkomplizierte Art, sich mit Unvorhergesehenem arrangieren zu können, hatte bewirkt, dass sie ihn mit anderen Augen sah.

«Er war es», erzählte sie nun, «der mir sagte: ‹Du hast recht: Hier sind nur Dünen, Wolken und Meer. Eigentlich nichts. Aber gerade das ist doch so schön daran. Du siehst es nur nicht. Also male, was du fühlst.› Eberhard öffnete mir die Augen, Ina. Und damit auch mein Herz. Er war voller Widersprüche. Ein Mensch, der das Rationale vergötterte. Schon das ein Widerspruch in sich, aber solche Wortspiele schätzte er. Er arbeitete gern mit Zahlen, berechnete alles, und gleichzeitig war er voller Phantasie. Er war ein schöner Mann, gewiss, aber eben nur ein wahrer Freund. Ich liebte einen anderen, doch der war verheiratet. Was ich nicht wusste, bis ich ihn mit seiner Frau sah.»

«Da gab es ja ganz schön viele Männer in deinem Leben», warf ich ein.

«Du meinst, weil da noch dieser Verehrer mit dem Sylter Haus war, das nicht mehr existierte? Der war ungefährlich, ein Flirt.» Sie lächelte müde. «Eine Erdenfrau liebt ganz oder gar nicht, sie spielt nicht mit der Liebe. Als ich meinen Geliebten mit seiner Frau sah, war ich am Boden zerstört. Es war genau zu der Zeit, als Eberhard mit Lore nach Nigeria reisen wollte. Einerseits reizte mich daran die afrikanische Kunst. Andererseits …»

«… wolltest du in der Nähe von Eberhard sein», stichelte ich.

«Mit der Liebe war ich zu dem Zeitpunkt durch. Nein, ich wollte davonlaufen. Nigeria erschien mir weit genug entfernt. Eberhard und ich, wir waren nur Freunde. Etwas anderes war undenkbar, niemals hätte ich um den Mann meiner kleinen Schwester gebuhlt. Eberhard und ich waren uns zu ähnlich, wir forderten beide zu viel vom Leben. Lore war genau die Frau, die Eberhard ergänzte. Und einige Monate nach unserer Ankunft in Tiameh eröffnete sie mir, dass sie schwanger war.»

Mein inneres Rechenwerk, von dem ich nun wusste, dass ich es meinem Vater verdankte, meldete sich zu Wort. «Moment», sagte ich, «wann seid ihr in Tiameh eingetroffen?»

«Ende November 1956. Eberhards Vertrag begann am 1. Januar 1957.»

«Und wann sagte Lore, sie wäre schwanger?»

«Den Geburtstermin hatte Lore für Februar oder März 1958 errechnet. So genau wusste sie es nicht. Die Reise, das andere Klima … Ihr Zyklus war durcheinander.»

Das Zahlenwerk in meinem Kopf ratterte und spuckte sofort Ergebnisse aus. Eberhard und Theodora hatten Lore betrogen, als die bereits schwanger war. Das war das eine. Das andere warf die Story um, die Theodora mir erzählt hatte: «Wie konntest du behaupten, ich wäre Lores Kind, wenn das spätestens im März zur Welt gekommen ist? Rund ein halbes Jahr vor mir? Und überhaupt: Was ist mit Lores Kind passiert?»

Theodora hatte sich neben mich gesetzt, ein Stück tiefer als ich. Sie sah zu mir auf. «Ich verstehe deine Ungeduld. Aber lass mich eins nach dem anderen erzählen. Lore fühlte sich in Nigeria nicht wohl. Spätestens, als sie von ihrer Schwangerschaft wusste, drängte sie darauf, dass wir alle zurück nach Deutschland reisen sollten. Lore brauchte die Enge ihrer Heimat, um sich geborgen zu fühlen. Eberhard und ich waren jedoch anderer Meinung. Ich habe dir von Eberhards Anagramm erzählt, wie er ‹Heimat› in den Sand schrieb. So empfand ich auch. Dieses Land war so schön, und die Zwänge Deutschlands waren so weit entfernt. Ich glaube, dieses Gefühl, dass in Afrika so viel mehr möglich ist … Das war es, was Eberhard und mich die Grenzen überschreiten ließ, die wir nie hätten überschreiten dürfen. Ich weiß nicht, ob du das verstehen kannst, Ina. Damals hier jung zu sein … Wir hielten das für Freiheit. Es gibt daran nichts, was ich romantisch verklären will. Das ist die Wahrheit, mit der ich leben muss und der du dein Leben verdankst.» Sie schwieg und hing ihren Gedanken nach.

Mein Blick ging über die braungraue, mit ein paar grünen Inseln gesprenkelte Weite der Savannen-Landschaft unter uns, in der sich das verfallene Minendorf befand. Afrika, Freiheit, Jugend. Das klang wie ein magischer Dreiklang unbegrenzter Möglichkeiten. Ich konnte mir zwar nicht vorstellen, der berühmten Magie Afrikas zu verfallen. Theodora und Eberhard schienen jedoch ungewöhnliche Persönlichkeiten gewesen zu sein. Insofern konnte ich verstehen, dass es vielleicht wirklich so einfach gewesen war. Das Paradoxe daran war das Ergebnis: ich, mein Leben. In immer demselben Haus, mit einer Mutti, die nichts von Freiheit und alles von Reglementierung hielt. So hatte ich es übernommen, weil ich es nicht anders kannte. Doch es war falsch, diesen Umstand Mutti anzulasten. Es war meine eigene Wahl gewesen. Ich hatte mir nie etwas anderes zugetraut als einen Bürojob.

«Sobald ich spürte, dass du unterwegs warst, war ich bereit, die Konsequenzen zu tragen», fuhr Theodora fort. «Ich sagte Eberhard kein Wort von meiner Schwangerschaft. Seine Ehe sollte fortbestehen. Wir waren nun einmal nicht füreinander bestimmt. Stattdessen wollte ich gehen, bevor er es erfuhr. Nach Deutschland konnte ich nicht zurück.

Dort hätte man dir und mir das Leben schwergemacht. Damals galten andere Moralvorstellungen für ledige Mütter, das habe ich dir erzählt. Ich erinnerte mich an eine Studienfreundin, die nach Kalifornien gezogen war. Natürlich fehlte mir das Geld, um die Schiffspassage zu bezahlen. Ich telegraphierte jener Freundin in Deutschland, von der ich dir bereits erzählte, dass sie dich später nicht aus den Augen ließ.»

«Die mit dem ‹Kreidekreis›», warf ich ein.

«Grit. So hieß sie. Ein wunderbarer Mensch mit einem großen Herzen. Sie hatte sehr jung einen vermögenden Mann geheiratet. Leider war er ein Hallodri; die Ehe hielt nur wenige Jahre, aber sie bekam eine stattliche Abfindung. Noch bevor ich Grits Antwort erhielt, geschah das Unglück, das alles änderte. Eberhard hatte innere Verletzungen und lag sterbend in meinem Schoß, und ich dachte nur daran, dass er nicht einmal wusste, dass du unterwegs warst. Ich fragte ihn: ‹Wie hießen deine Eltern?› Seine Kräfte verließen ihn schon, aber ich glaube, in diesem Moment verstand er, warum ich ihn fragte.»

Ich sah hinauf zu dem scharfkantigen Schlund des Berges und versuchte mir vorzustellen, wie meine Eltern dort oben ein letztes Mal gemeinsam saßen. Aber ich sah nur die Trümmer der Felsen, schon dieser Anblick wirkte unendlich trostlos. Was erst muss in meiner Mutter vorgegangen sein? Zum ersten Mal dachte ich dieses Wort in Verbindung mit Theodora.

«Und dann?», fragte ich.

«Ich beugte mich ganz nah über Eberhards Mund. Den Namen seines Vaters verstand ich nicht, aber ich hörte, dass er Victorina sagte. Es war, als hätte er gewusst, dass nur du unterwegs sein konntest.»

«Victorina war sein letztes Wort?» Meine Stimme drohte zu versagen.

«Noch um etwas bat er, Ina. Ich sollte ihn hier oben lassen und nicht hinunterschaffen. Und das tat ich.»

Ich starrte sie ungläubig an. «Du hast meinen Vater wirklich hier oben gelassen? Etwa in der Höhle? Dort liegt er nach wie vor?»

«Ich verbrachte die ganze lange kalte Nacht hier oben auf diesem Berg. Nur mit den Toten, denen in meinem Rücken, denen zu meinen Füßen und dem Toten auf meinem Schoß. Die ganze Zeit über ließ ich Eberhard nicht los. Als die Sonne sich schließlich kraftvoll über der Ebene erhob, befestigte ich Eberhards Grubenlampe an meiner Kleidung und brachte ihn in die Höhle. Daher weiß ich, wie es darin aussieht. Damit kein wildes Tier hineinkonnte, verkeilte ich die herumliegenden Gesteinsbrocken so fest ineinander, dass der Eingang verschlossen war. Eine wahre Sträflingsarbeit, für die ich den ganzen Tag brauchte. Ich schlief eine weitere Nacht hier oben. Dann erst machte ich mich auf den Weg hinunter nach Tiameh.»

Theodora wirkte jetzt so alt, wie sie war. Und sie tat mir unsagbar leid.

«Ich erzählte Lore, dass es Eberhards Letzter Wille gewesen sei, auf dem Berg bleiben zu dürfen. Doch sie hatte nicht mehr die Kraft, sich dafür zu interessieren. Sie war schon vorher gesundheitlich nicht sehr stabil gewesen, und die Schwangerschaft hatte sie sehr angestrengt. Aber Eberhards Tod nahm ihr den Lebensmut. Tatenlos musste ich zusehen, wie unser Sonnenschein sein Licht verlor. Ich machte mir große Vorwürfe. Natürlich war nun nicht mehr daran zu denken, mich einfach aus dem Staub zu machen. Ich kümmerte mich um meine Schwester, die vor allem meine eigene Schwangerschaft nicht bemerken durfte. Denn das Wissen, dass ich ihr Vertrauen missbraucht hatte, hätte sie umgebracht. Doch sie war zu sehr mit ihrem eigenen Kummer beschäftigt. Dann erkrankte sie am Fleckfieber. Ich brachte sie ins Hotel *Paradise*, das damalige Lazarett der Briten. Lore spürte, dass sie sterben würde. Aber sie klammerte sich an die Hoffnung, dass ihr Kind überleben würde. Obwohl in diesem improvisierten Krankenhaus fern aller medizinischen Möglichkeiten nicht der Hauch einer Chance dazu bestand.»

Sie hielt inne und sah mich an. Es musste sie eine ungeheure Kraft gekostet haben, ihr Geheimnis jahrzehntelang mit sich herumgetragen zu haben.

«‹Dora›, sagte Lore, ‹nimm mein Kind, wenn ich nicht mehr bin, und sei ihm eine gute Mutter.› Dann schloss meine kleine Schwester ihre Augen für immer.»

Ich lehnte mich gegen den schiefen Baum, sah in seine karge Krone, die nur ein paar kümmerliche kleine Knospen trieb. Theodoras Worte kamen mir in den Sinn: dass der Baum für sie das vollkommene Lebewesen war. Jetzt verstand ich sie wesentlich besser. Man musste wohl derart albtraumhafte Erlebnisse überstanden haben, um nach der Weisheit zu suchen, die einen an ein Weiterleben glauben lässt.

«Durch Lores Bitte bist du also auf die Idee gekommen, mich als ihr Kind auszugeben», stellte ich fest.

«Erst viel später, als ich in Lagos die Ausreisepapiere für dich und mich beantragen musste, erinnerte ich mich daran und stellte diese verhängnisvolle Weiche. Ich dachte, wenn die Deutschen die britischen Papiere sehen, in denen du die Tochter von Lore und Eberhard von Gollnitz bist, dann haftet mein Fehler nicht mehr an dir. Und es war ganz einfach. Jeder bestach jeden, man konnte jede Wahrheit kaufen, niemand fragte nach. Ein Baby ist ein Baby. Und eine Amme eine Amme», sagte sie mit unüberhörbarer Bitterkeit in der Stimme. «So gab ich dich her für die Moral der Anständigen.»

«Warum bist du mit mir nicht statt nach Deutschland nach Kalifornien gefahren, wie du es ursprünglich vorgehabt hattest? Du musstest dich doch nicht mehr um Lore kümmern. Und wir hätten zusammenbleiben können.»

«Genau das war doch mein Plan, Kind!», rief sie verzweifelt. «Aber dann bekam ich Tuberkulose. Mit ansteckenden Krankheiten ließen die USA niemanden einreisen.» Sie schüttelte heftig den Kopf. «Ich hatte keine Wahl. So oder gar nicht. Leben oder Tod. Wahrheit oder Lüge.» Unwirsch wischte sie sich einige Tränen aus dem Gesicht. Als ärgerte sie sich über ihre Schwäche, wo es doch jetzt darum ging, mir zu zeigen, dass sie damals stark sein musste. «Ich entschied mich für die Lüge und das Leben. So ist es nun einmal. Und ich weiß nicht, was ich täte, wenn ich noch einmal in eine solche Situation geraten würde. Ich habe keine andere Wahl, als zu dem zu stehen, was ich tat.»

Meine Güte, dachte ich, was für eine Frau! Sie war wirklich wie der Baum, unter dem wir saßen. Sie hielt sich mit eiserner Kraft an einem Untergrund fest, auf dem andere keinen Halt gefunden hätten.

«Es lief auch alles genau so ab, wie ich es gewollt hatte. Zumindest beinahe.» Theodora hob ihr Kinn und sprach in die Weite der Landschaft hinaus. «Schon während der langen Überfahrt mit dem Schiff hatte ich begonnen, dich zu lehren, mich Dora zu nennen. Aber du wolltest nicht. Ich wäre doch deine Mama. Alles Mögliche ließ ich mir einfallen, um dich davon abzubringen, das verräterische Wort zu gebrauchen. Es klappte nicht. Ich war nun einmal deine Mama. Wieder suchte ich nach einem Ausweg. Grit! Bei ihr könnte ich doch bleiben statt in meinem Elternhaus! Ich war drauf und dran, die britischen Papiere zu zerstören. Ich wollte dich doch behalten!»

Sie sah mich an und seufzte tief.

«Als wir in Hamburg ankamen, rief ich sofort Grit an und bat sie, dich und mich für eine Weile aufzunehmen. So lange, bis ich gesund wäre und Geld für die Überfahrt in die USA hätte. Aber Grit hatte während meiner Abwesenheit wieder geheiratet, was ihren ersten Mann von der Verpflichtung befreite, weiterhin für sie zahlen zu müssen. Das erklärte auch, warum sie mir kein Geld nach Nigeria geschickt hatte: Gatte Nummer zwei war mittellos, und Kinder konnte er obendrein nicht leiden. Nun ja, dieser Ehe war eine noch geringere Haltbarkeit beschieden als der ersten. Aber so war Grit eben. Ein liebenswerter Luft-Mensch.»

Theodora lächelte versonnen. Nach einer Weile setzte sie ihre Erzählung fort: «Die Möglichkeit, Grit zu bitten, schied also aus, und somit blieb mir nichts anderes übrig, als das zu tun, was du weißt. Du nanntest mich hartnäckig Mama, ich log, dass ich Lores Platz eingenommen hätte. Aber Magdalena konnte ich nichts vormachen. Sie sagte es mir auf den Kopf zu: ‹Du warst eine Ehebrecherin, du bist eine, und du wirst eine bleiben. Es ist besser, du gehst, bevor du noch meinem Mann den Kopf verdrehst.›»

Ich schluckte. War Mutti wirklich ein derartiger Drachen gewesen? Ich konnte mir gut vorstellen, wie sie Theodora weggebissen hatte. Mit Schaudern dachte ich daran, wie sie Reinhold in den ersten Monaten unserer Bekanntschaft regelrecht verhört hatte. Das Misstrauen und die Intoleranz einer einzigen Person hatten verhindert, dass eine Mutter und ihr Kind zusammenbleiben konnten.

Meine Beine schmerzten, ich stand auf und reckte mich. Eine Uhr hatte ich nicht dabei, aber dem Stand der Sonne nach war es längst Nachmittag. Wir mussten uns auf den Rückweg machen. Über dem Tabu-Wald sah ich dicke Wolken aufziehen. Es wurde höchste Zeit, den Abstieg anzugehen. Wenn alles vom Regen durchtränkt wäre, konnte es riskant werden.

«Nur eines möchte ich noch wissen», sagte ich. «Wenn Lore nicht unter dem Stein liegt, der ihr Grab markiert, wo ist sie dann?»

«Beide sind hier oben vereint», antwortete sie.

«Und der Grabstein? Warum diese Mühe?»

Nachdenklich sah sie mich an und hob die Schultern. «Die Minenbetreiber wollten es so. Die Arbeiter hatten sie vom Berg geholt und auf dem Friedhof bestattet. Da durfte ein leitender Angestellter nicht einfach so im Nichts verschwinden.»

Das Aufstehen schien ihr schwerzufallen. Ich reichte ihr die Hand und zog wohl etwas zu kräftig, sie strauchelte, und ich fing sie auf. Ihr Gesicht war nur Millimeter von meinem entfernt. Für einen Moment hatte ich den Wunsch, sie an mich zu drücken und ganz fest zu halten. So wie am Tag zuvor, als ich erfahren hatte, dass sie sich ins Haus der Mütter zurückziehen würde. In Theodoras Augen lag ein leichtes Flackern; sie wartete nur auf eine Reaktion von mir. Doch ich konnte nicht einfach sagen: Danke, Mama, dass du mir das alles endlich gesagt hast. Nein, so weit war ich nicht, und ich wusste nicht, ob ich das jemals schaffen würde.

Stattdessen sagte ich nur: «Lass uns gehen.»

Den ganzen Tag über hatte ich so gut wie nichts gegessen und getrunken. Aber das war okay, ich brauchte nichts. Ich fühlte mich so frei, als wäre eine Last von mir gefallen, von der ich nicht einmal gewusst hatte, dass sie mich beschwerte. Es ängstigte mich auch nicht, dass wir direkt in eine schwarze Wolkenfront blickten, sobald wir die andere Seite des Bergs erreicht hatten. Kurz darauf klatschten die ersten schweren Regentropfen auf unsere Köpfe. Theodora reichte mir ihr graues Kopftuch. Sich selbst schützte sie mit dem Bündel, dessen Inhalt wir kaum angerührt hatten. Meine Schuhe liefen voll Wasser, ich streifte sie ab und lief barfuß weiter.

Das Unterbewusstsein ist ein seltsamer Ort. Da hatte ich erfahren, wie und warum die Weichen in meinem Leben gestellt worden waren – und ab dem Zeitpunkt ließen meine Träume mich im Stich. Wie ein Baby schlief ich im Schutz der Lehmhütte. Nun saß ich davor, genoss im Licht des milchigen Sonnenaufgangs einen Tee mit den unvermeidbaren Ruß-Stückchen darin und wälzte schwere Gedanken. Der Traum, den mein Unterbewusstsein in den letzten Jahrzehnten immer wieder abgespielt hatte, stimmte. Zumindest in groben Zügen. Das Paar war zwar nicht gemeinsam auf den Berg gestiegen, aber die beiden hatten sich dort oben getroffen. Und der Tod hatte sie auch in der Wirklichkeit an jener Stelle getrennt, die ich so oft im Traum «gesehen» hatte. Wie war das möglich? Irgendwo hatte ich einmal gelesen, dass eine Frau die einschneidenden Erfahrungen während ihrer Schwangerschaft an ihr ungeborenes Baby weitergibt. Bei Theodora – ich konnte sie immer noch nicht «meine Mutter» nennen – müssen dies die heftigsten Gefühle gewesen sein, die ein Mensch empfinden kann.

Sie liebte den eigenen Schwager, wurde von ihm schwanger und machte das allein mit sich selbst aus, niemand stand ihr bei. Der Geliebte stirbt in ihren Armen, sie hält den Toten eine ganze Nacht und bestattet ihn am nächsten Morgen. Doch statt ihren Kummer verarbeiten zu können, stellt sie sich der Pflicht, sich um ihre wohl etwas lebensfremde jüngere Schwester zu kümmern. Dann stirbt auch sie noch unter ihren Händen. Und was tut diese Frau? Sie pilgert wieder zu dem schrecklichen Berg und bestattet die Schwester bei deren Mann, ihrem eigenen Geliebten. Statt nun ein neues Leben beginnen und alles Alte hinter sich lassen zu können, wird sie durch meine Anwesenheit nicht nur ständig an die schicksalhaften Irrungen und eigenen Fehler erinnert. Nein, sie wird selbst krank und zwingt sich dazu, ihr eigenes Kind zu verleugnen. Vorübergehend, wie sie hofft. Aber auch das geht gründlich schief. Ihr bleibt nichts. Afrika, der große Traum von Freiheit und Selbstverwirklichung, wird zu einem Scherbenhaufen unter ihren Füßen.

Erstaunlicherweise zog Theodora daraus einen bemerkenswerten Schluss: Sie wanderte nicht etwa zu ihrer Freundin nach Kalifornien aus, um einen Neuanfang zu wagen. Stattdessen ging sie an den Ort zurück, an dem ihr Unglück seinen Anfang genommen hatte. Und auch zu mir brach sie alle Brücken ab. Dass sie Grit bat, sie gelegentlich darüber auf dem Laufenden zu halten, wie es mir ginge … War das nicht nur ein Alibi, das ihr schlechtes Gewissen dringend brauchte? Oder tat ich ihr mit dieser Vermutung unrecht? Hatte sie aus ihren ersten Erfahrungen den Schluss gezogen, dass ein inzwischen vier Jahre altes

Kind, das sich an deutsche Standards gewöhnt hatte, in einem Land der Dritten Welt nichts verloren hatte? Ging sie deshalb allein aus Deutschland fort? Oder war sie damals wirklich schon so weise, mich nicht von zwei Müttern zerreißen lassen zu wollen?

Wie war Magdalenas Einstellung dazu gewesen? Hatte sie sich wirklich, wie Theodora behauptet hatte, ein Kind gewünscht und mich deshalb «beschlagnahmt»? Auf wessen Seite sollte ich stehen, wenn ich darüber urteilte? Konnte ich überhaupt einer der beiden Schwestern gerecht werden, die meine Mutter sein wollten?

Ein paar Meter entfernt saß eine ältere Frau, die mir in den letzten Wochen oft ein zahnloses Lächeln geschenkt hatte. Heute flocht sie mit Engelsgeduld einen Korb mit Blattmuster, alle paar Knoten musste sie das Material wechseln. Von Sonnenaufgang bis Sonnenuntergang schaffte sie einen Korb. Sie war dabei stets ganz bei sich, schien nichts um sich herum wahrzunehmen. Einen Korb zu flechten mochte eine gute Methode zu sein, um den Kopf freizubekommen. Beneidenswert. Ich hätte das gern gekonnt. Ob die alte Frau irgendwo ein Leben zurückgelassen hatte? Brauchte sie niemanden? War das eine Vorstufe dessen, was Theodora anstrebte? Sich in das Haus der Mütter zurückziehen, um die Welt zu vergessen?

Eigentlich könnte das schön sein, dachte ich. Theodora müsste es niemandem mehr recht machen, ihr Tagesablauf würde durch festgelegte Rituale bestimmt. Sie würde nur «dienen». Hieß Dienen nicht, sich selbst aufzugeben, um sich in den Dienst einer größeren, wichtigeren Sache zu stellen? Die Lehre der Mütter gefiel mir, aber eigentlich lernte man dadurch nicht, sich von der Welt abzukehren. Sondern in ihr zu bestehen, indem man seine Stärken und

Schwächen erkannte. Erst der letzte Schritt, das geheimnisvolle Nichts, befasste sich mit dem Loslassen.

Vor unserer Wanderung hatte Theodora noch gesagt, der Berg *The Secret* sei der Schlüssel zu diesem alten Wissen. Wahrscheinlich hatte ich mir so etwas wie einen Tempel oder eine Kirche vorgestellt. Aber eine Stadt der Toten, zu der niemand Zutritt hatte? Soweit ich wusste, hatte Theodora den Eingang zweimal selbst verschlossen. Nicht einmal ihre Vertraute Eni hatte sie offenbar eingeweiht. Aber eine solche Entdeckung verschwieg man doch nicht! Gleichwohl galt der Berg als Heiligtum. Warum? Wenn doch niemand außer Theodora davon wusste?

«Oh, ich habe Eni davon erzählt», sagte Theodora, als wir am Abend im Raum des Redens und des Schweigens saßen. «Es dauerte nur ein paar Jahre, bis ich mich dazu durchringen konnte.»

In der zentralen Halle der Höhle waren wir vor einem sich draußen entladenden Unwetter zwar geschützt. Da der Ritualraum nach oben hin offen war, prasselten die Regenmassen ungehindert auf die Metallschale, die Mutter Nichts darstellte. Längst war das Becken vollgelaufen, die Fluten schwappten über den Rand und ergossen sich wie ein Springbrunnen auf den Boden, während von oben ständig neuer Regen nachkam. Vom Echo des Ritualraums verstärkt, drang das Konzert des Wassers durch die Maulwurfsgänge bis zu uns, wo es als permanentes Rauschen ankam. So ganz wohl war mir dabei nicht. Meine Vorstellungskraft reichte durchaus so weit, mir ausmalen zu können, wie sich das Haus der Mütter in einen unterirdischen Pool verwandelte, aus dem es nur schwer ein Entrinnen gab.

«Nachdem Eni vom Geheimnis des Bergs wusste, habt ihr da versucht, ein paar von den Terrakottafiguren nach oben zu holen? So, wie Eberhard es mit Julia gemacht hatte?», fragte ich. «Ihr müsst doch gewusst haben, dass sie sehr viel Geld wert sind.»

Theodora schüttelte den Kopf. «Nein, Ina, so etwas tut man nicht. Schon das, was Eberhard getan hatte, war nicht richtig. Das sind Opfergaben, Geschenke an das Nichts.»

Ich musterte ihr vom flackernden Licht der Öllämpchen beschienenes Gesicht. Es wirkte verschlossen wie eine Maske. Mich überkam wieder dieses seltsame Gefühl, dass ich mir nicht vorstellen konnte, diese Fremde wäre meine leibhaftige Mutter.

Einer spontanen Eingebung folgend fragte ich: «Ist es mit dem Berg so wie mit der Metallschale nebenan? Man wirft etwas hinein, damit es zerbricht?»

Sie wandte sich mir mit ernstem Gesicht zu. «Es ist ein wenig anders. Für Enis Volk war *The Secret* ein bloßer Mythos gewesen. Das Wissen, wofür es stand, war jedoch verloren. Erst, als ich den Mythos und das, was ich darin rein zufällig gesehen hatte, miteinander verband, war dem alten Glauben sein wahrer Kern zurückgegeben: dass es nämlich die Verkörperung des Nichts auf Erden ist. Es gibt keinen bedeutsameren Ort.»

«Du hattest also dem ‹Geheimnis› sein Geheimnis entrissen?»

Sie rang mit sich um eine Antwort. Dann sagte sie: «Jeder Glaube folgt eigenen Riten, die auf Nichteingeweihte unter Umständen verstörend wirken. Nun könnte man Verbote aufstellen, um heilige Orte zu schützen. Allerdings gerät ein Verbot über die Jahrhunderte hinweg in Vergessenheit. Nicht jedoch ein Tabu, es steht über Gesetzen und Verboten, es überdauert die Zeiten, weil das Schweigen sein Verbündeter ist.»

«Und darum weiß niemand etwas über Figuren wie unsere Julia, obwohl die ab und zu auftauchen und sogar im Museum ausgestellt werden», folgerte ich. «Kostbarkeiten, die aber eigentlich tabu sind.»

«Selbst wenn sie gezeigt werden, umgibt sie weiterhin das Tabu des Schweigens», sagte sie. «Denn niemand außerhalb unserer Gemeinschaft wird je begreifen, wozu sie angefertigt wurden. Das Offensichtliche ist eben nicht das Offenbare.»

Es ist wie mit *The Secret*, dachte ich. Jeder sieht einen Berg, aber nur die Eingeweihten wissen um sein Geheimnis. Und dann kam mir ein Gedanke, der mich schmunzeln ließ: «Dann hat Mutti im Grunde im Sinn eurer Gemeinschaft gehandelt, als sie Julia auf den Speicher verbannte. Für sie war die Figur tabu, weil du es warst.»

Theodora schaute mich plötzlich aufmerksam an. Das schien ihr selbst noch nicht aufgefallen zu sein. Ich wartete, ob sie noch etwas erwidern würde, aber sie schwieg. Freiwillig würde sie das Geheimnis von *The Secret* nie preisgeben. Sollte ich weiterbohren? Ich stellte mir vor, wie Moritz in seinem mit Büchern vollgestopften Zuhause saß und mich ausfragte. Ich würde keine Antworten haben. Brauchte ich sie überhaupt? Machte Wahrheit das Leben leichter? Und musste es die ganze Wahrheit sein? Oder nur ein Stück davon? Aber welches?

Theodora hatte doch gewollt, dass ich ihren Glauben kennenlerne. War es nicht unfair, mir das letzte Stück vorzuenthalten? Oder hatte sie mich bereits auf eine Spur geführt, und ich hatte sie einfach nicht erkennen wollen?

Alles über das Tabu zu wissen, würde mich verstören, hatte sie behauptet. Was befand sich in dem Berg? Er war ein riesiges Grab, gewissermaßen mit Grabbeigaben, das wusste ich. Und der Berg stand für das Nichts.

Das war die Lösung: Man durfte darüber nicht sprechen, weil heute noch Menschen dort bestattet wurden! Darum die vielen «Wächterinnen» auf dem Weg hinauf.

«Als du Eberhard und Lore dort oben bestattet hast, hast du unwissentlich einen alten Brauch aufleben lassen», sagte ich.

Sie nickte und schwieg.

«Und du wirst dort selbst ...» Ich konnte es nicht aussprechen.

Für eine Weile war nur das Rauschen des Wassers zu hören. Ich nahm schon an, Theodora würde sich nichts mehr entlocken lassen. Doch dann wandte sie sich mir zu und griff nach meinen Händen. «Ich musste den Rat der Dienerinnen einholen, ob ich mit dir *The Secret* aufsuchen darf. Mamma Eni sagte: ‹Zeige deiner Tochter, wo es geschah. Damit die Wunden in ihrem und in deinem Herzen heilen können. Aber du musst gehen, bevor ich selbst dorthin aufbreche. Dies ist, was uns das Orakel sagt.› Da wusste ich, dass Mamma Eni uns verlässt.»

So also funktionierte das mit dem Orakel. Es kündigte den nahen Tod an, damit man sich darauf vorbereiten konnte. Aber hatte ich das richtig verstanden? Hatte Eni gesagt: Sie bricht auf? War das wörtlich zu verstehen?

«Ja», sagte Theodora, «es ist der letzte Weg, den eine Dienerin geht. Sie kehrt heim zu Mutter Nichts. Wir alle gehen mit, um jene zu begleiten, die ihre irdische Gestalt aufgibt.»

«Verzeih meine direkte Frage, aber: Heißt das, eine Dienerin geht lebendig in die Höhle hinein, um darin zu sterben?»

Theodora zögerte. Offenbar war sie sich nicht sicher, ob sie mir die Wahrheit unverblümt sagen sollte. «Jene Dienerin, die uns für immer verlässt, nimmt Geschenke mit, die ihr die anderen Dienerinnen mitgeben. Sie sollen Mutter Nichts an ihre Schwestern, die anderen Mütter, erinnern. So gelangten einst die Tonfiguren in den Berg. Nachdem die Dienerin ins Nichts gegangen ist, wird die Öffnung wieder verschlossen.»

Mich schauderte. «Sie wird lebendig begraben!», rief ich.

«Aber nein, mein Kind. Für sie ist der bewusste Abschied von der Welt der Höhepunkt ihres Lebens. Es ist ein sehr feierlicher Anlass, der dort oben mit einem Fest begangen wird.»

Sterben als Höhepunkt des Lebens ... In mir sträubte sich alles gegen diese Vorstellung. «Wie kann man das Ende seines Lebens für das Schönste halten? Tut mir leid, aber das werde ich nie so sehen können. Und sagtest du nicht selbst, du liebst das Leben?»

«Versuche, *The Secret* wie ein Gleichnis zu sehen. Der Weg dorthin führt durch Mühsal und Freude, durch Dürre und Übermaß. Ohne es zu spüren, gehst du langsam bergauf, bis du schließlich ganz oben angekommen bist, dort, wo es nicht mehr weitergeht. Wenn du immer daran denkst – wenn es dir schlechtgeht ebenso wie in guten Zeiten –, kann dir nichts etwas anhaben. Weil du weißt: Es wird alles gut.»

Ich schüttelte den Kopf. «Das klingt wie ein Märchen!»

«Was hast du gegen Märchen? Die Menschen lieben sie, denn sie sind wahr. Nur die ewigen Skeptiker verdammen sie, weil sie nicht sehen wollen, dass sie Gleichnisse sind.»

«Mag sein», räumte ich ein. «Aber der Tod ist nicht der Höhepunkt. Ich mag ihn nicht. Ich fürchte ihn.»

Theodora breitete die Arme aus, ich zögerte einen Moment, rutschte schließlich doch zu ihr und schmiegte mich an sie.

«Du bist mit deinem bisherigen Leben nicht zufrieden, Ina. Es scheint dir zu arm an Ereignissen zu sein. Darum hast du Angst vor der Bilanz, die du eines Tages ziehen wirst», sagte sie. «Du solltest hinausgehen ins Leben, mein Kind. Finde Menschen, die deine Interessen teilen, die dich mögen, schätzen und lieben. Du hast dich zu lange vor der Welt zurückgezogen. Genieße das Leben und werde ein Teil davon. Versteck dich nicht länger, lecke nicht mehr die Wunden, die dir in der Vergangenheit beigebracht wurden. Lass sie heilen, vergiss, blicke nach vorn.»

Meine Kehle war wie zugeschnürt, ich fror, fühlte mich klein, unbedeutend und allein. Waren dies die letzten Worte einer Mutter, die ihrer Tochter noch einen Ratschlag für den weiteren Lebensweg mitgab?

«Und du? Hast du keine Angst? Bist du mit deiner Lebensbilanz zufrieden?»

«Zufrieden? Nein, das nicht, Ina. Ich habe Fehler gemacht, große Fehler, aber ich habe auch manches richtig gemacht.»

«Du hinterlässt immerhin ein großes Lebenswerk.»

«Am Ende zählt doch nicht, ob man einen Tempel, ein Schloss oder eine Hütte errichtet hat. Es geht nur um die Menschen, die man liebt und die einen lieben. Das sind so wenige. Ich habe Lore geliebt. Ja, ich habe sie auch hintergangen. Ich liebe dich. Und, ja, ich habe dich verraten. An Lore konnte ich im Rahmen meiner Möglichkeiten gutmachen, was ich ihr angetan hatte. Ob es mir bei dir gelingt, das musst du beurteilen.»

Ich konnte nichts sagen. Ich wusste auch nicht, was ich

denken sollte. Und erst recht nicht, was ich fühlte. Es tat nur weh, sie so sprechen zu hören. Sie war meine Mutter, und nach allem, was sie mir erzählt hatte, war sie bereit gewesen, um mich zu kämpfen. Und nun waren wir hier, in diesem Raum der Elemente, dessen Mitte ein Kreis zierte, der Anfang und Ende symbolisierte.

«An dem Tag, als ich sah, dass du eine Kopie jener Figur erschaffen hattest, die dein Vater aus dem Berg geholt hatte», sagte meine Mutter, «wusste ich, dass du zu einem neuen Weg finden wirst. Du hast alles in dir. Willst du es nutzen?»

31,4 Jahre, dachte ich, waren eigentlich eine verdammt lange Zeit. Besonders das Gespräch über den Tod und das Nichts hatten mir gezeigt, dass ich mein Leben auskosten wollte. Und plötzlich hatte ich eine Idee, wie ich meine Zeit nutzen würde. Ich würde viel zu tun haben …

Wir verharrten schweigend nebeneinander. Es war alles gesagt. Ich lauschte auf den niedergehenden Regen; er war zwar nicht mein Element, aber gerade deshalb brauchte ich ihn. Regen schwemmt Kummer fort. Ich hatte jetzt auch keine Sorge mehr, dass die Höhle mit Wasser volllaufen könnte. Meine Mutter würde ihren Tempel schon so gebaut haben, dass der Regen irgendwohin abfloss. Sie konnte so etwas.

10. Kapitel

Mama Afrika

«Bist das du, Mama?» Jasmin starrte mich mit offenem Mund an. «Wow! Ich fass es nicht. O mein Gott, das gibt es ja gar nicht. Das ist unglaublich!»

Mir war dieser überschäumende Empfang ein wenig peinlich, die Leute guckten schon. Lauter coole graue Anzugträger auf dem Weg zum Big Business. Und ich dagegen: rostrotes Schlabberkleid (selbst genäht), bequeme Treter (die meinen, von einer dicken Hornhaut gestählten Füßen reichlich Platz boten), goldfarbener Schal um den Kopf (Frisur? Was ist das?) und eine Schultertasche, der man ansah, dass ich sie in der afrikanischen Savanne selbst geflochten hatte (zugegeben: mit reichlich Hilfe).

Zum Glück erinnerte sich Jasmin nach einer Schrecksekunde daran, dass sie ihre nach zwei Monaten Afrika heimgekehrte Mama getrost in die Arme nehmen durfte. Sie hielt mich einen Moment fest, dann spürte ich, wie ihre Hände meinen Rücken und meine Hüften befühlten.

«Du meine Güte», flüsterte sie. «Wie viel?»

«Keine Ahnung. Ich habe schon ewig auf keiner Waage mehr gestanden.» Was wirklich stimmte. In einem Land, in dem die meisten Menschen eher zu wenig als zu viel zu essen hatten, war eine Personenwaage so selten wie ein Kühlschrank am Nordpol. Es war mir auch egal, wie viel ich abgenommen hatte. Für mich zählte nur, dass ich mich so wesentlich wohler fühlte.

«Ich habe Moritz mitgebracht. Er wollte unbedingt. Ist doch okay, oder?», fragte Jasmin ungewohnt vorsichtig.

«Klar, wo ist er denn?» Ich blickte mich um und staunte nun meinerseits nicht schlecht. Moritz war kaum wiederzuerkennen. Hatte er etwa die vergangenen Wochen im Fitnessstudio verbracht? Sein knuddelig rundes Bäuchlein war fort, die Haltung aufrecht. Nur der Blick, mit dem er mich musterte, war unsicher.

«Willkommen daheim, Victoria!», brachte er schließlich hervor.

Wie fremd der Name klang, auf den ich 52 Jahre lang gehört hatte! Ich hatte mich so sehr an Ina gewöhnt, dass ich mich fast nicht angesprochen fühlte.

Hinter seinem Rücken zauberte Moritz eine langstielige rote Rose hervor. «Du siehst sensationell aus!», sagte er und wurde fast so rot wie die Blüte.

Ich wollte mich gerade bedanken, als mich einer der coolen Businessanzugträger rüde anrempelte. Ja, ich war tatsächlich daheim! Leider vergaß ich darüber, Moritz' Rose anzunehmen und sein nettes Kompliment zu erwidern. Stattdessen schob ich meinen Gepäckwagen eilig fort vom hartumkämpften Gate.

«Die Rose!», assistierte Jasmin im letzten Moment. Ich schnappte mir die Blume so hastig, dass ich mich an ihren Dornen verletzte. Und schon tropfte das Blut. Als hätte er es geahnt, reichte Moritz mir ein Taschentuch, übernahm seinerseits den Gepäckwagen und bugsierte ihn zum Auto.

«Wir haben extra Sommerwetter für dich bestellt», sagte Jasmin und deutete zum stahlblauen Himmel.

«Deine Mutter hat den Sommer aus Afrika mitgebracht!», rief Moritz über die Schulter.

Die Menschen trugen Kleider und T-Shirts, aber mir war kalt. In Tiameh waren dreißig Grad gewesen, und die Luftfeuchtigkeit hatte fast hundert Prozent betragen. Dort wäre mir jede Klimaanlage recht gewesen, hier jedoch bat ich Moritz, sie im Auto auszuschalten. Souverän hielt er im Gedrängel des Feierabendverkehrs mit. Wie fremd mir meine Heimatstadt erschien! Hatten die Häuser schon immer so eckig ausgesehen und so eng beieinandergestanden? Waren die Straßen schon immer so breit gewesen? Hatten die Autofahrer sich schon immer gegenseitig den Weg abgeschnitten? Ich kam mir vor wie ein Außerirdischer. Und das nach nur zwei Monaten in Afrika! Was war mit mir geschehen?

Jasmin beugte sich vom Rücksitz aus nach vorn und massierte meine Schultern. «Ich bin so froh, dass du wieder da bist, Mama. Freust du dich nicht ein bisschen?»

«Aber ja doch, ich freu mich», sagte ich und spürte, wie schlapp das klang.

«Na, komm erst mal wieder an. Als ich damals aus Australien zurückkam, ging es mir so wie dir wohl jetzt. Es kommt einem alles sehr fremd vor», sagte sie. «Wie geht's Tante Theodora? War sie traurig, als du abgereist bist?», fügte sie hinzu.

Natürlich überlegte ich viel zu lange, was ich antworten sollte. Ich versuchte es mit der einfachen Variante: «In ihrem Leben verändert sich gerade einiges. Sie hat eine neue Aufgabe übernommen. Aber ich soll dich ganz herzlich grüßen.» Der letzte Satz war eine glatte Lüge, aber das gilt wohl für die meisten dieser Floskeln. In diesem Fall wäre es viel zu kompliziert gewesen, Jasmin zu erklären, dass eine Dienerin einem grundsätzlich keine derartigen Floskeln mit auf den Weg gab.

«Jasmin war ganz begeistert von deiner Tante», meldete sich Moritz zu Wort. «Aber sag mal: Hast du wirklich die ganzen zwei Monate bei ihr in der Wildnis verbracht? Völlig ohne Bett und Komfort? Das stelle ich mir ganz schön anstrengend vor. Also wirklich: Kompliment! Du musst ein echter Outdoor-Profi sein.»

«Stellt euch das nicht vor wie bei ‹König der Löwen›. Maden habe ich nicht gegessen!», lachte ich. «Man hat schon sehr auf mich Rücksicht genommen.»

Leider kannte Moritz keinen «König der Löwen». Es war ja kein Buch, sondern nur ein Disney-Film. Und ich hatte die letzten vier Wochen auch nicht in der Wildnis, sondern bei Alindi verbracht, um das vorzubereiten, was ich mir als meine Zukunft vorstellte. Dass Alindi meine Halbschwester war, verriet ich lieber noch nicht. Und auch nicht, dass sie mir mit Hilfe unseres Bruders Otto ganz neue Möglichkeiten eröffnet hatte. Oh, wir hatten große Pläne! Es war wirklich viel geschehen, viel mehr, als man während einer Autofahrt erzählen konnte.

Ich spürte, dass Moritz mich immer wieder von der Seite ansah. Endlich stellte er die Frage, die ihm auf der Seele brannte: «Hast du etwas über unsere Terrakotta-Figur herausgefunden? Ist sie wirklich so alt?»

«Kann schon sein», sagte ich.

Seine Enttäuschung war fast körperlich spürbar. «Warst du denn gar nicht im Nationalmuseum von Jos?», fragte er. «Ich habe nämlich herausgefunden, dass dort viele Exponate der Tiameh-Kultur ausgestellt sind.»

Natürlich hätte ich dort hinfahren müssen. Jemand wie Moritz, gesegnet mit der angeborenen Neugier eines Luftmenschen, hätte es auf jeden Fall getan. Es wäre wahrscheinlich einer der Höhepunkte unserer gemeinsamen Afrikareise geworden. Aber Moritz war nicht mitgekommen; er war zu Hause geblieben, wenn auch unfreiwillig. All seine Reisen hatten immer nur in Gedanken stattgefunden. Und plötzlich war ich mir sicher: Moritz war zur anderen Hälfte ein Erdmensch, einer, der stets auf dem Boden der Tatsachen blieb. Nur seine Phantasie hatte Flügel, aber die waren nicht stark genug, um ihn wirklich abheben zu lassen. Um ihn glücklich zu machen, musste ich ihm Auftrieb geben. Sozusagen Luft unter seine Schwingen pusten. Wenn mir das gelingen sollte, durfte ich jetzt nicht wirken wie die Teilnehmerin an einer Expedition, die es nur bis zum Postkartenstand geschafft hatte.

Damit beantwortete sich auch die Frage, die mich die ganze Zeit beschäftigt hatte: Sollte ich Moritz in das Geheimnis von Tiameh einweihen? In diesen mysteriösen Kult, der seine eigenen Kunstwerke zerstört hatte, weil ihm das Unvorstellbare als das Höchste galt – das Nichts. Ja, ich musste es tun! Moritz hatte es verdient, und meine Mutter hätte es für richtig gehalten. Denn nur ihr verdankte ich die Fähigkeit, erkennen zu können, welche Art von Mensch Moritz wirklich war.

Aber ich erinnerte mich auch an ihre warnenden Worte: «Wenn du einen Erdmann liebst, besteht die Gefahr, dass du dich mit ihm in eine Höhle verkriechst. Die Folge wäre, dass du nicht weiterwachsen kannst.»

Na schön, dachte ich, die Gefahr zu kennen, heißt, sie meiden zu können.

Ich strich mit der blutroten Rosenblüte über Moritz'

behaarten Unterarm, wartete, bis er mich verwirrt anlächelte, und sagte mit einem Unterton, der sämtliche Mysterien der Welt in Aussicht stellte: «Was sollte ich in einem Museum? Wenn ich doch dort war, wo vor Jahrtausenden alles angefangen hat.»

Er bekam kugelrunde Augen. «Du weißt alles darüber?»

«Und ich werde mein Wissen mit dir teilen», sagte ich noch eine Spur geheimnisvoller. «Morgen. Heute muss ich erst mal meiner Tochter erzählen, dass ihre Familie gar nicht so klein ist, wie sie immer gedacht hat.»

Mein Bett sah aus, als hätte es alte Papiertaschentücher geregnet. Jasmins Augen-Make-up war hoffnungslos verschmiert. Sie kuschelte sich an mich. Um uns herum lagen die alten Schwarzweiß-Fotos.

«Ich bin so stolz auf Oma», schluchzte meine Tochter, nachdem ich ihr die ganze Geschichte erzählt hatte. «Sie ist eine tolle Frau. Wie sie das alles nur gemeistert hat! Ganz allein! Niemand stand ihr bei. Und ich habe sie anfangs für eine Mörderin gehalten. Ich war so dumm.»

«Wir haben es doch beide nicht besser gewusst, Schatz.» Ich nahm das Bild zur Hand, das meine Mutter und mich zeigte. Schon als ich das Foto in Tiameh angesehen hatte, war mir die Ähnlichkeit zwischen Theodora und Jasmin aufgefallen. Ich hatte mir nichts dabei gedacht. Warum sollten sich Großtante und Großnichte nicht ähneln? Dass sich Großmutter und Enkelin so sehr glichen, machte allerdings noch mehr Sinn.

«Sie sieht mir wirklich ähnlich», sagte Jasmin.

Ich strich über ihr dichtes Haar. «Ihr seid beide hübsch.»

«Aber sie ist klug, Mama. Und eine echte Künstlerin. Und

nun auch noch eine Dienerin, mit der man nicht mal mehr reden kann. Das ist so traurig, Mama!»

Ich drückte sie fest. «Nein, Süße, das ist nicht traurig. Das ist wunderbar. Theodora braucht niemanden mehr, sie hat ihre Bestimmung gefunden. Etwas Schöneres kann es nicht geben.»

Jasmin sah aus schwarz verschmierten Augen zu mir auf. «Warum hat sie es nicht eher gesagt? Als ich noch da war?»

«Weil es zu früh gewesen wäre. Wir kannten sie nicht und hätten ihr nicht geglaubt. Wahrheit ist so etwas wie die Frucht, die ein Baum auf den Boden wirft, um sich fortzupflanzen. Wenn der Boden hart ist, kann die Frucht nicht keimen. Also macht der Baum das im Herbst, wenn der Boden modrig ist und die herabfallenden Blätter die Frucht beschützen.»

Die Augen meiner Tochter wurden immer größer. Erst jetzt merkte ich es: Ich sprach wie meine Mutter. Ein wenig war es so wie damals, als meine Mutter und ich unter dem kahlen Baum saßen. Nur dass diesmal ich die Lebensweisheiten von mir gab.

Bevor es zu feierlich wurde, lächelte ich. «Es muss einfach alles zusammenpassen. Darum hat mich meine Mutter auf den Berg geführt. So hat sie mich darauf eingestimmt, alles zu erfahren. Ich finde, das hat sie sehr geschickt gemacht. Ich hätte dabei nicht in ihrer Haut stecken wollen.»

Jasmin strich über meine Wange. «Was empfindest du denn jetzt, wo du alles weißt, für deine Mama? Liebst du sie? Und was denkst du über Oma? Bist du böse auf sie, weil sie dich um deine wahre Mutter gebracht hat?»

Ich küsste meine Tochter auf die Stirn und überlegte lange, was ich antworten sollte. «Es gibt viele Arten von

Liebe», sagte ich schließlich. «Dich liebe ich uneingeschränkt, egal, was du tust. Die Grundlage der Liebe zu deinem Vater war Vertrauen. Bis … Schwamm drüber. Für Mutti, also Oma Magdalena, empfinde ich immer noch Liebe, aber auf eine andere Art. Es ist mehr eine Art Dankbarkeit, weil sie es unterm Strich gut mit mir gemeint hat. Und Theodora, meine Mutter, die ist … wie soll ich sagen … wie mein Herz. Das spüre ich zwar meistens nicht, aber ich weiß, es ist da. Es schlägt und erhält mich am Leben. Ich weiß nicht viel von ihm. Manchmal pocht es wie verrückt, und ich habe keine Ahnung, warum. Aber es ist richtig, dass es das tut, weil es weiß, was für mich gut ist. Und wenn ich nicht mehr weiterweiß, dann befrage ich mein Herz.» Ich lächelte. «Habe ich zu selten getan, aber das mache ich jetzt anders.»

«Es klingt so romantisch, wie du das sagst! Du liebst sie!» Jasmin brauchte ein neues Taschentuch.

«Meine Mutter ist der ungewöhnlichste Mensch, den ich je getroffen habe.»

«Und du wirst sie nie wiedersehen!» Nun weinte sie hemmungslos.

Es war seltsam: Mich machte dieser Gedanke nicht traurig. Nicht nur, weil ich Zeit genug gehabt hatte, mich damit abzufinden. Sondern weil ich meine Mutter kennenlernen musste, um mich selbst zu finden und einen neuen Weg einschlagen zu können.

«Weißt du», sagte ich, «ich habe in Nigeria kurz darüber nachgedacht, dort zu bleiben. Aber dann fragte ich mich: Ist es das, was ich will? Oder würde ich damit nur versuchen, in die Fußstapfen meiner Mutter zu treten? Obwohl ich doch weiß, dass sie mir etliche Nummern zu groß sind.»

«Das stimmt nicht, Mama. Du hast dich verändert. Ich

werde nie wieder sagen, dass du ein Raupendingsbums bist.» Sie drückte mich fest.

«Aber du hattest recht, Jasmin. Ich bin dir dafür dankbar, dass du das gesagt hast. Sonst wäre ich nie nach Nigeria aufgebrochen. Du hast mir damals das gegeben, was mir fehlte.»

«Wie meinst du das, Mama?»

Und dann holte ich aus, erzählte, was meine Mutter mir beigebracht hatte über die vier Elemente, wie sie die Menschen bestimmen, ohne dass sie davon wissen. Wie man lernt, sich das bewusstzumachen, und beginnt, nach Menschen Ausschau zu halten, die einen in genau den Punkten ergänzen, die einem selbst fehlen. Und dass man auf diese Weise anderen etwas zurückgeben kann, was wiederum denen fehlt. Dass das Leben so ein ständiger Austausch von Energie ist.

Nur eines ließ ich weg: Ich erzählte ihr erst mal nichts vom Nichts. So hatte es meine Mutter auch mit mir gemacht, aus gutem Grund. Zunächst einmal war es wichtig, dass man begriff, wie man mit beiden Beinen auf der Erde steht. Dann konnte man sich immer noch Gedanken darüber machen, wohin das alles führte. Ein so junger Mensch wie Jasmin musste sich noch nicht mit dem Nichts befassen, beschloss ich. Irgendwann – falls sie überhaupt bereit dazu wäre, sich mit der Lehre der fünf Mütter anzufreunden – käme schon noch der Zeitpunkt, ihr den ganzen Rest zu enthüllen.

«Du bist also Erde und Feuer», fasste meine Tochter zusammen. «Was machst du mit deinem neuen Wissen? Wie geht es nun bei dir weiter, Mama?» Die vielen Neuigkeiten und die Aufregung hatten sie müde gemacht.

«Mal sehen», antwortete ich und küsste sie auf die Stirn.

Durch das Schlafzimmerfenster sah ich die Morgenröte eines Sommersonnenaufgangs wie aus dem Bilderbuch. Die ganze Nacht hatten wir geredet, aber ich war aufgekratzt. Jasmin schlief ein, ich stahl mich aus dem Bett und begann durchs Haus zu wandern. Fast alle Zimmer waren entweder ausgeräumt, oder es standen noch ein paar Kisten herum. Ich betrat Muttis einstiges Zimmer. Dort, wo einst der Fernseher gestanden und tage- und nächtelang gelaufen war, zeichnete sich ein dunkler Fleck auf der Tapete ab. Ihr Bett, ihre Kommode, ihr Schrank … nur noch die Umrisse der Möbel auf der Tapete waren geblieben. Es roch muffig, ich zog die alten Gardinen zur Seite, doch die verhakten sich. Ich zog zu fest, der mürbe Stoff gab nach und fiel zu Boden. Vor dem Fenster tanzte der Staub.

In der halb ausgeräumten Küche machte ich mir einen Kaffee und setzte mich damit auf die Terrasse. Zum vielstimmigen Morgenkonzert der Vögel streichelten die ersten Sonnenstrahlen mein Gesicht. Was für ein friedlicher Morgen! Ich konnte mich nicht erinnern, jemals so früh und vor allem so entspannt auf meiner eigenen Terrasse gesessen zu haben. Gewiss, das Gras stand einen halben Meter hoch. Aber statt mich darüber zu ärgern, dass es eine Qual sein würde, den Rasenmäher durch diese Wildnis schieben zu müssen, freute ich mich über die funkelnden Tautropfen auf den Gräserspitzen.

Ich dachte an meine Mutter, die ihr altes Auto nach dem Pferd ihres Vaters genannt hatte. Irgendwann hatte Liese von diesem Gras gefressen und von den Äpfeln genascht, die von den Bäumen gefallen waren. Ich stellte mir vor, wie sie sich jetzt den Bauch vollschlagen würde.

Der alte Terrassentisch war voll hellgrünen Blütenstaubs. Dort, wo ich die Tasse abgestellt hatte, zeichnete sich ein feuchter Ring ab. Wie von selbst begannen meine Finger, Buchstaben in den Staub zu malen. Und als ich das Wort las, das dort stand, verstand ich, warum meine Mutter ausgerechnet nach Tiameh zurückgekehrt war, obwohl ihr dieser Ort so viel Unglück gebracht hatte. Wenn man erst mal seine Heimat gefunden hatte, blieb man ihr treu. Deshalb musste noch lange nicht alles so bleiben, wie es immer gewesen war. Heimat war vielleicht auch so etwas wie ein Baum. Mal trug er keine Blätter, war kahl und unwirtlich. Aber irgendwann kamen die Blätter wieder. Und auch die Früchte, von denen man sich ernähren konnte.

Manchmal gehört eben auch eine gewisse Portion Glück zum Leben. Und ich hatte Glück: Der Telefonladen neben Moritz' Buchgeschäft, der nach seinen Worten bislang mehr Miete eingebracht hatte, als er mit seinen Büchern Umsatz machte, war ausgezogen und stand leer. Früher, so hatte Moritz mir einmal erzählt, hatten die benachbarten Läden zusammengehört.

«Könnte man nicht einfach die trennende Wand wieder einreißen?», fragte ich Moritz. «Und dann setzen wir eine Tee-Bar dazwischen. So eine richtig schicke, moderne Theke mit viel Licht. Auf der einen Seite verkaufst du Bücher, auf der anderen ich meine afrikanische Kunst.»

Moritz brauchte einen Moment zum Nachdenken. «Afrikanische Kunst? Echte oder nachgemachte?», fragte er schließlich.

«Echte. So etwas wie unsere Julia. Für sie habe ich mir übrigens einen Ehrenplatz ausgedacht: Sie kommt direkt über der Tee-Theke in eine Vitrine, von großen Spots angestrahlt.»

Moritz lief aufgeregt hin und her. «Das ist phantastisch»,

rief er. «Ich werde mein Buchsortiment mehr auf Afrika ausrichten. Das wird sich ganz hervorragend ergänzen. Und diese Tee-Theke in der Mitte ... Wirklich, Victoria, ganz ausgezeichnet: Die Leute sollen ja nicht zu lange sitzen bleiben, sondern sich umsehen und kaufen. Wir fangen gleich morgen an.»

Ich hatte ihn richtig eingeschätzt – er war auch ein Luftmensch. Sobald sich eine Veränderung abzeichnete, erwachte er zu neuem Leben. Der Arme, wie hatte er nur all die Stillstandsjahrzehnte mit seiner Mutter ausgehalten?

Dann blieb er abrupt stehen und sah mich an. «Aber sag mal: Woher willst du so viel afrikanische Kunst bekommen, dass du damit auf Dauer einen Laden bestücken kannst?»

Nun war es an der Zeit, ihm davon zu berichten, was ich in meinen letzten vier Wochen in Afrika getan hatte. Das war allerdings eine längere Geschichte. Sie ließ sich besser in unserem kleinen Thai-Restaurant bei Reispapierröllchen erzählen. Und bei jenem Glas Wein, auf das ich mich seit acht Wochen freute.

Die Geschichte begann damit, dass Alindi mich im Hain abholte. Zu Fuß, wohlgemerkt. Unsere Wanderung dauerte viele Stunden. Nicht, weil der Weg nach Tiameh so entsetzlich weit oder unsere Kondition so schlecht gewesen wäre. Sondern weil damit der eigentliche Rückweg in mein neues Leben begann. Zunächst stellte sich heraus, dass Alindi schon vor meiner Ankunft in Tiameh von unserer Mutter darüber informiert worden war, dass sie in Deutschland eine Halbschwester hatte: mich. Über ihr früheres Leben hatte sie Alindi sonst nichts verraten. Und dann war Alindis erster Eindruck von mir, dass ich schlafend auf dem Küchentisch ihrer Mutter lag! Ganz schön peinlich für mich ... Aber in gewisser Weise auch unangenehm für

Alindi. Die Geheimniskrämerin Theodora hatte ihr nämlich verboten, sich als meine Halbschwester erkennen zu geben. Erst während unserer Wanderung erfuhr Alindi die ganzen Hintergründe meiner verworrenen Biographie, die letzten Endes dazu geführt hatten, dass Theodora *The Secret* und dessen Bedeutung enthüllen konnte.

An dieser Stelle stillte ich endlich Moritz' Neugier und erzählte ihm, welche Bedeutung Julia ursprünglich gehabt hatte.

«Während Alindi und ich also nach Tiameh liefen», fuhr ich fort, «fragte ich sie, ob sie nicht Lust hätte, die vielen afrikanischen Kunstwerke, die sie und ihre Schülerinnen herstellten, in Deutschland zu verkaufen.»

Ich versuchte, Alindis etwas verdrehtes Deutsch nachzuahmen. Es gelang mir nicht so ganz, reichte aber aus, um Moritz zum Lachen zu bringen. «‹Du hast zu machen das, Schwester›, rief sie. ‹Meine ganze Dorf wird machen *art* für Germany. Du werden sein berühmt, du wirst sein Mama Afrika!›»

Moritz nickte zustimmend. «Das ist gut. Mama Afrika. So nennst du den Laden.»

So hatte ich die Sache noch nicht betrachtet, ein wenig unseriös klang das schon. Aber ich beschloss, darüber nachzudenken.

Während unserer Wanderung zählte Alindi auf, welche Produkte sie, ihre Freundinnen und alle angeschlossenen Familien herstellen konnten. Und da wurde mir plötzlich die Dimension unseres Luftschlosses klar: Wie sollte man all diese Sachen nach Deutschland schaffen? Luftfracht wäre gewiss unglaublich teuer, so teuer, dass die Kunstwerke für die Kunden in Deutschland zu teuer würden.

Aber auch da wusste Alindi Rat: «Wir werden fahren zu

unserem Bruder nach Abuja. Otto wird regeln alles. *Don't worry, this is Africa.*»

So viel Englisch verstand ich gerade noch! Manche Probleme waren in Nigeria einfach zu lösen, vor allem, wenn der eigene Bruder Vize-Minister war.

«Was ist er? Vize-Minister?», fragte Moritz ungläubig. Wegen der vielen Neuigkeiten hatte er ganz vergessen, dass er gesagt hatte, er müsse viel essen, wenn etwas Aufregendes geschieht. In dem Punkt konnte ich ihm helfen und stibitzte ihm eine seiner leckeren, mit Garnelen gefüllten Reispapierröllchen.

«In Nigeria haben sie zwei Dutzend oder so Ministerien. Und Otto sitzt genau im richtigen: Er macht Kultur und Tourismus», sagte ich mit vollem Mund. «Mein Bruder hatte wie ein echter Politiker gesprochen, der stolz auf sein Land ist: ‹Du musst machen nigerianische alte Kunst populär in Deutschland. Nigeria ist nur bekannt für schlechte Nachrichten. Zeige deinem Land, dass wir sind anders.› Wir saßen in seinem todschicken neuen Ministerium, alles ganz edel eingerichtet. Übrigens auch mit einer Art Julia in einer Vitrine», erzählte ich Moritz.

Ich unterschlug lieber, dass ich so aufgeregt gewesen war, dass ich selbst kaum ein Wort hervorbringen konnte. Das war auch nicht notwendig, denn Alindi übernahm das Reden für mich. Ich verstand zwar nichts, dafür war das Ergebnis umso überzeugender.

Davon konnte ich Moritz nun erzählen: «Jedes Objekt bekommt einen kleinen Anhänger mit einem Zertifikat. Und obendrein übernimmt das Ministerium den Großteil der Frachtkosten, um die einheimischen Kunsthandwerker zu fördern.»

Moritz starrte mich sprachlos an.

«Die folgenden Wochen verbrachte ich dann damit, alle Freundinnen Alindis kennenzulernen und mich über ihr Kunsthandwerk zu informieren. Schließlich will ich nicht nur eine sachkundige Verkäuferin sein, sondern eine Mittlerin zwischen den Kulturen. Entsprechend erwarten er und vor allem Alindi natürlich, dass wir viel verkaufen», sagte ich. «Das wird ganz schön hart. Aber ich will sie auf keinen Fall enttäuschen.»

Moritz griff nach meiner Hand und sah mich versonnen an. «‹Mama Afrika›», sagte er, «wird ein fulminanter Erfolg. Verlass dich darauf.»

Später gingen wir nebeneinanderher durch den warmen Sommerabend. Wie durch Zufall berührten sich unsere Hände. Ich griff einfach zu, es erschien mir so natürlich. Und es fühlte sich gut an. Eine Weile schwieg er, dann blieb er stehen und sah mich an.

«Wir werden ein gutes Team sein, Victoria.»

«Würde es dir etwas ausmachen, mich Ina zu nennen?»

«Ina. Gefällt mir, dich so zu nennen. Das ist viel hübscher und passt besser zu dir.»

Wir standen vor seiner Haustür.

«Sehe ich dich morgen?», fragte Moritz.

«Erst morgen?», fragte ich mit einem Kloß im Hals.

«Noch heute?», fragte er zurück.

Ich nickte. Und er schloss die Haustür auf.

«Tiameh – das ist ein starker Name. Wie sind Sie darauf gekommen, Ihre Galerie ausgerechnet so zu nennen?», fragte der dünne Mann mit der großen schwarzen Brille.

Wir standen mitten im Gewühl von geschätzten hundertfünfzig Menschen, und eine Fernsehkamera war auf mich gerichtet. In diesem Moment konnte ich schlecht antworten: Also wissen Sie, an dem ersten Morgen, an dem ich neben meinem Lebensgefährten im Bett aufwachte und mich unbeschreiblich glücklich fühlte, da wusste ich es einfach: Ich bin keine Mama Afrika, dafür fühle ich mich zu jung.

Also sagte ich: «Das ist der Ort, an dem ich geboren wurde. Mit meiner Galerie kehre ich zu meinen Wurzeln zurück.»

Das klang richtig spontan. Aber es war natürlich einstudiert. Um sich solche Sprüche auszudenken, war Moritz genau der Richtige. Für die Inneneinrichtung war Jasmin zuständig. Mit einfachsten Mitteln, viel Farbe und gutgesetzten Lichtakzenten hatte sie den kleinen Laden – pardon: meine «Galerie für westafrikanische Kunst» – in ein echtes Schmuckkästchen verwandelt. Wirklich erstaunlich allerdings war, dass Alindis Kunsthandwerk tatsächlich am Tag vor der Eröffnung eintraf. Rund ein Dutzend riesige braune Pakete mit der Aufschrift *«African Art»*. Mir war schwindlig geworden, als alles ausgepackt war: Wir würden Monate brauchen, bis alles verkauft wäre.

Leider wurde mein schönes Fernsehinterview vom Geschrei eines Babys unterbrochen. Es war Reinholds Sohn, der sein Bestes gab, um Gehör zu finden. Mein Exmann erwies sich als wenig tauglich, den Kleinen zur Ruhe zu bringen. Doch er war wieder der Mann, von dem ich mich hatte scheiden lassen. Alle Kilos, die er im Fitnessstudio verloren hatte, hatte er wieder auf den Rippen und an anderen wenig vorteilhaften Körperstellen zugelegt. Und seine junge Frau wirkte ebenso übernächtigt wie er.

«Kompliment», sagte Reinhold, «du hast wirklich einen Neustart gemacht. Und gut siehst du aus. Freut mich für dich.»

«Tja», erwiderte ich, «man muss eben nach vorn schauen.

Und nicht wieder auf Anfang zurückgehen. Dann macht's auch Spaß, älter zu werden.»

Reinholds Mund wurde schmal wie ein Strich. Er packte Baby und Frau und empfahl sich wenig später.

Als alle Gäste gegangen waren, überflog ich meine Verkäufe. Nicht schlecht für einen ersten Tag und genug, um meine Miete pünktlich bei Moritz abliefern zu können.

Moritz und ich sperrten gemeinsam mit Jasmin und ihrem Freund Felix den Laden zu.

«Was machen wir jetzt?», fragte Jasmin unternehmungslustig.

Ich hakte mich bei Moritz ein. «Wir haben einen Rock-'n'-Roll-Tanzkurs belegt. Die haben noch Plätze frei. Macht ihr mit?»

Jasmin und Felix sahen erst sich und dann uns an. «Auf jeden Fall!»

«Na dann», sagte ich, «lasst uns die Sonne zum Drehen bringen.»

ENDE

MIX
Papier aus verantwortungsvollen Quellen
FSC® C083411

Das für dieses Buch verwendete FSC®-zertifizierte Papier
Creamy liefert Stora Enso, Finnland.

Rückgabe spätestens am		
- 8. Mai 2012		
12. Juni 2012		
26. Juni 2012		
23. Aug. 2012		
- 4. Dez. 2012		

FZ DIN 1500

ekz Best.-Nr. 806642.1